WARRIORS

貓戰士 外傳之III

天族的命運

SkyClan's Destiny

艾琳・杭特(Erin Hunter) 著
羅金純 譯

晨星出版

特別感謝雀瑞絲・鮑卓

見習生（六個月大以上的公貓，正在接受戰士訓練）

鼠尾草掌：淺灰色的公貓（花瓣鼻和雨毛的兒子）。

薄荷掌：灰色虎斑母貓（花瓣鼻和雨毛的女兒）。

史努克掌：白黑花色公貓。

斑掌：腿上帶有斑點的淺棕色虎斑母貓。

貓后　（正在懷孕或照顧幼貓的母貓）

鹿蕨：淺棕色母貓（和蜂鬚生下小兔、小溪、小蕁麻、小梅）。

苜蓿尾：淡棕色母貓，肚子和腿部為白色（懷有斑足的小孩）。

長老　（退休的戰士和退位的貓后）

金花：淡薑黃色的母貓。

苔毛：帶有斑點的灰色母貓。

纏亂：皮毛粗糙凌亂的虎斑獨行公貓。

各族成員

新天族 *Skyclan*

族長　**葉星**：琥珀色眼睛，棕色和奶油色混雜的虎斑母貓。

副手　**銳爪**：深薑黃色的公貓。

巫醫　**回颯**：綠色眼睛的銀色虎斑母貓。

戰士　（公貓，以及沒有子女的母貓）

斑足：黑白花色的公貓。

花瓣鼻：淡灰色的母貓。
所指導的見習生：鼠尾草掌

雀皮：暗棕色虎斑公貓。

櫻桃尾：玳瑁色混白色的母貓。

蜂鬚：灰白色公貓。
所指導的見習生：薄荷掌

鼩鼱齒：很瘦的黑色公貓。

檀爪：亮黑色的母貓。
所指導的見習生：斑掌

比利暴：薑黃色與白色混雜的公貓。
所指導的見習生：史努克掌

哈維月：白色公貓。

馬蓋先：黑白花色公貓。

石影：黑色公貓(苜蓿尾的兒子)。

彈火：薑黃色公貓（苜蓿尾的兒子）。

微雲：嬌小的白色母貓（苜蓿尾的女兒）。

舊天族 *ancient skyclan*

雲星：淺藍色眼睛、帶有白色色塊的淡灰色公貓。

鳩尾：綠眼睛的薑黃色公貓。
（天族離開森林時期的副族長）

鹿步：淡棕色的母虎斑貓。
（天族離開森林時期的巫醫）

鳥飛：琥珀色眼睛、淡棕色的長毛母虎斑貓。

蕨皮：深棕色的虎斑母貓。

鼠齒：沙色的母貓。

夜毛：黑色的公貓。

橡步：灰色虎斑公貓。

蛛星：深色虎斑公貓。
（古老天族的最後一任族長）

蜜葉：薑黃色虎斑母貓。
（古老天族的最後一任副族長）

蕨心：棕色虎斑公貓。
（古老天族的最後一任巫醫）

燕翔：黑色的公貓。

守天：有著淡藍色眼珠的深灰色公貓。
（在新天族成立前一直住在峽谷）

雨毛：帶有深灰色斑點的淡灰色公貓。
（被大老鼠咬死）

部族以外的貓 *cats outside clans*

蛋兒：奶油色公獨行貓。

哈奇：暗棕色寵物貓（之前的名字為矮鬚）。

奧斯卡：黑色寵物貓。

蘿絲：體態優雅，有著斜長的藍色眼睛，灰色和奶油色混雜的暹邏寵物貓。

莉莉：蘿絲的姊妹。

棍子：黃色眼珠，耳朵上有缺角的棕色公貓。

柯拉：黑色母貓。

煤炭：黑色公貓。

矮子：琥珀色眼珠，只有半截尾巴的棕色公貓。

白雪：白色母貓。

培西：深灰色虎斑公貓。

小紅：深薑黃色母貓。

鬥吉：深棕色虎斑公貓。

史魁奇：薑黃色和白色混雜的公貓。

哈利：灰色和棕色混雜的虎斑公貓。

米夏：奶油色的母貓。

洋蔥：銀色和黑色混雜的母貓。

荳蔻：玳瑁色和白色混雜的母貓。

絲絨：銀色寵物貓。

兩腳獸地盤
轟雷路
戰士窩
窩
育兒室
見習生窩
巫醫窩
樹橋
河
堆
往森林 →
峽谷

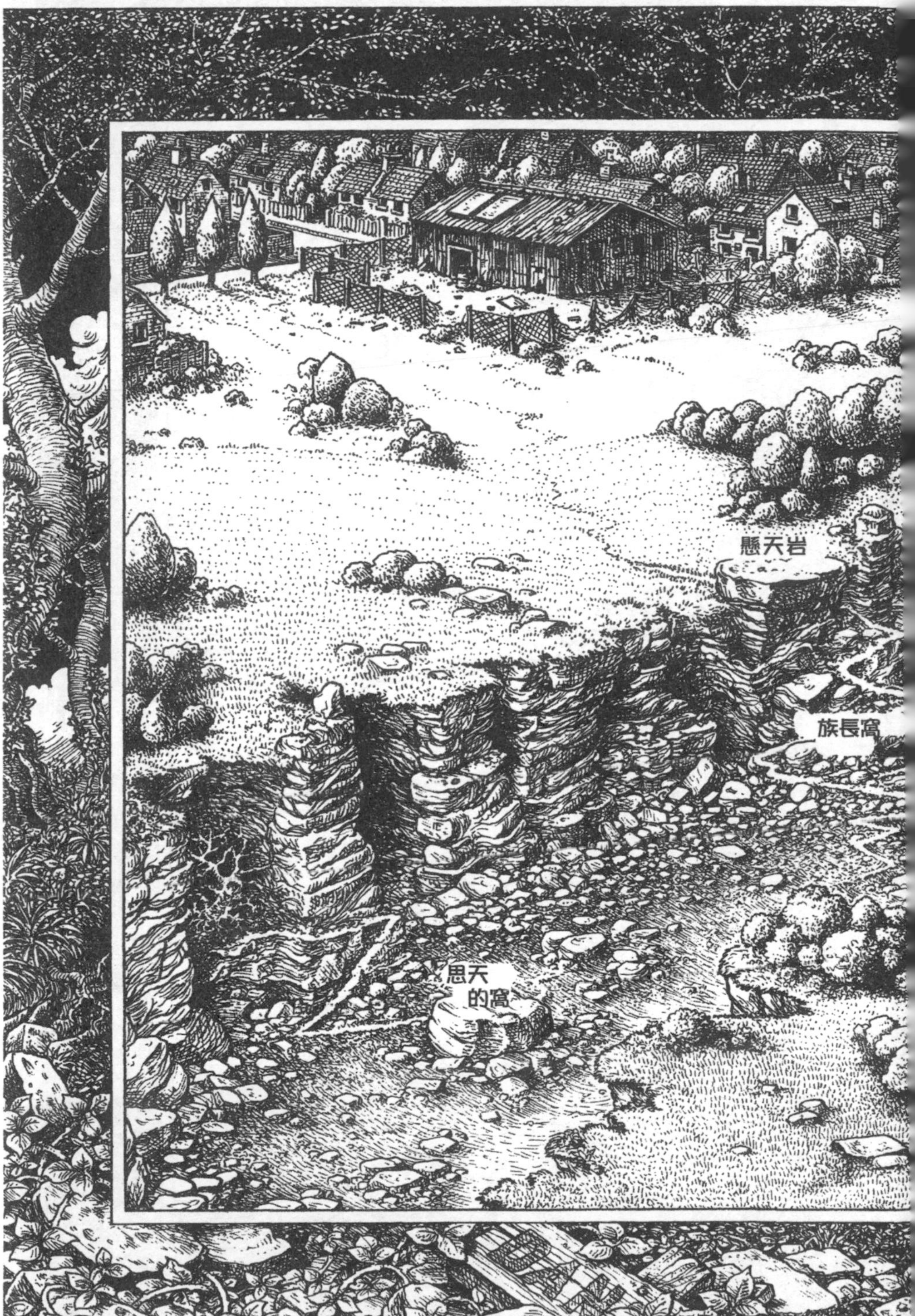
懸天岩
族長窩
思天
的窩

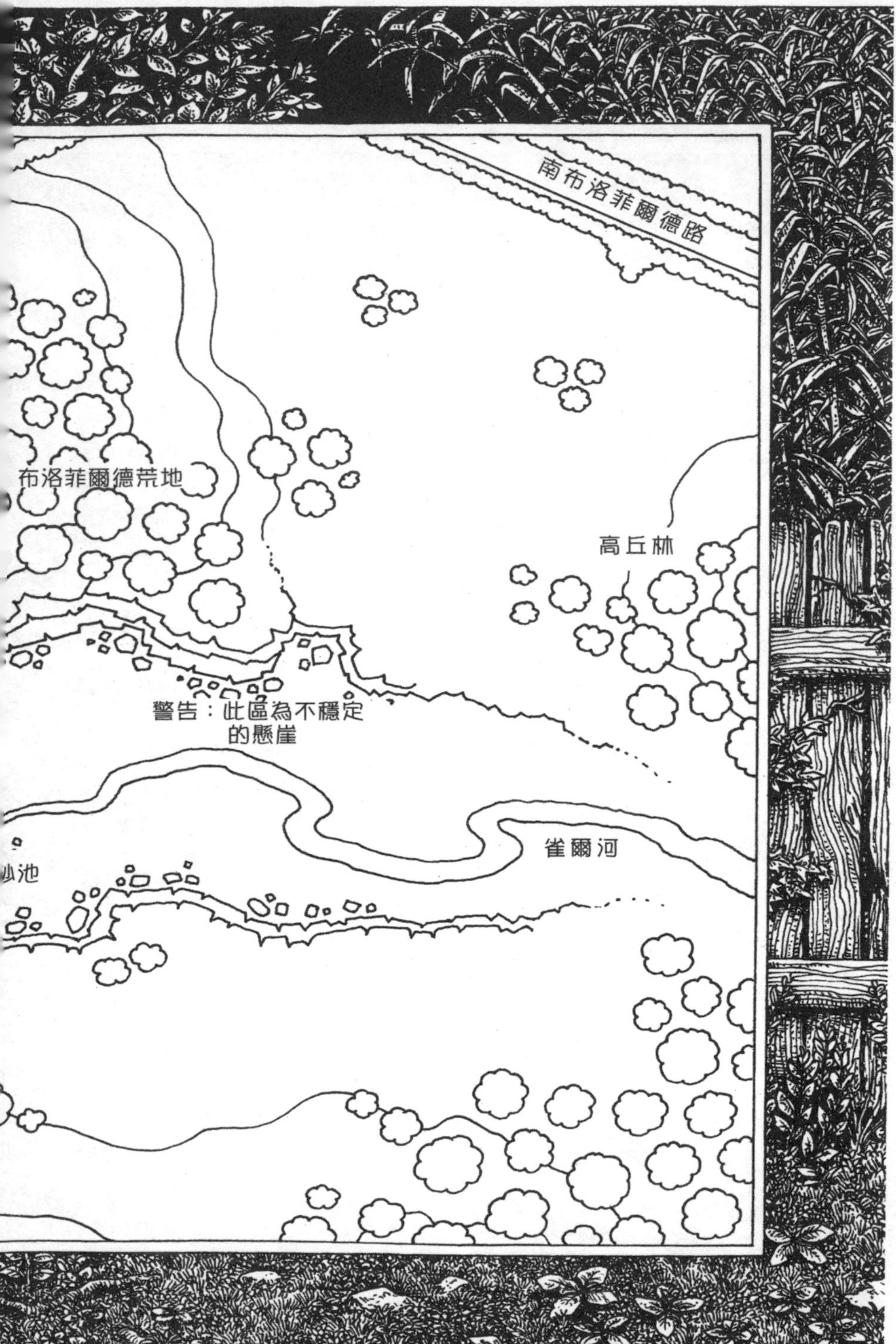
南布洛菲爾德路
布洛菲爾德荒地
高丘林
警告：此區為不穩定的懸崖
雀爾河

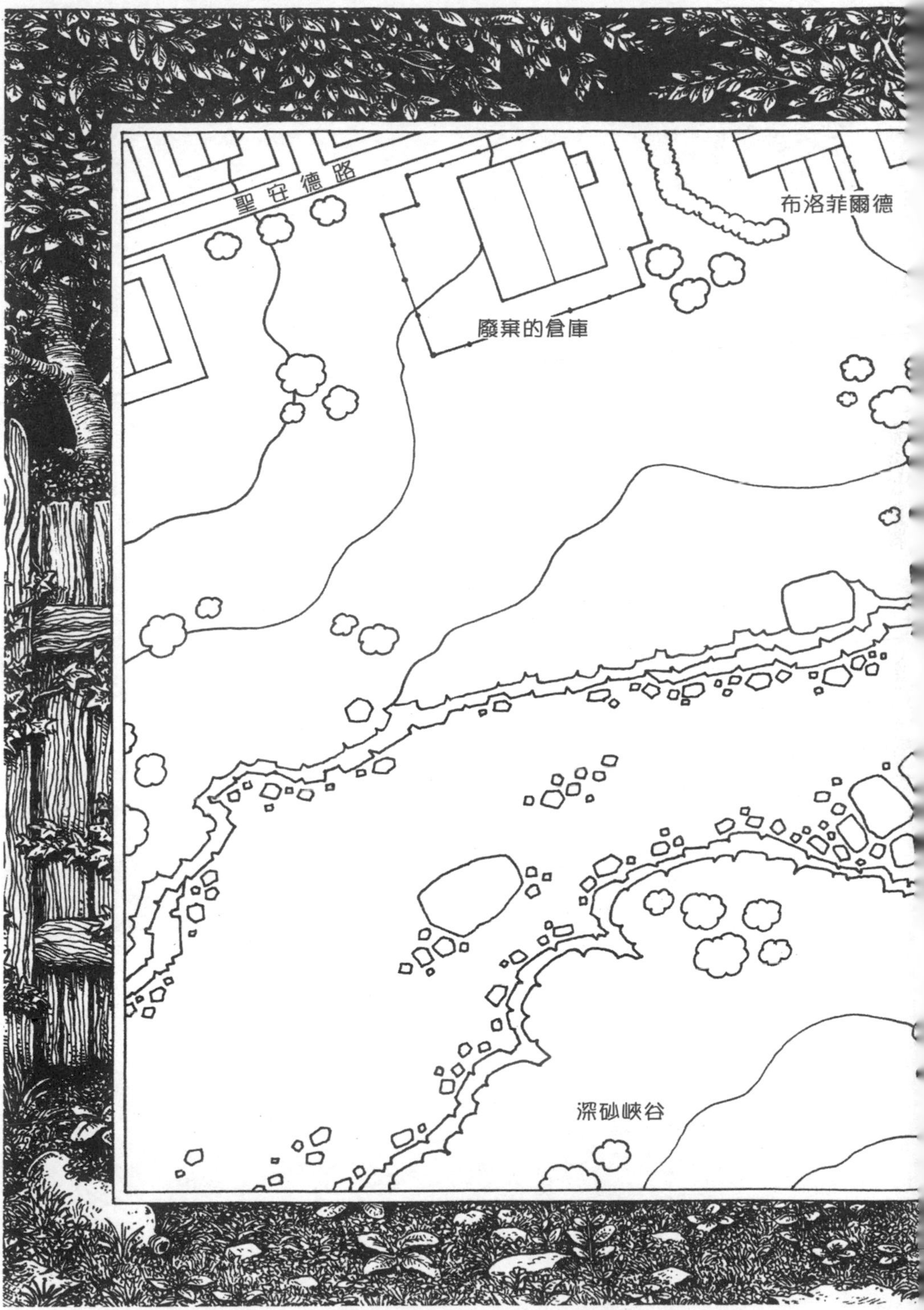
聖安德路
布洛菲爾德
廢棄的倉庫
深砂峽谷

序章

太陽漸漸下沉，峽谷上一片光影斑斕。一道冷風輕輕掠過河面，把僅剩的枯葉吹得四處飄轉。萬籟俱寂下只聽見從黑洞中湧洩而出的潺潺水聲，水滑過石頭，匯流成潭，蜿蜒消失在黑漆漆的懸崖底下。

一隻暗色虎斑貓出現在崖頂，身影映著天光。他停下腳步，嚐嚐空氣。血紅色的夕陽餘暉灑落在他身上，正好可以清楚看出他肩膀上的皮毛被扯禿了一塊。虎斑貓很快擺動尾巴示意，開始沿著崎嶇的小徑一路往懸崖底下走去。隨後七隻貓跟上他的腳步：其中一隻白色母貓把血肉模糊的一隻腳縮在胸口，用三隻腳一跛一跛地走著；長腿黑色公貓緊閉沾滿鮮血的一隻眼睛，不安地移動腳步；年輕的薑黃色公貓則帶著傷痕累累的雙耳蹣跚前行。沒有任何一隻貓得以倖免於難。

當這八位戰士忍著痛，沿著小徑往下方河岸走去的同時，另外四隻貓從不遠的峽谷洞穴冒出來。裡面的棕色虎斑年輕公貓迫不及待地衝到前面，朝下方的石堆躍去，腳掌焦急地抓住沙子，等待八位戰士的到來。其他三隻長老貓只能拖著蹣跚的腳步，搖搖晃晃地跟在他後面走著。

帶隊的貓一抵達懸崖下方，立刻聽到一隻長老貓用粗啞的嗓音喊道：「蛛星？」長老的口鼻布滿蒼老的灰白色。在他稀疏的黑色皮毛下，根根肋骨清晰可見。「怎麼樣？你們有打贏嗎？」

暗色虎斑公貓稍稍停住腳步，然後走向前，用鼻子碰碰長老貓的耳朵，並喃喃應聲道：「你覺得呢？」他接著對棕色年輕公貓說：「蕨心，我們現在很需要藥草，你的窩裡應該有足夠庫存吧？」

巫醫貓還來不及出聲回應，長腿黑色公貓就先擠到族長旁邊，不屑地嘟嘴說：「當然沒贏，這場仗我們還沒打就先輸了。」

在隊伍後方壓陣的薑黃色虎斑母貓衝到前面，氣沖沖地瞪著黑色公貓說：「燕翔，你不能這麼說！天族也是有尊嚴的，這場戰我們非打不可！」

白色母貓神情哀戚地搖搖頭，搶先回應道：「這有什麼尊嚴可言，蜜葉？大老鼠把獵物全嚇跑了，我們連餵飽自己的能力都沒有。族裡已經好久沒有小貓出生了，現在除了張羅族貓們的守靈儀式外，我們還能有什麼？」

薑黃色母貓猛然轉頭，瞇起綠色眼睛說道：「聽好，霜爪——」

耳朵受傷的年輕戰士突然插話，顫抖的聲音裡有著無限的哀傷。「我們要幫陽皮和落雪辦守靈儀式嗎？」

「當然，花楸毛。」蛛星低頭對著年輕貓咪說：「他們的靈魂現在可以自由自在地穿梭在星群之間了。」

「什麼？」灰色虎斑長老搖搖晃晃地站起來。「陽皮和落雪**死了？**他們的遺體在哪裡？我們必須為他們守靈，然後將他們好好埋葬。」

「橡步，我們沒辦法把他們帶回來。」燕翔甩動尾巴激動地說：「我們逃命都來不及了，根本沒有能力把陣亡的族貓帶回來。」他轉身，把頭壓得低低的，不忍心再看其他貓臉上的表情。

霜爪走上前，默默坐在他旁邊，伸長鼻子在黑色公貓皮毛蓬亂的肩上磨了幾下。「燕翔，我們既然已經盡力了，就沒有任何貓會再責怪我們。」

「她說得對。」蕨心幽幽喵了一聲，「我們的族貓們現在已經和星族同在了，他們一定會明白我們的苦衷。」

蛛星點點頭，不由得流露出失落痛苦的眼神。

「但你們要是能把他們帶回來，我們就可以將他們下葬！」橡步不滿地說：「把他們留在那裡任大老鼠啃食，你們的操守都到哪兒去了？陽皮和落雪絕不能淪為鴉食！」

橡步搖晃著身子，吃力地沿著小徑朝崖頂走去。走了不到幾個狐身的距離，蛛星追到傷心欲絕的長老前面，要他停下腳步。

「我們今晚已經失去夠多族貓了，」他喵聲說道：「讓我們一起為他們祈禱，希望他們的靈魂順利加入星族。」

燕翔豎起耳朵，轉過去看著族長說：「星族？你認為祂們真的有在天上庇祐我們嗎？」他抽動頰鬚，露出憎惡的表情說：「要是祂們對我們真的還有一絲關心的話，就不會讓那群大老鼠來了。」

蜜葉激動地轉身看著燕翔。「星族賜給我們戰士守則，讓我們有勇氣和能力戰勝外敵。天族還沒有輸！」

頓時全場陷入一片沉默。過了幾個心跳的時間，蛛星才又帶著傷痛的口吻開口說：「蜜葉，妳錯了，我們已經輸了。我不忍心再帶領族貓打任何一場仗，更不忍心看著你們在禿葉季活活挨餓，過著對一丁點風吹草動和聲響都得提心吊膽的生活。我們已經變成別人的獵物。」他長嘆一口氣說：「我們被大老鼠打敗了，天族要澈底滅亡了。」

眾貓對族長的這一番話頗有微詞。另一隻沙色的長老母貓費力撐起身子，抽動頰鬚走到他面前。

「這不是真的，蛛星。」她怒斥：「我們小時候住在森林時，地盤被兩腳獸占領，連其他部族也逼迫我們離開。當時有些貓以為天族從此完了，但我們還是在峽谷找到了自己的新家。我們都能熬過失去家園的危機，打輸區區一場仗根本算不了什麼。」

「鼠齒說得沒錯。」橡步走到鼠齒旁邊說：「我們一定要堅持到底。」

「告訴我們那群大老鼠在哪裡，**我們**去給他們一點顏色瞧瞧。」另一個長老夜毛說道。

「雖然我對以前的森林完全一無所知，但我以天族的過去為榮。」蛛星充滿敬意地向三隻老貓鞠躬致意，接著說：「你們的勇氣當然毋庸置疑。但現在大老鼠猖獗，我們已經束手無策了。」

「不管怎樣我們總得想辦法解決！」蜜葉激動地說：「蛛星，我一直很努力當個勇敢、忠心、稱職的副族長，對天族盡心盡力，無懼於任何一場決戰。我絕不可能眼睜睜看著部族走向滅亡一途！」

蛛星用尾梢輕拍母貓的肩膀說：「在大家的心中，妳一直是非常優秀的副族長。」他告訴她：「妳有足以領導部族的正義感和勇氣，大家都有目共睹。只可惜……」

「只可惜什麼？」蜜葉豎起頸毛，開始咧嘴咆哮：「我——」

「真是有夠老鼠屎。」夜毛打斷副族長的話，「若我們連當部族貓都無法生存的話，以後當獨行貓的日子要怎麼過下去？」

在場的貓兒各個面面相覷，當下一片鴉雀無聲。黑色老公貓的話似乎讓大家瞬間意識到自己正面臨著沒有部族的未來。就連蜜葉也縮回原本怒張的毛髮不再說話，只剩下尾梢微微抽動。

「我……我有時會去拿**兩腳獸**的食物來吃。」霜爪開始承認，接著低頭舔舔腳上凌亂的毛髮說：「肚子餓的時候，牠們的食物吃起來還不算太糟。」

「什麼？」蜜葉豎起耳朵說：「妳是說吃兩腳獸的食物？這完全違反了戰士守則的規定！」

霜爪只是一臉罪惡感地對她眨眨眼睛，完全沒有試圖辯解的意思。

年輕的薑黃色公貓花楸毛走上前，緊挨在她身邊。「那又沒什麼。」他不當一回事地喵聲說道：「這種事我也常常做呀。吃兩腳獸給的東西總比餓死好吧。我想牠們應該很樂意把我們接到牠們的窩裡去住。」他接著說：「牠們看到我們這麼瘦，一定會同情我們。如果我們搬去和牠們住，起碼有個避難的地方，可以躲過大老鼠的威脅。」

其中一兩隻貓不約而同地點頭，低聲喃喃表示同意。

蜜葉昂首走到群貓中間，用綠色眼珠冷冷地瞪著大家說：「寵物貓？你們想當**寵物貓？**這真是奇恥大辱，天族戰士絕不可能做這種事！」

「沒錯！」燕翔彈彈尾巴附和道：「我寧可死掉，也不願爬到兩腳獸那裡去要食物！」

其他的貓都不敢正眼面對副族長譴責的眼神。最後，鼠齒低聲問了一句：「蕨心，你有接到星族的任何預兆嗎？**祂們**有告訴我們接下來要怎麼做嗎？」

年輕巫醫低著頭走向前說：「我只有感覺到我們祖先歉疚和難過的心情。」他坦承：「祂們因為把我們帶離森林一事而感到內疚，也為天族將要滅亡而感到難過。」

「什麼？」橡步瞪大驚駭的雙眼說：「該不會連星族也遺棄我們了？我記得當時雲星帶領我們離開森林的時候，」眾貓沒出半點聲音繼續聽他說下去。「就曾經說過不能再指望我們的戰士祖靈了。他說得果然沒錯。我們真不該聽信星族的話，祂們根本沒有想要幫助我們！」

此刻夕陽餘暉散盡，轉暗的天空上開始浮現星族戰士的身影。但峽谷裡沒有一隻貓抬頭凝望祂們閃爍的霜白光芒。他們在懸崖腳下蜷縮成一團，擠在殘留些許日照餘溫的岩石中相互取暖，躲避寒風的吹襲。

「也就是說天族真的完了。」一隻黑白花色的公貓喵聲說：「花楸毛，你可以跟我說哪裡有兩腳獸的食物嗎？」

「當然可以。」薑黃色公貓回答：「有誰想要知道的，都可以跟我和霜爪來。」

一隻灰色母貓站起身，走到他旁邊說：「我也要。兩腳獸那裡不但有東西吃，而且還很溫暖。戰士守則只不過是一堆口頭的約束，根本餵不飽、也保護不了我們。」

「我真不敢相信天族戰士竟然會說出這種話！」蜜葉厭惡地發出嘶聲：「戰士守則時時刻刻都與我們同在。我們不管是打獵或決鬥，都應以身為部族貓為榮。」

灰色母貓立刻身子一轉，正對著她。「**我**覺得沒什麼好引以為榮的，部族貓的生活已經結束了！」

蜜葉伸出爪子，兩貓的撕抓對決似乎就要一觸即發。不過副族長蜜葉最後還是選擇走開。

「**我**才不要當一隻只會喵喵叫的寵物貓。」她憤怒地豎起皮毛，堅持自己的原則。「要是我們不能待在這裡，我會遷到峽谷更上方，遠離那群大老鼠以後，在那裡打獵也許會容易些。」

「我跟妳一起走。」燕翔喵聲說道：「我們若是能一起狩獵，存活的機會會比較大。」

當戰士們忙著討論該何去何從的同時，三隻長老貓們只能默默地坐在一旁。最後鼠齒抬頭看著蛛星哀悽的眼睛，並淡淡地說：「我要留在這裡。我太老了，哪兒都走不動。這裡才是我的家。」

「我也是。」夜毛邊喃喃地說，邊舔舐年老母貓的耳朵。「大老鼠不會跑到這裡來了。這裡有水，我們應該還是可以找到零星的小老鼠和甲蟲。」

「我們再活也沒有多久了。」橡步說道。

蛛星又鞠了一躬，「我會陪你們留在這裡。」他喵聲說：「讓你們能夠有尊嚴地走到生命的盡頭，以感謝你們對部族的忠心。」

難過到無法言語的夜毛，帶著滿懷感傷的眼神點點頭。

「我也留下來。」蕨心也跟著說：「至少在這裡我可以發揮我的醫術……我也不知道自己還能當多久的巫醫。」

他站起來，望了望僅存的族貓們，如貓后護兒心切般，召喚他們的注意力後，抬頭仰望天空，目不轉睛地盯著戰士祖靈所散發出的淒冷光芒。

「落雪和陽皮，願星族照亮你們的道路，讓你們順利成為祂們的一分子。」他喵一聲說：「願你們找到安棲之所，身手矯健、獵物不虞匱乏。」

圍在一旁的貓兒們開始窸窸窣窣，紛紛表示贊同。

蛛星長嘆一口氣說：「也希望星族照亮各位的道路。雖然部族已經滅亡，但我們還是得活下去。」

所有的貓在星光下，各個閃爍著驚恐與絕望的眼神，默默地凝望曾經帶領他們的族長。蛛星沒有迎向他們的目光，似乎對自己領導已久的部族走向解體的命運感到非常自責。

蕨心沉默片刻後，忽然像跳出冰水似的，急急甩動全身皮毛。「來，」他喵聲說：「讓我看看你們的傷勢。」

年輕棕色虎斑公貓搖搖尾巴，帶著受傷的族貓們到他的窩，用蜘蛛網替他們止住流血的傷口，並敷上金盞花泥消炎。他也幫準備到峽谷上方找尋新居地的蜜葉，以及其他貓咪們準備幾捆旅途備用的藥草。

「願星族與你們同在。」他對這群臨走的貓兒們說道。

蜜葉連應都沒應一聲，直接掉頭就走。蕨心跟著走出巫醫窩，在蛛星旁邊坐了下來，遙遙望著族貓們離去的身影。月亮從雲端露出臉來，霜白的光映在岩石堆和河面上。貓咪們的暗影排成一列，無聲無息地沿著峽谷上方移動，漸漸沒入盡頭。只剩蛛星、蕨心和三名長老貓留在原處。

「我們搬到長老窩去睡吧。」蕨心低聲對蛛星說：「這樣好方便照顧他們，直到有一天他們不再需要我們為止。」

蛛星點點頭，並環顧四周，空蕩蕩峽谷裡的每一塊岩石、每一個角落縫隙仍舊充滿著貓咪們過往生活的點點滴滴，這些回憶如影隨形。

「不知道……」他嘆了一口氣：「以後還會不會有部族在這裡住下來？」

蕨心以充滿自信、勇氣和絕對效忠戰士守則的沉著聲音回應道：「一定會的。總有一天，一定會有貓回到這裡，延續我們尚未完成的使命。雖然現在是部族的禿葉季，但綠葉季終究會再次到來，同時也勢必帶來更大的風暴。天族若要生存下去，就必須要有更深的根基才行。」

第一章

洪水轟隆沖下峽谷，瞬間將一大片樹林和矮灌木連根拔起。葉星一臉驚恐地站在窩室入口，眼看水勢愈漲愈高，滾滾水流在岩縫中翻轉流竄。雨水從滿布烏雲的天空傾盆而下，猛烈地打在水面上。

水汩汩淹入回颯的窩裡，而天族族長葉星在一片漆黑的暴風雨中拚命睜大眼睛，但還是無法確定巫醫的安危。在波濤洶湧的水流聲下，突然爆出貓兒的尖叫聲，葉星眼睜睜看著族裡的兩隻長老貓被沖出睡窩。他們在水面上死命掙扎幾個心跳的時間後便消失不見了。

正啣著新鮮獵物沿途走下山的櫻桃尾和斑足，驚見來勢洶洶的大水，趕緊轉身，準備拔腿逃上懸崖。但水還是將他們捲了進去，在一片慘叫聲中，只能任由大水將他們沖往峽谷四處。一顆巨樹的根張牙舞爪地盤結在空中，擋住葉星的視線，使她根本無法看見在水裡載浮載沉的兩名戰士身影。

偉大的星族，請幫助我們！葉星祈禱。**救救我的部族！**

此刻，洪水已經淹到育兒室入口。一隻小貓探出鼻子，發出一聲驚恐的嚎哭後，急急退回窩裡。葉星繃緊神經，準備越過岩石去救他們。但她還來不及移動，一道巨浪突然襲來，一口氣將她沖進河裡，沿岸的樹木早已東倒西歪。

葉星扭動身體，張口喘氣，奮力在水裡掙扎。這時突然有個脆脆的東西跑進她的嘴裡，她咳了一聲，突然睜開眼睛，吐出一片乾掉的蕨葉。她用來鋪床的葉片在窩室散了一地，地上更留有一條條她對抗無形巨浪時的抓痕。她彈掉黏在耳朵上的青苔碎屑，氣喘吁吁地站起來。

感謝星族，幸好這只是一場夢！

天族族長停在原地和緩情緒，讓原本顫抖的身體和撲通狂跳的心跳回復正常。大水太過逼真，她只能眼睜睜看著族貓被淹沒……

陽光從葉星的睡窩入口斜照進來。她大大鬆了口氣，緩緩地走到外面的岩架上，下方的河水靜靜地在環繞峽谷的陡峭山崖間蜿蜒。已經接近中午時分，河面上波光粼粼。葉星棕奶色的皮毛沐浴在陽光中，她放鬆肩膀，一邊盡情曬太陽，一邊享受微風輕拂皮毛的感覺。

她又喃喃自語地說了一次：「還好只是個夢。」她豎起耳朵，聆聽從峽谷上方林子傳來的鳥啼聲。「新葉季到了，天族最終還是存活了下來。」

她心中不由得洋溢著暖暖的幸福。她回想起幾個月前自己還是個默默無聞、和任何貓都沾不上邊的獨行貓葉子。然後火星出現了。這名從遙遠森林來的部族族長說出了一個令人震撼的故事：峽谷裡原本住了一個部族，但後來滅亡了。於是火星開始召集各方的獨行貓和寵物貓重組天族。更不可思議的是，葉子竟被選為領導他們的族長。

「我永遠不會忘記祖靈賜給我九條命、讓我成為葉星的那個夜晚。」她喃喃地說：「我的世界從此有了很大的改變。不知道你是否還惦記著我們，火星？」她繼續說：「但願你能知道，我達成了對你和天族族貓們所做的承諾。」

下方傳來一陣貓咪的尖叫聲，把葉星拉回了現實。整個部族開始聚集到岩石堆旁。在陽光的照射下，地底下結凍的伏流也開始融化。鼩鼱齒、雀皮和櫻桃尾正蹲在獵物堆附近吃東西。鼩鼱齒一邊大口吞嚥小老鼠，一邊卻用多疑的眼神看著旁邊兩隻較年輕的戰士。葉星還記得兩個月前，邊界巡邏隊發現這隻黑色公貓窺探部族的情景。當時的他處於半飢餓狀態，一副飽受驚嚇的模樣。他們雖然成功說服他搬進戰士窩，但他對部族生活還是很不適應。

我一定要設法讓他明白大家都是他的好朋友，葉星下定決心，**他比被圍剿的老鼠還神經兮兮。**

苔毛和纏亂這兩隻長老貓，正心滿意足地在被陽光曬得暖呼呼的平石上分享舌頭。纏亂是隻壞脾氣的老惡棍貓，偶爾會來峽谷吃吃東西，然後再返回自己森林的窩去。因為他似乎和苔毛相處得不錯，所以葉星希望苔毛能想辦法說服他在營地永久定居下來。

苔毛之前一直住在峽谷上方的樹林裡。她雖然早就知道新部族的成立，但始終和他們保持距離。有一次她不小心誤觸捕狐狸的陷阱差點喪命，幸虧巡邏隊及時發現，將她帶回營地治療。從此之後，她便欣然放棄了獨行貓的生活。「部族需要她的智慧。」葉星在岩架上輕輕喵了一聲：「每支部族都需要有長老貓。」

那陣陣的喧嘩聲正是來自彈掌、微掌與石掌。他們興奮地聳起皮毛，互相追逐。他們的母親苜蓿尾，一臉擔心地抽動頰鬚，走到他們面前。葉星聽不見她到底說了什麼，只見三名見習生立刻停了下來。苜蓿尾揮動尾巴，把微掌叫過來，伸出粗糙的舌頭，開始狂舔她的臉。苜蓿尾眼底閃爍著驕傲的光芒。而年輕的白色母貓在母親的清洗下扭來扭去的逗趣模樣，讓葉星看了不由得發出呼嚕貓鳴。

附近突然傳來礫石啪嗒滾落的聲音，把葉星嚇了一跳。她抬起頭，看到斑足嘴裡緊咬著一隻松鼠，正沿著石徑而下，蜂鬚也帶著他的見習生薄荷掌，嘴裡都叼著小老鼠跟隨在後。當狩獵隊經過時，葉星微微地點頭致意。隨著天氣漸漸暖和起來，食物變得愈來愈充沛，獵物堆也跟著堆高了起來。葉星想起蜂鬚在禿葉季初雪時加入部族的情景。當時還是寵物貓的他，又冷又餓，因為找不到回家的路，焦急地在峽谷邊走邊哭。然而，現在這隻灰白公貓不但已經變成族裡最擅長狩獵的貓咪之一，而且也有自己的見習生。他甚至也和曾是走失貓的鹿蕨生了一窩小貓咪。

天族正逐漸壯大中。

蜂鬚的四個孩子一看到父親經過，立刻蹦蹦跳跳地跑出育兒室，吱吱喳喳地跟在他後面。他們的母親鹿蕨慢慢地走下來，從容不迫地跟在孩子後頭。她對天族四周懸崖峭壁環繞和凹凸不平的岩石還是很不習慣。

「小心點！」她喊道：「不要跌倒了！」

已經來到峽谷低處的小貓們，鑽過父親的腳下，彼此爭先恐後、半滾半跑地來到池邊，完全不顧危險。蜂鬚輕輕地將淡灰色公貓小蕁麻推離岸邊。但小蕁麻的妹妹小梅趁著父親轉身到獵物堆放獵物的機會，立刻往小蕁麻身上一撲。小蕁麻想起了見習生決鬥訓練時的動作，有樣學樣對著小梅猛揮拳。正當小梅滾過去時，小蕁麻一時重心不穩，踉蹌跌進了河裡。

鹿蕨尖叫大喊：「小蕁麻！」

葉星屏氣跳了起來，但是遠水救不了近火。鹿蕨火速越過石礫堆，但蜂鬚的腳程更快，已經趕在她前面衝進池裡去救孩子。兩隻貓瞬間消失在葉星的視線內。葉星看到族貓們全擠在岸邊，唯有齣饋齒焦慮不安地拍動尾巴，在河岸邊走來走去。隨後蜂鬚浮出水面，嘴裡緊緊啣住小蕁麻，慢慢游上岸。葉星看到這一幕，總算鬆了一口氣。黑色小公貓不斷拚命拍動腳掌，直到父親將他放到岩石上後，才停止掙扎。小蕁麻甩甩皮毛，把水濺到所有圍觀的貓咪身上。鹿蕨飛奔到小蕁麻面前，開始舔他的皮毛，但小蕁麻掙脫她，一個勁地撲向小梅。

「都是妳把我推進河裡，看我怎麼教訓妳！」他大叫。

「我才沒有推你咧，是你自己掉進去的！」小梅吼回去，蹲低身子一躍，和手足在半空中撞個正著。兩隻貓扭打成一團，他們的父母滿臉懊惱地試圖把他們拉開。

葉星聽到峽谷下方傳來腳步聲，轉頭看到回颯叼著一捆草藥走來。這隻年輕巫醫的毛髮在陽光中閃耀。葉星記得不久前她還只是一隻寵物貓，而現在的她儼然已成為一隻肌肉結實的部族貓。在峽谷待上一段時間後，她的腳掌變得有力多了，也能充滿自信地在石頭路上行走。

回颯抬頭看著族長喊道：「葉星，妳好啊！」她因嘴裡咬著草藥而變得口齒不清。

「妳好！」葉星喵聲回應道：「戰士命名儀式馬上就要開始了。」

回颯搖搖尾巴回應後，便消失在崖底附近的巫醫窩裡，將草藥放入庫存。

「準備好了嗎？」

葉星被身旁突如其來的聲音給嚇了一跳。她轉身發現她的副族長銳爪就站在後面。她完全沒有察覺到他靜悄悄地走過來。「噢，原來是你呀。」她喵聲說：「你神不知鬼不覺地出現，嚇我一跳！」

深薑黃色公貓瞇著眼笑笑地說：「沒有什麼東西可以嚇到妳，葉星。」他抬頭看了一下天空，繼續說道：「已經正午了，妳什麼時候要開始舉行儀式？」

「我在等其他貓到齊。」葉星解釋。

銳爪收起眼裡的微笑，甩動尾巴不耐煩地說：「不用等他們了。」

葉星看到副族長露出懷有戒心的眼神，不禁吃驚地抽動一隻耳朵。

「我們根本不知道他們什麼時候會出現。」他很堅持地說：「底下三隻年輕的貓咪已經等不及了。」

葉星再度望了望岩石堆，發現銳爪說得沒錯。彈掌和石掌追著彼此的尾巴跑，一副準備開始進行戰鬥訓練的模樣；微掌則是在原地跳上跳下，猴急到沒辦法乖乖坐好。葉星可以聽到他們從下方傳來喧鬧的喵聲。

「好吧，」葉星點點頭說：「我們現在就開始。」

她朝崖頂看了一眼，然後走到下方的岩石堆。族貓們看到葉星和銳爪走來，立刻讓出一條路讓他們通過。葉星縮緊肌肉，往石堆上方躍去；銳爪則是在底下、離獵物堆不遠處就定位。

在岩石堆上的葉星，往下看著副族長寬厚的肩膀，突然感到非常慶幸，能有這麼一位具有膽識和忠誠的副手。

他是個優秀的副手，火星的建議真是明智。

葉星揚起頭，讓自己的聲音在峽谷間迴盪。「所有能夠自行狩獵的成年貓都到岩石堆下面集合，準備進行部族集會。」

鼠尾草掌衝出見習生窩，一路奔到岩石堆底下加入手足薄荷掌的行列。兩隻貓急急抽動尾巴，在銳爪和蜂鬚附近找位置坐下來。鼠尾草掌的導師花瓣鼻從戰士窩裡走出來，到她的見習生旁邊坐下來。斑足則是坐在身懷六甲的苜蓿尾旁邊。苜蓿尾雖然湊過去，用鼻子輕觸斑足的耳朵，但她的注意力全集中在三隻見習生身上。

當所有貓都聚過來的時候，唯有鼩鼱齒步步退離。葉星看了也只能嘆氣。鼩鼱齒神經兮兮地不斷四處張望，好像整個峽谷都布滿他的敵人似的，然後他一個快步跑到河岸的最角落坐下來，依舊焦慮地張望四周。

他已經在戰士窩住了三個月，葉星邊想，邊惱怒地在岩石上磨爪子。**難道他還不明白沒有貓會傷害他嗎？**

她從以前就很想知道，是什麼原因造成鼩鼱齒這麼焦慮不安，但她現在沒有時間去管這些。等這隻黑色公貓想說時，他自己自然會說。現在她必須放心思在主持戰士儀式上。葉星環顧四周，發現部族已經集合得差不多了。當她正在納悶回颯不知道還在忙什麼時，回颯已經從巫醫窩鑽出來，皮毛上瀰漫著一股藥草芳香，一屁股坐在花瓣鼻的旁邊，滿心期待地仰頭看著岩石堆。

「天族的貓咪們，」葉星開口說：「今天我們之所以聚在這裡，是為了舉行部族最重要的儀式之一，也就是新戰士的命名。彈掌、微掌、石掌，」她彈彈尾巴繼續道：「請過來站在岩石堆下面。」

三隻年輕貓咪站起身走向前，頰鬚不停抽動，眼睛閃爍著期待的光芒。苜蓿尾看到石掌經過，立刻抓緊時間幫他做最後的舔舐，不過他頭上的一撮黑毛還是不聽話地翹了起來；彈掌的一隻耳朵不小心往後褶，手足微掌趕緊伸出尾巴，幫他把耳朵撥正。

三名導師也一齊起身，站在離他們幾個尾巴遠的地方。葉星往下看著他們，突然被一股莊嚴的氣氛籠罩。她很清楚即使自己領導部族再久，她期盼天族添新血的熱誠永遠不會改變，況且這三隻貓咪的身分別具意義：他們是第一批在峽谷出生的戰士。

「斑足，」葉星開始說：「你的見習生彈掌是否已經學會了戰士技能？他是否有好好遵從戰士守則，並瞭解守則對每隻貓的意義呢？」

黑白公貓驕傲地看了自己的見習生一眼，並回答道：「是的，葉星。」

「石掌也是。」櫻桃尾急著說。

葉星雖然欣然點頭，但還是覺得櫻桃尾應該等她問完話再開口比較恰當。不過櫻桃尾看上去幾乎和見習生一樣亢奮，葉星也就不多追究了。

「雀皮，」葉星繼續說：「你的見習生微掌所學的戰士技能，以及對戰士守則的理解有達到你的標準嗎？」

「有的，葉星。」雀皮回答：「她已經達到成為戰士的資格了。」

葉星滿意地發出呼嚕聲，並躍下岩石堆，站在三隻年輕貓咪面前，開始仰天對著星族說：「我，天族族長葉星，懇請戰士祖靈俯視這三名見習生。他們在嚴格的訓練下，學會崇高的守則。我在此鄭重推薦他們成為戰士。」聽到葉星這麼說，三名見習生把眼睛睜得更大。

葉星打了個寒顫，突然想起自己當初在接受九條命和進行命名儀式時，被一列星光閃閃的貓兒團團圍繞的情景。**祂們在看我嗎？祂們會庇祐這幾隻年輕的貓咪直到他們走入星族為止嗎？**

「彈掌、微掌、石掌，」葉星繼續說道：「你們願意遵守戰士守則、誓死保衛部族嗎？」

彈掌吞了一大口口水，接著回答：「我願意。」

「我願意。」石掌發出清晰宏亮的聲音。

微掌眨眨眼，張著深邃的水藍色雙眸跟著回應：「我願意。」

「那麼在星族的見證下，我要授予你們戰士名。彈掌，從現在起，你的名字就叫彈火。星族將以你的活力和忠心為榮，歡迎你成為天族的全能戰士。」

葉星用鼻頭輕碰彈火的頭頂。薑黃色年輕公貓回舔她的肩膀，接著退了幾步，回到其他戰士的行列。

「石掌，」葉星繼續說道：「從現在起，你的名字就叫石影，星族將以你的勇氣和毅力為榮，歡迎你成為天族的全能戰士。」

當葉星把鼻頭擱在他頭上的時候，黑色公貓眨眨眼、舔舔她的肩膀，便退回到兄弟的旁邊。現在就只剩微掌站在族長面前；這隻瘦小的白色母貓不由自主地微微抖動著身體，葉星看得出她滿心期待的心情。

「微掌，」她喵聲說：「從現在起，妳的名字將會是微雲，星族將以妳的智慧和熱心為榮，歡迎妳成為天族的全能戰士。」葉星將鼻頭抵在她頭上。微雲粗糙的舌頭刷過葉星，接著走到手足們旁邊。

「彈火！石影！微雲！」全族群起歡呼，歡迎三名新戰士的加入。葉星驕傲地看著族貓們爭相向他們道賀。

「微雲？」白色母貓蓋過全場的聲音，忿忿不平地大喊道：「我一點都不小了吧。我已經長大了，為什麼名字裡還要有微這個字？」

圍在她身邊的貓兒紛紛發出噗哧竊笑聲。苜蓿尾走到她面前，舔舔她的耳朵，安撫她說：「對我來說，妳永遠都是我的小寶貝。」

葉星看得出來瘦小的白色母貓還在生氣。彈火和石影對自己有了新名字感到很亢奮，唯獨他們的妹妹露出一臉受傷的黯然神情。

族長悄悄穿過貓群，來到微雲面前說：「妳的名字雖然有微字，但妳的志氣並不會因此矮人一截。」她低聲說道：「總有一天，部族和所有未來的新成員，都會以微雲這個名字為榮。」

微雲直視她，「妳真的這麼認為嗎？」

葉星點點頭說：「一隻貓的偉大與否和名字一點關係都沒有。」

「我會努力成為一名偉大的戰士。」她胸有成竹地說。

葉星的鼻尖輕碰微雲的肩膀，「我相信妳一定會是偉大的戰士。」

她還沒把話說完，蜂鬚的四個孩子就匆匆跑過來，圍在母親鹿蕨的身邊。

「我們也要當見習生！」小蕁麻大聲地說。

鹿蕨用尾巴輕拂他，並承諾道：「有一天你們一定會當上見習生的。但是現在你們太小，還不適合。」

「我們才不小咧！」小蕁麻的妹妹小梅擠過去，對著母親說：「我們已經足足有三個月大了！」

「但是要六個月大才能當見習生。」她的母親提醒她。

小梅立刻露出失望的眼神。

「那也太久了吧！」她的哥哥小兔大聲抱怨說：「我們才不要等那麼久。」

「就是說嘛。」第四隻小貓小溪接著說：「我們現在就要學習怎麼當戰士！」

鹿蕨的眼神掠過孩子們，飄到葉星身上，哭笑不得地問她：「我該怎麼搞定他們？」

葉星抽動頰鬚說：「他們很快就會成為見習生，」她喵了一聲：「就讓他們以後的導師去傷腦筋吧。」

鹿蕨嘆了好大一口氣說：「我真希望他們趕快長大。」雖然鹿蕨嘴裡這樣說，但葉星可以從她看小貓們扭來扭去的關愛眼神中，感受到她滿滿的母愛。

小蕁麻突然抬頭抱怨：「都是小梅把我推進河裡，害我全身溼答答地參加儀式。」

「才不是咧！」小梅反駁說：「是你自己愛耍帥才會掉進去的。」

「好了啦。」鹿蕨斥喝道：「小蕁麻、小梅，不要再吵來吵去了。」

小梅瞪了哥哥一眼，走到淡棕色母貓面前哭訴：「苜蓿尾，都是他亂說話，說什麼我推他！我才沒有咧！是他自己愛耍帥，明明不會格鬥動作還要硬做。」

「我知道了。」苜蓿尾低頭舔舐暗灰色小貓的耳朵，並說道：「貓咪總是會有不小心發生意外的時候，小蕁麻沒有受傷就好了。」

葉星頓時很佩服苜蓿尾安撫孩子的功力。她回想起這隻母貓剛來時懶惰、自私驕縱的模樣，加入部族的目的只是為了替自己和孩子們尋求一個庇護的地方。不過漸漸地，她對部族裡的每隻貓都像自己的孩子一樣，隨時安慰他們，並且提供他們建議。她雖然沒有狩獵和決鬥的天分，但總是能把育兒室打掃得乾乾淨淨，一切井然有序。

鹿蕨要是沒有她，一定應付不了那一大群吵吵鬧鬧的小傢伙！

「來吧，」苜蓿尾揮動尾巴，召喚這四隻小貓咪。「我們回育兒室去，我來跟你們說說當時火星來峽谷的情景。」

「耶！」小溪眼睛為之一亮地叫道：「這個故事最精采了！」

苜蓿尾和孩子們沿著小路往上走。葉星驕傲地看著自己的部族。銳爪正坐在一方陽光裡伸長舌頭，有秩序地梳理暗薑黃色的毛髮；三名新戰士興奮地擠成一團；而他們的前導師則在獵物堆中挑選食物，準備大快朵頤一番。

花瓣鼻對著蜂鬚彈彈尾巴說：「走吧，該是讓見習生練習格鬥技巧的時候了。」

「太棒了！」鼠尾草掌大叫，飛也似地衝上峽谷。他的姊姊薄荷掌緊隨在後，腳下的塵土也跟著飛揚起來。兩名導師不疾不徐地走在後面。

葉星吁了一口氣，心中感到無限的驕傲與欣慰。部族已通過了禿葉季的漫長考驗，和大老鼠的那場決鬥也逐漸從記憶裡褪去。

我們永遠不會忘記雨毛。這隻灰色公貓，也就是鼠尾草掌和薄荷掌的父親，為了剛加入不久的部族不惜英勇作戰。大家永遠不會忘記他是史上第一位為新天族犧牲生命的貓咪。

天族現在在峽谷的勢力強大，這全都得感謝火星和沙暴。

葉星突然想起很久以前住在這裡的部族，戰士窩現在還留有他們的爪痕。她常常想著，若是能多知道他們的一些事那該有多好。守天是古老部族唯一的倖存者。這隻灰色老貓以前常被當成瘋子，甚至被取了個「瘋狂老毛球」的綽號。那些曾取笑他的貓咪們，現在都成了葉星忠心的戰士。守天對天族的記憶有如一道微微的火光，直到火星到來，才將它激發成熊熊的火焰。葉星抬頭望向族貓滿月時聚集的懸天岩。**部族現在的成員數量龐大，有些貓咪甚至只能挨坐在懸崖的邊上。**她不禁屏息凝視，突然發現一團灰色身影隱隱約約出現在飄移的白色雲層間。

守天！

原來這隻老貓有回來，觀看為第一批在峽谷出生的貓兒們舉行的戰士儀式。葉星頓時感到很窩心。她翹起尾巴打招呼，希望所有在星族的天族祖先都在天上看著，並為自己的後代子孫與那些決定加入部族的貓咪感到驕傲。

「我會永遠以祢們為榮。」她低聲喃喃道：「我們一定會盡全力讓祢們的部族延續下去。」

第二章

「有入侵者！有入侵者！」

葉星聽到驚恐的嚎叫聲，急忙轉身，伸出爪子，做好保衛自己和部族的準備。銳爪和在新鮮獵物堆旁的戰士們接連跳起來，皮毛高高聳立。鼩鼱齒四肢僵硬地站在下游隔了幾個尾巴距離的岩石上，害怕地瞪大眼睛往上看。他的嘴巴從發出警示的尖叫聲後，就沒有再合起來過，看樣子他已經恐懼到說不出話來了。

三隻貓兒正從峽谷邊緣，沿著小徑快步而下。一隻黑色母貓在前方帶隊，一隻薑黃色加白色的公貓與一隻較年輕的黑白公貓緊跟在後。

「那是檀爪、比利暴和史努克掌啦。」櫻桃尾喵聲說：「為什麼那隻鼠腦袋公貓要這麼大驚小怪？」

「他差點把我嚇死了。」雀皮咕噥。

葉星鬆了一口氣說：「鼩鼱齒，放心啦，他們只是晨間戰士！」

緊張兮兮的黑色公貓看看她，接著將目光移回那群快速走下石路的貓兒。最後他終於認出了他們，「對不起，」他低頭對葉星喃喃說道：「陽光太刺眼，害我不小心看錯。」

「我怎麼覺得他老是在看錯。」櫻桃尾忍不住發牢騷。

銳爪發出不耐煩的嘶聲後，繼續梳理毛髮。他似乎懶得搭理那三隻迎面而來的貓咪，不過葉星還是看到他的尾梢來回晃動著。她原本想開口招呼，但看到那三隻貓已經走到離谷底只剩幾個尾巴的距離，決定還是上前迎接他們。

「嗨，葉星。」黑色母貓喵聲說：「我們應該有趕上儀式吧？」

葉星搖搖頭說：「很抱歉，檀爪。儀式已經在中午進行過了。」

「呃，不會吧？」年輕公貓大聲嚷著：「我們竟然錯過了！這個儀式我可是期待了將近一個月耶。」

「我們剛剛去叫哈維月和斑掌，」檀爪解釋說：「但他們被關在屋裡出不來。」她聳聳肩，「應該是我們等太久了。」

葉星雖然沒有轉頭看，仍可以感覺到銳爪的眼神有如狐狸的尖牙刺進她的背。她知道他無法認同這些寵物貓，認為他們既然已經加入部族，就不應該在晚上又回兩腳獸的窩裡去。但她不打算為了這件事和他爭吵不休，因為天族很需要晨間戰士。

多虧他們的幫助，獵物堆才有足夠的食物。部族的規模還很小，拒絕任何一隻貓都是我們的損失。

「沒關係啦，史努克掌。」檀爪繼續說道：「以後我們還會舉行其他的儀式。」

「但我就是想參加**這一個**。」史努克掌走到三名新戰士面前，並用充滿崇拜的目光對彈火說：「我想當第一個叫你戰士名的貓，但我現在連你的新名字是什麼都不知道！」

「我現在叫彈火。」年輕戰士一臉自豪地告訴他。

「很讚的名字！」

微雲跟著說：「我是微雲，他是石影。」

看到史努克掌完全不理會年輕的白色戰士，原本想笑的葉星只好瞀住呼嚕聲。

「我敢打賭你一定是部族裡最優秀的貓。」他繼續對彈火說：「真希望我的導師是你。」

「喂！」薑黃與白色混雜的公貓緩步走到這些年輕貓咪面前，並和善地推了史努克掌的肩膀一下，「你的導師有哪裡不好？」

「對不起，比利暴。」史努克掌尷尬地舔舐胸口的毛髮說：「你當然也是個很棒的導師。」

比利暴還來不及回應，崖頂便傳來興奮的尖叫聲。小蕁麻、小梅、小溪和小兔匆匆忙忙地從育兒室裡橫衝直撞地沿著小徑跑下來。

「星族一定有在保祐這些小貓，」檀爪說：「不然他們早就摔斷脖子了吧。」

「比利暴！」小兔啪地從最後一顆岩石跳下來，急忙爬到薑黃加白色的公貓旁邊，並喵叫說：「來看看我們做你昨天教的動作！」

「我是最厲害的戰士！」小蕁麻誇口說。

「我才是！」小梅用肘部頂了哥哥一下。

鹿蕨喵聲說：「他們還太小，不適合學戰鬥技巧。」她脖子周圍的毛髮開始豎起來，「他們今天在玩打架遊戲時，小蕁麻差點淹死。」

「沒錯。」斑足走到淡棕色母貓旁邊，「你不應該鼓勵他們，比利暴。你有一半的時間都沒有在這裡，根本不曉得他們會遇到什麼麻煩。」

比利暴向小貓的母親禮貌地點點頭說：「若真的會發生意外，那我感到很抱歉，鹿蕨。但老鷹和狐狸並不會因為他們年紀太小而放過他們，讓他們多學一些防身術還是比較保險。」

「你這隻寵物貓懂什麼老鷹和狐狸？」站在獵物堆另一端的櫻桃尾發出噓聲。

比利暴面無表情。雖然葉星不確定他是否有聽到櫻桃尾的話，還是決定當個和事佬。**一個分裂的部族是不可能存活的，住在部族的貓和晨間戰士應該團結一條心。**

「我們不能把小蕁麻的意外全算在比利暴的頭上。」她走到那群貓咪身邊，喵聲說：「小貓本來就很愛玩，而且很少會去注意身邊的危險。他們不是玩打架遊戲，就是學狐狸跟蹤或學貓頭鷹飛行的動作。我希望你們從現在起要多注意自己的安全。」她把話說完，低下眼睛看著小蕁麻和他的手足們。

小蕁麻聽到族長叫他的名字時，充滿朝氣地點點頭。

「比利暴還是可以繼續教我們吧？」小梅哀求。

「他想要的話就可以。」葉星同意，「但是要先經過你們母親的同意才行。」

四隻小貓一擁而上，衝到鹿蕨的身邊，把鹿蕨撞得搖晃了幾步。

「拜託！」

「我們會離河邊遠遠的！」

「我們向妳保證。」

「嗯……」鹿蕨勉為其難地說：「好吧……」

小貓們興高采烈地大叫，馬上又擺出搏鬥的姿勢，用腳掌輕輕互揮。

「比利暴，你看我！」

「看**我**才對！看我怎麼把小兔的喉嚨撕開！」

葉星喵了一聲：「好了，」她看到銳爪朝她走過來，便接著說：「巡邏隊要準備集合了。」

銳爪俐落地點了個頭說：「我帶隊到這邊的峽谷邊界巡邏。櫻桃尾和斑足，你們兩個跟我。雀皮，你帶邊界巡邏隊到另一邊巡視。帶彈火……噢，對了，檀爪，既然妳的見習生今天沒有來，妳就跟他們一隊。」

葉星抽動頰鬚。她的副族長對這名晨間戰士說話的口氣顯然不是很友善，一副認為她在部族一無是處的樣子。

也許他心裡是這樣想，葉星在心中嘀咕著，**但這純粹是他個人的意見，沒有必要表現得這麼明顯吧**。

雖然檀爪聽得出銳爪的話中帶刺，但還是很有禮貌地對副族長點點頭，然後站到雀皮和彈火旁邊。這一切葉星都看在眼裡。

「那我和微雲呢？」石影睜著閃亮的大眼睛問道：「我們也要執行成為戰士後的首次巡

邏。」

「當然少不了你們。」銳爪喵了一聲。他對峽谷出生的貓咪說話的語氣，明顯和善多了。

「我們需要更多新鮮獵物……你們到河川下游的樹林去。鼩鼱齒，你跟他們一起去。」

黑色公貓緊張地跳起來，「是，銳爪。」

「還有比利暴——」

葉星突然插話：「比利暴和史努克掌，你們和其他導師和見習生一起上戰鬥訓練的課。」

銳爪點頭，「好。現在每隻貓都有分配到了，我們出發吧。」

「等等，」回颯彈彈尾巴，恭敬地走向銳爪，「我需要一隻貓協助我採藥草。可以讓微雲留下來嗎？」

「但那是見習生的工作耶！」微雲蓬起頸部的毛，焦急地抗議。「我現在已經是戰士了。」

「服從命令是戰士的職責。」銳爪咆哮道。

「但——」

「我真的需要幫忙，微雲。」回颯和顏悅色地說：「要是我在峽谷外面遇到狐狸或獾的襲擊該怎麼辦？我需要一名戰士在旁邊保護我。」

「呃……」微雲頓時眼睛一亮，頸毛也恢復平順。「若是這樣的話，我很樂意幫忙，回颯。我包準妳一路平平安安！」

葉星看著一批批巡邏隊朝不同方向出發。**火星住的森林應該也是這樣。我們現在是不折不**

扣的部族，就和他們一樣。

葉星趁著副族長出發前，趕緊低聲對他說：「銳爪，我還是要跟你說一下。」

銳爪看了看在附近等他的巡邏隊隊員。他甩動尾梢，讓族長把話說完。

「你有必要對檀爪冷嘲熱諷嗎？」葉星問。

「我沒有——」銳爪開口反駁，眼睛充滿怒氣，接著嘆了一口氣說：「好啦，對不起，我口氣是有點差。但那些寵物貓戰士我就是看不順眼。」

葉星壓平耳朵，忍不住豎起頸毛說：「**寵物貓戰士**，銳爪？你不覺得這個字眼很侮辱人嗎？」

銳爪一派從容地迎向她的目光說：「我只是實話實說罷了。要不然妳會怎麼稱呼他們？他們不住在峽谷，說來就來，說走就走。他們每天晚上都回兩腳獸的窩，是要怎麼澈底遵守戰士守則？」

「關於這點我們已經討論過很多次了，銳爪。」葉星嘆了一口氣說：「你也很清楚我的看法。我們的部族還小，若我們能讓這些貓咪有親身體驗戰士生活的機會，說不定他們會選擇永久加入我們。」

「還早咧。」銳爪哼地一聲，「他們連名字都夾雜著寵物貓名！史努奇掌……真是夠了！」

「是史努克掌。」葉星糾正他，「他覺得用史努奇這個名字，聽起來不像個戰士。」

「史努克這個名字就有好到哪裡去嗎？」

葉星又好氣又好笑地用肘部輕推了他一下，「你若只是對他們的名字有意見的話，那我就沒什麼好操心的了。去吧，你的巡邏隊正在等你。記得下次對檀爪客氣些，她對部族的工作算是非常熱衷了。」

「不管怎麼說她還是寵物貓！」銳爪拍動尾巴，「她脖子上還掛著頸圈耶，真是夠了！」

「就拿她用青苔遮蓋頸圈這件事來看。」葉星反駁：「她費盡心思就是為了避免驚動獵物，所以你千萬不要動不動就說些喪氣的話刺激她，可以嗎？」

「好啦，葉星。」銳爪對她眨眨眼。從他的綠色眼珠可以看得出他的怒氣已消，「雖然我還是認為妳的腦袋裝滿蜜蜂，不過我會照妳的話去做就是了。」他轉身走去找他的巡邏隊。

葉星看到鹿蕨不理會孩子們的抗議聲，堅持要他們走上小徑，回到育兒室去。「等一下你們再去找比利暴玩，現在先去睡午覺。」

「我會待在這裡，小貓們！」比利暴在他們的後面喊道。

葉星拍動尾巴，要他和史努克掌跟著她，沿著銳爪巡邏隊的腳印，往峽谷上面走。此刻太陽已經被大片烏雲遮蓋，一陣寒風把塵土刮得四處飛揚。

怎麼還沒傍晚就下起雨了，葉星心裡咕噥著。

前方幾個尾巴距離的峭壁，小徑向內蜿蜒，在岩石和河流之間形成一塊寬敞的沙地。花瓣鼻和蜂鬚坐在一旁看著他們的見習生練習。薄荷掌蹲在沙地中央，急急甩動尾巴，擺出一副要撲向獵物的模樣。鼠尾草掌悄悄從後方靠近，瞬間衝向她，亮出爪子準備從她的側部抓下去。但薄荷掌動作更快，她轉向鼠尾草掌，迅速彎身躲過他的腳掌攻勢，並從下方朝他的後腿一陣掃踢後，接著一躍而上，留下她的手足在沙地上無助地掙扎。

「非常好！」葉星喊道。

薄荷掌看到族長目睹到自己的勝利，忍不住興奮地跳了起來。

「沒錯，攻擊得很漂亮。」蜂鬚喵聲道：「不過下次記得乘勝追擊。趁對方倒在沙地時，妳可以趁機補上幾拳。」

「鼠尾草掌，」花瓣鼻接著說：「在攻擊前記得聲東擊西，讓敵方摸不清你出手的方向。」

史努克掌和比利暴一起來到練習場邊緣。史努克掌興沖沖地喵了一聲說：「我也要試試看！可以嗎？」

「當然可以呀。」比利暴回答：「我們先看看鼠尾草掌和薄荷掌再練習幾遍。」

「好，」鼠尾草掌坐起身，吐出嘴裡的沙說：「下次我一定會**擊敗**妳，薄荷掌。」

「要是這樣的話，我看連刺蝟都會飛了！」他的姊姊回嗆。

葉星盤起尾巴，坐在導師們身邊觀看訓練的情況。三隻年輕貓咪很快就學會了新的招式。雖然他們還要經過很長一段時間的訓練，才能有資格取得戰士頭銜，但他們的功力似乎一天比一天強，出招速度也愈來愈快。

「我想要練昨天你做的那個招式。」史努克掌用力把耳朵上的沙拍掉，並喵聲說：「就是攀岩那招，超強的！」

葉星從沒見識過那個招式，於是好奇地豎起耳朵。「讓我看看。」她說。

史努克掌和鼠尾草掌面對面，一步步逼近岩壁。鼠尾草掌突然躍上懸崖，一個扭身，往下朝史努克掌飛撲。史努克掌發出怒嚎，猛力揮動四肢，想甩掉對手。

「再來一次！」他邊掙扎，邊要求。

「好啊。如果你想讓皮毛沾上更多沙子的話，我可以成全你。」鼠尾草掌附和。

兩隻年輕貓咪再次擺好姿勢。這次換史努克掌飛上懸崖。當他飛撲而下時，因為動作稍慢，一不小心撲空摔在地上。

「沒撲到！」鼠尾草掌大喊。

史努克掌沒有就此屈服。他一個翻身，用後腿猛力踢沙子，把鼠尾草掌濺得全身都是。「現在看看誰全身都是沙呀？」他嘲笑道。

「嘿！」灰色見習生抗議。

「史努克掌，不要太過分。」比利暴提醒。

「但這是招式的一部分。」史努克掌走到導師前解釋說：「若是我能讓敵人的眼睛吃沙子，他們就沒有時間伸出爪子攻擊我。」

「他說得有道理。」葉星發出貓嗚，「這個招式特別適合用在峽谷作戰。」

「說得也是。」比利暴承認。「但在訓練時也要有所克制，史努克掌，知道嗎？我們可不希望回颯整天忙著幫見習生清掉眼睛裡的沙子。」

「知道了。」史努克掌開心地對著導師點點頭。

這些年輕貓咪的熱忱讓葉星很感動。雖然在峽谷不會像火星所屬的部族那樣，有各部族之間相爭的問題。但在這裡，天族還是有可能和惡棍貓、獨行貓或是兩腳獸的寵物貓發生衝突。**更何況大老鼠也有可能會再回來。樹林裡也有狐狸和獾出沒。**葉星下定決心，一定要讓所有的貓都有保護自己和部族的能力。

「現在換我試試，」薄荷掌衝到史努克掌旁邊喵聲說：「我——」

一朵突如其來的雪花落在她的頭上，她嚇得停下腳步，叫了一聲。葉星看到天空已經烏雲密布，愈來愈多的雪花紛紛飄到沙地上。

「下雪了！」斑足皺起鼻子，露出厭惡的表情大嚷：「不是已經到了綠葉季嗎？」

「今天的訓練就到此為止。」葉星眼看雪已經開始落到自己的皮毛和頰鬚上，於是宣布道：「在還沒淋溼之前，大家趕快回營地去。」

雖然到下方的營地只有幾個狐身的路程，但是雪愈下愈大，河對岸的懸崖成了白茫茫一片。他們腳下的小徑也被踏得泥濘不堪。窩室還未進入眼簾，每隻貓的皮毛上早已經鋪了一層半融的雪。

葉星抵達營地，看到鼩鼱齒和石影在紛飛的雪天中，叼著幾隻溼淋淋的獵物，衝上營地。雀皮的邊界巡邏隊就在他們後面幾個狐身的距離。

「大家各自回到窩裡去！」葉星上氣不接下氣地說：「比利暴、檀爪，你們也跟他們去。等雪停了再離開比較好。」

「來吧，」薄荷掌對史努克掌喵聲說：「你可以來我們的窩躲雪。」

石影奮力跑上懸崖，其他的戰士也跟在後面，沿著瞬間蓋滿溼雪的小徑，張開爪子小心翼翼地往上攀爬，避免打滑。葉星瞥見回颯和微雲衝進巫醫室；鹿蕨叼起一隻小貓的頸背進入育兒室；銳爪也帶著巡邏隊從峽谷頂回到營地。

葉星和群貓站在戰士窩旁的岩架上。副族長飛快走下小徑，來到葉星和群貓站立的岩架上。

「雪！」副族長嚷嚷著。他甩掉頭上的白雪，厭惡地哼了一聲，走進戰士窩。「禿葉季下得還不夠多嗎？」

「我們就不要站在這裡抱怨了。」葉星邊喵聲說，邊跟著走進去。「來啊，你們大家——都進來避雪。」

當所有戰士都跟著族長鑽進窩裡時，銳爪喵了一聲說：「也該是把窩清一清的時候了。這裡面臭氣沖天，跟死狐狸的味道有得拚。」

「好噁！」櫻桃尾把尾巴蓋在鼻子上，大聲嚷嚷著。

「好主意。」葉星雖然只聞到貓咪擠在一起，溼溼的皮毛所散發出的強烈味道，不過她還是同意：「我們可以拔除舊青苔，用雪刷洗牆壁。」

「我們也應該去勘察峽谷上的幾個山洞。」銳爪建議說：「這件事我們已經講了快一個月。那些洞穴也許可以用來貯存食物，或當額外的睡窩用。」

「你是說要再出去？」鼩鼱齒睜大眼睛，緊張地問：「現在在下雪耶。我們要是掉下懸崖怎麼辦？要是凍死怎麼辦？要是——」

「要是一隻大刺蝟刺到你怎麼辦？」櫻桃尾不耐煩地用肘部頂一下黑色公貓，並說：「我從沒看過這麼愛擔心的貓！」

「我贊成打掃。」花瓣鼻開口說，「葉星，我可以到育兒室幫忙清理嗎？」

「當然可以。謝謝妳，花瓣鼻。」

灰色母貓迅速奔出睡窩，此刻雪也慢慢變小了。葉星探出頭目送她離去後，轉身對戰士們說：「銳爪，你在這裡監督清掃工作。我帶一些貓咪出去查看洞穴閒置的情況。在我外出的期間，希望有貓能清一下我的窩室。」

「我來！」雀皮自告奮勇，「我會把它掃得乾淨到連妳都認不出來。」

葉星滿懷感激地對這隻戰士點點頭。「那麼，石影、彈火，還有比利暴跟我去。我們順道到見習生窩去接見習生出來。」

「呃……葉星。」比利暴尷尬地舔舔胸口上的毛，「我真的該走了。我不能被雪困在這裡，不然我的主人會因為不知道我去哪兒，而開始擔心。而且……」

「你才不是因為怕主人擔心，」雀皮生氣地打斷他，「你是不想做打掃工作。」

「才不是！」比利暴同樣氣呼呼地回應，頸毛也開始豎起來。

「那就留下來啊。」石影上前一步，站到雀皮旁邊，「雪已經變小了。」

「雪也有可能會再變大。」比利暴爭辯說：「我不想被困在這裡。還記得上個禿葉季時，有一次刮強風，所有的寵物貓都留下來，直到隔天風停了才走的事嗎？我的主人當時差點嚇個半死，牠們以為我再也不會回去了。」

雀皮伸出爪子，張口準備回應。但葉星舉起尾巴，制止他說話。「好，」她對比利暴喵聲說道：「如果你想走，那就走吧。我們明天見。」

「謝謝妳，葉星。」這隻薑黃與白色混雜的公貓鬆了一口氣說。他一臉尷尬地掃視在場的貓兒們一遍，隨後掉頭，悄聲跑出睡窩。

「檀爪，妳也必須離開嗎？」葉星問。

黑色母貓說：「噢——不用，葉星。我會留下來幫忙打掃。」

「很好。」眾貓後面傳來一隻貓咪碎碎念的聲音。

「我們不應該讓比利暴再回來了。」雀皮大聲說，眼神仍閃著怒火。

「就是說嘛。」石影附和，「有什麼好玩的他才要參加。要叫他工作，他就說要回去找主人了。」

葉星忍不住嘆氣。她知道自己必須想辦法平息部族貓和晨間戰士之間的紛爭。她希望每隻貓都能被公平對待，但比利暴的作為只會引起更多爭議。

正當她準備介入時，銳爪走向前，對著這兩名戰士說：「要怎麼處置比利暴是葉星的事，不需要你們插手。你們現在趕快去把該做的事做好最重要。」

雀皮和石影交換一下眼神。「好吧，銳爪。」石影咕噥道。

等兩名戰士離開後，銳爪在葉星的耳邊悄悄地說：「我要提醒妳，其實他們說得有道理。等下次比利暴來，我們一定要給他一些額外的差事做。千萬不要讓這些寵物貓戰士誤以為可以過得比部族貓輕鬆。」

一聽到副族長又說出那個傷人的字眼，葉星感覺自己的頸毛不由得直豎，但她強迫自己將毛髮再次收平。現在不是吵架的時候。

銳爪停下來，抬起一隻後腿搔搔耳朵，接著說：「如果他們有心成為部族的一分子，就要有平均分攤工作的準備。」

「你說得對。」葉星回答。雖然副族長完全同意雀皮和石影的看法，但還是很願意挺葉星，這點讓葉星很感動。「如果我們能想辦法讓他們參與到籌備新窩室的事，也許他們會想在峽谷住下來也說不一定。」

銳爪給了她一個半信半疑的眼神，並抽動一隻耳朵說：「也許吧。」

葉星認為再談下去也不會有什麼結果，於是揮動尾巴，把石影和彈火叫了過來。「還有妳，檀爪。」她喵了一聲，「妳就頂替比利暴跟我一起去吧。」

檀爪眨眨眼，露出既驚訝又高興的表情，很慶幸自己被族長選中。她和兩隻年輕公貓跟著葉星鑽出睡窩。外面的雪差不多已經停了，只剩幾片零星的雪花緩緩飄落。但小徑覆蓋著半融的雪，處處潛藏著危險。再加上強風仍呼呼吹過岩石，幾乎可以將貓咪從懸崖吹落。

「走路要小心。」葉星提醒。

她帶隊沿著小徑而下，到見習生窩接薄荷掌和鼠尾草掌。當她走到窩穴入口時，看到史努克掌從洞內往外張望。葉星感到一陣欣慰，他也留下了。

「來吧，」她對見習生們喵聲說：「我們去清理峽谷上那幾個洞穴。」

「太棒了！」鼠尾草掌從史努克掌旁邊飛速而過，衝到睡窩外的小徑，一不小心踩到一塊冰，差點重心不穩跌倒。「那裡會有什麼東西嗎？」

「還不就是一堆鳥骨骸和灰塵，鼠腦袋！」薄荷掌回答，她顯然比弟弟鎮定多了。

鼠尾草掌舉起一隻腳掌，似乎想打姊姊的耳朵。不過當他發現葉星正在盯著他看時，馬上就把腳縮回去。

「我們走吧。」趁見習生還沒打起來前，葉星趕緊喵聲說：「現在很冷，我們去查看查看，還可以順便暖暖身子。」

一到谷底，葉星便加快腳步，所有貓咪都跟著繃緊肌肉、邁開步伐跑了起來。他們在冷空氣中吐出團團白煙，尾巴在身後飄揚著。這幾個覆蓋著一層薄薄白雪的新洞穴，和後方的訓練場僅僅相隔幾個狐身的距離。葉星抬頭發現四個狹小的入口，兩個位在懸崖底部，另外兩個入口則是位在較高處。

檀爪走到最靠近的洞穴裂口，整個頭和肩膀都探了進去，「裡面真的很小。」她回報。即使她的聲音不是很清楚，但還是能從中聽出她失望的口氣。

「檀爪，出來。」葉星命令道。

黑色母貓退了出來，不解地看著葉星。

「妳忘記什麼了？」族長問。

檀爪一臉困惑。

「她忘了先聽聲音、嗅味道。」石影大聲說。

葉星白了他一眼。**雖然他說得沒錯，但我不應該讓他有機會糗她。我下次說話一定要更小心。**

「裡面可能有埋伏。」葉星解釋，「有可能會有狐狸或獾，甚至是蜂窩在裡面。所以在進入一個封閉的空間前，一定要提高警覺。」

「對不起。」檀爪低著頭，用一隻前爪摳摳地上。

「妳要不要用正確的方法試著查看另一個洞穴呢？」葉星搖搖尾巴，指了指接下來的洞穴。

檀爪走過去，在洞口前方一個尾巴距離的地方停下腳步，張開雙顎嚐了空氣半晌後，轉身對葉星說：「我沒有聞到什麼怪異的味道，沒有任何動物在裡面。」

「那麼妳就進去看看吧。」

檀爪走向洞穴，小心翼翼地鑽進去，不一會兒又鑽了出來。「裡面是空的，葉星。但我覺得空間還是太小，無法做任何用途。」

葉星也進去查看這兩個洞穴。檀爪說得沒錯，兩個地方都太狹窄，也不夠深，天花板也太低，沒辦法拿來築舒適的窩。石地上布滿一條條蝸牛爬行的痕跡；後面的牆角更是堆滿了樹葉和殘礫。

「我們等一下再回來把它們清乾淨。」她決定，「這兩個地方可以當作儲藏室。」

彈火站在外面，抬頭望著上方另外兩個洞穴。「我可以爬上去，」他大聲說：「妳要我上去查看嗎？」

「我們大伙兒一起過去。」葉星回應，「大家一起跟著我。上面的路不好走，要特別小心。」

到下個洞穴的路徑非常崎嶇。葉星必須緊攀住岩石的縫隙，才能一步步沿著石堆和細窄的岩架往上爬。她回頭看到其他貓兒正設法跟上來；薄荷掌因為腿太短，沒辦法攀到下一個岩縫，於是石影一口叼住見習生的頸背，將她拖到一顆傾斜的岩石上。

如果我們要在這個洞穴築窩的話，就必須想辦法築出一條較好走的路。

葉星來到洞穴入口，查看裡面是否安全。她發現裡面的空間比下方的兩個洞穴還要寬敞很多，忍不住興奮起來。頂棚比她的頭要高出至少一個尾巴的距離，後面深邃的空間則堆滿碎石殘礫。

彈火氣喘吁吁地爬到她旁邊的岩架上，並打了一個大噴嚏。「有灰塵！」他倒抽一口氣說。

「這還用說。」葉星看到年輕貓咪臉上驚訝的表情，覺得很好笑。「那我們就來打掃吧。」

她開始用爪子移除一個舊鳥巢。但鳥巢立刻在她掌間碎開，此刻又是一陣灰塵撲天，讓她忍不住也打了一個噴嚏。她聽到在她旁邊打掃的彈火發出噗哧一笑。

其他貓咪們也紛紛抵達，一起加入清理的行列。他們將枯枝落葉，以及陳年的獵物屍骨清出洞口，通通往峽谷下面丟。清完後，葉星終於可以看出裡面的實際大小：洞穴深入峽谷內部，除了空間十分寬敞之外，更是個遮風避雨的好地方。

葉星在灰塵滿天飛的情況下眨眨眼睛，氣喘喘地說：「這裡應該很適合。」

「也很安全，」檀爪說：「在這裡全完不必擔心被敵人偷襲。」

葉星深有同感地點點頭。即使這隻黑色母貓晚上睡在兩腳獸巢穴，但卻有聰明的頭腦與戰士的思維。或許我們不必築出一條較好走的路，現在這樣子反而比較安全。

她喵聲說：「先休息一下吧。」她坐在可以望向洞口的地方，俯瞰著他們剛剛爬上來的路徑。「你們都辛苦了。」

族貓們一屁股圍著她坐下來著，開始梳理沾滿灰塵和小石礫的皮毛。

「妳可以再跟我們多說一些古老天族的事嗎？」史努克掌問，聲音聽起來特別地靦腆。「我聽其他貓說很久以前有另一支部族住在這裡。這是真的嗎？」

「千真萬確。」葉星回答。她移到洞穴的沙地上去坐著，讓自己較放鬆，一邊努力回想火星告訴她有關古老天族的事。「最初的天族在很久以前，原本和其他四支部族一起住在森林裡。不過兩腳獸奪走了他們的地盤，在那裡建造兩腳獸的住所，於是他們被迫離開。」

「兩腳獸還有其他的住所喔？」薄荷掌倒抽一口氣，驚奇地睜大雙眼。

「喔，對呀，牠們有很多住所。總之，天族走了很遠的路，終於來到峽谷，並在這裡搭營地。我們現在所住的睡窩就是他們以前留下來的。」

三名見習生睜大眼睛，你看我，我看你，彷彿很期待看到那些古老貓咪的魂魄走進洞穴。

「不過大老鼠來了，」葉星繼續說：「牠們殺了很多古老天族貓，並且驅逐剩餘的勢力。有些戰士去了別的地方；有些則成為獨行貓或寵物貓；而有些——只有少部分的貓——緊守著天族的記憶，直到火星的到來，才又重新被揭開。」

鼠尾草掌嘆了長長一口氣，「真是偉大！妳覺得我們會是那些古老天族貓的後代嗎？真希望我是！」

「我也希望我是！」石影插話。

薄荷掌接著說：「我也是！」但史努克掌卻不發一語。

葉星雖然覺得他們不太可能是，但還是喵聲說：「有可能。」火星告訴她古老天族貓有修長的腿，可以跳得很高；他們的腳掌肉墊很厚，適合走在崎嶇的石子上。薄荷掌和鼠尾草掌都沒有這些特徵，石影和彈火也沒有。

不過史努克掌有可能是天族的後代，她心想。他很擅長跳躍，也不害怕爬樹。而檀爪的腿則是長而有力。

「這裡的每隻貓都可能和古老天族有關係。」她繼續說道，避免提及這些晨間戰士身體上的特徵。「也就是說每隻貓都有資格成為我們的族貓。」

「我是天族貓。」石影大喊。他蹲伏下來，彷彿隨時準備高高一躍，飛出洞穴。「我跳躍和攀爬的功夫是一流的。」

「我也是！」薄荷掌插話，眼睛閃著光芒。「我的腳超有爆發力的。」

葉星忍不住暗暗嘆了一口氣。**他們現在該不會要開始互比腿長吧？**

「我的也是。不像有些貓弱到不行。」石影咆哮。

他指的正是晨間戰士，葉星突然意識到。「天族的貓來自四面八方，」她提醒這隻年輕黑色公貓。「所有的貓都應該有機會成為這裡的一分子。」

「應該是吧。」石影嘀咕說。雖然石影嘴裡這麼說，不過葉星並不確定他心裡是否真的這麼想。

檀爪和史努克掌默默地對看了一眼。

葉星不得不承認自己內心的焦慮。**真希望我能找到處理這件事的方法。我要的是一個能夠接納所有貓咪，並珍惜每隻貓技能的部族，但所有的戰士似乎都背道而馳。**

在火星和沙暴離開後，所有天族貓日日夜夜都住在峽谷內。他們和森林裡的部族貓一樣，全心全意為部族付出。火星根本沒有料到兩腳獸的貓咪會想要有條件地加入部族。他們白天在峽谷活動，晚上回去主人的身邊，享受吃得飽、住得舒適和沒有狐狸威脅的生活。火星對葉星的建議中完全沒有提到如何帶領起內鬨的部族。

我真的有辦法消弭部族內部的紛爭嗎？

第三章

葉星睜開眼睛，看到月光從入口斜斜透進睡窩。一個聲音把她從睡夢中喚醒，但現在除了谷底涓涓的流水聲外，完全籠罩在一片寂靜之中。她站起身，拱起背，伸了個懶腰，並把皮毛上的青苔碎屑抖掉，然後悄聲步出窩室，沿著小徑往下來到河岸邊。

三隻年輕的戰士在岩石堆底下站崗。他們各個正襟危坐，俐落地將尾巴盤繞在腿上。在月光下，乍看成了三尊冰雕或石雕。當葉星對他們點頭時，他們也沒有回應。

她朝新窩室走去，靜靜地滑過岩石角落殘留的皚皚白雪。岩石上閃耀著霜芒，彷彿禿葉季又回到了峽谷。但這隻棕奶色混雜的虎斑貓並不覺得冷。相反地，她感覺自己的身體很溫暖，而且異常輕盈，像一片飄在暖風中漫不經心的葉子。葉星攀上懸崖，走進最大間的新窩室，抖抖每一隻腳，甩落半融的雪。

我的直覺果真沒錯，她心想。這裡果然是

個適合築窩的好地方。這裡不但沒有什麼風，敵人也不容易攻進來——若他們有本事猜得到我們在這裡的話。

「妳的族貓在這裡會很安全。」

葉星一聽到後面有說話的聲音，立刻轉身。一隻貓站在洞口，昏暗的輪廓映著後面的銀色月光。葉星吸一口氣，聞到一股香甜卻又陌生的味道。直到那陌生貓咪走上前，葉星才認出玳瑁色混白色的斑葉優雅的身影。

祂是已加入星族的巫醫貓，也是火星的朋友。祂來這裡做什麼？

皮毛閃著星光的斑葉走向前，輕拂葉星的毛髮。祂的氣味圍繞在四周。「妳好，親愛的朋友。」祂低聲喃喃。

「我——我是在作夢嗎？」葉星啞著嗓子問。她還不是很習慣死去的貓走進她的內心世界，並以生前講話的方式和她對話。

斑葉點點頭，「對妳的族貓們來說，妳是在睡覺沒錯。妳難道沒有注意到，當妳走過去的時候，那些新戰士連眼睛都沒眨一下嗎？」

葉星聳聳肩說：「我以為他們只是為了遵守第一次站夜哨的規定。」

「當然。」斑葉喃喃地說，並豎起耳朵，抬頭看看四周。「既然你們需要增加窩室，這就表示天族的情況還不錯囉。」祂觀察到。

「我……我們還只是在探勘階段而已。」葉星解釋說：「想說我們可以多利用這些洞穴。部族裡已經有小貓出生，或即將誕生。不過現在舊窩室還夠住就是了。」

斑葉閃閃發光的綠眼珠端詳著葉星的臉，「妳的部族一切都好嗎？」

「都很好。」葉星給了個謹慎的回答。雖然她很擔心比利暴和其他貓咪的紛爭，但她才不想跟一個幾乎不熟的貓說這件事。**更何況，祂也不是我們部族的一分子。**「火星和沙暴好嗎？」

「他們都很好。」星族貓回答，「他們生了兩個小女兒。」

「太好了！」葉星內心洋溢著暖暖的喜悅，「如果妳看到火星，請轉告他我真的很替他們開心。」

「我會的。」斑葉對火星有孩子的事似乎出乎意料地冷淡，葉星還以為祂會很高興才對。斑葉的綠色眼睛再次看著葉星，「妳比任何族長都要辛苦，」祂喵聲說：「要把沒有戰士守則概念的貓咪全集合起來組成一個部族，真是一件不容易的事。」

葉星沒有想到斑葉竟會開始討論起她部族的事，她其實不怎麼想和祂談這些。**我們已經懂戰士守則了。火星教會第一批加入的族貓，現在我們也忙著教導其他貓。**

「我會盡力的。」她說。

「雖然你們現在的情況還不錯。」斑葉告訴她：「但離平和的日子還有一段很長的路要走。」

葉星愣住。斑葉還知道些什麼？祂是不是有看到天族先前的緊張氣氛？葉星還來不及開口替族貓們辯解前，斑葉已經招招尾巴，要她到洞穴口去了。

葉星張望四周，突然看到谷底出現幾隻陌生貓咪的身影。她開始蓬起皮毛，以為營地被入侵了。但她看到祂們身上發出微微星光，身形模糊到幾乎呈透明狀，連祂們後方凹凸不平的岩石都隱約可見。此刻，裡面的一些貓咪紛紛開始朝不同的方向離去，還有另外三隻貓消失在長老窩的暗處，最後只剩下兩隻貓坐在回颯的洞穴口。

「祂們是誰？」葉星低聲問，寒意從腳底直竄脊椎。

斑葉沒有回答。不過此刻峽谷倒是隱約傳來喵聲，原來是一隻體形較大的暗棕色虎斑公貓在說話。「不知道還會不會有部族在這裡住下來？」

另一隻淡棕色公貓點點頭，開始低語喃喃。因為聲音太小，葉星並沒有聽出祂說了些什麼。不過她可以感覺出，這兩隻貓兒的皮毛上不但瀰漫著一股極度哀傷的氣息，身上似乎也散發著幽幽的草藥味。

接著那隻較嬌小的貓咪抬起頭，眼神往上直視，彷彿正在對葉星說話。「現在是部族的禿葉季。」此刻，祂的話語清楚地在葉星的耳邊響起，字字句句迴盪在她與那古老貓咪遙遙相隔的時空裡。「雖然綠葉季終究會再次到來，同時也勢必帶來更大的風暴。天族若要生存下去，就必須要有更深的根基。」

「這是警告嗎？」葉星低語喃喃，儘量讓自己的聲音保持鎮定。「也許是個預言吧？」她想起了前晚做的夢：波濤洶湧的急流將樹木和草叢連根拔起，不斷朝峽谷下方沖刷，淹沒她的族貓們。**這個夢也是預言嗎？**

斑葉沒有反應。當葉星轉身想找祂時，洞穴已經空蕩蕩不見斑葉的蹤影。葉星彷彿頓時掉入冰水般，打了一個寒顫。她再次朝外面的峽谷看去，月光照在空蕩蕩的岩石上，那些貓咪模糊的身影已經消失。

過了一個心跳的時間後，葉星睜開眼睛，發現自己縮著身體，伏臥在窩裡的青苔床上。稀薄的晨曦從洞口洩進來。她困惑地眨眨眼睛，耳裡依然迴盪著那隻瘦小棕色公貓的話。

祂所說的「更大的風暴」是什麼意思？天族要怎麼有「更深的根基」呢？

「鼠腦袋！我們要是往下游去，就可以抓到更多獵物！」

「不對，我們應該跨越河川，到森林去。」

「你們兩個都錯了！我們應該攀上懸崖，到崖頂的樹林去看看。那裡有很多松鼠出沒。」

外面傳來鬥嘴聲，葉星聽了不禁嘆一口氣。她認出是微雲、石影和彈火的聲音。她緩緩站起身，蹣跚走到睡窩門口，努力讓自己的思緒從錯綜複雜的夢境中抽離。她往洞口外望去，一眼便看到部族三名新任戰士正蹲在岩石堆下。

彈火拉大嗓門叫道：「你們到底要不要**聽我說……**」

葉星走下小徑，想制止他們爭吵。不過銳爪正好從戰士窩出來，跳下岩石，來到這三名戰士面前。走到一半的葉星，在懸崖腳下的一顆岩石上停下腳步，觀察副族長如何平息糾紛。

「發生什麼事了？」銳爪的聲音有如爪子刮過岩石般尖銳，「叫你們晚上好好站崗，不是要你們在這裡大呼小叫，吵醒其他在營地睡覺的貓。」

「已經天亮了，我們的站崗勤務已經完畢。」石影說。

「所以我們要去狩獵了。」微雲說道。

銳爪冷冷地瞪了這三隻貓一眼，眼睛裡迸射出鋒利的綠色光芒，「這也太好笑吧。我一直以為召集狩獵隊伍是副族長的職責，難道是我記錯了嗎？」

這些年輕的貓咪低下頭。「你沒有錯，銳爪。」彈火小聲地說。

「很好。」副族長彈彈尾巴說：「石影，你跟我到這邊的峽谷邊界巡邏。彈火，斑足正準備帶隊去狩獵。你去跟他說，就說我要你跟他一起去。」

「那我呢？」微雲問。

「妳可以去加入櫻桃尾所帶領的另一支邊界巡邏隊。以後不許你們像今天這樣吵來吵去。」

銳爪掉頭離開。葉星點點頭，對副族長的表現感到很滿意，也很欣慰自己不用親自介入。

她沿著谷底，朝巫醫窩走去。

葉星無意間從後方聽到微雲說話的聲音，「起碼我今天可以避開回颯。要是被她看到，她一定又要叫我去採草藥。」

葉星差點想轉身，命令白色母貓去執行那份工作，但又不想撤銷銳爪的命令。**不過，下次我一定要她再去幫回颯的忙，**她暗自下定決心。**每隻貓都必須瞭解到巫醫對部族的重要性才行。**

葉星穿過洞穴外圍，來到回颯內部的窩室。年輕的巫醫正背對著她，彎起身子處理存放在後面裂縫的草藥。

「杜松果、蓍草、艾菊……」她自言自語地說：「不對，這個不是艾菊，是款冬。」

「嗨，回颯。」

銀色虎斑貓被族長突如其來的聲音嚇了一跳。她迅速轉過身，睜大綠色的眼睛。當她一見到葉星，立刻鬆了一口氣。「葉星，妳嚇了我一跳！」

「對不起。」葉星走上前，和巫醫互磨鼻子，沉浸在她皮毛所散發出的淡淡草藥香中。

「很高興妳能來這裡。」回颯繼續說：「我──我昨晚做了一個夢。至少我確定那是個夢，不過我並不知道那個夢重不重要就是了。」

葉星心頭一震，她來這裡也是為了問巫醫關於夢的事：這是個巧合，還是具有更深層的意義呢？「跟我說妳做了什麼夢。」她說。

回颯走到外部窩室，在洞口坐下來。她搖搖尾巴，召喚族長過來一起坐。「我醒來時──起碼我自認是醒來時──我聽到窩室外面有窸窸窣窣的聲音。我往外一看，發現有兩隻貓咪在外面。一隻是體型較大的暗色虎斑貓，另外一隻則是身材較嬌小的淡棕色貓。他們的皮毛上雖然星光閃閃，但身影看起來很模糊，而且有種遙不可及的感覺。」

葉星突然繃緊肚子。回颯所描述的那兩隻貓正是在她夢裡出現的貓咪。「祂們有說些什麼嗎？」她慎重地問。

回颯點點頭說：「那隻大虎斑貓說：『我們的最後一個任務已經完成，該是離開的時候了。』說完就走上峽谷消失了。那隻較矮小的貓咪停下腳步，轉過身來，我感覺祂好像是在看我。祂說：『現在是部族的禿葉季。雖然綠葉季會再次到來，同時也勢必帶來更大的風暴。天族若要生存下去，就必須要有更深的根基。』妳覺得祂說的是什麼意思，葉星？」

葉星的心撲通撲通狂跳，彷彿就要跳出胸口。過了一會兒，她才回答說：「我不知道。不過這其中一定有什麼含意，因為我昨天也做了同樣的夢。」

回颯忍不住跳起來，「同樣的夢？」

「差不多一樣，只不過我夢到我去了峽谷上面的新窩，我是在那裡看到那兩隻貓的。斑葉也出現在那裡。」

回颯頓時露出羨慕的表情說：「真希望我也能看到祂。我還有很多關於草藥的知識要請教祂。」

「說不定鹿步今天晚上就會再來幫妳再上一堂課，她再怎麼說也是天族的巫醫。」葉星暗示。她對斑葉出現在她夢裡的動機還是覺得有些可疑。斑葉當然是效忠雷族的吧？**祂為什麼對我們部族這麼感興趣？**葉星抽動尾梢，努力克制自己懊惱的情緒。「不過現在的當務之急，是設法解答那些在峽谷的貓所說的話。聽起來像是個預言，不是嗎？」

「對呀。」回颯低聲表示同意。

「那隻嬌小的虎斑貓是在警告我們。」葉星喃喃地說。不安的情緒在她的皮毛底下蠢動著，有如螞蟻爬滿全身般難耐。「祂說將會有更大的災難降臨到天族身上。」

年輕巫醫聳聳肩說：「還有什麼比受到大老鼠攻擊更慘的事？」

「祂還有說到更深的根基。」葉星繼續說：「不知道這是什麼意思。」

「說不定是要我們吃樹根吧？」回颯猜測。

葉星搖搖頭說：「吃樹根會有什麼好處嗎？除非那是一種我們還沒發現的藥材……而且，前天晚上我還做了另外一個夢。我夢見大水灌進峽谷，所有東西都被連根拔起，水最後淹沒我們的睡窩，把大家都沖走了。我覺得這兩個夢應該有關聯。」

回颯若有所思地點點頭，「說不定我們的族貓中，有貓知道這些夢的含意。」她建議道：「我們是不是該召開集會，告訴他們這件事？」

葉星覺得，要在部族面前坦承自己和巫醫解釋不了祖靈所顯現的預兆，好像並不妥當。火星是不是也會被這樣的疑慮所擾呢？或許她應該再給星族一次解釋的機會。

她喵聲說：「不行，現在還不是告訴族貓的時候。」回颯露出吃驚的表情。葉星繼續說道：「我不是不希望他們參與，而是因為我們有可能還會夢到更多訊息，到時預言就會更清楚了。更何況，我們現在能告訴他們什麼？跟他們說災難將會降臨嗎？這只會造成大家的恐慌而已。」

回颯把頭歪向一邊說：「妳想怎樣就怎樣，葉星。」她低聲說。

葉星忍住怒氣，盡可能不被巫醫懷疑的口吻激怒。「這樣做對部族最好。」她堅持，「如果有更多的預兆出現，我們可以私下討論，直到解出祖靈要傳達給我們的訊息為止。」

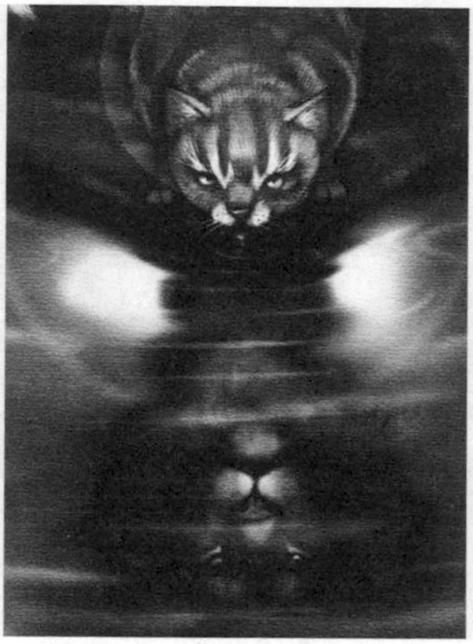

第四章

葉星沿著峽谷，往上方的新洞穴走去，沿途享受皮毛沐浴在陽光下的感覺。下雪過後的幾天，天氣突然變暖，暖得有點不像新葉季初期該有的氣候。

當她慢慢接近新窩室，一根樹枝突然從崖壁飛出來，砸在葉星的腳邊。葉星趕緊跳起來閃過樹枝。

「有蛇！」她頭頂上方傳來嚎叫聲，「我把牠打死了。」

葉星抬頭一望，看見兩名晨間戰士，哈維月和馬蓋先，站在一處岩架上，旁邊就是第四個還沒有被清理的洞穴。她看到馬蓋先鏟起一把乾掉的青苔，往哈維月的胸口砸去，濺了他滿身都是。

「你要倒大楣了！」哈維月二話不說，立刻撲到馬蓋先身上。

我的天呀！葉星氣沖沖攀上岩架，心裡暗暗怒罵，**鹿蕨的小貓們都比他們懂事多了！**

當發現葉星出現在幾個尾巴距離的地方，並跑上他們所在的岩架時，兩隻公貓立刻跳開。

「你們在做什麼？」她大吼：「我是請你們過來幫忙，不是要你們像小貓一樣在這裡嬉鬧。」

他們還沒開口回答，就看到銳爪從洞穴走出來。他的暗薑黃色皮毛揪成一團，全身布滿灰塵，綠色的眼珠發出憤怒的光芒。「我已經忍了他們一個早上了，」他告訴葉星，並氣呼呼瞪著哈維月和馬蓋先。「你們做的這些蠢事已經違反效忠部族的原則。你們難道都沒有戰士的羞恥心嗎？你們不但不幫忙，還造成其他貓咪的困擾。」

「我們又不睡在這些洞穴裡，」哈維月說：「幹嘛還要我們去清理？」

銳爪發出憤怒的嘶吼，聲音大到連馬蓋先都嚇得瞪大雙眼。哈維月不安地看看四周，葉星可以感覺出他很後悔講出這種不知羞恥的話。

葉星看到檀爪和她的見習生斑掌在洞口張望銳爪，石影和雀皮則是暗暗站在她們後面。葉星意識到所有貓兒正等著她有所行動，這樣的言行簡直不可原諒。因為是晨間戰士所惹出來的風波，讓整件事情變得更嚴重。

「部族貓不會趁所有族貓都在工作時，自己在那裡混水摸魚。」她告訴馬蓋先和哈維月。「而且更不會用剛剛那種口氣對副族長或任何其他貓說話。戰士都會互相尊重。」她繼續說道，感覺有塊石頭重重壓在自己的肚子裡。「這已經不是第一次了。你們不但沒有出席戰士儀式，而且前兩次狩獵也都空手而回。」她深呼吸一口氣，接著說：「在下個滿月前，不准你們進入營地。到時候也許你們就會想清楚自己是不是真的要成為天族的一分子。」

馬蓋先和哈維月蹲下來，耳朵貼平，聽著族長的訓斥。當她宣布懲罰時，兩隻貓震驚地面面相覷。

「對不起，葉星。」馬蓋先喵聲說：「剛剛都是我們太不知輕重了。求求妳讓我們留下來。」

「我們以後一定會努力工作。」哈維月保證：「銳爪，我剛剛說的話冒犯到你，真的很抱歉。我不是有意的。」

「再多抱歉都無濟於事。」葉星回應：「太遲了。」

「可是我已經答應日正當中時要和蜂鬚和薄荷掌去狩獵。」這白色公貓辯解。

馬蓋也跟著說：「我跟鼠尾草掌說好了，要一起幫長老們抓跳蚤。纏亂的狐狸故事才說到一半，我想把結局聽完。」

「那你早該想到這點。」葉星喵聲說。她絕不能在這個時候心軟，更何況銳爪正在背後盯著她。「如果你們已經想好要當個稱職的戰士，可以等下個滿月再來。不過，現在你們必須離開。」

哈維月原本想再次開口爭辯，不過最後似乎想通了。兩隻貓垂頭喪氣地走下崖壁，往岩堆和谷底的方向離去。

葉星一邊看著他們，一邊忍受銳爪的怒目相向，她不知道讓寵物貓加入部族是否是件好事。這會是夢裡的貓所指的「更大的風暴」嗎？葉星趕緊甩掉這個念頭。這幾隻跳蚤腦的公貓根本沒有左右預言的能力。

銳爪的確對晨間戰士很有意見，我不能再忽視這個事實。我必須力挺自己的副族長。

哈維月和馬蓋先在走了幾個尾巴的距離後，剛好遇到櫻桃尾和彈火正準備攀上岩石到新洞穴去。在一片靜止的空氣裡，他們的聲音清楚地飄進葉星的耳裡。

「你們兩個怎麼了？」櫻桃尾在兩隻情緒低落的公貓面前停下來，並問道：「你們看起來像是沒獵到松鼠，反而獵到了甲蟲。」

「比那個還糟。」哈維月碎碎念道。

「到底是什麼事？」彈火追問。

「我們剛剛在摸魚，」馬蓋先非常慚愧地承認，「然後，這個跳蚤腦，」——他用肘部推了哈維月一下——「還對銳爪說了些沒禮貌的話。所以葉星懲罰我們在下個滿月前都不准踏進營地。」

「這也太慘了吧！」彈火瞪大眼睛大喊。

「聽起來好像是你們自己活該。」櫻桃尾刻薄地說。

「你們的腦袋一定都裝了蜜蜂，才會以為可以在這裡混水摸魚。」

「櫻桃尾說得對。」洞穴突然傳來檀爪淡淡的說話聲，讓在前面的葉星嚇了一跳。「這全是他們自找的，妳不用覺得內疚，葉星。」

「沒錯。」斑掌接著說，這隻長腿的淡棕色虎斑貓在族長面前顯得戰戰兢兢。

葉星的尾梢輕輕拂過她的肩膀說：「謝謝妳，斑掌。」

還有更多貓咪陸陸續續從裡面鑽出來，擠在岩架上看著兩名晨間戰士離去。比利暴走到檀爪和斑掌旁邊，後面跟著微雲，然後是鮑鬍鹵走在最後面。葉星驚訝地眨眨眼，她之前完全沒發現原來洞穴有這麼大。

「很可惜他們不能留下來。」微雲難過地喵聲說：「這樣我們的狩獵戰力不就會降低嗎？」

比利暴和史努克掌彼此交換眼神，喃喃發出贊同的聲音。

「不過，我們再也不用分東西給他們吃了。」石影的腳掌甩過妹妹的耳朵。「更何況，那兩隻貓也沒抓多少獵物回來。」

「萬一遇到敵人怎麼辦？」鮑鬍鹵蹲在岩架最前面，俯視峽谷。「我們有足夠的戰力可以抗敵嗎？」

石影轉動眼珠說：「哪來的敵人？鼠腦袋，這裡只有我們。」

葉星愈聽族貓們的爭吵，心情愈是沉重。不知道要到哪一天，部族才能團結起來？

「謝謝妳支持我。」銳爪突然打斷她的思緒，「妳做了明智的決定。」

「我這麼做才不是為了你！」葉星大聲斥喝，沒想到自己會如此激動。「問題還沒有解決。」

銳爪露出驚訝的表情。他的綠色眼睛雖然直視葉星，卻沒有說半句話。葉星想不出該說些什麼，也不知道自己該不該道歉。

我最近要不是煩惱該怎麼解決部族的事，就是不斷和別人道歉。

她匆匆對副族長點點頭，便走下峽谷，在谷底遇到櫻桃尾和彈火；哈維月和馬蓋先已經不見蹤影。

「我們正在找比利暴和史努克掌。」彈火喵說道：「我們得一起去執行邊界巡邏勤務了。」

「他們在上面的洞穴裡。」葉星告訴他們。

「太好了！對了……葉星，」櫻桃尾繼續說：「我們剛剛跟哈維月和馬蓋先聊了幾句。妳要我們去巡邏邊界，還是先去狩獵比較好呢？」

葉星想起在上去峽谷前經過獵物堆，看到上面的獵物少得可憐。

「你們先去狩獵好了。」她決定道。邊界巡邏還不急。天族現在所面對的危機似乎是內鬨問題，而非外敵入侵。

⚡⚡⚡

葉星朝長老窩走去，留櫻桃尾在谷底喊著比利暴和史努克的名字。她在連接崖壁的小徑盡頭遇到鼠尾草掌。

「你可以去幫銳爪清理新洞穴嗎？」她喵了一聲說：「有些貓必須去打獵，還有很多工作沒有做完。」

鼠尾草掌沮喪地眨眨眼睛說：「好吧，葉星。我本來是要去幫長老檢查跳蚤的。」

「你要去幫長老檢查跳蚤啊？」葉星喵聲說。

鼠尾草掌尷尬地舔舔胸毛說：「嗯，纏亂上次說了一個很棒的故事……」

葉星微微發出開懷的呼嚕聲，並用尾巴輕拍見習生的耳朵。「要聽纏亂說故事以後有的是機會，」她保證，「現在你先去幫銳爪的忙。」

「是。」鼠尾草掌鞠了一躬，立刻快步跑上峽谷，到新洞穴去。

葉星看著他離開後，便沿著小徑走到長老窩。「苔毛、纏亂，你們好。」她一邊鑽進去，一邊喵聲說道。

纏亂沒跟她打招呼，劈頭就大聲嚷道：「那個麻煩的見習生咧？他不是要來幫我們抓跳蚤嗎？」這隻老貓拚命抓身上皺成一團的虎斑皮毛，「我癢到快抓狂了。」

葉星很快進到長老窩，並提議：「我來幫你除跳蚤，纏亂。鼠尾草掌在忙。」

窩在青苔床上的苔毛立刻抬起頭來，驚訝地睜大琥珀色的眼睛說：「其他部族的族長也會幫長老抓跳蚤嗎？我可從沒聽過有這種事。」

她話中帶刺，彷彿青苔床上藏了一根刺，讓人渾身不舒服。葉星心想這老貓一定是認為，葉星降低身分做這種低下的差事，想當然是有意要招惹批評。於是葉星一針見血地回應。

「我不會將自己不願意做的事，都推給其他族貓去做。」她和氣地說：「我是不知道其他部族的族長怎麼做，但如果妳寧可躺在這裡讓跳蚤咬的話，我可以現在就走，讓妳清靜清靜。」

「妳可以留下來。」苔毛勉強答應。

纏亂嘟噥了一聲，葉星就當他是同意了。**我敢說天底下的長老全是一個樣。**

葉星在纏亂旁邊坐下來，開始在他蓬亂的毛髮下找跳蚤。這時，苔毛忍不住問：「我聽說妳把那些寵物貓趕走了，這到底是怎麼一回事？」

葉星眨眨眼。雖然她知道部族內傳八卦的速度驚人，還是不免大吃一驚。「妳怎麼會知道這件事？」

「花瓣鼻外出的時候，碰巧遇到哈維月和馬蓋先。」纏亂解釋：「是她跑來跟我們說的。」

現在整個部族應該都知道這件事了，葉星心想。她一把揪住一隻跳蚤，把牠塞進嘴裡，「喀」地一聲咬碎。

「我不確定自己是不是做了正確的決定。」她坦言，「現在部族內似乎有太多的歧見，我這麼做恐怕只會雪上加霜。」

纏亂扭動脖子，朦朧的琥珀色眼珠往上看著她，葉星心想或許能從他的眼底深處，找到一絲智慧的光。「不管做什麼決定，」他咕噥，「妳都要堅強以對。儘管天族的道路蒙上一層陰影，妳仍必須帶領大家往前走。」

苔毛哼地一聲說：「貓應該具有在黑暗中看清楚東西的能力。我可不希望自己的族長是個大瞎子。」

聽到長老尖酸刻薄的話，葉星頓時僵在那裡。

纏亂用肘部輕推葉星一下，並輕聲說：「別理她，她一整晚都像吃了炸藥一樣。」

葉星點點頭。這隻壞脾氣的長老貓肯支持她，讓她倍感窩心。**不過，究竟還有多少族貓認為我是個眼盲的族長呢？**她不禁在心裡自問。

她離開長老窩，朝回颯的窩走去。和年輕巫醫討論哈維月和馬蓋先的事，順便問問她的意見，應該會讓她的心情紓解不少。葉星才走不到幾步，就聽到上方傳來扒抓的聲響，碎石殘礫一下子沿著小徑啪嗒滾落，一隻貓咪驚恐的尖叫聲傳遍了峽谷。

葉星抬頭，看到鼠尾草掌爪尖緊鉤著岩石，懸掛在新洞穴最高處的崖壁上。

「救命！」他聲嘶力竭地狂叫，「救救我！」

第五章

葉星還來不及反應，銳爪已經從較低處的洞穴衝出來，開始往上攀爬，斑足則緊跟在後。在同一時間，花瓣鼻跑出育兒室，躍上山岩，朝那飽受驚嚇的見習生奔去。她搖搖晃晃地攀上沙土遍布的懸崖，沿著狹窄到幾乎看不見的小徑爬行。

葉星也開始攀爬，腳步沉沉地踏過一顆顆岩石。但她所在的位置比副族長還遠。

「撐著點！」銳爪以冷靜俐落的聲音提醒他，「別動！」

花瓣鼻發出驚慌失措的哭嚎聲：「星族救救他！」

鼠尾草掌腳爪下的岩石開始崩落。葉星肚子猛抽了一下，眼睜睜看著他瞬間滑落一個尾巴的距離。她看到檀爪和石影從下方的洞穴探頭出來想救鼠尾草掌，儘管他們伸長腳掌，還是差那麼一點點。

「我要掉下去了！」他上氣不接下氣地

說：「我撐不住了！」

「你可以的，不要動。」銳爪在見習生的下方，彼此僅相隔幾個狐身的距離。他是唯一最靠近他，最有希望救他的貓。銳爪強而有力的後腳攀住岩縫，猛力往上一蹬，整個身體撲向鼠尾草掌。但他還來不及抓住這隻年輕貓咪的皮毛，鼠尾草掌腳下又是一陣石礫崩落。見習生開始尖叫。他在一陣塵土飛揚中，神情慌張，試圖再次抓住岩石表面。葉星面露驚恐，眼睜睜看著他小小的身體在瞬間垂直落下。銳爪一時重心不穩，也沒能及時接住他。

鼠尾草掌撞到一塊突起的大石塊後彈開，尖叫聲戛然而止，他接著砰的一聲落地，一路滾到崖底，最後一動也不動地停在懸崖與河岸之間的小徑上。

葉星感覺肚子一陣緊縮。她趕緊轉身，跑過去找他。她溫柔地在他旁邊停下來，低頭嗅聞他淡灰色的皮毛。

「他沒有死對不對？」花瓣鼻衝下懸崖，狂奔到兒子的身旁，驚恐地豎直根根毛髮，「星族，不要帶走他！」

鼠尾草掌癱在崖底的塵土上，眼睛緊閉。葉星看到他側腹微微抽動，終於鬆了一口氣。

「他沒有死。」她伸出鼻頭輕觸花瓣鼻的肩膀，低聲地說。

斑足跳下來，一臉鐵青地看著那一動也不動的見習生。「我去叫回颯過來。」他話一說完，倏地跑開。

花瓣鼻蹲在鼠尾草掌旁邊，開始舔舐他頭頂上的皮毛。「醒醒啊，鼠尾草掌。」她顫抖著聲音苦苦哀求。「都是我的錯。」她抬起頭，斗大的藍色眼睛看著族長，「要是我好好看著他，他就不會出事了。」

葉星能理解灰色母貓的愧疚感。鼠尾草掌是花瓣鼻的兒子，同時也是她的見習生，因此她對他的意外感到格外自責。

我記得火星告訴我們，森林的貓咪不會去當自己孩子的導師。也許就是這個道理。

「這不是妳的錯。」她將尾巴尖端擱在這隻心急如焚的貓咪肩上，試著安撫她。「他已經是見習生了，不是小貓。妳總不能時時刻刻都看著他。」

花瓣鼻沉默不語，只顧著繼續猛舔這隻年輕貓咪的頭。

後面傳來輕輕的腳步聲，葉星轉頭一看，原來是銳爪、雀皮和鼩鼱齒朝她走過來。石影、微雲和檀爪也緊隨在後。大夥兒圍成一團，低頭望著那隻見習生一動也不動地躺在那裡。

「對不起，」銳爪甩動尾巴，顯然是在生自己的氣，「要是我手腳能再快一點的話……」

「你已經盡力了，」葉星告訴他，「沒有任何貓能——」

「他死掉了！」鼩鼱齒聳起一圈頸毛，大叫道。

花瓣鼻倒抽一口氣，驚慌地睜大藍色眼珠。

「他沒有死。」葉星不耐煩地說：「而且也不會死。鼩鼱齒，不要在這裡嚇大家。你現在就去找些青苔，然後將它們放到河裡沾點水。」

鼩鼱齒望著她，張口又大叫了一聲，隨即閉上嘴巴。「不好意思，」他慌慌張張地拖著前腳準備出發，並邊碎碎念道：「我——我這就去辦。」

他匆匆離去。葉星傾身靠近鼠尾草掌的身體，察覺他的呼吸似乎更穩定了些，著實讓她安心不少。葉星這時突然發現，他的其中一隻腳張開的姿勢不是很自然。**那個部位有問題。星族啊，千萬不要讓他的骨頭斷掉。**

幸好這時從峽谷下方已經傳來飛快的腳步聲，回颯很快便趕到了葉星旁邊，斑足則緊隨在後。

「你們全部都退開。」巫醫很快喵聲說：「花瓣鼻，妳可以留下來安撫他，但不准妳害他變得更驚慌。」

花瓣鼻深呼吸，身子挺直坐立，強迫自己將高高聳起的頸毛收平。葉星突然很佩服她的自制力，但仍可以看出她憂鬱的藍色眼睛不禁流露出極度的煎熬。

「回颯，請救救我兒子。」她懇求。

一想到灰色母貓可憐的遭遇，葉星的內心也跟著刺痛起來。花瓣鼻的伴侶，雨毛，已在大鼠之戰中喪命。**星族，祢們絕不能再狠心奪走她兒子的性命！**

回颯用腳掌輕拂鼠尾草掌的全身皮毛，幫他做檢查。此刻的鼠尾草掌不時微微蠕動身體，想辦法抬起頭來。

「雨毛？」他喃喃自語。

「不，是我，小寶貝。」花瓣鼻發出呼嚕聲，並低頭舔他的耳朵。

「太好了。」鼠尾草掌迷迷糊糊地說：「我還以為自己已經去了星族。」他掙扎著撐起四肢，想坐起來，但痛得哀叫一聲，又倒回地上。

「不要動。」回颯把一隻腳掌擱在他的肩膀上，並告訴他：「你的腳受傷了。我必須仔細檢查後，才能幫你治療。」

她的聲音雖然聽起來很冷靜，但葉星並不確定她是否真的那麼有自信。部族雖然很幸運地安然度過禿葉季，沒有發生任何不幸，但回颯畢竟沒有醫治腳傷的經驗。

回颯轉頭掃視了退到後面的群貓一眼，並喵聲說：「微雲，去幫我拿些罌粟籽來。」

微雲瞪大眼睛點點頭，立刻快步離開。

「石影，」回颯揮揮尾巴招他過來，「你過來這裡，照鼠尾草掌的姿勢躺下來。」

年輕公貓雖然一臉困惑，但還是照著她的話，在受傷的見習生旁邊躺下來。回颯的腳掌在石影攤開的腿上摸了一遍，接著摸摸鼠尾草掌的腿。她再回頭摸石影的腿，然後單掌停在腿與腹側的交接處，開始順著每個方向推壓。她回過頭來，觸摸鼠尾草掌的同一個地方，見習生立即痛得哇哇大叫。

「我知道了。」她點點頭，喵聲說：「謝謝你，石影，你現在可以站起來了。鼠尾草掌的腿沒有斷，」她繼續說道：「只是有脫臼的情況，我必須把它推回原位。」

「妳可以辦得到嗎？」花瓣鼻低聲說。

「可以。」回颯的聲音雖然帶著緊張，卻沒有絲毫害怕。「很抱歉，鼠尾草掌，在推的時候會很痛喔。」

「沒關係。」鼠尾草掌喵了一聲。這時鼩鼱齒正巧啣著一大坨溼答答的青苔回來，放在鼠尾草掌的旁邊。鼠尾草掌感激地眨眨眼。

趁見習生舔青苔時，雀皮走上前，將叼在嘴裡的一根枝條放在鼠尾草掌旁邊。「咬住它，」他建議說：「這樣可以幫助你減輕疼痛。」

鼠尾草掌點點頭說：「我們可以現在就進行嗎？」他問回颯，聲音裡有藏不住的害怕，接著緊緊咬住枝條。

回颯揮揮尾巴，要其他貓退開。葉星也跟著退到後面，只留下花瓣鼻蹲低身體，緊靠在兒子旁邊。

巫醫彎起身子，對鼠尾草掌說：「不好意思，我必須用到牙齒。」她喵聲說。她的兩隻前掌緊緊抓住年輕貓咪的臀部，嘴巴緊咬他的腿部，然後猛力一扭，葉星聽到鼠尾草掌的腳「喀」地一聲，被推回原位。

鼠尾草掌齒間的枝條應聲斷裂。他鬆開碎裂的木條，哀叫一聲。花瓣鼻倒抽一口氣，急忙彎身，不停用鼻子撫摸他的毛髮。

接著鼠尾草掌抬起頭說：「嘿，不太痛了！」族貓們紛紛起而道賀，回颯隨即露出鬆了一口氣與充滿成就感的眼神。葉星可以看出族貓們很欽佩回颯的表現。花瓣鼻雖然沒有說任何一句話，但她的呼嚕聲大到幾乎可以蓋過全場貓咪的聲音。

「做得好。」葉星喵聲說：「我為妳感到很驕傲，回颯。」

回颯鞠了一躬，尷尬地舔舔胸毛，接著轉身，看到微雲嘴裡叼著罌粟籽在附近繞來繞去。她彈彈耳朵，把白色戰士叫過來，接過她嘴裡的罌粟籽，並且從中抖落兩粒種籽，塞到鼠尾草掌面前。

「把這些舔光。」她吩咐：「你必須回到我的窩裡休養，好方便我照顧你。這些罌粟籽能減輕你的疼痛，幫助你入眠。」

「謝謝妳，回颯。」鼠尾草掌伸長舌頭把罌粟籽舔進嘴裡，接著吃力地站起來。

「不准你自己走路！」花瓣鼻喵聲說：「我帶你回去。」

「我又不是小貓！」鼠尾草掌抗議。

「你永遠是我的小貓、我的小寶貝。」花瓣鼻溫柔地叼起鼠尾草掌的頸背，朝回颯的窩走去。雖然叼著他走路有些吃力，但花瓣鼻還是非常小心地避免讓他的腳碰到地上。回颯跟在一旁走著。

葉星望著他們離去的背影。

「我們很幸運能有回颯這樣的巫醫。」銳爪很滿意地說。

「對呀。」雀皮喵聲說：「真是感謝星族！」

葉星低聲同意。「可是有件事我有點想不通。」她繼續說：「鼠尾草掌為什麼會爬到那麼高的懸崖去呢？那裡連小徑都沒有。」

銳爪搖搖頭說：「不曉得。」

葉星轉而看看其他的族貓，看到斑足不安地不斷用前腳抓地上。「斑足？」她說。

「對——對不起，葉星。」黑白公貓支支吾吾地說：「這可能是我的錯。」

銳爪瞬間從喉嚨爆出低沉的怒吼，但葉星甩動尾巴制止他。「怎麼說？」她喵聲問。

「這……鼠尾草掌一直想證明自己是古老天族的後代，所以他想展示自己的跳躍和攀爬能力有多厲害。」

「那為什麼是你的錯？」銳爪生氣地問。

「因為我——我逗他。」斑足帶著充滿罪惡感的眼神坦承。「我說他不是真的天族貓。可是我萬萬沒想到他會做出那樣的舉動來。葉星，我真的沒想到。」

「我相信你。」葉星告訴他：「誰都不可能料想到他會做出這麼愚蠢的事來。」

葉星在安慰斑足的同時，內心的焦慮卻像洪水般狂襲而來。葉星已經不止一次注意到族貓們非常重視自己的血統問題。在下雪的第二天，她便聽到櫻桃尾在跟回颯炫耀自己的腿有多強壯、腳趾有多結實的話。**族貓們不應該那麼在乎自己是否為古老天族的後代。或許他們全部都是，但現在已無從查證。他們不該一直在意這件事。**

斑足繼續說：「我真的很抱歉。」聽到族長沒有生他的氣，他放心地眨眨眼睛，「我下次不敢了。」

「下次不要再犯了。」葉星回應，並點頭讓他離開。

銳爪正忙著催促其他貓咪們繼續回去工作。葉星看著斑足再次走上懸崖，回到剛剛工作的洞穴。**我一定要讓他們明白大家都同屬一個部族。唯一和我們息息相關的祖先是星族，祂們會把我們當成自己的親生後代，在天上庇祐我們。**

櫻桃尾的狩獵隊已經歸來，準備把獵得的食物放到獵物堆裡。微雲一看到薄荷掌回來，立刻衝上前去。

「薄荷掌，鼠尾草掌出事了！」

薄荷掌鬆開獵物，張嘴呆站著，露出驚恐的表情，聽微雲描述手足掉下懸崖的經過。

「不過，他很快就會好起來了。」白色母貓說到結尾，「回颯很厲害。她幫他把腿推正了。他現在正在她的窩休息。」

「那他現在一定很需要補充體力。」薄荷掌邊說，邊從獵物堆挑出一隻最大的松鼠，拖著牠朝回颯的窩走去。

葉星等所有貓兒都圍在獵物堆旁後，接著選一塊食物吃。他們三五成群聚在一起，而親眼目睹鼠尾草掌發生意外的貓兒們，把消息傳遞當時不在營地的貓兒們。

葉星趁著閒聊聲漸歇，躍上岩石堆，拉高音量大喊：「所有能夠自行狩獵的成年貓都到岩石堆下面集合，準備進行部族集會。」

大部分的貓咪都已經在現場，有的蹲伏在獵物堆附近，有的則是在河畔邊。小貓們橫衝直撞跑出育兒室，他們的母親鹿蕨在後面追著跑，小心不讓他們跌落小徑。

「你們難道都忘了鼠尾草掌是怎麼受傷的嗎！」鹿蕨警告。但小貓們根本不把她的話當一回事，繼續沿著河岸的小徑，嘻嘻哈哈地往下跑去，最後加入群貓的行列，耳朵高高翹起，眼裡充滿好奇。鹿蕨隨後在他們旁邊坐下來，伸長尾巴，緊緊將他們包起來。

葉星張望四周，查看是否有貓咪在執行看守的工作。當所有族貓都到峽谷底下集合時，在沒有防備的情況下，很容易讓敵人趁機而入。她在幾個月前就已經下令，部族在集會時一定要有貓站哨。此刻蜂鬚正沿著小徑快步奔上半山腰的一塊大石，準備執行看守任務。葉星看了不禁欣慰地點點頭。

苔毛和纏亂從長老窩出來，慢步走到岩石堆，在一塊凸出水面、被太陽曬得暖呼呼的平坦岩石坐下來。薄荷掌從回颯的窩裡走出來加入族貓。回颯和花瓣鼻為了方便照顧鼠尾草掌，僅僅坐在窩室入口聽取集會的情況。

「天族貓們，」當所有貓都集合完畢後，葉星開始說：「首先，鼠尾草掌已經沒有大礙了。多虧有了回颯的幫忙，他很快就能康復。」

「回颯！回颯！」部族群起呼喊，許多貓更是邊跳起來，邊舞動尾巴。

年輕的巫醫看到族貓們如此熱情讚揚她，不禁害羞地鞠了一躬。

葉星揚起尾巴要大家安靜，並繼續說道：「我還有件事要跟大家說。」**星族，請賜給我好口才，**她默默祈禱著。「這是我們的部族，我們都應該以身為部族的一分子為傲。現在部族就是我們的家。我們保衛邊界、狩獵、訓練新戰士。即使我們之間有任何成員擁有古老天族擅長跳躍和攀爬的特徵，這些都不比每隻貓對新部族的貢獻來得重要。」

斑足臉上再度露出不安的表情，接著低頭望著腳掌，族貓中的一兩隻貓兒也顯得渾身不自在的樣子。葉星張出爪子，緊抓腳底下的大圓石。**該是澈底打破天族血統迷思的時候了。**

「在我的眼中，」她繼續說道：「每隻貓無不盡心盡力，全為了讓部族強盛而努力。苜蓿尾所養育的健康小貓們，現在已經成為了天族的戰士。而鼩鼱齒，你敏銳的聽力讓敵人沒有偷襲我們的機會。」

黑色公貓不敢相信族長會特別稱讚他，一時之間反應不過來。坐在旁邊的雀皮用肘部輕推了他一下。

「銳爪是個非常稱職的副族長，而回颯也是個很有天賦的巫醫。」葉星停頓一會兒，目光掃視全體族貓，「我在這裡就不逐一把名字點出來。我以部族裡的所有貓咪為榮，天族少了你們任何一個都不行。」

底下的貓兒紛紛你看我，我看你，她看到苔毛靠到纏亂旁邊，開始在他耳邊嘀咕起來。

「但我和櫻桃尾是火星先挑選出來的。」雀皮說：「因為我們遺傳了古老天族跳躍和攀爬的技能。」

「對呀！」櫻桃尾點頭附和。

「才不是這樣。」鹿蕨開口反駁，頸毛開始倒豎。「我聽到的是，火星之所以先選你們，是因為你們站得最近。你們並不會因此就比我的孩子們更有加入部族的權利。」

櫻桃尾立刻跳起來。葉星豎起尾巴告誡，才讓她又坐了下去。

「鹿蕨說得沒錯，這也正是我想對大家說的話。」她儘量讓自己的聲音平穩，並繼續說道：「不管你的祖先是誰，在天族裡沒有任何一隻貓具有特權。只要是部族貓都會受到星族的庇祐。」

「葉星說得對。」銳爪站起來，對著全體的族貓說：「忠心、責任感和勇氣才是讓你們在部族占有一席之地的關鍵。」

銳爪的相挺並沒有讓葉星感到溫暖，因為她看到他正用凶惡的眼神瞥了比利暴、檀爪和兩名晨間戰士見習生一眼。

她還來不及開口說話，就被蜂鬚突如其來的喊叫聲打斷。「有入侵者！」

這隻還在半山腰看守的灰白色公貓急忙跳起來，不斷張望峽谷對面的懸崖。族貓們聽到他這麼一喊，趕緊轉身，頸毛直豎，瞪著頂端的岩石層。葉星看到一隻貓正從懸崖那頭看過來，那顆棕色的頭隱約可見。幾個心跳的時間後，出現了第二隻貓，接著第三隻、第四隻也跟了上來。

銳爪從喉嚨發出低沉的斥責聲，「他們已經這麼深入我們的地盤，而我們竟然一點都沒察覺？」

「我們本來是要到邊界巡視，」彈火試著解釋清楚，「但葉星要我們去狩獵。」

銳爪質疑的眼神立刻射向葉星，葉星的心頓時抽動了一下。年輕戰士雖然句句屬實，但因為過去實在很少會有陌生的貓侵犯到部族領土，所以她才想說不如去填滿獵物堆比較重要。

只有這麼一次沒有巡邏，就發生這種事！

因為厭惡和副族長爭辯，所以葉星並沒有回應彈火的話。她只是淡淡地喵聲說：「斑足，把闖入的貓帶到這裡來，櫻桃尾和雀皮，你們跟他去。」

這三隻貓跑下峽谷，過了一小段路後，沿著一排踏腳石穿越河流。斑足在前頭帶隊走回峽谷，消失在懸崖的轉彎處，那四隻貓的身影也跟著在邊緣撤離。

「你們已經闖入天族的地盤！」葉星聽到斑足發出嚴厲的斥責聲，「下去見我們的族長！」

天族貓們一片鴉雀無聲，緊張地等候著。此刻，奔下懸崖的腳步聲清晰可辨。不久，便看到斑足帶頭的巡邏隊出現，櫻桃尾和雀皮左右包夾闖入者。天族貓一路帶著陌生的貓咪們越過河川，來到岩石堆底下。其他的族貓們讓出一條路讓他們通過。葉星瞇起眼睛，看著族貓們各個豎起皮毛，亮出爪子。**但願這件事能和平解決。**

她跳下岩石堆，面對這四隻陌生的貓咪。裡面一隻最高的長腿棕色公貓，黃色的眼睛、一身破爛的皮毛，緩緩地環顧四周。他在被一群充滿敵意的部族貓包圍下，竟然沒有露出一絲害怕，反而是一臉……**得意**。這令葉星感到很訝異。

他轉向葉星，然後點點頭喵聲說：「看樣子火星最後還是找到你們了。」

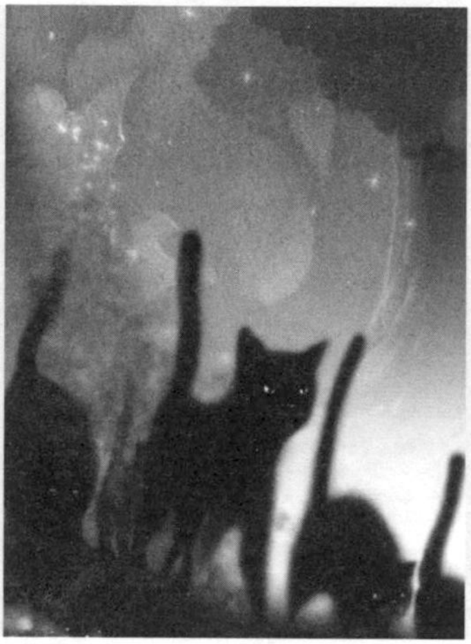

第六章

葉星愣住，「**你們怎麼會知道**火星？」她質問：「你們是雷族貓嗎？」

棕色貓哼了一聲說：「才不是咧，我們並不屬於任何部族。但是我們遇過火星和他的伴侶沙暴，當時他們正在召集一些需要新家的貓咪。這地方就只有這樣啊？」

他再次看了看峽谷四周。葉星聽出了他不以為然的口氣，她很努力壓下怒氣，儘量讓頸毛平貼，聲音保持驕傲與自信。

「沒錯。火星找到我們，而且這裡就是我們的家。我是天族族長葉星。」

「你們叫什麼名字？」銳爪突然走到葉星旁邊開口問。

葉星雖然知道在透漏任何訊息給不認識的貓前，應該要先問清楚對方的大名，但她一聽到火星的名字，一時楞住，來不及反應。

那隻瘦巴巴的棕色公貓說：「我叫棍子。」他接著彈彈尾巴指向一隻黑色母貓說：「她是柯拉。」

「我是矮子。」一隻尾巴末端被截掉的棕色虎斑公貓走向前，禮貌地鞠了個躬說道。最後一隻黑色公貓擠到前面來說：「我叫煤炭。我們住在下游一處兩腳獸的地方。當時火星和沙暴被大水沖散時，就是我們幫助他們的。」

「你們來這裡做什麼？」葉星問：「你們是來找火星的嗎？他和沙暴很久以前就離開了。」

棍子抽動尾梢，看了看他的同伴。葉星可以感覺出他是在指示他們不要說話，由他統一發言。「我們常常聊起火星和沙暴。」他回答：「我們對部族一直很感興趣。」

銳爪對這四隻貓瞥了一眼說：「你們這樣尋找部族也未免太冒險了吧。」他接著說：「聽起來你們對火星的計畫似乎不是很清楚。」

瘦巴巴的棕色公貓聳聳肩，「這個冒險很值得。」

銳爪和葉星謹慎地交換了一下眼神。她可以看出銳爪雖然對這些陌生貓咪們的膽識刮目相看，仍不免還存有戒心。葉星也同樣感到不自在，從族貓們遲疑的眼神中，他們想必也有同樣的感受。小溪抬頭看著母親鹿蕨，用尖細的聲音偷偷問：「這些貓是誰？他們來這裡做什麼？」

鹿蕨的尾巴輕輕摀住孩子的嘴巴，但葉星知道這問題非問不可。因為棍子似乎是帶頭的貓，於是葉星直接問棍子：「你們為什麼要到這裡來？我們雖然很歡迎你們來參觀沒錯……」

柯拉露出溫柔友善的眼神走向前說：「我們覺得可以跟你們學到很多東西。」她解釋：

「像是如何狩獵、保衛領土——」

「沒錯，我們今天的工作就做得很棒！」櫻桃尾嘀咕道。

「還有保護親族的技能。」黑色母貓把話說完，絲毫不受插話的干擾。

柯拉充滿尊敬的語氣，讓葉星有種受寵若驚的感覺。「我們才剛開始不久，」她承認：「很多東西還有待學習。我們——」

「你們想學什麼，我們都很樂意教。」銳爪抽動尾梢，突然插話進來。他轉向葉星，繼續說道：「能有愈多貓咪幫忙打獵愈好，不是嗎？」

葉星聽到一隻族貓發出倒抽一口氣的聲音，也注意到另外一兩隻貓咪對副族長說話的口氣感到很不自在，他那口氣聽起來幾乎是在指揮族長該怎麼做。但現在葉星必須要讓每個族貓、還有訪客明白她才是首領。**我等一下會找他談談。**

「當然，」她冷靜地喵聲說：「多了四隻貓的——」

回颯窩室突然傳來大聲的哀嚎，打斷她的話。「我的腿好痛！」

葉星知道一定是鼠尾草掌醒了。坐在窩室門口的回颯立刻衝進去，後面緊跟著花瓣鼻。

「發生什麼事了？」被嚇了一跳的柯拉趕緊問。其他的新訪客也都瞪大眼睛，紛紛開始豎起皮毛。

「沒什麼啦，」葉星要他們不用擔心，「部族一隻年輕的貓咪之前出了點意外，我們的巫醫正在照顧他。」

「巫醫？」煤炭重複她的話。「妳是說，受傷或生病時有專門的貓負責照顧？我想知道更多這方面的事。」

關於回颯處理鼠尾草掌的傷勢，葉星仍然滿是驕傲。把她的醫術透漏給新訪客應該沒有關係吧？「當然可以。」她告訴煤炭：「你可以到回颯的窩裡去參觀看看。微雲，妳帶他去，並且告訴回颯我准許他到那裡去。」

年輕的白色戰士鞠了一躬，招招尾巴示意煤炭跟過來。「謝謝。」他對葉星喵了一聲後，跟在微雲後面走。葉星注意到在前頭的微雲刻意和黑色公貓保持一個尾巴的距離，彷彿是不希望他太靠近。

葉星也注意到銳爪正瞇起眼睛看著她，似乎是在質疑她為何讓煤炭進入巫醫窩。

不要胡思亂想！她暗暗罵自己。**銳爪是個很好的副族長，而且也是他先提議讓新訪客參觀我們的生活的。**

棍子、柯拉和矮子全都興致高昂地看著葉星，她一時之間感覺自己彷彿被三名新見習生包圍。他們真的想學習部族貓的技能嗎？既然有貓咪願意幫部族工作，以換取學習狩獵和打鬥技巧，葉星覺得沒什麼好反對的。哈維月和馬蓋先已經回兩腳獸的地方去了，部族正好需要多幾副貓爪工作。她看到獵物堆的存量還足夠，目前還不需要派他們去抓獵物。

她建議：「你們要不要和我們的見習生一起上訓練課程？我們都是一起訓練的，即使是戰士也需要時常磨練打鬥技巧。」

站在群貓前面的薄荷掌興奮地扭動身體，「太好了！」她大聲嚷著：「我可以教你們我最棒的招式。」

「妳是說讓妳滿臉沙子的那一招嗎？」史努克掌取笑她：「我們一定會表演那一招給他們看！」

棍子看了看柯拉和矮子，接著對葉星點點頭。「我們應該會覺得很有意思吧。」他喵聲說。

「那就走吧。」

聽到葉星這麼說，三名見習生立刻衝上峽谷，往懸崖彎道上平坦的練習區跑。鹿蕨的小貓們也咚咚跑著想跟過去，不過還是被母親叫了回來。

「可是我們也想參加訓練！」小蕁麻抗議。

「就是說嘛，」小梅接著說：「很多戰鬥招式我們都會！」

鹿蕨說：「你們年紀太小，還不能當見習生。」

「老鼠屎！」小溪發出生氣的嘶聲，小兔則是急甩尾巴。

「好啦，你們可以待在池邊自己練習，」他們的母親安撫著他們，「但是要小心，不要掉到水裡去了！」

四隻小貓一邊亢奮地尖叫，一邊往水邊平坦的石地飛奔，他們的母親快步跟在後面。

銳爪帶著戰士們，跟在見習生後面走上峽谷；蜂鬚也從看守的地方下來；微雲和花瓣鼻則是從回颯的窩衝出來。「等等我們！」微雲氣喘吁吁地說。

正當葉星準備跟上去時，比利暴冷不防停在她旁邊。

「需要派一些貓去打獵嗎？」他低聲問，聲音小到只有葉星能聽見。「今天晚上會多出四張嘴巴吃飯。」

葉星被晨間戰士這麼一提醒，突然覺得有些尷尬，「喔，謝謝。」但薑黃與白色混雜的公貓能提出這樣的建議，又讓她感到很欣慰。自從比利暴上次因為下雪而提前離開的事情引起了一陣爭辯後，他就特別勤奮工作，彷彿是要彌補自己的過失。「你想帶隊去打獵嗎？」

「不行耶。」比利暴說：「我必須指導史努克掌做訓練。」

葉星點點頭說：「說得也是，指導史努克掌還是比較重要。斑足，」她喊道：「你帶櫻桃尾、鼩鼱齒和石影一起去狩獵。」

石影停下來，轉頭抱怨說：「我一定要去嗎？我想去參加訓練。」

「族長說什麼，你就必須去做。」比利暴嚴厲地喵聲說。

石影白了他一眼，接著跟上鼩鼱齒和櫻桃尾。「一隻**寵物貓**懂什麼？」他在櫻桃尾耳邊碎碎念道，但葉星和比利暴也都聽到他說了些什麼。

葉星準備開口，打算好好訓斥他一番。但比利暴搖搖頭，她只好作罷。

「沒關係啦。」薑黃與白色混雜的公貓喵聲說：「罵他只會讓他更不滿。我們去看看那些見習生的情況吧。」

⚡ ⚡ ⚡

當葉星和比利暴來到訓練場時，銳爪正忙著將所有貓咪分成兩組。

「雀皮，你當這一組的隊長，」他喵聲說：「蜂鬚，你帶領另一組。」

柯拉、棍子和矮子站在寬敞的沙地邊緣，葉星走到他們旁邊。

「你們都是這樣訓練的嗎？」柯拉睜大眼睛問。

葉星搖頭說：「我們通常都是小組分開練，或是導師帶著自己的見習生訓練打鬥動作。但銳爪偶爾會想要大家一起練習。」

「你要我們做什麼？」比利暴走到自己的見習生旁邊，並對銳爪喊道。

「看到那棵有刺的樹沒有？」銳爪彈彈尾巴，指了指訓練場外幾個尾巴距離的地方，一棵枯掉、扭曲變形的樹就站在那裡。「先摸到樹幹的貓，所屬的隊伍就贏了。」

「看我的！」薄荷掌拔腿準備衝向那棵樹，不過銳爪揮動尾巴攔住她，讓她不得不剎住腳步。

「這可不是妳想得那麼簡單，薄荷掌。」副族長的眼裡閃著一抹笑意，「當你們奮力衝向樹時，另一組的貓也會同時往前衝。你們想接下來會發生什麼事？」

檀爪走向前說：「對手會試圖阻擋我們。」

銳爪不耐煩地點了個頭，葉星則很高興能有晨間戰士答對這個問題。

「你們必須要想到攻擊與防衛的層面。」他對著所有的貓兒繼續說：「不要只是單純想抵達終點就算了。你們必須設法阻撓對手，讓他們沒有機會贏。腦力激盪一下，看看有什麼好的招式可用。」

「抓掉他們的耳朵！」微雲大聲說。

銳爪只是微微抽動一隻耳朵，彈火則是喃喃說：「鼠腦袋！」

斑掌舉起尾巴說：「我們可以指定一隻貓負責往樹那邊衝，」她建議：「然後其他貓負責擺平從中阻撓他行進的對手。」

銳爪還來不及做回應，檀爪就搶先稱讚自己的見習生：「好主意！」

「或是可以分散注意力。」雀皮喵聲說：「如果有貓咪喊：『狐狸來了！』，其他的隊友可以趁著對手分心的時候，趕快衝到樹前。」

銳爪冷冷地回說：「你這招要是沒講出來，也許還會得逞。現在大家可不會上當了。」

雀皮聳聳肩說：「是你要我們想想有什麼好方法的。」

「我可是有給你們機會。」銳爪抽動頰鬚，「我現在給你們一些時間討論各組的計策。當我說『開始』時，比賽就開始了。」

葉星看著兩組分別窩成一團，一邊急切地竊竊私語，一邊不時對敵手投以可疑的眼神。

「這個訓練對我們會很有用。」棍子說：「它可以幫助我們搶在其他貓面前拿到獵物。」

「或是搶到好的地方睡覺。」矮子接著說。

葉星點點頭，這讓她想起了自己還是獨行貓時，沒有部族當後盾，也沒有一個固定的睡窩。「群體生活好過多了。」她半自言自語地說。

柯拉張嘴準備回應，但卻聽到銳爪叱喝一聲：「開始！」

兩隊的貓兒立刻像荊豆莢裡的種子般迸射了出去。微雲大吼一聲，朝樹的方向狂奔。她雖然成功閃過蜂鬚伸長的腳掌，但在靠近終點之前卻被彈火給攔腰撞倒。兩個手足踉踉蹌蹌一起滾落在地上。

檀爪和斑掌合作，一左一右設法超越花瓣鼻，讓花瓣鼻眼花撩亂，不知道要先攻擊哪一個。葉星心想她們應該可以順利衝到樹前，沒想到這時比利暴急起直追，一腳猛力一甩，把斑掌擊到一旁，接著用肩膀把檀爪頂開。花瓣鼻趕緊用腳掌勒住那黑色母貓的脖子，一把將她拖到背上。

葉星聽到柯拉倒抽一口氣。群貓在漫天飛舞的塵土裡打成一團，而且不斷發出淒厲的貓叫聲，柯拉和矮子看了忍不住皺起眉頭。

「沒事的，」葉星要他們放心。看到族貓們如此展現毅力與勇氣，葉星從耳朵到尾梢都感受到一股暖暖的驕傲。**銳爪很懂得如何讓他們把最好的一面表現出來。**「在訓練時，不允許伸出爪子。他們必須學習輕巧著地，並在敵方出手給予致命的一擊前，能迅速一躍。」

「很不錯的一招。」棍子說。他將耳朵側到一邊，看到雀皮在樹前幾個尾巴距離的地方攔住蜂鬚，從下方伸長腳掌一掃，把他絆倒，接著跳到他背上，用前掌猛擊他的左右兩耳。「我一定要把這招學起來。」棍子又說。

站在附近的銳爪聽到獨行貓的讚許，不由得鞠了一躬。「我們的年輕貓咪們一當上見習生，就會開始學習這個動作。」他喵聲說：「如果你們想學，我們都可以教。」

「我們來這裡就是要學習的。」棍子回答。

葉星發現史努克掌根本不在混戰中。她望了望四周，赫然看到一隻黑色腳掌從樹與激戰群貓之間的岩石堆底下伸了出來。

一個心跳的時間過後，便看到史努克掌賣力做出狩獵蹲伏姿勢，匍匐前進。其他貓因為打得太過入神，根本沒有注意到他的行蹤。他像撲抓獵物般，在離樹身一個尾巴的距離騰空一躍，不偏不倚落在樹幹的旁邊。

「我辦到了！」他發出勝利的歡呼，躍到樹幹上，伸出爪子碰觸樹皮得分。「我贏了！」扭打成一團的群貓立刻散開。蜂鬚那一隊急忙轉身，呆看著這名見習生；而雀皮的隊員們則是各個露出得意的笑容，彷彿真的獵到了一隻肥歌鶇似的。

雀皮舔舔腳，隨後擦擦臉和耳朵。「做得好！」他告訴史努克掌：「我就知道如果我們讓他們手忙腳亂，他們鐵定不會注意到你會這樣偷偷跑到終點。」

「老鼠屎！」彈火大叫：「我沒想到會有這一招！」

比利暴跑到自己的見習生旁邊，伸長尾巴，在這隻年輕公貓的肩上拍了拍。「你做得很棒喔。」他喵了一聲。

「是啦，很棒。」銳爪帶著尖銳的口吻說。晨間戰士竟然在他的團隊策略賽中扮演最重要的角色，這一點似乎讓他不太高興。「我們來練點別的。」

他搖搖尾巴，要所有貓咪都靠過來。葉星看到他腳邊放了兩根有著老鷹斑紋的長羽毛。等貓兒們集合完畢後，他把羽毛挪到前面。

他開始說：「你們這一次必須設法將一根羽毛放到刺樹的頂端。誰先做到，誰就贏了。」

「那應該是每一隻貓都發一根羽毛吧？」微雲抗議。

「不行。」銳爪耐心解釋：「這一次還是隊跟隊的比賽。你們可以選擇派一隻貓單槍匹馬把羽毛帶上樹頂，或是全隊動員也可以。」

雀皮點點頭說：「瞭解。」他揮動尾巴，把隊員們招到沙地的另一邊。

「你們想加入嗎？」葉星問來參觀的貓咪們。

三隻貓咪互看了一眼，接著點點頭。葉星卻覺得柯拉和矮子看起來好像有一點勉強。

「很好。」銳爪喵聲說：「棍子、柯拉，你們去加入蜂鬚那一隊；矮子，你去雀皮那一隊。」

參觀的貓咪們開始移動。但棍子在加入隊伍行列之前，突然停下腳步，轉頭問葉星：「妳都不參加嗎？」

「有時候會。」她回答。葉星被這麼突如其來地一問，立刻朝銳爪彈彈尾巴，並說：「我們也一起下場參賽吧。」

副族長點點頭，接著走到蜂鬚那一隊，讓葉星加入雀皮的隊。

葉星尊重雀皮隊長的身分，低頭靠到他旁邊，並且小小聲問：「我們這次該怎麼做呢？」

「他們一定在猜我們這次會耍什麼陰招。」這隻虎斑公貓說：「所以我建議我們這次就來個長驅直入。花瓣鼻，妳帶著羽毛盡力往上爬，其餘的隊員就負責阻擋蜂鬚的隊伍接近妳。」

花瓣鼻點點頭說：「就這麼辦。」

葉星繃緊身體，等候銳爪下達開始的指令。能量在她的每吋肌肉裡奔流。**我好久沒有這樣的感覺了，她心想，我好喜歡和部族一起訓練的感覺。**

「開始！」銳爪吆喝。

花瓣鼻叼起羽毛，一口氣朝樹的方向狂奔，轉彎閃過試圖攔劫她的薄荷掌。葉星發現蜂鬚的隊員們，除了薄荷掌和彈火外，全都一窩蜂跟著叼著羽毛的銳爪往前衝。

葉星撲上前，用力推開檀爪，接著閃過棍子的突襲。她可以看出這隻瘦巴巴的獨行貓雖然沒有受過什麼訓練，卻很有打鬥的潛力。他剛剛的出手雖然沒有非常精準，但很有力氣，更無懼於挑戰部族族長。

花瓣鼻和銳爪同時抵達樹上。花瓣鼻繼續往樹幹衝去。比利暴趁著銳爪往上跳躍的時候咬住他的尾巴，硬是把副族長拖了下來。銳爪趕緊將羽毛傳給斑掌，接著四腳並用，不斷踢打比利暴，想掙脫他的鉗制。

彈火撲到試圖爬上樹幹的柯拉身上，葉星看到母貓在彈火腳下放軟身體，緊接著瞬間拱起背，將他甩開。

做得好。彈火早就應該料想到對手會出這一招才對！

薄荷掌大吼一聲，衝到矮子身上，腳掌急掃過他的臉。虎斑貓雖然一時失去重心，踉蹌了幾步，最後還是穩住了腳步。不過，他並沒能來得及擒住薄荷掌，只見灰色見習生一個飛速大轉身，立刻衝去阻擋試圖突破重圍想去支援花瓣鼻的雀皮。

這時候，花瓣鼻已經爬到了樹中央，一切似乎都很順利。斑掌、檀爪和蜂鬚緊追在後，彼此輪流啣住羽毛。已經擺脫比利暴糾纏的銳爪，也開始急起直追。

葉星停下來，抬頭看了一下。應該沒有什麼可以阻撓花瓣鼻了。但就在花瓣鼻來到樹頂端的前一刻，腳下緊抓的樹枝突然「啪」地一聲斷裂。花瓣鼻懸在要斷不斷的樹枝上，眼看它就要剝離。她隨後急速下墜，掙扎著想抓住任何一根多刺的樹枝，讓自己不要繼續往下墜落。此刻，羽毛從她嘴裡掉了出來，往下飄到葉星的腳邊。

嘴裡叼著另一片羽毛的斑掌，也趕緊拔腿往下跑，想閃掉往下掉的花瓣鼻。檀爪和蜂鬚因為離得太遠，沒辦法從斑掌嘴裡把羽毛接過來，於是開始奮力攀躍樹枝到她身邊去。

微雲和雀皮過去攙扶花瓣鼻，快速看了一下，確定她沒有受傷。葉星很快撿起羽毛跳到樹上。她攀過一根又一根的樹枝，突然意識到銳爪就在她頭頂上。當葉星一靠近，銳爪立刻繃緊肌肉，準備決鬥。

我一定要設法越過他。如果我們在這裡打起來，雙方一定都會掉到樹下。

她假裝側到一邊，而銳爪過來阻擋時，不慎打滑。他發出惱怒的嘶聲，拚命想站穩腳步。此時，葉星立刻抓住機會往另一邊跑。嘴裡緊咬著羽毛的她將爪子戳進樹枝最頂端，接著搖搖尾巴，發出勝利的呼喊聲。她看到族貓們全圍在樹底下，懊惱與興奮的眼神參半。

她可以聽到底下傳來雀皮勝利的歡呼：「她抵達目標了！葉星贏了！」

第七章

群貓沿著峽谷一擁而下，準備回到營地，雀皮甩動尾巴邊喊著：「我們贏了！史努克掌，你剛才爬樹時，簡直像蛇一樣神不知鬼不覺。」

見習生害羞地眨眨眼睛，並發出愉悅的呼嚕聲。

比利暴跟他保證：「我們明天一定會去打獵。到時你就可以將那個蹲姿用在真的獵物上。」

「我們是因為運氣不好才會輸掉。」蜂鬚喵聲說。雖然他們兩場練習賽都輸給雀皮帶領的隊伍，但沒有任何一隻貓因此而發脾氣，這也讓葉星鬆了一口氣。

「下次一定要他們好看。」薄荷掌睜著閃爍的眼睛，半碎碎念道。

「你們有看到我絆倒微雲的時候嗎？」彈火得意地說：「她完全沒注意到我出現！」

「可是我有擊中你的耳朵好幾次。」他的

妹妹回嗆，接著伸出尾巴彈了一下他的肩膀，「幸好我有把爪子收起來，不然你就慘了！」

「斑掌，妳也很不賴。」檀爪的尾巴拂過自己見習生的肩膀，「妳剛剛在隊裡的表現很搶眼喔。」

「真是太好玩了。」斑掌回答，雙眼閃著光芒。「我們下次還可以再舉行練習賽嗎？」她靦腆地問銳爪。

副族長點頭說：「當然可以，這是磨練技能最有效的方法。」

銳爪突然好聲好氣地對這名見習生說話，彷彿瞬間忘了她是晨間戰士這回事。這可真讓葉星大吃一驚。**這樣的訓練可以拉近彼此的距離。**

就連來參觀的貓咪和戰士們相處起來，也都變得自在多了。棍子環顧上方綿延不絕的岩壁一會兒後，接著建議說：「你們下次可以比賽衝上懸崖。我們常常爬兩腳獸的牆壁，可以指點你們一些攀爬的技巧。」

「我會好好考慮一下。」葉星雖然嘴裡答應，但其實並不怎麼贊成。鼠尾草掌墜落的影像還深深印在她的腦海裡。

還是我們其實應該多做攀岩練習呢？她心想，我必須和銳爪好好討論一下。

「我們也可以教你們幾種對付狗兒的招術。」矮子伸出前爪抓抓地面，「兩腳獸住的地方離這裡這麼近，你們一定常看到一堆狗兒出沒。」

銳爪擺出一張臭臉對他說：「是喔，還真有用。」

柯拉插嘴：「還有應付怪獸或小兩腳獸的技巧。」她嘆了一口氣說：「有時候我還真覺得我們一輩子都必須閃東閃西。」

「在部族就沒有這個問題。」微雲驕傲地抬高尾巴，喵聲說：「部族貓都是彼此照應。」

「不過有件事我還是不明白，」棍子沒有理會微雲，自顧自地繼續說：「我們在兩腳獸的地方都是晚上獵食，白天睡覺。」

「可是你們白天都醒著，」矮子喵聲說：「這似乎不太合乎一般貓咪的習性。」

「火星說其他部族也是這樣作息。」葉星回答：「光天化日下比較容易進行打獵和巡視邊界的工作。」

銳爪補充：「還有必要時的決鬥。」他不以為然地說：「我們要的話，還是可以在晚上打獵，但我們比較喜歡現在這個樣子。」

矮子轉動眼珠，對柯拉使了個眼色，接著碎碎念道：「真是奇怪。」

葉星不想和他們爭辯。天族聽取火星和沙暴的教導，所以執行白天打獵、晚上睡覺的作息。她覺得這沒有什麼不好。就像銳爪所說的，他們要的話，還是可以在晚上出去打獵。有時候還是會有兩三名戰士在夜晚外出巡視，尤其是在天氣好、月亮特別亮的時候。

大夥兒在繞經最後一段崎嶇的岩石路後，岩石堆和營地頓時進入眼簾。葉星看到斑足帶領的狩獵隊沿著河岸步行，各個嘴裡叼著獵物。纏亂和苔毛早就蹲在獵物堆旁共同享用一隻肥鴿。苜蓿尾和鹿蕨大字型躺在岸邊，任鹿蕨的小貓們在她們身上爬來爬去。

當其他貓咪也一起聚到獵物堆前選食物時，煤炭從回颯的窩裡跑來加入他們。

他通報說：「棍子，你一定要去見見回颯！她真的很厲害！每一種你想得出的病，她都有藥可以治。用來止血的蜘蛛網、治腳肉趾碎裂的草藥膏……」

「回颯很棒！」彈火插上一腳說：「族裡每隻貓都是她在照顧的。」

「你們是要建立自己的部族嗎？」微雲把頭歪到一邊問棍子：「這也是你們來這裡的原因嗎？」

四隻所有來參觀的貓咪全露出震驚的表情，瞪大眼睛，皮毛開始直豎。

「才不是！」棍子大聲說。

「你們應該去建立個部族。」微雲強烈建議，「有了部族後，同伴之間就能互相照顧。」

「我們的獵物都是共享的，」石影補充，「不會有貓餓肚子。」

「我們學習如何保護自己和族貓。」薄荷掌張開兩隻前掌，伸出小小的爪子說：「狗兒和狐狸最好給我小心點！」

檀爪溫柔地喵聲說：「我們會互相幫助。」她的見習生斑掌點點頭，「我們都是好朋友。」

看到族貓們如此有自信，葉星感到非常驕傲。**天族很穩固！**

棍子搖搖頭說：「我們有自己的生活方式。」

柯拉說：「沒錯。」她的口氣雖然聽起來有些惋惜，但還是義無反顧地支持那隻瘦巴巴的棕色公貓。「我們可以互相學習，但每一種生活都各有好處。」

「那他們還來這裡做什麼？」

葉星的後方傳來喃喃自語的的聲音。她回頭看到苔毛瞇起琥珀色的眼睛，怒瞪著這些來參觀的貓咪。葉星再轉頭看看這些訪客，但他們好像都沒聽見苔毛說的話，而銳爪正忙著邀他們去獵物堆拿食物，坐下來一起吃。

「也難怪別的貓想跟我們學習，」石影對雜灰色長老貓說：「因為我們很強、很厲害！」

「戰技也很精湛！」彈火特別點出這項。

苔毛氣沖沖拍掉黏在鼻子上的鴿子羽毛，「他們是怎麼知道我們的？難不成是聽到松鼠在樹林說的悄悄話？」

「他們說是火星和沙暴告訴他們的。」石影跟她說。

這灰色母貓咕噥說：「最好是啦。」

葉星的肩膀被輕輕拍了一下；她轉頭看到微雲站在她旁邊，尾梢仍停在葉星的皮毛上。「葉星，我可以跟妳談談嗎？」

「當然。」葉星把頭側到一邊，示意微雲跟過來。葉星繞過正在大快朵頤的一堆貓咪，選擇在崖壁一處安靜的地方停下來。「怎麼了？」

微雲開始說：「我很清楚巫醫對部族有多麼重要。我很喜歡幫忙回颯，她也教了我很多東西，但我真的真的很想成為一名戰士，可是我又覺得自己好像沒有足夠的時間訓練。」她把爪子戳進土裡，「**求求妳**讓我重回一般戰士的工作好不好？」

葉星看到這隻瘦小的白色貓咪如此嚴肅認真，忍不住發出愉悅的呼嚕聲。「當然好。」她喵聲說：「但要記住，幫忙回颯也等於是幫忙部族，這是每個戰士的職責。」

微雲認真地點點頭，興高采烈地跑開，在手足旁邊剎住腳步。「聽好！」她興奮地尖叫，

「我可以回去訓練了！」

望著微雲的背影，葉星愉快的心情頓時陷入焦慮。**回颯需要訓練一名見習生。**她並不是很確定是巫醫通常什麼時候開始訓練見習生，但應該是愈早愈好。**我們這麼依賴回颯，要是她有個什麼三長兩短的話，我們該怎麼辦？**

微雲顯然沒有意願一輩子都當巫醫。**巫醫為了部族，必須要放棄很多東西，她心想，找見習生將會是件棘手的事。**

薄荷掌和鼠尾草掌一心一意想跟死去的父親雨毛一樣當一名戰士。葉星知道苜蓿尾對自己肚裡的寶寶們也有同樣的期許。**或許鹿蕨的其中一隻小貓將來會展露醫病的才能。**葉星告訴自己不要懊惱，回颯還很年輕健康。現在操心誰能接班，似乎還太早了點。

太陽漸漸從崖頂下沉，暗影緩緩爬上峽谷。銳爪等眾貓吃完飯後，開始整理夜間巡邏隊。

比利暴走向葉星，檀爪、史努克掌和斑掌緊隨在後。「妳沒事吧？」比利暴問，綠色雙眼帶著些許擔心。

葉星深呼吸，準備把心事告訴這隻薑黃混白色的公貓，忽然又退縮起來。**我是族長，解決這些問題是我自己的責任。**

「我很好。」她回答。

比利暴雖然不太相信她沒事，但還是淡淡地說：「若沒有什麼事的話，我們要回家囉。」

「我們也要準備休息了，明天見。」

比利暴鞠了一躬，在準備轉身離開的時候，突然又回頭看著族長。「哈維月和馬蓋先的事妳處理得很恰當。」他喵聲說：「要想成為天族的一分子，就必須把戰士守則——和妳——放在第一位。」他遲疑了一下，接著說：「他們要是沒有誠意，就不配來這裡。」

葉星從耳朵到尾梢都暖了起來，她很感謝這隻公貓相挺的情意。尤其這話是來自另一個晨間戰士的口中，更讓她覺得別具意義。**比利暴很清楚加入天族是個殊榮。**

「謝謝你。」她低聲說：「晚安，願星族照亮你的道路。」

「晚安。」比利暴邊回應，邊往最近的小徑走去，揮揮尾巴要檀爪和兩名見習生跟上來。

葉星站起身，拱起背伸了個大懶腰。夜間巡邏隊已經出發，就只剩幾隻貓還擠在獵物堆前。當葉星走過去加入他們時，發現那四隻來參觀的貓正好奇地左右張望。

矮子用僅剩的半截尾巴指著已爬上半山腰的比利暴和其他的**晨間戰士**，並問：「那些貓咪為什麼要離開？他們不用去巡邏嗎？」

「他們是寵物貓戰士啦。」微雲喵了一聲後，看到葉星在看她，趕緊接著說：「我是說，晨間戰士啦。他們的工作和真正的戰士沒什麼兩樣。」

櫻桃尾看到那些訪客一臉困惑，於是解釋道：「比利暴和那些貓咪都有主人。他們有一部分時間會在兩腳獸的地方活動，過著寵物貓的生活。」她抽動頰鬚，露出一絲輕蔑的表情說：「有時候他們會晚上出來，有時候是白天。」

「你們竟還允許他們參與每件事？」棍子驚訝地問。

葉星忍不住豎起皮毛，但最後還是把脾氣壓了下來。「天族才剛起步。」她喵聲說：「我們需要愈多貓咪的加入，幫忙維持獵物堆固定的存量，並且鞏固邊界。」

「如果你們一半的戰士都是吃兩腳獸巢穴裡那些稀爛到不行的寵物貓食，哪來的體力鞏固邊界？」柯拉說。葉星不知道她是真不懂還是假不懂。如果這些訪客是存心來這裡吵架的話，他們的目的就快達到了。

「沒有那些額外的部族成員，天族一樣可以把邊界防守得很好。」銳爪帶著警戒的喵聲說。

葉星瞇眼看著這四位訪客，可是從他們身上看不出有一絲挑釁的意味。棍子只是點點頭，低聲喃喃說：「真有意思。」

他們一定隱瞞了什麼事，葉星心想，**他們來這裡不可能只是單純想知道部族生活而已。**她和銳爪交換一下眼神，並看到副族長的綠色眼睛裡也有著和她同樣的猜疑。**所以這並不是我胡思亂想！銳爪也覺得這些新訪客很可疑。**

葉星感覺自己好像在結冰的河面上滑了一跤，找不到東西可以抓牢。她說不出這些訪客有哪裡不對勁——他們表現得很有禮貌、很有誠意，也很樂意加入戰鬥訓練——但他們在營地的感覺就是讓她覺得不舒服、沒有安全感。我們讓他們參加訓練課程難道會是個錯誤嗎？他們會不會把格鬥技巧學起來，然後用來對付天族呢？

真希望他們沒來。

天色已經完全暗了下來，天上開始出現了幾個星族戰士的身影。冷冽的晚風吹過峽谷，拂亂葉星的皮毛。

銳爪張開雙顎，打了個大呵欠。「我要去睡覺了。」他起身說道。

「時間差不多了。」鹿蕨同意。她來回掃動尾巴，把小貓們叫過來。「走吧，我們回育兒室！」

花瓣鼻走到葉星面前，在她耳邊悄悄地問：「那些新訪客要睡哪裡？」

「戰士窩沒有足夠的空間可以容納他們四個。」花瓣鼻說：「除非要我們疊著睡！」

「還是讓他們到新洞穴去睡？」花瓣鼻提議。

葉星想了一會兒後，點點頭說：「好吧，但是我不希望讓他們單獨在那裡，其中一些戰士必須跟過去。」

雖然她說得很小聲，但還是被斑足聽到。他立刻激動地對她使了個眼色，「為什麼？妳不信任他們嗎？」

一點也不信任，她心想。但她不打算承認，即使是對自己的戰士也不能說。「不是啦，我只是希望他們能感受到天族的熱情。」她回答。

「我不介意到新洞穴去睡覺。」斑足喵聲說。

「我也是。」彈火跳起來，「我們可以先試著去那裡睡看看！」

「我也可以去。」雀皮邊說，邊打了個大呵欠。「我們現在就出發，如何？」

「謝謝你們。」葉星點點頭，「你們可以順便試一下新窩室好不好睡。」

小蕁麻小小的腳爪磨磨地面，並嚷嚷著：「我也要去那裡睡！」

「我也要！」小梅啪嗒啪嗒地跑到葉星前面說：「我們全部都要去！」

「不可以。」鹿蕨伸長尾巴，把小女兒兜過來。「你們還不能離開育兒室。」

小蕁麻靠到妹妹旁邊，在她耳邊偷偷說：「等她睡著的時候，我們再偷溜出來。」

鹿蕨抽動耳朵，「你們有膽給我試試看。」她頭轉都不轉一下地喵聲說：「我在睡覺的時候，還是可以清楚掌握所有的動靜。」

她把小貓們叫過來，帶著他們走回育兒室，苜蓿尾則是大腹便便跟在後面。「可是我又不累！」小蕁麻哭訴著，一路不情不願地走回睡窩。

「現在時間太晚，已經來不及去採集新鮮青苔。」斑足說：「我們去戰士窩搬一些青苔過去，明天一早再去採新的回來。」

「好主意。」雀皮表示同意。「走，」他接著對新訪客們說：「我們來告訴你們怎麼做。」

棍子、矮子和煤炭跟著天族戰士步上小徑，前往主窩室。柯拉留在後頭，和葉星在一起。兩隻母貓坐在一起，看著戰士們把一堆青苔球搬出窩室，並教新訪客如何帶著青苔穿越崖壁，到最大的一間新窩室去。在薄暮下，戰士們和新訪客的皮毛全融成一片，葉星已分不清誰是誰。

柯拉冷不防開口說話，把葉星嚇了一跳。

「我們來這裡絕對沒有惡意。」這隻黑色母貓喃喃說道。她語氣含糊，似乎有什麼難言之隱。

葉星望著那群在窩室之間忙得團團轉的貓兒們，並點頭說道：「但願如此。」

第八章

棍子被一隻腳戳醒，「做什……走開！」他低吼。

他在兩腳獸的大街小巷覓食了一整晚，感覺自己才剛闔眼沒多久，現在還是累得全身肌肉痠痛。

那隻腳又戳了棍子一下，這次更大力。棍子睜開眼睛，看到柯拉把身子捲成一團窩在他旁邊，白雪的白色尾巴從後面附近的垃圾桶伸了出來。

矮子就站在他面前，睜著焦慮的琥珀色眼睛說：「又出事了。」

棍子趕緊從樹根縫中的簡陋巢穴爬起來，並抖掉皮毛上的幾片枯葉，「在哪裡？」

矮子斜著耳朵，指了指遠處兩腳獸巢穴後方一塊凹凸不平的空地說：「跟我來。」他帶著他來到兩腳獸籬笆門邊的小角落，轉頭對棍子說：「是鬥吉、史魁奇和米夏。」

棍子不由得豎起頸毛，「他們不應該出現

在這裡。」

他走過去，很快就看到了鬥吉。虎背熊腰的棕色虎斑公貓直挺挺地站在那裡，高拱著背，蓬起全身皮毛，發出深沉的怒吼。史魁奇和米夏站在他後面，咧嘴咆哮，眼露凶光。

被包圍的煤炭和培西，一動也不動地僵在籬笆的角落。棍子看到只剩他們兩隻貓，心臟不由得開始怦怦亂跳。「小紅呢？」他喃喃自語地說。

幾塊食物散落在他朋友的腳邊：一兩隻瘦乾乾的小老鼠和一根從兩腳獸垃圾桶拖出來的骨頭。

煤炭不甘心地大吼：「這是我們花了一整晚抓來的！」棍子和矮子趕緊跑上前。

「你是懶得自己去找食物嗎，鬥吉？」棍子忍不住吼起來。

棕色虎斑公貓迅速轉身，眼裡閃著敵意，「我們不是已經說好了嗎？日出是屬於我們的時間。」

棍子抬頭仰望太陽每日升起的天際。一排排兩腳獸的屋頂七零八落地掩映著天空，清晨的第一抹曙光即將衝破黯淡的天色。

「你也太吹毛求疵了吧。」他嘶聲說：「太陽根本還沒出來。」

鬥吉不理他，自顧自走向前，並語帶威脅說：「誰叫你們不遵守約定，所以我們只能來硬的。」

棍子噘起嘴，「我受夠你的威脅了。是我們先來這裡的！」

鬥吉對米夏點個頭，奶油色母貓立刻走向前，二話不說撲到培西身上，爪子瞄準他的半邊臉，猛攻他的眼睛，培西忍不住慘叫一聲。

棍子發出憤怒的吼聲，一個箭步飛衝，將鬥吉撞倒在地。棕色虎斑公貓尖叫一聲，開始對棍子拳打腳踢。棍子聽到後方的其他貓也乒乒乓乓加入激戰，嘶叫聲四起。滿臉鮮血的培西發出微弱的哀嚎聲，搖搖晃晃地準備離開打鬥現場。

兩腳獸的大門「嘎」地一聲被推開，兩腳獸的咆哮聲和狗兒的吠叫聲隨即震破天空。被鬥吉壓在地上的棍子，在掙扎中看到附近的籬笆被拉開，兩隻狗瞬間衝了出來。牠們伸出舌頭，不停激動地高聲狂吠，並且朝貓咪們暴衝過來。

鬥吉和他的跟班們見狀，立刻拔腿逃之夭夭。兩隻狗二話不說追了過去。

棍子一拐一拐走到籬笆旁找停下來喘氣的培西。被戳瞎眼的培西看起來一臉暈眩。棍子揮揮尾巴，把矮子叫過來幫忙，接著叼起培西的頸項，兩隻貓就這樣半拖半扶地合力將培西帶到木材堆的後面躲起來。

「趕快！」柯拉催促：「狗兒回來了。」

蹲伏在木材暗處的棍子，聽到狗兒們在木材堆附近徘徊的腳步聲和抽鼻子喘氣的聲音。但牠們體型太大，沒辦法鑽到木材堆後面去抓那些貓咪。

「救我！快救救我！」培西驚恐地瞪大那隻沒有受傷的眼睛，放聲哭喊道：「我快死了！」

「你死不了的。」棍子很直接地告訴他：「你只是失去了一隻眼睛而已。」

培西聽了又開始哭叫。

柯拉喵聲說：「不要哭得這麼大聲。」黑色母貓沿著木材堆的後面，勉強鑽到培西的旁邊蹲下來。「我來幫你清理一下。」

她開始一口一口舔掉沾在他凌亂灰色皮毛上的汙血。培西也從嚎啕大哭漸漸轉為低聲抽噎。

棍子沒有再聽到狗兒的聲響。他環顧木材堆四周，看到兩腳獸敞開大門，讓狗兒跑進去。鬥吉和同夥已經消失得無影無蹤。一眼望向那片崎嶇的空地，棍子除了看到開戰時便逃到樹上的白雪，就沒有瞥見其他貓咪的蹤影。此刻的白雪緊抓著一根樹枝，驚恐的藍色眼睛不停往下張望。

棍子轉頭，看著蹲在木材堆後面的那幾隻貓說：「小紅呢？」

「不曉得。」煤炭回答：「她一開始是和我們一起覓食，但最後她就自己跑走了。」

「你們怎麼可以讓她離開你們的視線？」棍子將爪子戳進土裡，並厲聲斥喝：「我不是已經說過，現在任何貓都不准單獨行動嗎！」

煤炭聳聳肩，「小紅要是那麼聽話就好了。」

「我去找她。」

正當棍子準備動身時，柯拉將尾巴按在棍子肩上，並抬頭對他說：「小紅已經成年了，她可以照顧自己。」

棍子甩開柯拉的尾巴，「都是我不好，」他低吼：「要是她有親生母親帶的話……」

柯拉厲聲說：「小紅的母親不在身邊不是你的錯。今天鬥吉說不定已經打夠了，不會再惹事。如果小紅中午還沒回來，我們再去找她。」

棍子還是把其他貓留了下來，讓他們陪培西，自己則獨自從木材堆後面鑽出來，飛奔過了凹凸不平的空地，躍上雜物間的屋頂，從那裡俯瞰他長久以來視為家的地方。這四周包圍著兩腳獸的籬笆和巢穴，迷濛的晨曦驅趕了短草皮和灌木叢上的黑暗。

每個藏身的地方、每個水窪、每個大老鼠築窩的角落，我都一清二楚。

但現在一切都變了。這些熟悉的巷道和屋頂藏著一個惡敵：鬥吉和那幫他帶過來的貓咪，從長久居住在此地的貓咪們手裡搶走這個地方。他們不去覓食，只愛打架，欺壓和恐嚇無所不用其極。這些貓在外面四處閒晃，惹事生非……

而小紅就身陷其中……

第九章

「我們的邊界雖然沒有和其他敵對的部族相連，但也不保證完全不會有競爭者出現！」斑足揮動尾巴召集巡邏隊，並大聲說道：「我們必須定期把邊界標示清楚。」

葉星看到比利暴和檀爪走到岩石堆底下，加入這隻黑白戰士的隊伍，他們的兩名見習生興沖沖地跟在後面。葉星很高興看到族貓們在上完銳爪的訓練課程後的隔天，對部族的例行工作依舊滿腔熱忱。

「我從沒做過重新標示邊界的工作，」斑掌喵聲說：「超興奮的！」

史努克掌甩動尾巴，蓬起頸毛說：「那些狐狸和惡棍貓統統給我小心點！誰敢踏進天族的地盤半步，我們就給誰好看。」

葉星聽了一陣歡喜，微微發出驕傲的呼嚕聲。**希望這些見習生能決定留在部族。他們一定會成為優秀的戰士。**

她注意到柯拉和矮子呆站在幾個尾巴遠的

地方，一臉茫然地看著大家討論標示邊界的事。「你們想加入巡邏嗎？」葉星邀請他們，「部族要是遇到麻煩，多些爪子幫忙總是好的。」

柯拉遲疑了半晌後，勉強點頭答應。矮子前腳抓抓地面，睜著發亮的眼睛喵聲說：「走吧！」

葉星帶著這兩隻兩腳獸地盤的貓，走到斑足面前說：「我們可以參加嗎？」

斑足顯得有些驚訝，不過還是鞠了一躬說：「當然可以，葉星。」

他帶隊走上小徑，在蜿蜒的崖壁間穿梭。葉星很享受輕風拂過皮毛、腳下踩著溫暖石頭的感覺。**到營地外走走真的很不錯。我已經好久沒有親自巡邏了。**

當巡邏隊來到崖頂，穿梭在矮樹叢間時，矮子突然往前擠到斑足和葉星的中間。「如果狐狸出現該怎麼辦？」他喘著氣問：「和狐狸搏鬥的技巧要怎麼訓練？」

葉星朝著斑足抽動耳朵，示意讓他回答。

「練一般的打鬥技巧就可以了，」黑白戰士喵聲說：「它可以用來對付所有動物……像是狐狸、別的貓——」

「還有獾！」史努克掌激動地晃動尾巴，忍不住插話。

比利暴突然用尾巴彈彈見習生的耳朵，並告誡他：「如果你看到獾，一定要馬上通報資深的戰士。絕不可以貿然和獾單挑。」

葉星點點頭說：「即使是經驗豐富的戰士，也不會在沒有其他貓咪的支援下，貿然和獾單打獨鬥。」她喵聲說：「笨貓才會想和狐狸單獨一決高下。這也是為什麼我們要訓練見習生團隊戰鬥默契的原因。」

「這個我們想學。」矮子說完後，轉頭看看另一隻兩腳獸地盤的貓說：「對吧，柯拉？」

黑色母貓抽動頰鬚說：「應該會很有用。」

「你們發現邊界有異味時都會怎麼做？」矮子很感興趣地繼續問下去。

「第一件事就是先保護營地——」葉星開始說。

「我們會沿著氣味追查入侵者的行蹤。」檀爪在同一時間脫口而出。

「什麼？」矮子困惑地看看這兩隻貓。

檀爪頓時驚覺不該在族長講話時插話，更糟的是還給了相反的建議。她立刻甩動尾巴拍打自己的嘴巴，接著後退一步。「對不起。」她滿嘴毛髮地喃喃說。

葉星走到她面前，把尾梢擱在這一臉尷尬的母貓肩上，「我們倆都沒錯，」她發出呼嚕聲說：「保護營地和追查入侵者一樣重要。哪個先進行全要看當時有多少名戰士來決定。」

「還有見習生！」斑掌睜著閃亮亮的眼睛大喊。

巡邏隊穿梭在矮木叢間沿途標示氣味。葉星發出一陣貓嗚聲，邊繞過火星當時標示氣味、從此界定天族領土範圍的岩石。因為部族的成員漸漸增多，所以葉星後來便把氣味線延伸到峽谷邊緣，幾個尾巴距離外一棵爬滿常春藤蔓的樹墩上。一大片獵物豐富的林地從此納入了天族的領土版圖。

帶隊前往兩腳獸巢穴附近的斑足忽然停下腳步，他張開嘴巴嚐嚐空氣，頸毛不禁開始豎起來。葉星也停在他旁邊嚐一下空氣。

不會吧！她突然陷入一陣恐慌。**不要現在，部族現在好不容易有好日子過！**

巡邏隊其他成員困惑地繞來繞去，不知道斑足和葉星為什麼停下來。

「怎麼了？」斑掌喊道。這隻年輕的貓以為有狐狸要從草叢跳出來了，立刻慌張地貼平耳朵，警覺地環顧四周。

矮子踱步向前，到葉星的旁邊，皺起鼻子用力嗅聞空氣。「嘿！」他大聲說，「我們雖然在做邊界巡視，但還是准許狩獵對吧？」看到在場的貓全不發一語，他不解地說：「你們不吃大老鼠嗎？」

葉星一聽到部族最大勁敵的名字，過往與牠們拚戰的過程頓時一股腦全浮上來。那一張張尖嘴猴腮的臉、冷酷的眼睛、蛇一樣的尾巴、鋒利的爪子、全身瀰漫著一股東西腐爛的惡臭味。她一想到當時一大群老鼠如浪潮般朝她和族貓們湧來，將他們淹沒在令人窒息的棕色鼠堆中，那股憤怒又無能為力的情緒再次襲上葉星的心頭。她拚命逃離穀倉之際，只能眼睜睜看著被咬得血肉模糊的雨毛，橫屍在那裡。

「哇哦！大老鼠！跟故事裡說的一樣耶。」

斑掌低聲驚嘆的聲音把葉星拉回現實，這令她永生難忘的氣味不斷飄過來。她把爪子戳進土裡，克制拔腿逃回營地的衝動。

柯拉一臉擔心地走過來，忍不住問：「怎麼了？」

葉星吞了口口水，強作鎮定，「天族在幾個季節以前曾不斷遭受鼠患的困擾。」她解釋：「我們——」

「當時的大老鼠多到數都數不清！」斑掌插嘴，「這是櫻桃尾告訴我的。牠們想殺光所有貓，霸占峽谷——」

「夠了。」葉星不悅地說。**如果大老鼠真的回來了，我們的麻煩已經夠大了，沒有必要讓一名見習生嚇壞整個部族。**「我們得想辦法處理。」

「或許我們應該先回營地。」檀爪建議，不安地拖著腳走來走去。

葉星看到斑足點點頭，她恨不得也跟著點頭同意，逃避問題，直接逃回安全的窩室。**但這豈不是違反了星族選我當族長的初衷。**

「我們必須先去查看一下，」她語氣堅定地喵聲說：「我們得去查出氣味的來源才行。」她接著對柯拉和矮子說：「我們今天不打獵了。」

葉星帶頭慢慢爬過矮樹叢，整個巡邏隊伍緊跟在後。大老鼠的氣味愈來愈強烈，和兩腳獸氣味與鴉食臭味相混在一起。他們周圍的矮木叢愈來愈濃密，最後根本無法穿過去。一叢叢纏結的刺藤揪住這些貓兒的皮毛，一堆葉子擋住他們耳朵和眼睛，他們只能在視線不清的情況下蹣跚前行。

葉星為了避免迷路，正想轉身折回時，突然發現一根低矮的榛樹枝幹下有條通道。她鑽了過去，來到一處空地。一堆巨大的兩腳獸廢棄物頓時出現在眼前：有一個個鼓起的亮黑色毛皮的東西，有些甚至裂開，裡面塞的東西散落一地；有許多紅灰色的方形石塊，很像是兩腳獸用來築窩的材料；還有幾個幾乎和怪獸一樣巨大的木製東西，外面還包著一層軟軟的皮。噁心的味道從雜物堆裡飄出來，像霧般瀰漫著整個空氣。

「這……這真是太恐怖了。」葉星嘀咕。

葉星向前走了幾步，讓在後面的貓兒們進到空地。他們愣了幾個心跳的時間，抬頭望著這座垃圾山。

「這全是兩腳獸的東西。」史努克掌語帶不屑地表示：「他們為什麼要把東西丟在**我們的**地盤內？」

檀爪走向前，聞聞其中一個裹著皮毛的木製巨物後，不解地問：「他們為什麼要把這個丟掉？這是沙發耶！」

斑足狐疑地看著那個東西，發出低吼：「什麼是沙發？」

史努克掌解釋：「兩腳獸的窩裡都有擺這個東西。」他因為知道族貓所不知道的事，而感到沾沾自喜。「還有那是椅子。兩腳獸會坐在上面。」他舔舔前掌，「那東西其實還滿舒服的。」

「椅子、磚塊、靠墊……」矮子在雜物堆邊緣走來走去，「這些兩腳獸肯定是在做窩室大掃除！」

「這裡有雞肉。」柯拉走近雜物堆，聞聞從黑色皮毛掉出來東西。「想要吃的舉手。」

「你們吃這個？」斑足倒抽一口氣說：「這東西看起來已經死了一個月！」

「在我們住的地方有這個吃就該偷笑了。」柯拉大口吞下一些蒼白的鴉食。

雖然葉星極力隱藏，但還是忍不住露出驚駭的表情。**這些貓咪一定是餓壞了！**她躡手躡腳地走近垃圾山，每靠近一步，心中的怒火就愈加劇烈。兩腳獸怎麼可以把這堆噁心的東西棄置在森林中央，製造惡臭和髒亂破壞部族的領土。

正當她伸長脖子嗅聞那皮毛癱軟的東西時，立刻聽到小腳爪在雜物堆裡倉皇走動的聲響。一個三角形的鼠頭突然從木頭縫裡鑽出來，眼睛閃爍著敵意。

葉星嚇得往後跳開一步。即使大老鼠很快就不見了，但她還是往牠剛剛探出頭的洞裡死盯著瞧。她現在可以聽到更多大老鼠在雜物堆裡發出吱吱的叫聲、鋒利的黃牙不停啃囓、尖尖的爪子爬來爬去、光溜溜的尾巴像蛇一樣擺動盤繞……

整座垃圾堆全是大老鼠！

「我們還是先回營地通報比較妥當。」斑足朝著她的肩膀喊。

「你說得沒錯。」葉星回答，儘量讓自己聽起來和他一樣鎮定。「我們必須召開部族會議，商討解決的辦法。」

當巡邏隊開始移動，矮子持反對意見，「但這不是什麼大事吧？不過就幾隻老鼠而已。」

「我不懂為什麼我們不能獵捕牠們。」柯拉插嘴，「把牠們獵起來，可以讓部族吃上好幾天。」

葉星不想辯解。這些貓沒有經歷過那場在兩腳獸地盤邊緣的恐怖廝殺，他們當然不會瞭解為什麼她會嚇到寒毛直豎的原因。

當葉星從幾個尾巴遠的地方，一躍而下進入營地時，看到雀皮也帶著巡邏隊歸來，他們顯然已經完成在峽谷另一邊重新標上氣味線的工作。銳爪帶領著狩獵隊，沿著河邊的小徑一路走來，每個隊員都叼著新鮮獵物。

葉星跑過去，攔下正往獵物堆走去的銳爪。「我要你去召集所有的資深戰士。」她喵聲說：「叫當時曾與鼠群交手的貓來集合。」

銳爪把頭斜到一邊說：「有麻煩了嗎？」

葉星緊張地點點頭，「等開會的時候我再告訴你。記得也把苜蓿尾和回颯找來。大家到族長窩開會。」

棍子從河岸邊的一塊平石站起身，跑到他們面前說：「我也可以參加嗎？」

正當葉星準備開口拒絕時，銳爪卻搶著回答：「當然可以。」

族長對副族長使了個不悅的眼神。**這是部族的事！我們連有切身關係的晨間戰士都沒有找了，怎麼可以讓兩腳獸地盤的貓參加。**但她不能在棍子面前和銳爪爭吵，因此她只是草率地對棍子點了個頭後，便沿著小徑，往上朝著自己的窩室走去。

當她進去時，族貓們已經紛紛抵達。櫻桃尾和雀皮並肩走來，對族長點頭致意，接著找位子坐下，把尾巴盤在腳邊；斑足神色凝重地走進來；幾個心跳的時間後，苜蓿尾和花瓣鼻也跟著進來。苜蓿尾的肚子比以前更大，一爬坡就喘個不停。

回颯輕聲走進窩室，蹲在牆邊，眼睛直視著葉星；隨後銳爪和棍子也跟著現身。

副族長宣布：「現在已經全員到齊了。到底發生了什麼事？」

葉星很快描述巡邏隊發現大老鼠的經過，試著讓族貓想像森林的垃圾堆有多可怕。

「大老鼠！」櫻桃尾大叫，一臉驚恐地和弟弟對看一眼。「不要跟我說我們又得再經歷一次！」

「不，我們承擔不起再一次的打擊！」花瓣鼻開始哽咽，葉星知道她一定是想起了她的伴侶雨毛。「我們必須遠離牠們——而且愈遠愈好。」

她低頭坐著，而苜蓿尾緊挨在她身邊，舔舔她的耳朵安慰她。

棍子一臉疑惑地聽著這些母貓的對話。他等花瓣鼻安靜下來後，轉向葉星說：「這有什麼好大驚小怪的？」他喵聲說：「只不過是幾隻老鼠而已呀。」

斑足轉動眼珠，忍不住重複他的話，「只不過是幾隻老鼠而已？」

「我們之前有過鼠患。」銳爪告訴這隻訪客，跟他說大批的大老鼠如何攻擊峽谷的貓，最後他們只好起而宣戰，把牠們澈底殲滅。

他把話說完，「我們其中一名戰士還因此戰死，所有的貓也都受傷。我們絕不能讓這些大老鼠有機會壯大聲勢，再次對我們發動攻擊。」

這隻兩腳獸地盤的貓顯得若有所思，「我們很常抓大老鼠來吃，」他喵聲說：「或許我們可以幫得上忙。」

葉星正想婉拒他的好意時，銳爪又搶先說：「太好了。我們該怎麼做？」

這已經是銳爪第二次搶著幫我做決定了。葉星惱怒地抽動尾巴。**但或許我們應該好好聽棍子怎麼說。**「請說。」她告訴他。

「好，假設這是垃圾堆，」棍子從葉星床上抓了好幾把青苔和蕨葉，把它們堆在窩室中央。「鼠群是在中間對吧?我建議我們派出一支超級龐大的隊伍。一些貓負責包圍垃圾堆，並找到大老鼠進出的所有洞口，封阻牠們大部分的去路——」

櫻桃尾興奮地拍動尾巴，忍不住插嘴問：「為什麼不是全部?」

「因為我們不希望所有的大老鼠都被關在裡面。」這隻棕色公貓解釋，「我們要牠們**出來**。為了讓牠們以為還有逃跑的機會，我們必須留幾個洞口讓牠們出來，然後派最好的戰士守在外面。」他用單掌在蕨葉堆上戳了兩個洞，「我們必須要有一兩個戰士爬到垃圾堆上面，把那些大老鼠嚇出來，牠們一旦跑出來——」棍子伸出爪子，「就好辦事了。」

他用肯定與自信的目光掃視在場的天族貓。葉星感覺到他對自己的計策非常有把握。**搞不好真的有用，**她心想，**就姑且一試吧。**

棍子繼續說：「要不然我們也可以把垃圾搬開，把大老鼠趕出來。」

斑足皺起鼻子說：「噁!」他吐了一口口水，「你去看看那座垃圾堆就知道，超級**噁心**的!」

棍子聳聳肩說：「你們也可以不用這麼做，我只是告訴你們一個抓獵物的方法而已。」

雀皮瞪大眼睛，錯愕地說：「你們吃大老鼠?我寧可餓肚子。」

「我也是。」櫻桃尾附和：「一想到這畫面我就想吐。」

「在我住的地方，我們什麼獵物都吃。有一隻肥滋滋的大老鼠可以吃，就要謝天謝地了。」

葉星看著如此挑嘴的族貓，突然感到羞愧和一絲罪惡感。**我們從沒有嚐過真正挨餓的滋味，**她心想，**說不定哪一天我們也會過著有大老鼠吃就該偷笑的日子。**

銳爪站起身，喵聲說：「好。棍子，你可以幫我們的巡邏隊做一些攻擊前的訓練嗎？我們上一次就是沒有做好萬全的準備，才會白白犧牲掉雨毛。」

葉星心中激起一股憤怒，**我有說要照棍子的計畫進行嗎？**

她站起身，當面質問銳爪：「你的意思是說火星太無知了嗎？部族是由他從無到有一手建立起來的，難道你都忘了嗎？」

「這和我們談的無關，」銳爪甩一下尾巴，反駁道：「我是尊敬火星沒錯，但他沒有和棍子一樣有抓大老鼠的豐富經驗。我們現在需要的就是經驗，我們這一次一定能出奇制勝。」

葉星一臉震驚地看著薑黃色的戰士，銳爪大膽地迎向她的目光，他對火星為天族所做的一切似乎都有意見。**我必須找時間和銳爪說說副族長什麼該做、什麼不該做，但現在不是說的時機。**

葉星壓下怒火，躬了一躬說：「棍子，我們很感謝有你的幫忙。銳爪會協助你組織巡邏隊。」

「好。」棍子說完後轉身離開，銳爪也跟了出去。

其他戰士紛紛離開族長窩，最後只剩下回颯。她露出沉著同情的眼神，走到族長旁邊，和她磨蹭身體。

「部族必須靠自己的力量面對新挑戰。」她喵聲說：「火星沒有足夠的時間把他所知道的都傳授給我們。」

葉星猜想回颯是想告訴她，銳爪仍然是一個忠心的族貓。但銳爪敬重棍子的程度似乎超越對火星的尊敬，這讓葉星感到很不舒服。

火星為我們做了這麼多，而棍子的底細我們卻一點都不清楚。

回想過去，葉星很清楚火星和銳爪彼此一直處於緊張關係，尤其是當葉星被選為族長、銳爪淪為副族長的那一刻。

「妳覺得銳爪會不會是不高興我拿下了族長的位子？」她問回颯。

年輕巫醫嚴肅地看著她說：「不是妳**拿下**那個位子。」她提醒她：「從星族顯示給我預兆裡看來，那些斑駁的樹葉就是象徵妳的名字——葉斑。火星和我才明白我們的戰士祖靈已經選擇了妳。」

「但銳爪知道嗎？」葉星半自言自語。

「這不是現在的重點。」回颯帶著堅定的語氣說：「現在的當務之急是如何解決大老鼠的問題。」

看到回颯如此肯定，葉星雖然感到放心不少，但還是不知道自己是否做了正確的決定。**銳爪讓我沒有時間能夠仔細想清楚！**「也許我們應該把大老鼠當成獵物抓起來。」她建議。

回颯搖搖頭說：「不好吧。妳應該相信自己的第一個直覺，能愈快擺脫牠們愈好。」她停頓一會兒，舔了幾下身上白色的胸毛，並喵聲說：「大老鼠是天族最古老的天敵。」她的綠色眼神似乎飄出了窩室外，神遊於古老天族貓最初在峽谷定居的遙遠過去。「牠們不是獵物，而是阻撓天族求生的最大勁敵。」

葉星步出窩室往下走，在岩石堆旁看到薄荷掌、史努克掌和斑掌正賣力地拖著一堆枝條和刺藤鬚往峽谷上去。

「你們在做什麼？」她喊道。

薄荷掌放下嘴裡叼著的東西回答道：「棍子正在訓練場築一個大垃圾堆。他說那將會有助於訓練我們對抗大老鼠。」

「我一定要去瞧一瞧。」葉星喵聲說。

她和見習生們並肩走在一起。當她繞過分隔營地和訓練場的石脊，看到空地中央巨大的雜物堆時，不禁大吃一驚。裡面塞滿了樹枝、蕨葉、刺藤和一堆碎石礫。

棍子怎麼有辦法在這麼短的時間內建築這麼大的東西呢？

大部分的族貓們則在訓練場邊圍觀：比利暴和檀爪坐在懸崖的岩架上；石影、彈火和微雲蹲在雜物堆的陰暗處；年輕的戰士們興奮地抖動身體，一副隨時準備往前撲向敵人的樣子；而鼩鼱齒則是躲在後面，腳不安地動來動去；櫻桃尾、雀皮和斑足則是擠在角落；葉星聽到斑足正在對他們描述那個鼠群聚集的地方，所有噁心的細節都不放過。

此刻，棍子和矮子站在雜物堆旁交頭接耳。銳爪站在一個狐身遠的地方聽候差遣。

「我看這還需要增加幾個尾巴的高度，」矮子盤算著，「真的雜物堆……裡面的東西堆得比較密，大概可以承受一隻貓爬上去的重量。」

棍子反對：「要搭成那樣會花太多時間，這一堆應該夠我們練習了。」這時見習生們正搖搖擺擺走來，把搬來的東西卸在雜物堆旁邊。棍子接著對他們說：「做得好，這些已經夠用了。請你們幫我把一些蕨葉揉成一團，做成一隻隻大老鼠的大小。」

葉星讓見習生們繼續做事，自個兒則是走到訓練場的另一頭加入銳爪。

副族長轉向她，閃著亮晶晶的眼睛說：「有了訪客的幫忙，我們很快就能給那些大老鼠好看了。」

史努克掌低吼：「看我們怎麼把牠們打成鴉食。棍子真是聰明。」

薄荷掌邊把一團蕨葉捏成大老鼠的形狀，邊大聲說：「對呀！如果他能早點出現，我的父親可能就不會死了。」

葉星搖搖頭，認為即使當時對大老鼠懂得再多，也不可能改變之前決戰的結果。**沒有經歷過那場戰鬥的貓是不會瞭解的，**她心想。

葉星突然聽到一聲嘆息聲，她轉頭一看，原來是站在附近的花瓣鼻因為聽到伴侶的名字而露出哀戚的神情。葉星走到後面，在她旁邊停下來。

花瓣鼻低聲對族長說：「雨毛沒有犯任何錯，他是為了部族才戰死的。」

「他是名優秀的戰士。」葉星深表同意，伸長鼻子磨擦花瓣鼻的耳朵。

「可是現在他們卻把他講成像是一個笨蛋。」花瓣鼻帶著悲傷顫抖的聲音繼續說：「好像他是自不量力，沒準備好就去挑戰實力比自己還要強大的敵人。」

「當時有在場的貓都知道這不是事實。」葉星安慰她。

花瓣鼻又嘆了一口長長的氣，接著把頭靠在葉星的肩上一會兒。

葉星看著棍子把最後一批樹枝和刺藤推到固定的位置。「看起來很不錯。」她不想讓別人以為她不知感激，於是先稱讚起訪客。「不過部族還是需要有獵物可以吃，所以有一些貓必須去執行打獵的勤務。雀皮，你去——」

「不行。」銳爪插嘴說：「全部的貓都必須留下來參加棍子的戰鬥訓練。」

葉星忍不住伸出爪子，**誰才是這裡的族長？**「我們必須補充獵物堆的存量，」她堅持，「棍子可以早上再來上訓練課。」

「但是我們不想打獵，」櫻桃尾抗議道：「我們想學和大老鼠對戰的技巧。」

「對呀，這比吃下一餐還重要。」雀皮同意。

葉星舉起尾巴，打斷這些七嘴八舌的抗議聲。當她正準備再開口說話時，比利暴踱步上前。

他自告奮勇說：「如果妳要的話，我可以帶隊去打獵。檀爪和我們的見習生都會跟我去。鼩鼱齒，你也要去嗎？」

「當然好啊！」黑色公貓吁了一口氣，露出如釋重負的表情，樂得遠離備戰的緊張氣氛。

葉星對這隻寵物貓眨眨眼，表示感激。「謝謝。你們可以四處去打獵，只要不靠近鼠窩就行了。」

「我們會到峽谷的另一邊去狩獵。」比利暴保證，並揮動尾巴把隊員集合過來。

葉星目送他帶隊離開後，接著轉回訓練場去。棍子正忙著集合其餘的部族貓，準備開始訓練。

「我要當攻擊大老鼠的先鋒。」薄荷掌堅持。她豎起皮毛，耳朵瞄準自己用蕨葉綑成的假大老鼠，「雨毛是我的父親，我終於有機會為他報仇了！」

「不公平！我也要去打仗。」鼠尾草掌沮喪的聲音從葉星背後傳來；她回頭看到這隻受傷的見習生一拐一拐地繞過石脊，回颯隨行在側。

「還有我們！」鹿蕨的四隻小貓咚咚地跑在母親前頭，來到訓練場旁邊說：「我們會殺掉很多大老鼠！」

「不行，我已經說過，你們只能在旁邊觀看。」鹿蕨喵聲說。

葉星忍不住發出愉悅的呼嚕聲。看到族貓們一心想打敗鼠群的高昂情緒，她一掃之前的恐慌，心中不由得洋溢著一份驕傲。

這會是讓部族團結的契機嗎？鼠群會是星族特地派來的嗎？

第十章

葉星來到峽谷頂端，爬進矮木叢。荊棘刷過她的皮毛，她的身體突然縮了一下。月亮已經落下，還好有足夠的星光照亮她的去路。她回頭一看，族貓們暗色的輪廓在崖頂悄悄移動。黎明的第一道曙光尚未灑落在岩石上。

自從斑足的巡邏隊在森林發現兩腳獸所堆的廢棄物後，已經又過了五天。每隻貓在這段期間勤練棍子的戰術，練到閉起眼睛都能進行。

每天晚上，葉星的夢裡總是充斥著一張張尖臉、目光邪惡、發出吱吱叫聲的大老鼠，四處瀰漫著血腥味。**現在該是終止噩夢的時候了。**

葉星繼續往鼠堆前進，寒冷的夜風沙沙吹過她頭頂的樹葉。銳爪和棍子走在她旁邊，其他的戰士緊隨在後。全部的貓都壓低身體，一路悄聲潛行，腳步聲輕到比陣雨過後雨珠滴落樹枝的聲音還小。

一個突如其來的尖銳斷裂聲劃破沉靜。葉星跳了起來，心臟開始怦怦狂跳。

銳爪猛然轉身，嘶聲說：「是什麼聲音？」

所有的貓都停下腳步，頸毛直豎，提高警覺注意暗影處的動靜。鼩鼱齒更是嚇得渾身僵硬。

「不好意思，」巡邏隊後方的暗處傳來彈火的聲音，他尷尬地說：「我踩到一根樹枝。」

「這下可好了！」雀皮咕噥道：「現在所有的大老鼠都知道我們來了！」

「這不礙事。」棍子要他放心，「大老鼠只會更往巢穴裡面躲，牠們很快就會知道那裡沒有一個地方安全了。」

葉星緩和一下心跳，甩動尾巴，指揮巡邏隊繼續挺進。她現在可以感受到空氣裡的緊張氣氛，像風暴爆發前的火花。

這是我第一次帶領部族打仗。星族，請賜給我們力量，讓所有戰士都能平安歸營。

黎明的第一道曙光透進了森林。一股腐爛的臭味隨風飄過來，葉星忍不住抽動鼻子。隔著樹叢，在微光中隱約可以看到垃圾堆就佇立在前方幾個狐身遠的地方。即使大老鼠聽見巡邏隊逼近的聲響，葉星也沒有時間改變計畫了。

只能這麼辦了。

葉星揮動尾巴，命令巡邏隊停下來，接著轉頭面向他們。銳爪也跟著轉身，他的綠色眼珠閃爍著光芒，暗棕色的皮毛高高豎了起來。葉星清楚感受到他想替雨毛報仇的決心。

他的目光掃視整個巡邏隊，並問道：「你們都清楚計畫該怎麼進行了吧？我們把大部分的洞口都阻擋起來，讓倉皇失措的大鼠群逃到沒有被封住的洞口。然後……」他咧開嘴巴看了棍子一眼，確定自己沒把那獨行貓的計畫說錯。

棍子簡短地點個頭，「牠們一定搞不清楚是被什麼東西攻擊。」

葉星聽他們這麼一說，再加上看到銳爪勢在必得的眼神，她對整個計畫愈來愈有信心。**我們一定可以打贏這場仗！**

在場聽候指示的貓兒們急急抽動尾巴、爪子不停伸縮。葉星可以感受到他們高漲的緊張情緒。曾經和鼠群交手過的資深戰士們儘管努力隱藏恐懼，還是忍不住散發出害怕的氣味。年輕戰士們也不由得跟著緊張起來，齙齒更是渾身不停顫抖。

趁著一些貓咪還沒開始驚慌前，她下定決心，**我們得趕快行動。**

「雀皮，你昨天有帶隊來巡視這裡，」她輕聲道：「你有找到垃圾堆的所有出口嗎？」

這年輕的虎斑公貓點點頭，「為了避免打草驚蛇，我們沒有走太近。」他解釋：「但從我們所在的位置看過去，垃圾堆的後面應該是有三個空隙，另外兩面側邊也各有一個，前面還有兩個——木頭高高凸起的那邊有一個縫，兩腳獸沙發下面還有一個洞。」

葉星隔著樹叢一眼望去，可以看到雀皮所說的前面那兩個縫：黑漆漆的縫隙直通到垃圾堆的中央。她想起大老鼠傾巢而出的畫面不由得頭皮發麻，但還是得強迫自己冷靜以對。

她喵聲說：「我們先留這兩個出口。」她很慶幸自己還能以沉穩的聲音說話，「斑足、微雲、還有花瓣鼻，你們三個到後面去顧那幾個出口。櫻桃尾，妳去守側邊那一個。」——葉星揮動尾巴指揮——「彈火，你去負責另外一邊。當出口被封起來時，你們必須守在旁邊，千萬不要讓大老鼠有衝出來的機會。」

她停頓了一會兒，將目光移到站在她面前的族貓們。「銳爪，你負責捕抓從前面出口跑出來的大老鼠。」

副族長雖然沒有說半句話，但他的眼睛閃著亮光，尾巴大大一甩。

「蜂鬚、雀皮、石影、棍子、煤炭和矮子，你們跟銳爪一起行動。」

薄荷掌問：「那我們呢？」她奮力蓬起全身皮毛，似乎想壯大自己的體型。「我們也想和大老鼠戰鬥！」

「等一下妳想要多少大老鼠就有多少。」葉星保證。「等洞口被封住後，妳、柯拉還有齙齒就跟我一起爬上垃圾堆，把大老鼠趕出來，好讓銳爪的隊伍解決牠們。」

薄荷掌眼睛發出光芒，「我一定會讓牠們**嚇到屁滾尿流**。」她伸出爪子，發出嘶聲。

此刻的晨曦已經漸漸擴散開來。葉星繞到垃圾堆的後方，微雲、花瓣鼻和斑足跟在後面。他們經過彈火時，彈火正吃力地爬上垃圾堆，把一塊木頭推到兩片亮黑色皮毛中間的縫隙。葉星對他點點頭表示肯定，同時也在心裡默默感謝棍子這些天來在峽谷所做的訓練。她看到戰士們如此專注堅定的樣子，信心也開始大增。部族能如此團結合作，讓她感到很驕傲。

接著當她又想起在穀倉迎戰鼠群的畫面時，自信心瞬間消退。一大群邪惡的東西不斷從暗處湧出來，窄窄的頭顱裡只有一個念頭：**去死吧，貓！**當她回憶起那被淹沒在棕色鼠潮裡、被牠們的臭味和皮毛掩埋的恐怖經驗時，不禁嚇得哽住呼吸。她當時可是費了很大的力氣才掙脫出來。

我們的戰士數量夠嗎？或許我應該也把晨間戰士找來才對。

她之所以沒讓他們參與，是因為突襲行動太早，他們沒能來得及從兩腳獸的巢穴趕來。她不禁開始納悶，不知是否剛剛應該等他們來再出發比較好。

但是銳爪也沒有讓他們加入訓練，可能是因為他認為他們沒有對付大老鼠的能力吧。

葉星甩甩頭，讓腦袋清楚些，暗暗告訴自己已經來不及增加戰力了。她停下腳步，抬頭仰望垃圾堆。

我的天啊，真是巨大！

她之前雖然已經來查看過垃圾堆很多次，但卻沒有像這次站這麼靠近過。高高聳起的垃圾堆彷彿要蓋住整個天空，臭味在她四周飄蕩。它看起來比先前他們在峽谷練習的樹枝堆要難爬許多。大老鼠沙沙走動磨蹭的聲音和尖銳的吱吱聲從裡面傳出來，葉星忍不住打了個寒顫。

在她旁邊的花瓣鼻、斑足和微雲，正忙著撿拾樹枝、木頭和石塊，準備把這邊的三個出口堵起來。柯拉走向葉星。

「我們現在需要爬上去了嗎？」她喃喃說：「我們得做好準備才行。」

葉星點點頭。薄荷掌和齙牙齒正站在幾個尾巴遠的地方聽候指示，葉星把他們叫過來，一起爬上垃圾堆。

葉星一邊爬，感覺惡臭愈來愈強烈，蒼蠅不斷在她頭頂上亂飛。她不由得豎起根根皮毛。有時候踩在腳下的垃圾還黏黏的，她只能儘量不去想毛髮究竟沾到什麼東西。**不管那是什麼東西，我都不想去舔！**她走著走著，有時候垃圾堆會突然凹陷下去，她幻想整個垃圾堆要是崩落，她很可能就此墜入塞滿大老鼠的深淵。她仍然可以聽到大老鼠微小的聲響，幸好他們的敵人還沒察覺自己已經被包圍。

正當葉星幾乎要到達垃圾堆頂時，後方突然爆出一聲驚慌的尖叫聲，隨後很快又消失。她回頭一看，發現離她下方一個尾巴距離的薄荷掌前腳緊抓著一根凸出來的樹枝，後腳盪在空中，尾巴瘋狂地急甩。

見習生看著葉星的眼睛，尖聲說：「對不起！我滑了一跤。」

她後腳一陣亂抓，終於又爬了上來。葉星渾身緊繃，心想他們還沒就定位，鼠群開始竄出就糟了。但其實什麼事也沒有發生，大老鼠依舊在她腳下的垃圾堆若無其事地跑來跑去、不停吱吱叫著。

「沒事。」她對薄荷掌點個頭，並喃喃說：「牠們沒有聽到妳的聲音。小心一點就好了。」

在薄荷掌下方一個狐身遠的跑牘齒，已經嚇到兩眼呆滯，兩腳癱在一塊兩腳獸丟棄的軟趴趴皮毛上。葉星還來不及開口，柯拉已經爬到他旁邊。

她小聲地說：「沒事，沒事，不用怕。」

跑牘齒終於鼓起勇氣，顫抖著腳一步一步往上爬。這隻兩腳獸地盤的貓兒冷靜的頭腦和處變不驚的勇氣，讓葉星心懷感激。**這一戰要是沒有柯拉和她朋友們的幫忙，天族肯定會打得更辛苦**，她承認。

葉星終於攀住了一個牢固的方形石塊，開始掃視空地四周。她看到斑足和微雲就在她正下方的垃圾堆底下，各自緊守在封住的出口旁。在稍稍過去的地方，彈火也早已就定位；但她看不到在對面的櫻桃尾。她想查看銳爪和他隊員的狀況，但視線偏偏被垃圾山擋住，所以她只好當作他們已經準備好了。

天族族長再次左右環顧一遍後，用力把頭轉回來，大喊一聲：「天族，攻擊！」

她的聲音在森林裡震盪著，腳下的垃圾堆也瞬間騷動了起來。大老鼠驚恐與憤怒交雜的尖叫聲四起。葉星可以聽到牠們在她腳下發了狂似的亂竄，她站著的石塊也跟著起起伏伏地震動著。

一隻大老鼠的頭從微雲封鎖的洞裡衝出來，拚命想突破阻擋在前的樹枝荊棘屏障。瘦小的白色戰士用單掌揍了大老鼠的鼻子兩下，讓牠立刻縮回洞裡。微雲趕緊把樹枝塞回原位。

葉星大喊：「做得好！把牠們趕回洞裡！銳爪和他的隊員會負責收拾牠們。」

花瓣鼻正對著兩隻試圖逃出洞口的大老鼠發出狂怒的嘶叫，斑足跑過去支援她。大老鼠看到眼前兩隻貓暴怒的恐怖表情，嚇得拔腿溜回垃圾堆，兩隻貓連出手都不用。

葉星看到戰士們都知道該怎麼做了，於是放心地爬上垃圾堆最頂端。她把爪子戳進垃圾堆，放聲大吼，準備把大老鼠從裡面嚇出來，讓等候在一旁的戰士們用爪子伺候牠們。她瞥見柯拉和薄荷掌也和她一樣忙著對大老鼠叫囂，只有鼩鼱齒豎起全身皮毛，窩在一塊尖尖破舊的兩腳獸東西上，張嘴發出令人毛骨悚然的尖叫聲。垃圾堆在葉星腳下晃動，隨時都有可能產生新裂縫。離她的鼻子幾個鼠身距離的地方，突然衝出一隻結實瘦小的大老鼠。她還來不及出手前，大老鼠已經沿著垃圾堆側面一路往下逃。下方傳來一聲淒厲的慘叫聲後，隨即戛然而止。她心想應該是另一隻貓把牠逮個正著了。

薄荷掌爬到兩腳獸的椅子最上面，開始咧嘴咆哮。此時椅子突然往下塌落，見習生也跟著掉進裂縫，直往垃圾堆深處陷去。薄荷掌驚聲尖叫，在鬆動的廢棄物之間無助地掙扎。

葉星往前飛身一躍，在這隻母貓還未滅頂前，一口叼住她的頸項。葉星伸出後腳的爪子穩住腳步，把薄荷掌拖上來。兩三隻大老鼠也跟了上來，其中一隻更是咬住薄荷掌的尾巴不放。葉星因為嘴裡還叼著見習生的頸項，所以沒辦法展開攻擊，但見習生後腿一陣狂踢，狠狠踹了大老鼠的頭一腳。牠跌回垃圾堆，驚慌地不停搖晃四肢和尾巴，最後一溜煙不見。

葉星把薄荷掌放到垃圾堆較牢固的地方，薄荷掌鬆了一口氣說：「謝啦。」

「那隻大老鼠妳解決得很漂亮。」葉星喘著氣說。

從葉星現在站的位置望出去，可以看到垃圾堆前面的戰況，在那裡留了兩個沒有被封死的洞口。她目睹銳爪和他的隊員們淹沒在一大票不斷湧出的鼠群中，每隻貓的身上都沾滿了鮮血。她繃緊肚皮，突然感覺一陣驚恐。

星族，但願那是大老鼠的血，而不是戰士自己的！

棍子原本的計畫是讓兩名戰士合力撲殺每一隻大老鼠，但大老鼠的數量實在太龐大，衝出來的速度之快，讓他們根本無法照原定計畫進行。天族戰士們撲過去，當大老鼠在他們腳下慘叫、盲目掙扎之際，又有更多大老鼠不斷冒出來。葉星看到在她正下方的石影正在和一隻體型龐大的大老鼠搏鬥。雖然他猛擊大老鼠的腹側，但那東西卻緊咬著他的肩膀不放，石影怎麼甩都甩不開。

葉星發出一聲怒吼，撲到垃圾堆下面，利爪凌空一掃，撕破了大老鼠的喉嚨。大老鼠瞬間鬆開石影的肩膀，癱倒在地上。

看到血不斷從大老鼠的傷口湧出來，葉星身體突然往後縮了一下。**這樣是不對的，我們只有在獵食時才能殺生。**但她心裡也很清楚如果她和族貓們不殲滅鼠群，他們自己很可能就會淪為別人的獵物。

「謝啦！」石影嘀咕一聲，繼續轉身攔截另一隻想從垃圾堆逃到樹林裡去的大老鼠。

葉星感覺到背後有被小小的爪子纏住的感覺，她二話不說飛身一蹬。被甩了下來的大老鼠，一邊發出驚慌失措的尖叫，一邊倉皇逃開，不料最後卻自投羅網跑進雀皮的爪下。一隻被矮子咬住尾巴的巨大母鼠，飛撞到葉星的後腿，於是這兩隻貓聯手攻擊牠。葉星伸出爪子，朝著母鼠的頭猛擊了一記，但卻遲遲狠不下心殺牠。

「趕快！」從她後方傳來一聲憤怒的叱喝聲。

葉星轉頭，發現是銳爪在喊叫。副族長渾身暗棕色的皮毛都沾滿了血，眼裡閃著狂怒的光。

「不要對牠們太仁慈！」他咆哮，「妳不殺牠們，就等著牠們來殺妳！」

他說得沒錯，葉星心想。她再次伸出爪子，朝母大老鼠的喉嚨下手，矮子則是從另外一邊狠咬牠的脖子。大老鼠慘叫一聲，氣絕身亡。葉星和那兩腳獸地盤的貓兒短暫交換了充滿成就感的眼神。

葉星持續陷在皮毛橫飛、利齒狂咬的混戰中。當她滑過血跡斑斑的草地時，忍不住皺起眉頭，覺得實在太噁心了。空氣中瀰漫著濃濃的血腥味與鼠貓的尖叫聲。葉星本能地重複做著跳躍、扭身、揮擊的動作，奮不顧身和那些兩眼發光、帶著利牙的東西決一死戰，為的就是能趕快掙脫這個噩夢。她再也沒有餘力注意族貓的動靜，現在她的眼裡只有那些倒在她腳下的結實軀體。

一看到腳下的大老鼠停止掙扎，葉星隨即轉身，準備面對下一個敵人。然而她突然看到柯拉就站在她前面，一隻耳朵被撕開，雙顎上也有明顯的齒痕。這隻兩腳獸地盤的貓兒呆站在原地，喘著氣的胸膛一起一浮。

在她前方，有更多的貓咪宛如一座座孤島，立在一片大老鼠的屍河中。

「結束了。」柯拉喘著氣說。

「大老鼠全死光了。」銳爪沿途撥開遍野的鼠屍，走到葉星旁邊。

葉星環顧左右，發現四周都是一堆堆死掉的大老鼠。一條條血跡穿過空地邊緣的蕨葉叢和長草叢，一些大老鼠顯然是拖行到樹叢後才死掉的。垃圾堆已經被踏得四分五裂，垃圾碎屑散落整個空地。

大老鼠再也無法躲在裡面築窩了。

一切的尖叫聲全都止息，唯有蜂鬚的殘喘聲劃破了這一片沉靜。蜂鬚就側躺在幾個狐身遠的地方。薄荷掌連忙從大老鼠的屍體堆中爬到導師的身邊。

「他受傷了！」她大叫。

葉星爬過大老鼠屍堆，來到受傷的族貓面前。蜂鬚的腰腹有個很深的抓傷，傷口幾乎已經從肚皮裂到了尾巴，而且不斷涔涔滲出血來。

灰白公貓抬起頭，痛苦地眨眨眼睛。「我沒事。」他用粗啞的聲音說：「給我幾個心跳的時間，休息一下就沒事了。」

「你需要的不只是休息而已。」葉星低頭舔舐蜂鬚的耳朵，並喵聲說：「我們會帶你回營地，讓回颯好好醫治你。」

「我把抓傷我的大鼠給解決掉了。」蜂鬚喃喃說著，接著再次躺下來，閉起眼睛。

所有貓都圍在他身邊，每隻或多或少都有受傷——抓傷、爪子撕裂傷、耳朵裂傷——但都沒有像蜂鬚或柯拉那麼嚴重。葉星感覺肩膀突然一陣刺痛，在激戰時，她完全沒有察覺自己也有被大老鼠抓傷。

「我們贏了。」她大聲宣布。

在場沒有任何一隻貓有反應。葉星和銳爪默默交換一下眼神，彼此心知肚明這不是值得慶祝的時刻。

「我們回營地吧。」她喵聲說。

第十一章

「蜂鬚，躺到這裡有陽光的地方。」回颯指揮著，「柯拉，妳也是。其他的貓咪們，到岩石堆下面的池子把身體洗乾淨。洗完了再回來找我。」

當部族返回營地時，雖然峽谷還是有幾處被暗影遮蔽著，但太陽已升到岩石堆的正上方。葉星和櫻桃尾一路攙扶蜂鬚走下小徑，抵達巫醫窩。雖然這戰士嘴裡一直說自己沒事，但當他來到回颯溫暖的洞口前面時，已經累得癱倒在地上。

柯拉坐在他旁邊，開始幫他舔掉傷口的血漬。

「到池子裡把身體洗乾淨？」斑足不敢置信地重複回颯的命令。

從他背後也傳來族貓們嘀嘀咕咕的抗議聲。

「我不喜歡泡在水裡，」花瓣鼻抱怨道：「我可以自己舔乾淨嗎？」

跑躂齒幫腔說：「而且這很危險耶，」他將目光移到從岩石底下汩汩冒上來、流入池中的水。「有些貓搞不好會被淹死。」

「我真不敢相信妳會要我們把全身弄得溼答答的。」雀皮嚷嚷著。

「我就是要你們這麼做。」在這麼多傷患的情況下，回颯希望能有效率地處理傷口，但是在面對戰士們七嘴八舌的抗議聲浪中，讓她說話不免帶一些火氣。「如果我看不清楚傷口，怎麼進行處理？」

銳爪不耐煩地彈彈耳朵說：「我們最好趕快照做。」

他帶隊往池子走去，接著自己一馬當先慢慢將身體浸到水裡，臉上的表情比被大老鼠咬到還難看。其他的貓兒們心不甘情不願地跟著他做。

鼠尾草掌一跛一跛走出回颯的窩，一見到有這麼多的貓受傷，一時錯愕地叫了出來。「你們全都受傷了！」他瞪著圓滾滾的眼睛喵聲說。

「對啊，真可惜你沒看到那群大老鼠。」他的手足薄荷掌帶著充滿成就感的口吻，鄭重地說：「牠們再也不會來煩我們了。」

此刻，空中飄蕩著另一陣刺耳的尖叫聲，原來是鹿蕨的小貓們正蹦蹦跳跳地走下小徑，他們的母親和苜蓿尾也跟在後面。

看到小貓們飛速衝向蜂鬚，鹿蕨拉大嗓門喊道：「給我回來！不要打擾回颯工作。」

小貓們不理她，逕自在父親身上爬上爬下。半昏迷的蜂鬚痛得咕噥一聲，柯拉伸出一隻腳掌，想辦法把小貓們推離。「不要這樣，」她告訴他們：「你們把他弄疼了。」

「可是我們只是想幫忙！」小蕁痲爭辯著。

葉星正想走過去管管他們時，看到矮子甩掉皮毛上的水，從池子走回來。他把尾巴伸到蜂鬚背上，包住坐在上面的四隻小貓。「跟我來，我會把決鬥時所發生的事情統統告訴你們。」他保證。

小貓們二話不說從父親身上跳下來，團團圍在矮子身邊。

「你有殺死很多大老鼠嗎？」

「有流很多血嗎？」

「你可以讓我們看看你的戰鬥動作嗎？」

鹿蕨踱步上前，藍色眼睛裡透露著擔心。「小心點，不要嚇到他們。」她對矮子喃喃地說。

這隻來自兩腳獸地盤的貓兒，用尾稍摸摸她的肩，要她放心。「不用擔心，太恐怖的事我都不會說。」

矮子帶著小貓們往水邊一塊平坦的岩石走去。鹿蕨望著他們離開後，接著走過去加入正在和回颯說話的苜蓿尾。

「有什麼我們可以幫得上忙的儘管說。」淡棕色的母貓喵聲說。

「謝謝妳，苜蓿尾。妳可以去接替柯拉，幫蜂鬚清理一下。柯拉也受傷了，她需要休息。至於鹿蕨，如果妳可以去幫他們弄點水來的話，就更好了。」

「這事包在我身上。」鹿蕨喵聲說完後，立刻衝去河邊。

葉星看看峽谷四周，想確認所有受傷的貓是不是都已經準備好要接受治療。

身上只有幾處輕微抓傷的微雲，在巫醫窩裡跑進跑出，任勞任怨地幫回颯拿指定的藥草。銳爪把皮毛上的血跡洗乾淨後，就在一旁監督其他的族貓們是否有確實做到。看到鼩鼱齒在岸邊直發抖，他乾脆把這隻黑色公貓的頭用力壓進池裡，然後再把他拖出來。

葉星在確定沒有任何貓需要她的幫忙後，自己也走到池邊，撲通地滑進水裡。除了初浸水時，身體忍不住打了個哆嗦之外，她還滿享受讓波浪打在傷口上、把大老鼠的血沖離皮毛的感覺。她抬頭看到峽谷頂上有三隻貓正匆匆走下小徑：是比利暴、檀爪和斑掌。一看到受傷的族貓們，他們趕緊加快步伐，在一群排隊等著回颯治療的貓咪們中間剎住腳步。

「發生什麼事了？」比利暴質問：「你們去打大老鼠了嗎？」

一看到蜂鬚閉著眼睛側躺在地上，斑掌嚇得瞪大眼睛。「他死了嗎？」她悄聲問。

「沒錯，我們去打大老鼠了。」斑足自豪地喵聲說：「我們今天清晨天還沒亮就出發了。我們已經把牠們統統都五爪分屍，而且沒有任何貓戰死。蜂鬚很快就可以康復了。」

「為什麼沒有任何一隻貓事先通知我們突襲的時間？」檀爪甩動尾巴，嘶吼說道：「我們也可以幫忙啊！」

一聽到黑色母貓在發飆，葉星趕緊從池子起身，走到她面前。「我們沒有通知你們，絕不是因為不看重你們。」她邊喵聲說，邊伸長鼻子磨磨檀爪的耳朵。

檀爪閃開她的碰觸，「那為什麼我們沒有被告知？」

「我們需要隨時都能動身出發的貓。」銳爪打岔。他擠開群貓，走到葉星旁邊說：「還包括晚上的時間。」

「如果你們事先有告知，我們一定會想辦法報到。」比利暴雖然沒有像檀爪一樣暴跳如雷，但顯然還是有些不高興。他接著轉身對葉星說：「妳有受傷嗎？」

「呃，我沒事，謝謝你的關心。只有肩膀上一個小抓傷而已。」葉星回答，沒想到他竟會轉移話題。

比利暴湊過去聞聞她的傷口。「那不是『一個小抓傷而已』。」他說：「妳需要敷藥草才行。我去幫妳拿一些過來——我該拿什麼藥草呢？」

斑掌高喊：「金盞花！我知道它們長什麼樣子，我去拿。」她自告奮勇說完，一溜煙跑到巫醫窩去。一會兒過後，她叼著滿嘴的葉子回來，細心地把它們嚼碎成泥，塗在葉星的傷口上。

在幫葉星敷完藥草後，她告訴葉星：「回颯說為了避免我做錯，妳還是要去給她看看比較保險。」

「我敢保證妳沒做錯。」葉星聳聳肩膀回答，「我已經感覺好多了。」

斑掌睜著發亮的眼睛承認：「我喜歡看回颯工作。」

「那妳應該去找她，看看有什麼需要幫忙的呀。」葉星喵聲說：「有這麼多戰士需要醫治，能多一雙腳掌幫忙，她一定很高興。」

「謝謝妳！」斑掌再次匆匆忙忙跑開，高高舉起的尾巴盪在空中。

葉星發出一陣溫柔的呼嚕聲，轉身回到檀爪和比利暴的旁邊。兩隻貓尷尬地動動腳掌，站在這麼多傷痕累累的戰士之中，似乎感覺自己格格不入。

「我們去打獵好了。」比利暴看了黑色母貓一眼說：「部族需要補充獵物堆的存量。」

葉星喵聲說：「好主意，謝謝。」她雖然有些不放心，仍然讓他們出發。只有兩隻貓的巡邏隊，氣勢未免太過於單薄。或許部族比她想像的還需要哈維月和馬蓋先的加入，她希望在禁令解除後，他們能夠歸隊。

葉星的傷口已經不那麼疼了，但她想最好還是讓回颯看看比較好，順便也可以問她有什麼需要幫忙的地方。當她來到巫醫身邊時，看到她正在指導斑掌如何把一團蜘蛛網貼在石影受傷的耳朵上。

「對，就是這樣。」回颯說：「記得要每個邊邊都貼牢。很好。現在妳可以再抓一團蜘蛛網，處理櫻桃尾後腿的咬傷。在處理前，必須先確認傷口是不是完全乾淨才行。」

「知道了，回颯。」斑掌喵聲說。

回颯一邊教，一邊開始把金盞花泥敷在蜂鬚的傷口上。「微雲，去拿一顆罌粟球給蜂鬚。」她吩咐白色戰士，「最多只能給他三粒種籽。彈火，現在我們來看看你的傷勢。」

葉星很佩服年輕巫醫能同時做三件事，又能逐一醫治受傷的戰士，讓他們不用等太久。她還來不及開口問回颯有什麼需要幫忙的地方，就看到銳爪一跛一跛地走來；雖然被咬得亂七八糟的腿傷還需要處理，但他眼裡仍舊洋溢著獲勝的喜悅。

「他們打得很漂亮。」他喵聲說。

葉星不確定他指的是誰，「你是說那些新戰士嗎？沒錯，他們——」

「不是，是兩腳獸地盤的貓。」銳爪打斷她的話，「我們之所以可以戰勝，這全得歸功於棍子——妳知道的，不是嗎？」

「他是幫了我們很多忙，」葉星說：「但每隻貓都——」

銳爪再次打斷她：「要是部族能徵召他們加入戰士的行列，就太幸運了。」

葉星心中暗暗吃驚。「你是說他們應該留下來嗎？他們才來這裡四分之一個月，」她指出：「而且他們也沒有跟我們說以後有什麼打算。」

銳爪抽動耳朵，「也許他們正在等我們開口邀他們加入部族。」他說。

「也許吧。」葉星帶著不怎麼確定的口吻回答。

銳爪一看到煤炭迎面走來，立刻對他喵聲說：「我們這次真得好好感謝你們。」葉星不確定黑色公貓是否有聽到他們剛剛的對話。銳爪繼續說：「多虧有你和你朋友們的幫忙，我們這次才能順利打敗鼠群。」

煤炭聳聳肩說：「為了感謝你們這幾天的住宿招待，幫這點小忙也是應該的。」

葉星的腳底突然竄起一股不安。**你們為什麼要來這裡？**她不禁再度起疑。**就只為了感激我們讓你們在峽谷待下來，你們就不惜冒著生命危險上戰場嗎？你們到底有何居心？**

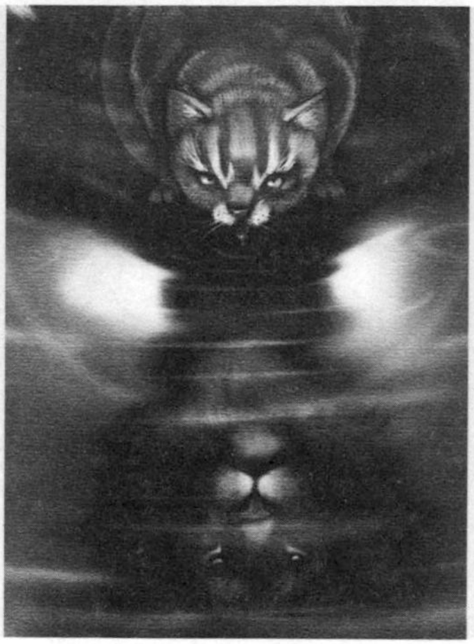

第十二章

太陽西下，一排參差不齊的兩腳獸屋頂映著滿天的紅光。棍子吃力地爬上兩腳獸的一處垃圾堆，抽動鼻子，推開幾片碎屑。他上次來這裡的時候，垃圾堆裡面還有滿坑滿谷的大老鼠。現在除了難聞的空氣和滿地的糞便外，什麼都沒有。

「連根老鼠鬚都找不到。」柯拉氣急敗壞地說著，從垃圾堆頂端往下看著他。「一定是其他貓來這裡把食物掃光了。」

「鬥吉！」棍子嘶吼道。

「我們不能確定一定是他做的。」柯拉說：「還有其他的貓也住在這裡，任何貓都有可能把大老鼠抓光光。」

「我知道一定是鬥吉，」棍子低吼：「他不喜歡我們住在這裡，所以想盡辦法讓我們餓肚子。」他跳下垃圾堆，在落地時狠狠地踢了兩腳獸的空箱子一下，氣沖沖地離開。

他走不到三步，眼角餘光突然閃過一團橘

色身影。他連忙轉過身，看到小紅坐在牆邊的陰暗處。

「妳上哪兒去了？」

小紅蓬起頸毛說：「只是到附近晃晃。」

「以後最好不要單獨外出。」

火焰色母貓隨即跳起來質疑：「為什麼不行？我可以自己照顧自己。」

「這附近有危險的貓出沒。」棍子大吼。

小紅突然跑上前，額頭湊到他肩膀上磨蹭，並發出熱情的呼嚕聲。她這突如其來的舉動把棍子給嚇了一跳。「有比你危險嗎？」她抬頭喵聲說，眼睛閃著笑意。

棍子突然有股衝動去舔舔她的耳朵，就像她小時候一樣。但那已經是很久以前的事了。看棍子一語不發的樣子，小紅漸漸收起眼裡的微笑。

「我去看看培西。」她喵聲說著，轉身穿過垃圾場。

棍子看著她離去的背影，頓時滿腹傷悲。

「要管住她可沒那麼容易。」

棍子被從後面踱步過來的煤炭給嚇了一跳。「我不是想管住她。」他板著臉回應：「我只希望她安全。」

「她已經夠大了，可以有能力保護自己的安全。」煤炭說。

「她需要母親在身邊。」

煤炭用尾梢拍拍朋友的肩膀幾下，「你已經盡力了。」

「可是還不夠，不是嗎？」棍子回答：「永遠都不夠。」

⚡⚡⚡

棍子朝小紅離開的相反方向穿越垃圾場。他躍上空地邊緣的籬笆，輕快地在上面行走。兩腳獸的院子在沉沉的夜裡一片空寂。雖然一些窩室裡閃著燈光，但棍子潛行之處卻是漆黑一片。

棍子抖動頰鬚，張開雙顎，嚐嚐空氣。**兔子！**他口水直流，肚子開始咕嚕作響。但他知道那是兩腳獸籠子裡的兔子所散發的氣味。

我要是去抓牠，可能會吃不完兜著走。

棍子在籬笆上頭走著走著，發現味道愈來愈濃，而且還散發著一股恐懼的氣味。棍子心想是不是小兩腳獸又在和兔子玩，他知道兔子不是很情願。接著一聲驚恐的尖叫聲從前面的院子傳來。棍子僵住身體。這不是笨手笨腳的小兩腳獸，兔子被獵食者盯上了！

棍子踩著籬笆，飛快跑到兔子住的院子去，在一株冬青樹的陰影處停下來。他往下看著擺在平整青草地中央的閃亮格紋籠子。米夏和史魁奇團團圍住籠子，裡面黑白花色的兔子蜷縮成一團。這兩隻貓正豎起皮毛，咧嘴咆哮。草地另一邊的兩腳獸巢穴一片漆黑，而且安靜無聲。

「住手！」他喊道：「那隻兔子不是獵物。」

米夏和史魁奇停下來，抬頭看著他。

米夏發出一陣冷笑，「噢，是嗎？你如果不是那麼怕兩腳獸的話，老早就獵到東西了。」

「我才不怕他們！」棍子咆哮。

「那就證明給我們看呀！」史魁奇挑釁，「來幫我們抓這隻兔子。」

「不。」棍子開始沿著籬笆後退。**這準沒好事。**

在他還沒來得及開溜前，史魁奇已經衝向籠子，肩膀猛力一撞，把籠子瞬間撞翻。兔子又尖叫了一聲，退到離裂口最遠的角落。

米夏的肚皮緊貼在地，一步步走到籠子底下，單掌一抓，把兔子拖出籠外。

兔子瑟縮在草地上，不停顫抖。米夏和史魁奇輪番撲向牠，伸出爪子猛攻牠的耳朵。一撮撮黑白色的毛髮在草地上一陣亂飄。棍子頓時看到一片暗色的污漬開始從兔子的肩上暈染開來。

「你們要殺牠就不要折磨牠。」他叱喝。

米夏抬頭看他，她奶油色的皮毛在沉沉的黑暗中顯得蒼白。「有本事就來逼我們啊。」她把頭轉回去對著那隻一臉驚恐的兔子，使了個眼色要史魁奇退開。兔子見狀試圖趁機逃跑，米夏讓牠跑了幾個尾巴的距離後，再次飛身撲向牠，開始狂拍牠的頭部。

兔子在兩隻貓再度發動攻勢下，發出尖銳的長嚎。牠那慌張的氣味濃濃地瀰漫在棍子四周，讓他挨餓的肚子開始咕嚕叫起來。他很本能地想跳下去，加入獵捕行動，和他們分一杯羹，但他心裡又很清楚後果會是如何。

我們不能與兩腳獸為敵，否則下場會很淒慘。

最後兔子害怕地癱在地上，胸口不停急促喘氣。棍子再也看不下去了。他從籬笆一躍而下，衝到草地上，用肩膀把史魁奇從那直發抖的小動物身邊撞離。

「你到底想怎樣？」這隻薑黃與白色混雜的公貓很凶狠地問。

「我要幫牠結束痛苦。」棍子咆哮說。

「休想跟我們分一杯羹。」米夏咬牙切齒地說：「這是**我們的**獵物。」

棍子不理她，舉起單掌，準備讓兔子一掌斃命。此刻，史魁奇和米夏不約而同地轉頭，發出令人發毛的嚎叫聲。兩腳獸巢穴的窗戶頓時亮了起來，黃色的光照在草地上。巢穴的門啪的一聲被打開，裡面傳來兩腳獸吵雜的說話聲。

棍子看看四周，米夏和史魁奇已經消失得無影無蹤，光亮的草地中央，只剩下他壓在不停發抖的兔子身上。兩腳獸的吼叫聲愈來愈大。一隻巨大的公兩腳獸出現在門口，氣憤地不停揮舞著一根木桿，二話不說朝棍子衝過去，牠的伴侶和兩隻小兩腳獸也跟著大叫追了出去。

兔子掙扎爬了幾步後，斷氣身亡。棍子一個大轉身，逃向籬笆。一個東西瞬間往他頭頂飛過，射進離他一個尾巴遠的草叢裡。他頭也不回地爬上籬笆，飛也似地穿越垃圾場，鑽進小巷裡。兩腳獸的吼叫聲漸漸消失在他的身後。

棍子愣在那裡，心臟怦怦跳個不停。一想到剛剛兩腳獸的木棍從他背後射過來，他忍不住發抖。**我們對兩腳獸一直是低聲下氣，現在竟然發生這種事。**

「你的新鮮獵物好吃嗎，蠢蛋？」

棍子認出了史魁奇的聲音，轉身看到他和米夏坐在小巷陰暗的角落舔腳掌，幾個垃圾桶的影子就罩在他們身上。

「我沒有傷害那隻兔子，這你們都很清楚。」棍子氣急敗壞地朝他們走過去，「是你們陷害我的。」

「是你自己陷害自己。」米夏把一隻腳伸到耳朵邊。

「看你以後還敢不敢多管閒事。」史魁奇嘲諷道。他站起身，走到棍子面前停下來。

棍子繃緊身體。他現在勢單力薄，如果他們發動攻擊，他肯定會被碎屍萬段。他已經見識過米夏對付其他貓時的凶殘程度。

不過史魁奇卻一派輕鬆地站在那裡。他的語氣平和，但瞇起的眼睛裡卻閃著一絲敵意。「我最近常在附近看到小紅。」他說：「下一次搞不好就是她的毛散落在兩腳獸死去的寵物旁。」

「不要把小紅牽扯進來，」棍子低吼：「而且沒本事就不要隨便嚇唬。」

「喔，我們可不是隨便嚇唬而已。」在史魁奇後面的米夏開口說。她拱起背，拉長身子，伸了個大懶腰，張開嘴巴打了個呵欠，露出鋒利的牙齒說：「我們**說到做到**。」

第十三章

葉星走到獵物堆，把捕到的松鼠放上去。「我們今天大豐收。」她觀察到。

斑足邊把捕到的一隻小老鼠、兩隻鼩鼱放上獵物堆，邊點點頭。矮子抓到了兩隻小老鼠；鼩鼱齒對自己今天的表現很滿意，因為他總算獵到了一隻兔子。

太陽已經從峽谷升上來，但時間還很早，草地上仍沾著露珠。沒有被指派去執行清晨狩獵的貓咪們，開始陸陸續續從睡窩裡冒出來。雀皮大步走下小徑，稍稍停下來抓抓其中一隻耳朵，隨後跑到河邊喝水。在他後面的蜂鬚，吃力地往下攀爬，因為傷口的緣故，走起路來顯得遲緩而且笨手笨腳。當他來到小徑底時，葉星走過去找他。

「你現在感覺怎麼樣？」她問：「傷口的復原情況如何？」

「我很好，葉星。」灰白公貓回答。「只是受夠了整天悶在峽谷裡。今天讓我去巡邏好嗎？」

葉星告訴他：「這得經過回颯同意才行。」她眯起眼睛注視他的傷口，看起來還紅紅腫腫的，一不小心很容易就會再裂開。

蜂鬚伸出爪子，懊惱地劃過面前的泥地。「我就知道妳會這麼說。」

葉星建議他：「你要有耐心，才剛戰完沒幾天而已。」

「感覺像過了好幾個月。」蜂鬚一臉沮喪地回嘴。他隨著雀皮的腳步來到河邊，蹲下來一口接一口地舔水。

葉星掃視峽谷四周，看到更多的貓咪出現。她可以感受到戰士們個個神采奕奕，對於能打敗大老鼠都感到非常驕傲。他們充滿自信地走出睡窩，彷彿刻意在炫耀身上即將癒合的傷口。

我們很快就能恢復整體戰力，葉星告訴自己，邊發出滿意的呼嚕聲。

幾隻現身在峽谷頂端的貓兒，開始輕快跑下小徑：櫻桃尾正帶著邊界巡邏隊歸營。那隻年輕的玳瑁貓，在最後幾個尾巴距離的地方一躍而下，大步跑到葉星面前。

「我們巡視了垃圾堆，」她稟報道：「沒有看到任何大老鼠的蹤跡，只剩下牠們留下來的舊氣味。」

「太好了。」葉星發出呼嚕聲。

「那裡沒什麼動靜。」煤炭補充說明。他從櫻桃尾的後方走上前：「我們有聞到一隻獨行貓的氣味，但氣味很快就散到我們領土外面去了。」

葉星的頰鬚微微抽動，「獨行貓的氣味？在哪裡？」

櫻桃尾回答：「在介於垃圾堆和兩腳獸地盤之間。」她彈彈尾巴，指了個方向給葉星看。「煤炭說得沒錯。那氣味似乎繞進我們的地盤幾個狐身距離後，就又折了出去。」

「也許是我們的氣味線標示，讓那隻獨行貓知難而退。」煤炭猜測著。

「有可能。」葉星很本能地舔舔一隻腳。那隻獨行貓應該沒有什麼威脅性，不過還是得多加留意。「不過我們還是會特別注意那塊區域，防止他再回來。」

邊界巡邏隊成員在獵物堆挑了一會兒後，坐下來吃新鮮獵物。葉星找了一塊被太陽曬得暖呼呼的平坦岩石坐下來，尾巴盤在腳邊，看著族貓們起床，準備迎接一天的開始。

兩腳獸地盤的貓兒們已經完全融入部族：煤炭邊大口吞嚥松鼠，邊和櫻桃尾閒聊清晨巡邏的事；柯拉走去加入在水邊的蜂鬚和雀皮，回颯也在那裡忙著檢查蜂鬚的傷口；矮子又在講故事給鹿蕨的小貓們聽；銳爪和棍子在岩石堆附近走來走去，忙著討論狩獵的技巧。

這四隻新來的貓全參與了巡邏隊的工作。他們不但獵回很多新鮮獵物，對部族內的老老少少也都很客氣。看到銳爪和棍子這麼合得來，葉星更是鬆了一口氣。副族長那直來直往的個性，一不小心就會得罪貓，在部族內自然沒有什麼知心的朋友。

我還是覺得棍子鐵定有什麼事情瞞著我們，她心想，**不過他對朋友很誠實，也很衷心，我很欣賞他。**

崖頂傳來宏亮的喵聲，是晨間戰士來了。斑掌一馬當先滑下小徑，搞得沙土滿天飛，最後氣喘吁吁地在葉星前面踩煞車。

「我答應回颯，在第一堂訓練課開始前要幫她準備藥草泥。」她喘著氣說：「可以嗎？」

葉星還來不及回答，回颯就大步跑上來說：「很好，斑掌。」她喵了一聲說：「妳今天真的很早到。」她對葉星眨眨眼睛，接著說：「我可以先借用她一會兒嗎？」

葉星點點頭，有點訝異斑掌似乎比較喜歡幫巫醫的忙，勝過打獵或戰鬥訓練。

「太好了。」回颯很快繼續說道：「斑掌，我需要雛菊葉泥；苔毛已經背痛好一陣子了。還有，也去幫我弄些牛蒡根泥來。幾個被大老鼠咬傷的傷口也需要換藥了。」

「好，回颯。」斑掌興高采烈地喵了一聲，立刻朝巫醫窩飛衝。

回颯看著她離開後，接著走到水邊喝水。葉星跟在她後面，遲疑地看著正在喝水的巫醫。

「妳放心讓斑掌獨當一面嗎？」她還是忍不住問了。

這年輕的銀色虎斑貓轉向她，甩掉頰鬚上閃亮的水珠。「喔，放心啊。斑掌很清楚自己在做什麼。她——」

回颯聽到有貓在叫她的名字，一時之間沒能把話講完，只見斑掌正從巫醫窩探出頭來。

「我們所剩的艾菊已經不多了，」她回報：「要治療苔毛的背痛，應該需要一些艾菊吧。」

「對呀，謝謝妳提醒我。」巫醫回答。

「我到外面訓練時，會幫妳找看看。」斑掌熱心地說。

「那就太好了。」回颯喵聲說。

斑掌開心地發出噗噗喵嗚聲，接著鑽回了巫醫窩。

葉星喵聲說：「她已經學會很多了。」她覺得斑掌很了不起。

回颯點點頭，接著轉回水邊，蹲下來多喝了幾口水。幾個心跳的時間後，她再次站起身來，伸出舌頭，舔乾嘴角附近的水珠。「我需要開始考慮見習生的人選了。」她說。

「妳是說斑掌嗎？」葉星雖然才剛剛親眼看到那年輕貓咪的熱忱和能力，但還是不能確定她就是回颯的最佳選擇。「一隻部分時間和兩腳獸住在一起的貓能當巫醫嗎？」

「我不知道耶。」回颯承認，「不過斑掌的確有天分，而且她也喜歡這份工作，學得又快。」

葉星還是無法全然信服。「星族有給妳任何預兆嗎？」她問。

回颯搖搖頭說：「我不需要什麼預兆。斑掌是最適合的人選，事實就擺在眼前。」

葉星並不這麼認為。這件事比讓寵物貓加入部族還要複雜多了。巫醫必須和星族建立一種特殊的關係，葉星並不確定他們的祖靈是否會接受一隻非全職的部族貓當巫醫。「這件事我得好好想想。」

回颯點頭同意，但葉星可以看出她對葉星的回應並不是很高興。「我得回去工作了。」巫醫草草地說，態度顯然比平時冷漠。

「呃……好。」葉星感受到彼此之間的緊繃氣氛，頓時身體畏縮了一下。「盡可能早點讓斑掌出來，她必須跟檀爪去打獵了。」

回颯點點頭離開。

葉星看著她離去，心中突增一股前所未有的無力感。她雖然已經很習慣銳爪三不五時質疑她對晨間戰士所做的每項決定。但回颯是她在天族最好的朋友，葉星萬萬沒想到也會和她發生類似的爭執。

〃〃〃

「今晚是滿月！」微雲興奮地跳了一下。「石影，我們待會兒來比賽看誰先衝上懸天岩！」

葉星從睡窩走下來，正巧碰到這兩名年輕戰士。她想提醒他們，他們已經不再是見習生了。天族貓必須沿著狹窄的小路，才能到達峽谷邊緣下方的岩架，接著從岩架到懸天岩還必須經過一個危險的跳躍關卡。他們身為戰士，不能傻里傻氣地去冒險才對。

但她還來不及開口，正在和其他來參觀的貓咪一起曬太陽的柯拉突然抬起頭來搶著問：「什麼是懸天岩？」

「就是上面那一塊。」石影舉高尾巴，指了指峽谷上方一塊突起的平坦岩架。「滿月的時候，整個部族會在那裡舉行集會。」

「為什麼？」煤炭問，接著走到那兩名年輕戰士的旁邊。「你們難道不能在這裡集會嗎？」

「它必須是一個特別的地方。」微雲解釋：「而且在那上面，我們能更貼近星族——祂們是我們的戰士祖靈。」

煤炭困惑地和矮子對看一眼，然後說：「戰士祖靈？你們在說什麼？」

葉星停下來，待在不顯眼的角落聆聽他們的對話，想知道來參觀的貓究竟是怎麼看待祖靈在天上庇祐他們這件事。**他們知道星族嗎？或許只有部族貓在死後才會加入星族。**

「我們每個月會在懸天岩開會一次。」微雲開始說：「把部族所發生的大小事告訴星族，部族成員也會彼此討論事情。」

「呃……聽起來很有趣。」棍子喵聲說，似乎是被搞糊塗了。

「火星住的森林裡有四個部族。」石影繼續說：「他們也都是在滿月的時候舉行集會，彼此交換新消息。他們還有個停戰協定，也就是在當天部族之間不能開戰。」

他的手足帶著沮喪的口氣喵聲說：「因為我們這裡只有一個部族，所以沒辦法做得這麼齊全。不過我們還是會舉行集會，這是部族貓的習慣。」

那些兩腳獸地盤的貓咪沉默了半晌。

矮子最後忍不住說：「所以……你們上崖頂是要和死掉的貓咪們講話？」

「不是，事情並不是完全你想的那樣。」微雲反駁。她看了石影一眼，語氣滿是困惑，似乎不是很確定該說什麼才能讓這些訪客瞭解集會是怎麼一回事。

「你們去看了就知道了……」石影說。

葉星認為是該介入的時候，於是走上前說：「微雲、石影，你們去找銳爪。他會開始調派狩獵隊，你們趕快去找他。」

兩名戰士露出如釋重負的表情，立刻快閃離開。

「你們等一下就會知道集會長怎樣了。」葉星和留在原地的貓兒們保證。

「喔，我們被邀請參加了嗎？」柯拉高興地問。

「所有的貓都要參加。」葉星告訴她。況且，**如果你們打算加入部族**，她暗暗告訴自己，**遲早必須知道星族的一切**。

葉星隨著那兩隻年輕戰士的腳步走到營地中央，聽到比利暴在叫她的名字，於是轉頭過去。

「葉星，妳有空嗎？」

比利暴匆匆走下小徑，後面緊跟著他的見習生史努克掌。「我……呃……我想請妳幫我看一下史努克掌的狩獵動作，」他解釋：「我不是很確定他做對了沒有。妳可以到訓練場一趟嗎？」

「好。」葉星感到有點心神不寧。比利暴看起來好像心事重重，並非真的只是為了要她去看狩獵動作而來。她不禁想，**是不是晨間戰士和部族貓之間又有什麼衝突了？**

當他們來到訓練場地，比利暴把史努克掌叫到空地的中央。「我已經教史努克掌要怎麼撲到兔子的背上，趁牠逃跑之前把牠的身體翻過來。史努克掌，做一次給葉星看。」

見習生做起狩獵的蹲伏姿勢，假裝前面有隻兔子，並開始躡手躡腳逼近。他搖搖後腿，騰空一躍，然後四腳落地，一個翻身仰躺，做出一副緊抓兔子不放的樣子。葉星看了，臉上露出肯定的表情。

「看起來很不錯呀。」她喵聲說：「史努克掌，在滾動身體時，最好讓腳再貼緊身體一點，這樣才能抓牢兔子。」

「謝謝妳，葉星。」史努克掌爬起來，甩掉黑白皮毛上的沙子。比利暴建議，「這個動作你再多練幾次，我們會在旁邊看。」

見習生點點頭，再次蹲低身體，往空地另一邊匍匐而行。

「你把他教得很好呀。」葉星說：「現在老實跟我說，你的**真正**意圖是什麼？」

比利暴一臉罪惡感。「我想知道，」他開始說：「那些訪客有沒有跟妳提到他們以後有什麼打算。」

葉星沒想到他會問這個問題。不過她仔細想想，他會這樣問也不是沒有道理。**所有族貓一定都在猜測那些兩腳獸地盤的貓到底想做什麼。**

「沒有。」她用防備的口吻，不耐煩地喵聲說：「他們什麼都沒跟我說。」

「也許妳該去問問他們。」比利暴遲疑了一會兒，接著說：「我親眼看到他們帶著天族的巡邏隊在兩腳獸的地盤徘徊。」

葉星的肚子開始躁動，頸毛也不由得跟著豎立起來。「不可能，巡邏隊不可能會到兩腳獸的地盤打獵。」

「這可是我親眼目睹到的。」比利暴靠向她，綠色的眼睛裡滿是擔心。「昨晚我到主人院子牆邊，坐在一株濃密樹叢的暗處，所以沒有任何貓發現我在裡面，樹叢裡的花香味也剛好遮住我的氣味。他們就從我的旁邊走過去：有棍子、銳爪、薄荷掌和石影。」

葉星迎向他憂心忡忡的目光。「你應該是看錯了。」她喵聲說，儘量冷靜以對。

比利暴只是搖搖頭，無意再爭辯下去。葉星內心感到一陣困惑與不確定。有些年輕戰士想去兩腳獸地盤看看、冒險一下的心態，這她多少可以理解，**但銳爪是副族長！他去那裡做什麼？**蜂鬚在養傷這段期間，把見習生薄荷掌託付給銳爪指導，而銳爪竟把她一起帶到那種地方，這讓葉星感到非常不悅。**兩腳獸的地盤可不是能讓見習生隨便進出的地方。**

葉星邊看著史努克掌練習狩獵動作，腦中卻不斷冒出一堆可能性。銳爪和其他貓是不是要驅逐狗兒？若是這樣的話，為什麼他沒有稟報。

「你可以停下來了，史努克掌。」她對著那重複做著跳躍和翻滾動作的見習生喊道：「你的技巧已經很純熟了。」

史努克掌爬起來，快步跑到訓練場邊找他的導師。「我們可以去小試身手一下嗎？」他氣喘吁吁地說。

「明天再去。」比利暴跟他保證完後，接著又說：「如果你瘦一點，可能抓得到更多兔子。」他輕輕戳著見習生的側腹。

「噢，可是我每天都要吃下兩大餐才行！」史努克掌辯解，「如果沒有吃完，我的主人會很生氣。而且牠們最近還故意把食物弄得特別美味。」

「你好可憐喔，我真同情你。」比利暴喃喃地說，邊和葉星對看一眼。兩隻貓看到史努克掌還真的露出垂頭喪氣的模樣，覺得很逗趣，忍不住發出呼嚕聲。葉星儘量不去想銳爪帶隊到兩腳獸地盤的事。鼠患問題已安然解決，天族現在正處於強盛太平的時期。她沒有必要故意去找副族長的碴，更何況他們可能真的是無辜的。

最後幾抹豔紅的陽光從天空中漸漸消散。葉星不停盯著崖頂瞧，哈維月和馬蓋先的禁令期限已過，他們可以重新回到部族了。

可是他們會想回來嗎？如果會的話，他們現在也該要抵達了。

今天所有的晨間戰士都在峽谷待得特別晚，為的就是要參加集會。史努克掌與斑掌和其他的見習生夥伴們興奮地窩在一起；比利暴與檀爪則是和斑足、花瓣鼻一起等著攀上小徑的指令。

「我是不是對哈維月和馬蓋先太嚴苛了？」葉星暗地問自己。她一看到回颯叼著一坨蓍草葉經過，立刻大聲喵說：「回颯，妳覺得我趕走那兩名晨間戰士對嗎？」

「當然對呀。」滿嘴草藥的巫醫口齒不清地說：「總是要給他們一點教訓才行。」說完便走到窩裡把葉子放好。

葉星望著回颯蓬起的尾巴一溜煙消失在盡頭。**他們來了，我是會好過些。但如果他們不回來，我又能怎樣？**

她的後方突然傳來一陣興高采烈的喵喵聲，原來是鹿蕨把小貓們從育兒室帶了過來。「小蕁麻，坐好。」她命令道。「你的頸毛亂成一團。像你這樣跳來跳去，我怎麼幫你舔平？」

葉星轉過去看到小貓們在母親身邊跑來跑去。

「我要去懸天岩坐！」小梅大聲說：「我要一腳跳過崖縫，和戰士們坐在一起！」

「當然**不可以**。」她的母親停下舔小蕁麻脖子的動作，開口責罵，嚴厲的眼神掃過孩子們。「懸天岩是給戰士坐的。而且你們還太小，跳不過崖縫。要是你們其中任何一個敢亂試的話，我會馬上帶你們回育兒室。」

「可是——」小兔抗議。

「沒有什麼可是不可是的。你們還是小貓，不可能有辦法跳那麼遠。」

「可能。」小梅嘟囔著。她的母親用尾稍彈彈她的耳朵。

蜂鬚一拐一拐地走過來，葉星將注意力從令人哭笑不得的小貓身上轉移到蜂鬚身上。「你的傷勢如何？」她大聲問：「你還可以跳到懸天岩嗎？」

灰白色公貓自信滿滿地點頭說：「沒問題，葉星。」

但她還是有點存疑。正當她準備反對時，突然聽到崖頂傳來打招呼的吆喝聲。當她瞥見哈維月和馬蓋先的身影時，頓時感到如釋重負。

「看看誰來了！」斑足大喊，望著兩隻從小徑飛奔而下的貓咪。

族貓們團團圍在他們身邊，歡迎他們重返部族。葉星終於可以鬆一口氣。**我們現在或許能忘掉他們的壞習慣，大家繼續和睦相處。**

當興奮的聲音漸漸平息，哈維月突然瞥見窩在岩石堆陰影處的兩腳獸地盤的貓咪們。他抽動耳朵，朝他們的方向指了指，開始豎起白色頸毛盤問：「他們是誰？」

「他們是來自另一個兩腳獸地盤的貓。」石影解釋，並跳起來走到訪客的旁邊。「火星在來這裡的路上剛好和他們相遇。這位是棍子。」他開始用尾稍輕拍每隻被他點到名字的貓，

「還有這是柯拉、矮子和煤炭。那是哈維月、還有馬蓋先。」他告訴這些訪客：「他們……呃……他們有一陣子沒有來這裡了。他們是寵物……我是說……**晨間戰士**，就和比利暴和檀爪一樣。」

棍子鞠了一躬說：「很高興認識你們。」

哈維月和馬蓋先沒有看他們，似乎是不想和他們打招呼。「他們在這裡做什麼？」馬蓋先問。

「他們只是在這裡待一陣子。」斑足回答：「他們幫了我們很多忙。」

「什麼？幫忙狩獵和打雜嗎？」哈維月聽起來有點震驚。

葉星忍不住嘆了口氣。她想，這些雖然是很普通的問題沒錯，但他有必要表現得如此不友善嗎？

「他們可是幫了我們大忙。」銳爪喵聲說：「如果不是他們，我們根本不可能在鼠戰中獲勝。」

「鼠戰？」馬蓋先連忙轉身看著副族長，「什麼鼠戰？」

「兩腳獸把一大堆舊東西丟到我們的地盤上，」櫻桃尾瞪大眼睛，興奮地開始解釋，「裡面**爬滿了**大老鼠。」

「我們是在巡邏時發現的，」斑足接著說：「我們必須把大老鼠消滅。棍子和他的同伴們剛好知道該怎麼做，他們在兩腳獸的地方有過很多和大老鼠交手的經驗。」

「他們吃大老鼠。」薄荷掌忍不住插嘴。

「棍子在峽谷搭了一個供訓練的雜物堆。」斑足繼續說：「我們都從中學會了和大老鼠決鬥的招術。」

「然後，我們就趁一個晚上偷偷突襲垃圾堆……」彈火開始描述攻擊的經過，說部族是如何封住所有出口，只留兩個洞讓大老鼠逃出來，最後魂斷在從旁等候的戰士們手裡。

「我還因此受了重傷。」蜂鬚告訴這兩隻寵物貓，驕傲地轉身讓他們瞧瞧牠的傷疤。「要是沒有回颯，我可能就一命嗚呼了。」

「不過幸好沒有任何貓傷亡。」蜂鬚下結論。「這都得感謝這些訪客們。」

馬蓋先聞聞蜂鬚的疤痕，羨慕地喵聲說：「真希望我也能參加這場戰役。我一定可以殺死一整堆大老鼠。」

「喔，反正你也趕不上。」石影告訴他：「你總不可能一大早就來這裡。」

「晨間戰士全都沒有參加。」薄荷掌喵聲說。哈維月和馬蓋先聽了一臉困惑。

「可是兩腳獸地盤的貓就有參加嗎？」哈維月不悅地問。

「對，他們策劃了這整個突襲的行動。」櫻桃尾回答。

哈維月和馬蓋先露出受傷的眼神，彼此對看一眼。葉星可以感覺到此刻高漲的緊繃氣氛。葉星氣石影和薄荷掌說話不經大腦，同時也氣自己。她又開始質疑自己把晨間戰士排除在此戰之外，是否為明智的決定。

她瞥了副族長銳爪一眼，看到他走向前。「這全都過去了。」他說：「今晚是集會的時刻，我們必須出發了。」他揮動尾巴，退了一步，讓葉星帶隊攀上通往懸天岩的小路。

我不應該太過擔心，葉星邊告訴自己，邊走到帶領部族的位置。**哈維月和馬蓋先或許只是不高興自己被排除在外。若他們因此懂得做個好戰士的話，這未嘗不是一件好事。**

⚡⚡⚡

柔和的銀色月光灑在懸崖上，處處呈現一片灰色。天族貓已來到了懸天岩附近。葉星顫抖著四肢，躍過崖縫，從懸崖邊緣跳到在峽谷上方突起的岩架。火星曾在此處帶領她認識星族，她也是在此處從那些失落已久的貓靈身上得到九條命。

微風輕輕吹過岩石表面，族貓們陸陸續續加入她。天族現在成員龐大，懸天岩上只足夠容納資深戰士。新晉升的戰士微雲、石影和彈火只能坐到崖頂的邊緣，薄荷掌和鼠尾草掌坐在他們後面。晨間戰士們坐在離他們一個尾巴遠的地方，新訪客們也各成一區。葉星頓時感到一陣忐忑不安，她注意到這三組貓咪雖然表面上沒有明顯的敵意，但卻刻意彼此保持距離。

苜蓿尾、鹿蕨和小貓們坐在小徑末端弧狀的岩石堆上，離裂口幾個尾巴遠的地方。那兩隻母貓的尾巴緊緊圈住小貓們，防止他們跳過去。苔毛和纏亂加入他們，這兩位長老蹣跚步上小徑。雖然他們每走一步就抱怨一次，但葉星知道這兩隻貓其實很愛參加集會。

當族貓們都集合得差不多了，葉星坐下來，安靜一兩個心跳的時間後，接著抬頭望著圓月和星群。她想像著那些給她九條命的貓兒們正在天上看著她。

祂們是怎麼看待我領導部族的方式呢？

她做了個深呼吸，掃視天上的戰士們。「我，天族族長葉星，懇請戰士祖靈俯視這些貓兒們。」她開始說。她對集會的流程還不是十分熟練，但她很清楚部族傳統的形成關鍵正掌握在自己手裡，以後世世代代都會以此為榜樣。**我得做正確才行。**「自從上次在懸天岩集會後，我們打敗了闖入部族領土的鼠群。每隻貓都勇敢奮戰，為了部族不惜受傷。我特別讚許在戰鬥中差點喪命的蜂鬚，還有嚴守在鼠洞旁、等候適當攻擊時機的斑足和雀皮。」

那三隻被她點名稱讚的戰士們，驕傲地眨眨眼睛，雀皮則害羞地舔舔身上的胸毛。

葉星繼續說：「我還需要特別提到斑掌。」那隻坐在崖頂平台的見習生突然跳起來，瞪大眼睛看著族長，擔心自己是不是犯了什麼錯，族長要在整個部族面前罵她。「她很努力幫回颯照顧受傷的戰士們。」葉星繼續說：「也學會了很多草藥和處理傷口的知識。」

她有資格當巫醫嗎？星族，請給我個指示！

但天上的星群只是冷冷地閃爍，沒有給她任何回應。葉星看到回颯對這年輕的虎斑貓點點頭，對她的表現表示肯定。斑掌低頭回應，眼睛閃爍著光芒。

「新訪客從兩腳獸地盤的下游處來到峽谷。」葉星繼續著她的報告，「棍子、矮子、柯拉和煤炭留在部族的這段期間，適應情況良好。我們很感謝他們在鼠戰中的鼎力幫忙。」

現在是邀請他們永久留下來時候嗎？葉星暗自問自己。她注意到銳爪的綠色眼睛像啄木鳥啄樹幹似的，頻頻瞅著她看。**不行——我現在不能公開詢問他們的意願，應該私底下再問比較妥當。**

她驚訝地看到棍子突然站起來，走到崖頂邊緣喵聲說：「謝謝妳，葉星。」接著他很正式地鞠了一躬，「很感謝天族的熱情招待，我們很高興有這個機會幫你們對抗大老鼠。」

葉星鞠躬回應後，這隻來參觀的貓便又退回到伙伴的身邊。

「好，」她再一次掃視戰士們，接著繼續說：「在場的各位有任何問題或疑慮想提出來討論的嗎？」

「有。」苜蓿尾站起身，拉長脖子，避免被坐在前面的貓擋到。「我想拿其中一間新窩室來當產房。我們雖然把大老鼠解決掉了，但如果牠們又回來，或是有狐狸或獾闖進峽谷，上面的窩室對小貓來說應該比較安全。」

「可是他們一不小心很容易就會摔下來。」花瓣鼻提醒。

苜蓿尾抽動耳朵，「這我知道。一旦小貓們長到能在外面走動的時候，我們就必須把他們移回育兒室。」

葉星猜苜宿尾是在擔心她肚子裡的小寶貝們如果在育兒室裡出生，會被鹿蕨那些吵吵鬧鬧的小貓吵到受不了。**她也許有她的道理。**

「好，」她回答苜蓿尾說：「明天一早妳就搬到那裡去。等小貓們出生，我們再來看看行不行得通。薄荷掌、鼠尾草掌，請你們幫苜蓿尾搬些睡墊過去，讓她可以舒舒服服窩在那裡。」

「是，葉星。」薄荷掌大喊一聲。

「謝謝。如果一切順利的話，我們再將它變成固定的產房。」

苜蓿尾謝謝她後便又坐了回去。

哈維月和馬蓋先站起來，往前走到崖頂邊，兩個你看我、我看你，似乎是不確定誰要先開口。

「我們很高興能回來。」哈維月連忙喵說道。

「很期待再次成為天族的一分子。」馬蓋先接著說：「我們已經得到教訓，以後不會再做蠢事了。」

「很好，」葉星發出呼嚕聲，「歡迎你們歸隊。」

花瓣鼻等兩隻寵物貓坐下後，接著喵聲說：「我想要建議一件事。我們要不要特別設立一個大老鼠巡邏隊，以確保牠們不會再回到垃圾堆呢？」

「好主意！」鼩鼱齒貼平耳朵，發出贊同的聲音。

底下傳來窸窸窣窣的評論聲。葉星讓聲音持續一會兒後，舉起尾巴要大家安靜。「銳爪，你覺得如何？」

副族長眯起綠色眼睛停頓了半晌，最後搖搖頭。「我覺得沒有這個必要。若是大老鼠在我們的地盤有什麼動靜的話，邊界巡邏隊和狩獵巡邏隊應該會察覺到。」

葉星點點頭。「我想你說得沒錯。但是如果大老鼠**一旦有**任何新動靜的話，」她對花瓣鼻說：「我們一定馬上成立一隻大老鼠巡邏隊。」

「謝謝，葉星。」花瓣鼻回應，似乎是很滿意這個決定。

「之前我的巡邏隊在垃圾堆旁聞到一隻獨行貓的氣味，這該怎麼處理？」櫻桃尾問。

「夜間巡邏隊後來有再發現任何異狀嗎？」葉星喵問。

「我們只有聞到舊氣味，」帶隊的比利暴回答：「其他就沒有什麼新徵兆了。」

「若是這樣的話，我們也只能對那塊區域多加留意。」

正當她想結束會議時，苔毛吃力地站起身，甩甩凌亂的皮毛。「我們的床墊怎麼辦？」她問：「我們的青苔已經有一個月沒換了。」

葉星看到薄荷掌開口想辯解，但鼠尾草掌尾巴一甩，很快摀住她的嘴巴。薄荷掌狠狠瞪了他一眼後，選擇保持沉默。

「對不起，苔毛。」史努克掌大聲說：「等我明天早上一到，立刻去幫你們搬一些來。」長老貓邊碎碎念，邊坐回去，把身體湊近纏亂，在他耳邊窸窸窣窣了起來。

葉星看到沒有其他貓發言，立刻站起身說：「感謝星族讓我們的部族平安茁壯、獵物豐足無缺。集會到此結束。」

葉星看著資深戰士紛紛轉身躍過裂口，雀皮更是小心翼翼地看顧著蜂鬚，避免他跌倒。他們開始走下小徑，往營地的方向去。最後只剩下葉星、銳爪和回颯還留在原地。

「集會進行得很順利。」葉星說：「部族似乎沒有什麼嚴重的問題。」

「目前是沒有。」銳爪喵聲說，並若有所思地舔舔胸毛。「我聽到妳說有關斑掌的事。」他繼續說：「聽起來妳似乎是想讓她成為回颯的見習生。」

「我是有在考慮這件事。」葉星謹慎地回答。

銳爪瞪大眼睛說：「妳的腦袋是裝蜜蜂嗎？妳應該知道那是絕對不可能的事。」

「為什麼？」回颯抽出爪子，根根頸毛開始倒豎。葉星從沒見識過這溫柔的虎斑貓發這麼大的脾氣。

「這還用問嗎？」銳爪火大地說：「她是寵物貓！」

「她是天族的見習生。」回颯回嗆，「她對醫治有特殊的天分。我剛來時要是能像她學得這麼快就好了。」

銳爪抽動尾梢，「我不管她多有天分，總之她有一半的時間都不在這裡。要是戰士受傷了，巫醫卻在兩腳獸的巢穴打瞌睡，這將會有什麼後果？」

「要是我被殺了，而我卻連一個接班的見習生都沒有，這將會有什麼後果？」回颯吼回去：「部族將會處於**沒有**巫醫的狀態。」

「我們會有別的辦法。」銳爪爭辯。

「你說一個看看啊！」

葉星伸長尾巴，把兩隻吵架的貓勸開。「回颯說得沒錯。沒有任何一隻部族貓對醫病感興趣。」她謹慎地說：「當巫醫需要有全然奉獻的熱忱。」

「可是總是會有小貓長大，」銳爪點出。「鹿蕨有四個孩子，苜蓿尾也即將臨盆。也許他們其中一隻會——」

「也許不會。」回颯厲聲斥喝。

「我們現在還不需要急著做決定。」葉星意識到必須趕快結束這個討論，否則難保這兩隻吵得沒完的貓咪不會說出什麼後悔莫及的話。「回颯，星族有向妳揭示任何關於斑掌的預兆嗎？」

回颯搖搖頭說：「葉星，我一直都在找，但目前為止還沒有任何跡象。」

銳爪不屑地哼了一聲說：「妳再怎麼找都不可能會出現！」

葉星怒瞪他，「這我可不敢保證，還是得看祖靈的意思。我有個兩全其美的辦法，」她繼續說：「斑掌說不定以後會想永久住在峽谷裡。但回颯，切記不要給她任何壓力。」

「我不會給她壓力，葉星。」巫醫保證。

「那我們就先等等看再說吧。不管妳以後看到什麼樣的預兆，都要跟我說。」

回颯點點頭說：「這是一定要的。」

葉星站起身，輪流舒展兩隻後腿，並說：「走吧，我們回各自的窩去吧。」

年輕巫醫第一個先離開。她對葉星點頭致意完後，冷冷地瞪了銳爪一眼，接著輕步跑到懸天岩另一端，飛躍崖縫揚長而去。

「銳爪，請不要激怒她。」葉星喃喃地說。

「那就先請她不要來激怒我。」銳爪回嗆。

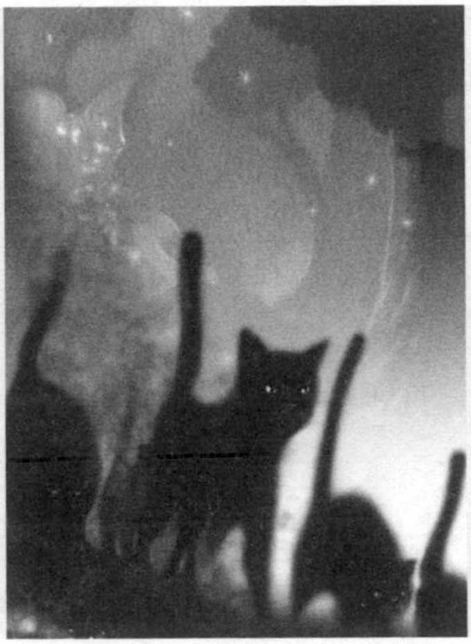

第十四章

集會後的隔日早晨，葉星從睡窩走出來，峽谷上空軟綿綿的白雲愈積愈多。此刻太陽還沒出來，一陣強風刮過她的皮毛。她打了個呵欠，做了個簡單的梳理，邊看著族貓們匆匆跑下小徑到岩石堆去。她快步跑去加入他們，發現銳爪正忙著調度巡邏隊。

「我來帶領邊界巡邏隊，」他宣布，「棍子、比利暴、微雲，你們跟我一隊。雀皮，你帶領狩獵隊。鼩鼱齒、柯拉、石影，你們跟雀皮去。矮子，另一支狩獵隊就由你來負責，你的隊員是——」

「嘿，矮子不是戰士，」斑足打斷銳爪，「他可以當領隊嗎？」

銳爪煩躁地抽動尾巴，「對不起，你說得對。那就由你來帶隊吧，斑足。矮子、彈火和哈維月跟你一塊兒去。」

葉星帶著肯定的眼神，望著巡邏隊開始動身出發。看到部族如此忙碌、有秩序，葉星感到很高興。**又是新的一天開始，感謝星族的恩准，昨晚的緊繃氣氛已經消失。**

正當銳爪帶隊朝小徑底走去時，比利暴回頭看了他的見習生一眼，並喊道：「你不走嗎，史努克掌？」

「抱歉，我不能。」史努克掌回答：「我答應要去幫纏亂和苔毛找新鮮青苔。」

「好，」比利暴點頭說：「等你回來後，我們再來做一些格鬥練習。」

「太棒了！」史努克掌高高豎起尾巴，爬過岩石堆，快步跑到河岸的另一邊。

這隻年輕貓咪如此信守昨晚對長老貓的承諾，葉星看了很感動。**他一定會成為一名優秀的戰士，希望他以後能願意當個全職的部族貓。**她看著史努克掌沿著水邊狹窄的岩架，躡手躡腳爬進岩石堆下方的出水通道。葉星腦中浮現他踩著吃力的步伐，沿著狹小的石頭步道，到青苔生長的私語洞穴去的畫面。

巡邏隊走之後，剩下的貓則坐下來休息、吃飯或分享舌頭。檀爪帶斑掌上練習場做訓練。葉星看到見習生邊走，卻邊頻頻回頭痴痴望著回颯的窩。

葉星坐在河邊，打算做一番較澈底的梳理。但她才剛把一邊的肩膀舔乾淨，就見到苔毛拖著步伐迎面走來。

「我早就該知道那隻討厭的見習生會說話不算話。」長老嘟噥，「他跑得不見蹤影，我們還是只能窩在舊青苔上。」

葉星驚訝地眨眨眼說：「我有親眼看到史努克掌走進洞穴呀。」她喵聲說：「他還沒回來嗎？」苔毛搖搖頭。「我去看看他有沒有遇到什麼麻煩。」葉星說。

通往私語洞的岩架又溼又滑，葉星每一步都踩得很小心。黑漆漆的水就在岩架底下幾個老鼠距離的地方湍急流過。溼冷的空氣鑽進她的皮毛，讓她忍不住打了個寒顫。最後葉星看到一束淡淡的光從頭頂上灑下來，倒映在河面上。岩架頓時變寬，與一條平坦的走道相連接。於是她加快腳步走進私語洞穴。

葉星在洞口停下腳步，專心欣賞峽谷底下的神秘世界。洞穴的岩壁凹凹凸凸，布滿裂縫與突起的岩塊，每一面都掛滿一團團亂蓬蓬的青苔，因此裡面的光線感覺特別幽暗詭異。水面上的波光往上反射，在洞穴頂上盪漾開來，河水湧動的聲音和不知從哪裡傳來的水滴聲在葉星的耳邊迴盪著。

這就是回颯和戰士祖靈分享舌頭的地方。葉星雖然不是巫醫，但在這裡她感覺和星族特別親近。如果她仔細聽，說不定也可以聽到祂們的聲音。

在洞穴的另一邊，史努克掌正使勁墊起後腿，伸出爪子把一大片青苔扯下來。在他腳邊的洞穴地板上已經堆了一大疊青苔。「做得很好。」葉星喵聲說：「這些應該夠讓苔毛和纏亂鋪個舒舒服服的床了。」

史努克掌嚇了一跳，連忙四腳落地。「妳差點把我嚇死！」

「對不起。」葉星喵聲說，還是決定不要告訴他苔毛已經在抱怨的事。「需要我幫忙把這些搬出去嗎？」

「那就麻煩妳了。」史努克掌喘著氣，開始把青苔滾成兩團。「很多吧？」他得意地說。

葉星叼起其中一團青苔，轉身步出洞穴，然後停下來讓史努克掌走在她前面。洞穴裡的微光逐漸在他們身後消失，因為嘴前叼著的大團青苔擋住了前腳，讓他們在小道上走起路來更為困難。他們繞過河水轉彎處，緩緩接近日光歪歪斜斜灑下來的出水口。

史努克掌在溼滑的岩架上一不小心打滑。他鬆開青苔，慘叫了一聲，撲通跌入河裡。他無助地掙扎四肢，但還是找不到攀住岩石的機會。漆黑的水瞬間蓋過了他的頭頂。

「史努克掌！」葉星放下青苔，衝到見習生消失的地點。她趕過去，看到他在下游幾個尾巴遠的地方再次浮出水面。他的腳在水裡不停拍打，並張開嘴巴發出驚恐的呼嚎。

「救命！救救我！」

眼看史努克掌就要再度沉入水底了，葉星連忙跳進水裡，趕在他滅頂消失前，一口咬住他的頸項。河水不但漆黑，而且出奇地冰冷。葉星愣了幾個心跳的時間，不知道該往哪個方向游。接著她瞥見洞穴口的微光，二話不說後腿奮力一蹬，來到洞穴邊。但是由於岩壁又溼又滑，讓她沒辦法爬回岩架上，再加上史努克掌的重量更是困難重重。

星族，救救我們！

滾滾水流在他們身邊翻騰，葉星唯一能做的就是讓史努克掌的頭保持在水面之上。就在一瞬間，水把他們沖出通道，來到日光底下，葉星不禁感到一陣驚恐。刺眼的陽光照得她頭昏眼花，一時無法睜開眼睛，水還是不停在他們身邊滾來滾去。波浪朝葉星迎面打來，讓她完全失去了方向感。隨後她的頭撐出水面，牙齒仍緊咬著史努克掌的頸項，任由水流把他們沖往池邊。她總算能從水裡爬出來，癱躺在石頭上。史努克掌渾身溼淋淋地躺在她旁邊。

「葉星！葉星！」

已經累癱的葉星認出櫻桃尾的聲音。她睜開眼睛看到年輕的玳瑁貓一臉擔心地俯身望她。

「去看看……史努克掌。」她用沙啞的聲音說。

當櫻桃尾彎身看著史努克掌時，他開始掙扎著想坐起來。驚魂未定的他，從嘴裡咳出一灘水後，再次癱倒在石頭上。

幸好他還活著，葉星心想。**感謝星族！**

此刻有愈來愈多的貓趕過來。有的朝岩石堆飛奔而來，有的躍過踏腳石來到不遠的下游處。回颯也在其中。她推開擠成一團的群貓，走到前面來。

「讓開，讓我看看他。」她命令，在年輕黑白公貓的旁邊蹲下來。「葉星，發生什麼事了？」

葉星啞著嗓子說：「他在搬青苔的途中，不小心掉進河裡。」她勉強站起身甩甩皮毛。

回颯點點頭後，伸出腳掌，輕輕按壓史努克掌的肚子。見習生的嘴裡又汩汩吐出水來。

「你會沒事的。」回颯安撫他，「跟我回巫醫窩。我給你一些百里香葉舒緩驚嚇的情緒，讓你可以好好睡上一覺。」

依舊咳個不停的史努克掌搖搖晃晃站起來。「不用了。」他沙啞地說：「不要把我留在這裡，我想回家。」

葉星震驚地倒退一步。她想告訴他巫醫和兩腳獸一樣，也可以把他照顧得無微不至。但看他這麼悲慘的樣子，葉星不忍心再強迫他留下來。

「好吧。」她喵聲說：「要是你確定自己能走這麼遠的話。」

櫻桃尾自告奮勇說：「我跟他去。」她讓史努克掌靠在她的肩上，「我會把他安全送回家。」

葉星說：「謝謝妳，櫻桃尾。」那年輕的玳瑁戰士以前也當過寵物貓，對兩腳獸的地盤應該很熟悉。葉星繼續說：「要好好休息喔，史努克掌。等你康復了再回來。」

史努克掌跟著櫻桃尾離開。不一會兒他停下腳步，回頭望著葉星說：「謝謝妳的救命之恩，葉星。」

「不客氣。」葉星溫柔地喵了一聲。

她看著櫻桃尾協助史努克掌穿越岩石堆。她雖然很慶幸沒有釀成不可收拾的意外，還是不免有些驚魂未定。她望著身邊的族貓，並宣布道：「從現在起，除了回颯之外，不准有任何貓單獨到私語洞穴去。採集青苔也需要有一名戰士陪同。」

「好主意。」蜂鬚喵聲說。

花瓣鼻點頭，「我一想到我們的見習生可能會發生意外……」她打了一個寒顫。

葉星讓族貓回營地，接著獨自冒著危險，沿著岩架回到她和史努克掌丟掉青苔的地方。大部分的青苔已經被河水沖走了，葉星只能把僅剩的滾成一坨，越過岩石堆，帶到長老窩去。

「這是怎樣？」苔毛用鼻子嗅了嗅，「這麼一丁點兒青苔都還不夠給蝨子鋪床咧！」

「嗯，你們現在就只能將就將就了。」葉星反駁，「史努克掌就是為了採青苔掉進水裡的，而且差一點死掉。」

苔毛眨眨眼睛。「真是笨手笨腳的見習生。」她碎碎念道：「誰叫他走路不長眼睛。」

葉星吞下怒氣，不再反駁。她離開苔毛，跑去找一個陽光普照的地方，坐下來把皮毛上的河水舔乾淨。正當她被太陽曬得昏昏欲睡時，後方突然傳來一陣亢奮的尖叫聲。鹿蕨的小貓正跌跌撞撞來到小徑底，急著找攀下峽谷的銳爪和巡邏隊成員。

「比利暴！比利暴！」小梅尖聲說：「史努克掌掉到河裡，還差一點死翹翹！」

「什麼？」比利暴從最後幾個尾巴距離的地方一躍而下。他驚嚇地蓬起皮毛、睜大眼睛。「他在哪裡？」

「事情沒有你想得那麼糟。」葉星站起身，走到薑黃和白色混雜的公貓面前。「他的確是在洞穴採青苔時掉進水裡。不過，現在已經沒事了，他也回家了。」

比利暴的頸毛恢復平順，但還是露出憂心忡忡的眼神。「我待會兒再去看看他。」他承諾，「我住的兩腳獸窩離他不是很遠。」

「謝謝。」葉星回答：「我很擔心他。我原本希望他能留下來，讓回颯幫他檢查一下。」

「如果妳想要的話，可以跟我去看他。」比利暴建議。

「我——跟你去兩腳獸的地盤？」葉星感覺渾身發毛。「不用了，謝謝你的好意，比利暴。我在兩腳獸的地盤會感到不自在。」

「妳的族貓就沒有這個問題。」比利暴低聲喃喃。

葉星沒有回應。她還沒有忘記當天他向她稟報，說他親眼目睹——或以為自己親眼目睹——銳爪和棍子帶巡邏隊進入兩腳獸地盤。但她不想再多聽那些傳言。她最後還是沒有跑去問銳爪，因為她知道她的副族長絕不會在沒有告知她的情況下，偷偷去做那樣的事。

比利暴一定是把一些寵物貓誤認為成部族的戰士了。

「我聽說史努克掌出事了，這到底是怎麼一回事？」銳爪喊道。他踱步朝她走來，鹿蕨的小貓跟在他腳邊滾來滾去。「他沒事吧？」

「他會沒事的。」葉星要他放心。

「幸好我們今天還有足夠的戰士執行接下來的巡邏。」銳爪喵聲說。他匆匆跑開，邊把蜂鬚和花瓣鼻叫過來。

「我還是跟他去好了。」比利暴喵聲說：「反正我的見習生不在這裡，我閒著也是閒著。原本說好要教他一些打鬥動作的。」

「你可以教我們呀！」鹿蕨的小貓異口同聲地說，在他的皮毛上胡亂抓扒，差點把他給撞得東倒西歪。

比利暴笑笑地看了葉星一眼。「你們還不是見習生。」他告訴小貓。

「如果你願意的話，可以留下來幫我一起照顧他們。」葉星喵聲說：「鹿蕨時時刻刻要注意他們，已經無法負荷了。而且她打算幫苜蓿尾搬到新產室去。我們這時剛好可以幫她減輕一些負擔。」

「好啦，就留下來嘛！」小溪哀求，「我的打鬥功夫比其他小貓都厲害。」

「才怪！」小蕁麻跳到手足身上，拉高音調說。

看著小貓們滾來滾去，小小的腳掌互相打來打去，葉星忍不住輕輕發出開懷的呼嚕聲。

「他們有吵到妳嗎，葉星？」一臉疲憊的鹿蕨，氣喘吁吁地跑過來。

「完全沒有。」葉星回答：「我們可以暫時照顧他們一會兒，這樣妳就有時間去幫苜蓿尾了。」

鹿蕨充滿感激地說：「真的嗎？」她接著以嚴厲的口吻對孩子們說：「你們要乖乖聽葉星和比利暴的話，不准亂搗蛋，聽到沒？」

「遵命，鹿蕨。」小貓坐起來，全身毛髮凌亂，瞪大無辜的眼睛說：「我們會乖乖的。」

「要是這樣的話，刺蝟都會飛了。」比利暴在葉星的耳邊嘀咕。

鹿蕨走去找苜蓿尾，比利暴則是把小貓們集合起來說：「走吧，我們去訓練場。」

「好耶！」小兔搖晃著尾巴跳上跳下，「跑最慢的是寵物貓！」

四隻小貓立刻起身飛奔，把沙土揚得滿天飛舞。當葉星和比利暴追上他們的腳步，趕到訓練場時，小溪正蹲伏在空地中央，咧著嘴露出一顆顆尖尖的細牙。「我是狐狸，我來攻擊營地了！」他大聲嚷著。

「走開，否則休怪我把你的皮毛撕爛！」小梅抽出爪子回應。

「好了。」比利暴跳進沙地，高舉尾巴阻擋撲向哥哥的小梅。

「小心，狐狸要攻擊你了。」小梅大叫。

小溪來勢洶洶，準備一口咬住比利暴的後腿。比利暴迅速往旁邊挪一步，閃過小溪的突襲。

「我們**沒有要上**訓練課。」葉星提醒這些興奮過度的小貓。「要等你們當上見習生才能上。」

「可是那還要等**好幾個月**。」小溪嘟噥，心情顯得很沮喪。「我現在就想讓你們看看我的打鬥招式。」

「我們還是來玩一些遊戲吧。」比利暴喵聲說：「看看你們攀爬的技術厲不厲害。」他帶著這群圍著他蹦蹦跳跳的小貓，一起走到之前銳爪用來做訓練的刺樹旁。樹上較低矮的枝幹很粗也很結實，可以讓小貓安全地做技巧練習。

「你們在爬的時候，」比利暴邊開始說，邊舉起尾巴阻擋小貓往樹上飛衝。「一定要找可以讓腳攀住的地方，也就是可以讓爪子勾牢的位置。在還沒找到前，千萬不要貿然移動下一步。而且，要**隨時**想到怎麼爬下來。這樣一來攀爬才不會有危險。」

小貓聽完薑黃色公貓的話後，一本正經地點點頭。

「很好。」葉星喵了一聲，「小兔，看看你能不能爬上第一根樹幹。」

棕色小公貓咚咚咚跳到樹上，爪子攀住上面的節孔，四腳並用，後腿用力一蹬，爬上樹幹。他喘著氣，一屁股坐到樹枝上。「我做到了！」他大叫。

「做得很好。」比利暴稱讚他。「小梅，換妳。」

深灰色母貓手腳俐落地爬上樹枝，一溜煙坐在哥哥旁邊。小蕁麻也跟了上去，蹲在其他手足的旁邊，並誇口說：「我比你們快。」

比利暴指出：「我們沒有在比誰快，**安全**最重要。」他接著搖搖尾巴，要小溪爬上去。

灰色小虎斑貓吃力地爬上樹幹。但當他來到樹枝附近時，一個不小心沒抓穩，兩隻後腳在空中晃來晃去。「救命呀！」他大叫。

「加油，試著把身體往上拉。」葉星鼓勵他。

小溪使出吃奶的力氣，奮力將身體往上推，好不容易後爪終於抓牢了樹枝。「成功了！」他喘了一口氣。

「你們都做得很棒。」比利暴喵聲說：「現在你們要想辦法下來。一個一個**慢慢**來。小蕁麻先。」

葉星想起好幾個季節前，母親在樹林裡教她爬樹的情景。要從樹上下來總是比爬上去還要驚險萬分。

比利暴依序指導小溪、小兔和小蕁麻下來。「小梅呢？」他轉頭看看四周問道：「她已經下來了嗎？」

一聲淒厲的尖叫打斷比利暴。葉星仰起頭，看到小梅正蹲在離樹頂不遠的地方，四腳緊抓著一截斷裂的樹枝，放聲大哭：「我被困住，下不來了。」

「妳不應該爬那麼高的。」比利暴火大地喵了一聲。

「我們剛剛應該多留意她的。」葉星又說：「別怕，小梅，我去帶妳下來。」

葉星收縮肌肉，衝到樹上。當她來到小梅身邊時，只見小梅不停地發抖。「我要掉下去了。」小梅哭哭啼啼地說。

葉星伸出尾稍摸摸她一邊的肩膀，並安撫她說：「妳不會掉下去。聽好，妳的後腳先踩在這裡……」

葉星一步步引導小母貓爬到樹下。當小梅一來到最底層的樹枝時，信心立刻大增，一口氣往下一跳，落到正躺在樹下休息的比利暴身上。

比利暴跳起來，齜牙咧嘴，假裝很凶猛的樣子說：「妳竟敢突襲我，我今天非好好教訓妳一頓不可！」

小梅發出歡樂的喵嗚聲。

「也來教訓我呀！」小兔大叫，接著匆匆爬回樹上，往下撲到比利暴身上。「我才不怕你咧！」

比利暴轉動眼珠看看葉星。四隻小貓高高翹起尾巴，一個勁兒地衝到樹上，又跳下來，比利暴發出嘶吼，收起爪子追打他們。葉星也加入打鬧的行列。她假裝在睡覺，等小貓跳到她身上，伸出小小的腳掌蓋住她的耳朵。

我很久沒這麼開心了！

「我們要打敗這兩隻野獸！」小蕁麻大聲說：「小兔、小梅，你們從這邊攻擊。」

他的手足二話不說衝上前，小貓們包圍住比利暴和葉星，以某種狩獵的蹲姿，步步向他們逼近。

「怕了嗎？」小梅喵聲說。

「這還用說！」小溪尖聲說：「我們比你們更凶猛！」

「時候不早了，」比利暴最後還是忍不住喵聲說：「我們該回營地了。」

小貓們齊聲抗議。

「我們又不累，」小梅堅持，「我們還要再玩一下。」

「我知道，可是鹿蕨會擔心你們不知道去了哪裡。」葉星發現刺樹頂端的樹枝上剛好停了一隻烏鶇。「你有看到那隻烏鶇嗎？比利暴，你有辦法抓到牠嗎？」

比利暴抬頭，把眼睛瞇成一直線。「應該可以吧。」

「我去抓吧。各位小貓，讓你們見識見識天族戰士打獵的本領。」

小貓目不轉睛地看著比利暴躍到樹上，悄聲爬上高處，小心不去晃到鳥兒棲息的樹枝。他完美的平衡感讓葉星感到很佩服。

他這麼善長跳躍和攀爬，一定是天族的後裔。

比利暴沿著一根樹枝移動腳步，來到足夠伸展手腳的地方，接著一個箭步往烏鶇撲過去。烏鶇還來不及飛走，已經被他牢牢一口咬住。比利暴奔回樹下，把癱軟的屍體放在小貓面前。

「太厲害了！」小兔尖叫。

「這一招我一定要把它學起來。」小蕁麻喵聲說：「現在就教我們！」

「下次再教你們，小傢伙。」葉星保證。

「這個給你們分著吃。」比利暴喵了一聲，把獵物推到小貓面前說：「烏鶇很美味喔。」

小貓們團團圍住獵物，爭先恐後的吃了起來。

「這是我吃過最好吃的東西！」小梅抬起頭大聲說，鼻子上還黏了一根羽毛。

小貓們吃完後，太陽也漸漸下山了。

「走吧。」葉星喵聲說：「我們真的得回營地了。」

「不要……」小蕁麻抗議，邊說話邊呵欠連連。「我們還要再爬一下樹……」

比利暴告訴他：「你們現在哪兒都不能爬，只能乖乖爬上床去睡覺。」他尾巴一揮，把小貓全叫過來，「走囉。」

累翻的小貓們，踉踉蹌蹌跟著葉星回岩石堆。抵達時，鹿蕨已經在那裡等候了。

「非常謝謝你們！」淺棕色母貓拉大嗓門喊，「他們有乖乖聽話嗎？」

「他們很乖。」比利暴要她放心。

「那就好。我們把苜蓿尾的新待產室布置得超級舒服。她的小貓很快就會來報到了。」

「我們可以跟他們玩嗎？」小梅問。她一臉睏意，說話也無精打采。

「他們剛出生的時候還不行。」她的母親提醒，「因為他們還太小。今天葉星和比利暴照顧你們，還不趕快說謝謝？」

「謝謝！」小貓們異口同聲地說。

「我們明天可不可再玩一次？」小蕁痲央求。

「再看看囉，」葉星發出呼嚕聲，「現在趕快跟母親回家。」她看著母貓趕著孩子們走上小徑，往育兒室的方向走去。他接著對比利暴說：「我真不知道鹿蕨怎麼有辦法搞定這四個小毛球。我累慘了！」

「我也是。」比利暴附和道，「不過他們是很棒的小貓，我和他們玩得很開心。」

「你現在也應該回家，去探望史努克掌了。」葉星喵聲說：「跟他說要趕快好起來。我們都很想念他。」

「我會跟他說的。」比利暴的尾巴輕輕刷過葉星的腹側，接著走上小徑，往峽谷頂端走去。

雖然葉星嘴裡喊累，但和小貓們玩耍，讓她有種意猶未盡的感覺。她的腳充滿活力，好想衝上崖頂，任由風吹拂著她的皮毛；或是跑到樹下，在滿地的落葉上滾來滾去。

妳也已經不是小貓了！她罵自己。還不如去挑一隻美味多汁的新鮮獵物來吃比較實際。

她走去加入正在進食的族貓們，心情比前幾天輕鬆許多。

第十五章

葉星的腳摩擦沾滿露水的草地，停下腳步，回頭查看邊界巡邏隊的其他成員。「矮子，要跟上隊伍。」她喊道：「大老鼠雖然走了，但在這裡最好還是不要落單。」

「對不起。」兩腳獸地盤的貓拖著沉重的步伐，站到花瓣鼻旁邊。他打了個無聲的呵欠，接著說：「我還是很不習慣這麼早起床。」

「你遲早會習慣的。」花瓣鼻肯定地說。

葉星對他點點頭，又繼續往前走。從樹頂上清澈的淡色天空看來，待會兒一定會出大太陽。此刻萬籟俱寂，只聽到草皮的窸窣聲和樹枝搖曳的沙沙聲。

他們來到和鼠群決鬥的空地旁。葉星停下腳步，張大嘴巴嚐嚐空氣，被兩腳獸垃圾堆的臭味熏得差點吐出來。不過大老鼠的氣味已經很淡、很舊，表示牠們沒有再回來。

過了一會兒後，她喵聲說：「我還有聞到一隻貓的味道。櫻桃尾，那是妳說的那隻獨行貓的味道嗎？」

第四隻巡邏隊成員嚐嚐空氣，「是的。」她確認道，「而且氣味很新，他應該又來過了一次。」

葉星循著氣味走了幾步。氣味穿過邊界，朝兩腳獸的地盤散去。但葉星不認為這是寵物貓所留下來的，因為這氣息太過刺鼻，又充滿野性，完全沒有沾到兩腳獸的氣味。

「需要我們去查嗎？」櫻桃尾問，腳掌不停在草地上搓揉。

葉星想了幾個心跳的時間。「應該不用吧。」她喵聲說：「氣味只有在這裡出現，那隻獨行貓並沒有做出盜獵物的行為。為了保險起見，我會通知所有族貓特別留意。」

我這樣處理對嗎？她邊帶隊折回林子，邊在心裡納悶。**不知道火星會怎麼做？**

來到峽谷頂時，葉星看到比利暴出現在前方的小徑上，心裡一陣欣喜。但當她發現他的見習生沒有跟他一起來時，歡喜瞬間落空。她加快腳步，追上朝峽谷走去的薑黃白公貓。「嗨，史努克掌怎麼了？他還好吧？」

比利暴一聽到是她的聲音，立刻轉過身來，他的綠色眼睛有著和葉星一樣的擔心。「不清楚。我去他的巢穴，但都找不到他。我叫他，他也沒有回應。我在想他一定是被主人關在家裡了。」

葉星開始感到不安。史努克掌以前都是可以自由進出家門的啊。「他可能在經過昨天的事後，還覺得很累吧。」她開始說：「我們必須——」

她的話被突如其來的亢奮聲打斷，鹿蕨的小貓一窩蜂上前圍住他們。

「比利暴。」小蕁麻尖叫，「我們等你很久了，再來陪我們玩嘛！」

「對呀，你再來當大怪獸。」小梅催促道：「葉星，妳也來嘛。妳扮起來超可怕的！」

「等下次再玩。」比利暴告訴他們：「昨天族長難得有空陪你們玩，你們就該偷笑了。」

葉星樂得抽動頰鬚。「小貓們，看等一下行不行。」她喵聲說：「我現在必須去查看巡邏隊的情況。」

她話還沒說完，就看到鹿蕨慌慌張張地跑過來。她問小貓：「你們又在煩葉星和比利暴了是不是？現在馬上給我過來，你們今天早上都還沒梳洗。」

鹿蕨帶著歉意看了看葉星，接著趕緊催促小貓走到水邊的一塊平坦岩石，開始伸出舌頭，用力從小兔舔起。

「比利暴，你準備好要參加狩獵任務了嗎？」銳爪走上前喵了一聲，旁邊跟著棍子和雀皮。他看到薑黃與白色混雜的公貓點點頭，於是揮動尾巴指了指對面說：「到那裡集合。」微雲、馬蓋先、蜂鬚和他的見習生薄荷掌都已經在那裡等著了。

比利暴向葉星點了個頭後，立刻走去加入蜂鬚帶領的狩獵隊，一路往下游去。

銳爪對著在新鮮獵物旁舔腳的煤炭揮揮尾巴，開始召集自己的巡邏隊。

「我們會去鼠堆旁的林子裡巡一巡。」他喵聲對葉星說。

「好主意。」葉星回答：「順便注意一下獨行貓的動靜。我的邊界巡邏隊今天又聞到了他的氣味。」

「我會注意的。」銳爪對她點點頭，便帶著巡邏隊走上小徑。

把族貓們一整天的工作都分配好之後，葉星就無事可做了。但精力充沛的她，不想只是坐在太陽底下打瞌睡。**不如去巡看看有沒有獵物好了，我已經超過一個月沒有單獨狩獵了。**

但當葉星爬上小徑時，看到柯拉獨自坐在戰士窩外面，兩腳收攏在身體底下，眼睛凝望著遠方。當葉星的影子蓋到她身上時，她嚇得跳起來。

「妳嚇了我一跳。」她喵聲說：「我……在想一些事情。妳要找哪一位戰士嗎？他們全都出去囉。」

「沒有啦，我只是想單獨去打個獵。」

柯拉遲疑了一會兒，接著說：「妳介意我跟妳去嗎？」

「當然不介意。」葉星儘量不露出驚訝的表情。柯拉是來拜訪的貓中最沉默寡言的一位。雖然她一向很有禮貌，也會參與部族要求的活動，但從來不會輕易說出自己內心的想法。

黑色母貓跟在葉星後面爬到崖頂。一來到林子時，她便與葉星並肩同行。

葉星開口說道：「在這裡狩獵一定和在兩腳獸的地方很不一樣。那裡有很多樹嗎？」

「是有一些。」柯拉回答：「兩腳獸的院子裡有樹木和矮樹叢。」

「你們都獵什麼來吃？」

「大都是一些鳥類。」

葉星決定要繼續找話題和她聊天，「棍子說你們吃大老鼠。」

柯拉點點頭說：「雖然不是很好吃，但可以填飽肚子。」

葉星放棄找話題了。兩隻母貓靜靜地走著，最後葉星聽到頭頂上有翅膀拍動的聲音，並聞到了歌鶇的氣味。她抬頭一看，鳥兒就停在一根附近的矮樹枝上。

如果我現在爬上去，一定還沒靠近就驚動牠了……

葉星動動尾巴，示意柯拉站在原地，自個兒則是悄聲穿過漫生的草叢，來到下一顆樹旁。這棵山毛櫸的樹枝正好和歌鶇棲息的梣樹交錯相疊。她一股作氣跳上樹幹，伸出爪子，爬到能往下看到獵物的地方。她儘量放輕腳步，想像自己正在跟蹤一隻小老鼠，沿著一根山毛櫸樹枝慢慢逼近，最後來到離歌鶇上方一個尾巴遠的地方。

鳥兒頓時驚覺自己被盯上，正準備震動翅膀時，葉星已經張開四肢，由上而下飛撲。歌鶇試圖飛走，但翅膀還來不及伸直，葉星就已經把爪子刺進牠一邊的翅膀。鳥兒不停驚恐地拍動另一隻沒被擒住的翅膀。葉星撲到牠身上，瞄準喉嚨一咬，讓牠斷氣。

「真是厲害！」柯拉對叼著獵物一躍而下的葉星說。

「這一點都不難，」葉星喵聲說：「如果妳想學，我可以教妳。等下次妳執行狩獵勤務時就可以用得上了。」

「謝謝。但我覺得應該用不到。」柯拉回答。

「什麼？」葉星突然感到一陣震驚。「你們打算離開這裡嗎？」

柯拉避開她的目光，尷尬地低頭舔舔胸口的毛。

她不小心說溜嘴了，葉星猜測。

「我……呃……我不確定。這件事不是我能決定的。」柯拉喃喃自語。

葉星突然脫口而出說：「你們想在這裡住多久就住多久，我們永遠歡迎。」她有點被自己脫口而出的話嚇到，但這也是她的心裡話。這些訪客已經和族貓們打成一片，峽谷現在似乎熱鬧歡樂許多。「你們是不是……因為有什麼麻煩，才不得不離開兩腳獸的地方？你們是不是在等待回去的機會？」

柯拉眨眨眼，露出一副驚慌失措的樣子。「嗯，我們——」她開始支支吾吾，接著突然冒出一句：「妳看！小老鼠！」

葉星並沒有看到什麼獵物，於是開始懷疑是不是柯拉故意捏造的。然後，她突然在一棵橡樹的樹根下面，瞥見棕色的小小身影正在啃食種子。

柯拉完全不管小老鼠是否會察覺到她的腳步聲，二話不說立刻衝向前。她啪搭一聲踩到一根乾樹枝，把老鼠嚇得落荒而逃。但柯拉加快步伐，在牠跑遠前，單掌猛力壓到牠身上。

看到母貓叼著獵物走回來，葉星喵聲說：「很好。」**如果見習生用這副德性打獵的話，很難不讓人懷疑導師是否教導無方！**「妳或許可以注意一下自己的腳步，」她委婉地說：「這樣就可以避免踩到樹枝或枯葉。讓尾巴保持不動，就可以避免因摩擦到灌木叢而發出聲響。」

「謝謝妳，葉星。」柯拉喘著氣說，接著把老鼠放到葉星的歌鶇旁邊。「有好多要注意的地方！」

「雖然妳來這裡的時間不長，還沒有習慣在樹林裡抓獵物，不過妳也可以慢慢把這些本領學起來。」葉星喵聲說：「說不定哪一天，這些本領在你們兩腳獸的地方也可以派上用場。」

「一定可以的。」柯拉回答，聲音裡出現前所未有的親切感。

我應該可以和這隻貓成為好朋友，她意識到，**希望她能留下來。**

葉星忙著扒土，準備蓋在她們抓到的獵物上，把牠們藏好，打算等打獵完後再回來拿。不過她開始注意到幾個狐身遠的地方，有隻松鼠正匆匆穿越一塊空地往樹林裡鑽去。牠停在一棵爬滿常春藤的樹底下，在樹根之間的碎落葉片間來回窸窣走動。葉星的尾巴尖端輕拍柯拉的肩膀，並抽動耳朵指了指獵物。

「我們抓得到牠嗎？」柯拉小聲說：「牠會爬到樹上去。」

「那就讓牠去爬。」葉星喃喃說：「我先爬到樹上，然後妳去追松鼠，牠一衝到樹上，就會自投羅網送進我的爪子裡。」

柯拉眼睛為之一亮，「說得也是！」

為了不驚動松鼠，葉星故意繞了半圈的遠路來到樹旁，從另一端的樹幹爬上去，接著蹲在樹幹的分岔處，四周圍繞著一團常春藤。松鼠仍然在樹根之間動來動去。葉星擺動尾巴，讓柯拉知道她已經就定位。黑色母貓發出嚇人的叫聲，往樹的方向衝去。松鼠抬頭一看，害怕地僵在原地一會兒，立刻拔腿奔到樹上。

葉星從遮蔽的常春藤蔓下鑽出來，咧嘴咆哮。松鼠驚聲尖叫，轉頭逃回地上。但柯拉已經在那裡等著牠。葉星看到母貓撲向松鼠，爪子劃破牠的喉嚨。牠的身體抽動了一下，接著癱軟下來。

柯拉驕傲地站在獵物的面前。葉星跳回地上，走向她說：「抓得漂亮！」

「這其實是妳的功勞。」柯拉回答。

「不，妳我都有功勞。」葉星告訴她：「是我們兩個合作無間。」

她們滿載著獵物返回營地，一路上柯拉顯得更為沉默。關於柯拉剛才提到要離開的事，葉星希望他們能重新考慮。

我必須去查清楚事情的來龍去脈。棍子和他的朋友們到底想要從我們這裡得到什麼？

⌁⌁⌁

當葉星把獵物放到新鮮獵物堆上時，突然聽到一連串生氣的說話聲。她轉頭看到檀爪和她的見習生斑掌站在池邊。這兩隻平時脾氣溫馴的貓咪，現在竟然蓬起皮毛，針鋒相對，眼底射出怒火。葉星趕緊走去一探究竟。

「我來峽谷並不是成天坐著梳理尾巴，就只為了等妳出現！」檀爪嘶吼，「今天整個早上的訓練課妳都沒出現！」

「我在忙！」斑掌辯解，「因為小兔肚子痛，所以回颯需要我去幫忙採草藥。」

「那又不關妳的事。」檀爪甩動尾巴，「回颯不是妳的導師。」

「我還真希望她就是！」斑掌回嗆。

葉星沒等檀爪回答，立刻走上前去。「斑掌，妳不可以這樣跟導師說話。」她斥責：「妳必須尊重檀爪，跟她說對不起。」

當發現族長已經聽到她們的爭吵，斑掌瞪大眼睛，一臉錯愕。「對不起，檀爪。」她咕噥道。

檀爪板著臉對她點了個頭，頸毛漸漸回復平緩。

葉星繼續說：「以後妳要幫回颯做任何事情前，都要先經過檀爪的同意。」

「可是——」斑掌想開口抗議，但想想還是少說為妙。「是，葉星，我知道了。」

「很好。檀爪，在妳和斑掌必須回家前，還有一些時間可以做訓練。」

「沒錯。」檀爪抽動尾巴，要她的見習生跟著她一起去訓練場。

斑掌垂著頭，拖著腳步跟在後面。

葉星等兩隻母貓走後，往回颯的窩室走去。她還沒到，巫醫已經在門口等她了。

「我聽到她們的爭吵。」回颯喵聲說：「很抱歉，葉星。我不曉得檀爪在等斑掌。」

葉星開口說：「這不是重點。」葉星覺得回颯並沒有誠心道歉的意思。「除非妳事先有徵求導師的同意，否則不應該擅自差遣見習生做事。」

回颯沒把葉星的話聽進去，只是自顧自地說：「但是我還是認為檀爪剛剛對斑掌太過嚴苛了。任何貓要是看到剛剛那個畫面，一定會還以為斑掌犯了什麼滔天大罪。」

葉星克制自己，避免口出惡言，回颯顯然沒有聽懂她的話。「不要忘記斑掌來這裡是為了成為一名戰士。」她提醒巫醫。

「我還以為她來這裡是為了成為天族的一分子。」回颯回嘴。

葉星激動得肚子不停地翻攪。**我不想和回颯爭吵！**幸好此時銳爪正帶著棍子、矮子、雀皮等巡邏隊隊員從小徑下來。銳爪一看到葉星，立刻喊她，並加快腳步跑下來。

葉星對回颯咕噥道：「這件事我們待會兒再談。」她接著大步跑向副族長，和他在小徑碰頭。

「一切都順利嗎？」

「都很順利。」銳爪回答。

他沒有告訴葉星他們去了哪裡，身上也不見任何獵物。**可是他們不是去打獵嗎？**葉星有點心神不寧。

當銳爪靠近時，她突然聞到一股兩腳獸的氣味。她開始感到不安。**他們去了兩腳獸的地盤嗎？**

她差點就要脫口質問銳爪，然而還是搖搖頭。她沒有必要盤問副族長，如果銳爪有到那裡去，他一定會親口跟她說。

銳爪似乎和她心靈相通似的，立刻低聲說：「我們可以私下談談嗎？到上面談好不好？」

他沒有等葉星回答，立刻轉身開始爬上小徑。葉星跟在後面，焦慮到肚子不停翻攪。**他是要告訴我在兩腳獸地盤上遇到的麻煩嗎？**

「到底是什麼事？」當他們一上到崖頂，葉星劈頭就問。

銳爪若有所思地站在那裡，俯瞰著整座峽谷。「是關於那些新訪客的事。」他喵聲說：「我希望能讓他們成為天族的全職戰士。」

聽到這個請求葉星並不感到意外。她的副族長對這件事已經明顯表態一段時間了。「這是他們要求的嗎？」她問。

「我還沒有詢問他們的意願。」銳爪坦承，「不過，他們心裡一定是這麼想。看他們參與所有戰士的工作就知道，而且他們也從沒提到要離開。」

喔，是嗎？葉星回想起早上和柯拉的談話。黑色母貓顯然不認為他們會長久住下。可是柯拉說得不清不楚，葉星也不知道該怎麼跟銳爪說起。

葉星站在銳爪旁邊，望著底下的營地。她看到棍子和煤炭坐在新鮮獵物堆旁，和雀皮與櫻桃尾一起進食；矮子和見習生們忙著撲抓對方的尾巴，玩得不亦樂乎；柯拉和回颯坐在巫醫窩外面聊天。很難看出這些新訪客和部族貓有何差別。

我不喜歡聽到柯拉說他們要離開，葉星心想，**讓他們當上戰士，就可以把他們永久留在天族。**

「你說得對。」她對銳爪喵聲說：「該是時候冊封他們為戰士，以展現我們對他們的重視。」

銳爪露出極力贊成的眼神說：「很高興妳同意這件事。妳需要我去找棍子說一下嗎？」

「應該沒有這個必要，你覺得呢？這對他們來說是一項無比的榮耀，而且我會讓整個部族見證這一刻。雖然不保證他們會因此留下來，但我已經想不到還有什麼更好的方法可以表達我們對他們的感謝。」

銳爪沉默了半晌沒有回應，接著他簡短地點頭說：「好，妳什麼時候要進行？」

葉星拉長兩隻前腳，伸了個大懶腰，放鬆肩膀的肌肉。「我想現在就是個好時機。」

銳爪跟著葉星走下峽谷。葉星環顧四周，看到檀爪和斑掌從訓練場回來，花瓣鼻和鼠尾草掌跟在後面。雖然檀爪和斑掌今天上課的時間很短，但葉星很高興看到她們的脾氣都已經緩和下來；櫻桃尾、馬蓋先和斑足正準備出發執行今天最後一次的邊界巡邏勤務，回颯和柯拉仍然坐在巫醫窩外面。矮子加入在獵物堆旁的棍子和煤炭，兩隻長老貓躺在河邊曬太陽，把握一天裡最後殘餘的陽光。鹿蕨忙著把小貓集合起來，準備帶回育兒室。葉星沒有看到比利暴的蹤跡，她猜想他應該是回兩腳獸的地方探望史努克掌了。

葉星一個勁兒地快步奔到岩石堆。「所有能夠自行狩獵的成年貓都到岩石堆下面集合，準備進行部族集會！」

峽谷裡的貓兒們全一臉驚訝地抬頭看她。薄荷掌衝出見習生窩，急急忙忙跑下去加入她的見習生伙伴們。鼩鼱齒瞪大眼睛從戰士窩探出頭來，露出彷佛一群獾就要攻下峽谷的模樣。跟在他後面走出來的蜂鬚用肘部頂了他一下，催促他走下小徑。

石影、彈火和微雲從下游處的角落跑出來；嘴裡叼著一隻田鼠的微雲，把食物放到新鮮獵物堆上，接著坐到哥哥們的旁邊。苜蓿尾待在新產房裡，探出頭來望著外面的情形。

「這是部族命名新戰士的重要時刻。」葉星宣布。

她看到薄荷掌和鼠尾草掌彼此面面相覷，接著薄荷掌搖搖頭，又聳聳肩。這兩名見習生雖知道不太可能是輪到他們，但萬萬也沒想到葉星是要冊封新訪客。

「棍子、煤炭、柯拉、矮子，請你們走向前。」

族貓們一陣嘩然。這四隻貓兒遲疑地走到岩石堆底下；其中三隻一臉疑惑，只有柯拉看起來好像心裡有數似的，以為葉星要宣布有關他們即將離開的打算。

葉星在溫暖的岩石上立定腳步。「雖然這些貓咪沒有在部族出生長大，但他們已具備戰士所需的技能，而且也做好了成為天族戰士的準備。」她仰望著被夕陽染成紅色的天空。「我，天族族長葉星，懇請——」

「等一下，」棍子突然打斷，「妳要冊封我們為戰士？」

站在他後方的貓紛紛發出倒抽一口氣的聲音。以前從沒有貓敢打斷戰士命名儀式的進行，更何況是準備被冊封的貓！

「是的——沒錯。」葉星開始結巴，以為他打算拒絕。她看著下面的棍子，試著從他臉上的反應解讀他的意願，但他卻始終面無表情地站在那兒。**我完全不懂這隻貓心裡在想什麼**，她頓時變得很慌張。

葉星和銳爪互看一眼，知道副族長和她一樣緊張不安。**早知道我就應該讓你先去找棍子談談的。**

參加儀式的貓咪們窩成一團小聲交談，不時抬頭看一下葉星。最後他們各自站回原位面向葉星。

「沒事了，」棍子喵聲說：「請繼續。」

他和同伴們看起來似乎很感興趣，也有點開心，但很顯然不知道儀式代表的意義。**他們畢竟不是部族貓**，葉星意識到，**當然不會對儀式感到光榮。**

已經沒辦法打退堂鼓了。葉星深呼吸一口氣，繼續說：「懇請戰士祖靈俯視這四隻貓。在他們待在這裡的這段期間，已經學會您崇高的守則。我在此鄭重推薦他們成為戰士。」

她跳下去站在他們面前，繼續喵聲說：「棍子、柯拉、煤炭、還有矮子，你們願意遵守戰士守則、誓死保衛部族嗎？」

「我願意。」四隻貓齊聲說。

柯拉看起來好像有點猶豫？葉星心想，**還是我想太多了？**

「那麼在星族的見證下，我要授予你們戰士名。」她繼續說：「棍子，從現在起——」

棍子抬起尾巴說：「等等。」

「怎麼了？」葉星問，儘量不要表現出不耐煩。**這是他第二次打斷她的話，他們果然不懂這個儀式的意義。**

「我們想保留原來的名字。」棍子喵聲說。

葉星看著他。星族會允許他們保留嗎？連寵物貓多多少少都接受了戰士名。

「我們覺得沒有改名字的必要，」煤炭解釋：「況且我們並不會因為成了部族的一分子而有所改變。」

葉星覺得有道理。她看到銳爪也點頭表示同意。「很好。」她立刻修改戰士授封儀式的結語，「星族以你們的勇氣和技能為榮，歡迎你們成為——」

「這到底是怎麼一回事？」葉星的後方傳來氣憤的吼叫聲。她轉身看到哈維月從訓練場狂奔而下，急急在她旁邊剎住腳步。

「為什麼你們要讓他們成為戰士？」他質問。

第十六章

在場的貓兒全盯著這隻寵物貓瞧。哈維月的眼睛充滿怒火，生氣到鼓起全身皮毛，體型乍看之下比平常大了一倍。「為什麼？」他又問了一次。

「不知道耶，」雀皮酸溜溜地諷刺道：「可能是因為他們很勇敢、很忠心、打獵很強吧，還是這簡直是太扯了？」

「但是他們完全沒有受過正統的訓練。」檀爪指出。

「他們就是不需要呀。」斑足反駁。

斑掌小心移到導師旁邊聲援她，「我敢說他們連戰士守則都不懂！」

「還有見習生的差事呢？」鼠尾草掌插話，一臉不服氣的樣子。「我們都是這樣過來的！」

葉星舉起尾巴要大家安靜。她一方面很氣哈維月打斷儀式的進行，在場的貓咪剛剛明明有意見卻不說，現在倒跟也著他起鬨，這讓她心裡很不是滋味，但又不得不承認他們的話不無道理。

「各位沒有必要為這件事情煩躁不安。」她喵聲說：「為了答謝這些訪客為天族所做的一切，銳爪和我認為這是最好的方式。他們學會我們的技能，並且也教會我們以前所不會的技能。我們怎麼能讓他們當見習生？不過，」她搶在哈維月再次抗議前先補充，「我很確定他們想體驗部族生活的種種，因此不會介意幫忙做見習生的工作。」

訪客們互瞄了彼此一眼，一副不確定的樣子。

「如果造成大家的困擾……」柯拉低聲喃喃。

「這件事我說了算！」葉星抬起頭掃視整個部族，不給任何貓有中斷儀式的機會。她感覺銳爪的綠色眼睛正注視著她，接著她看到他對她微微點頭表示肯定。

「棍子，星族以你的勇氣和技能為榮，」她繼續說：「歡迎你成為天族的全能戰士。」她把鼻子抵在棍子的頭上，棍子則遲疑了一會兒後，才回舔她的肩膀，然後退到雀皮旁邊。

葉星以同樣的程序，授封其他三名兩腳獸地盤的貓咪成為天族的全能戰士。但她心裡一陣慌亂，沒有授予戰士名的儀式，感覺就是不對勁。

「棍子！柯拉！煤炭！矮子！」

儀式結束時，葉星注意到一些天族貓開始歡呼這些新任戰士的名字，但有些貓卻保持沉默。哈維月更是別過身去，拒絕觀看儀式。**檀爪和斑掌、馬蓋先和鼠尾草掌……我必須好好留意他們，避免他們惹爭端。**微雲、苔毛、蜂鬚和苜蓿尾也同樣默默無語。葉星看了一肚子沮喪。**偉大的星族！請不要讓這件事導致部族分裂。**

棍子等歡呼聲平息後，再次走向前，對葉星正式鞠了一躬。「我謹代表我們四位向妳致謝。」他喵聲說：「我們肯定還有很多必須相互學習的地方。」

「是的，沒錯。」葉星回應。

她仍然感到不安。一方面是因為儀式沒依正規進行，再來她很確定這四名部族新戰士一定還有什麼事情隱瞞她。

關於哈維月做出干擾儀式的舉動，我得去和他談談才行，她心想，仍然怒氣未消。**但怎麼說會比較好？**

那隻寵物貓已經步出峽谷，後面還跟著馬蓋先、檀爪和斑掌。他們連一句再見都沒說就走了。

剩下的部族成員則圍在新鮮獵物堆，大肆慶祝新戰士的加入。

「別忘了你們今晚要負責營地站哨的工作。」銳爪提醒他們。

「放心，」矮子回答：「即使大老鼠來了，也休想穿過我們的防線一步。」

葉星沒有心情加入他們。她從獵物堆選了一隻麻雀，悶悶不樂地咬了幾口後就回窩裡去了。

回颯問從旁邊經過的葉星說：「妳還好吧？」

「很好。」葉星草草地回了一句，心裡仍無法忘懷彼此為了斑掌見習生的身分而形成的冷戰。她踱步走回窩室，同時意識到巫醫的目光仍然一路盯著她的背影。

葉星躺在床鋪上，腦海一片混亂。這些貓咪真的是命中注定要加入天族嗎？**廣收成員真的可以壯大部族嗎？**

她回想起棕色虎斑公貓在她夢裡所說的預言。「雖然綠葉季終究會再次到來，同時也勢必會帶來更大的風暴。天族若要生存下去，就必須要有更深的根基。」然後她又想起了另一個夢：可怕的洪水將峽谷的樹連根拔起，沖走她的族貓，讓他們在湍急的水中無助掙扎。

我是在奠定根基嗎？她問自己，**還是這只是另一個風暴的開始？**

憂心忡忡的她疲憊地閉上眼睛後，瞬間發現自己來到峽谷頂上一片綠草如茵的平地。一團團星光環繞的銀色皮毛在她上方閃爍，但兩腳獸地盤的上空卻沒有一絲光芒，此刻的兩腳獸地盤彷彿比平常要遙遠許多。萬籟俱寂，連一點微風騷動草地的聲音都沒有。

森林邊緣的移動聲引起了葉星的注意，一隻帶有白色塊的淡灰色公貓從林子走出來。他慢步走向葉星，全身皮毛和腳上閃爍著霜白色的星光。

「雲星！」她輕聲喃喃。

天族的前任族長看著她，淡藍色眼睛像兩顆小小的圓月般閃耀。「葉星，」祂向她點頭致意，「很高興在這裡看到妳。」

「我很高興能來這裡，雲星。」葉星回應：「祢要透漏什麼訊息給我嗎？」

這隻星光閃耀的貓咪沒有回答。此時更多的貓咪從四面八方朝她湧來，葉星忍不住屏住呼吸。她認出斑葉後，走上前找她，陶醉在她香甜的氣味中。

她喵聲說：「妳好，斑葉。」母貓對她眨眨眼回應。

被這群星光閃耀的戰士團團圍繞，讓葉星感覺出奇地平靜。在場除了斑葉和雲星外，似乎沒有任何貓注意到她的存在；祂們各自穿梭在貓群間互相打招呼——時而拘謹，時而熱絡——偶爾也會停下來舔對方的耳朵，或是用尾巴尖端撫摸對方光滑的腹側。葉星看到雲星的伴侶鳥飛正和兩個孩子互磨鼻子。當她突然瞥見雨毛身影的那一刻，心臟簡直要跳出來了。那隻在第一次鼠戰中身亡的灰色公貓就站在貓群的遠處角落。

斑葉站到她旁邊，緊貼她的皮毛，並揮動尾巴指了指正要加入星族族貓們行列的三隻貓咪。在前面帶頭的是一隻高貴的母貓，她濃密的藍灰色毛髮發出熠熠星光，明亮的藍色眼睛宛若綠葉季的澄澈天空。緊跟在後的是一隻耳朵尖端帶點灰色的優雅白色母貓和一隻孔武有力的白色公貓。

斑葉把耳朵側到第一隻母貓的方向，並喵聲說：「那是藍星。藍星是火星初到森林時的雷族族長。」

葉星恭敬地向她鞠了一躬。**所以就是她冊封火星為戰士囉！**「火星跟我說過祂是位很棒的族長。」她喃喃說道。

「那是藍星的妹妹雪毛，」斑葉繼續說：「還有雪毛的兒子白風暴。祂曾擔任過火星的副族長。」

葉星眨眨眼。這些貓兒千里迢迢從遙遠的天上跑過來找她，讓她頓時有種受寵若驚的感覺。「歡迎祢們到來。」她喵聲說。

後面突然傳來騷動的聲響，她轉過身去，不由得全身發毛。因為託夢給她的棕色公貓就出現在她眼前，那隻曾在夢境中現身、身材較魁武的暗棕色虎斑公貓也站在他旁邊。兩隻貓站在稍遠的地方觀看其他貓咪的集會。

葉星正在猶豫是否要走向前跟他們說話時，突然聽到背後傳來一個說話的聲音。

「妳好，葉星。」

她轉身看到一隻俊俏的灰色公貓帶著炯炯有神的目光站在她面前，一眼認出那是守天。看到他又回復了以往高大、強壯、一身濃密皮毛的模樣，葉星從耳朵到尾梢都洋溢著一股溫暖。

「很高興見到你，守天。」她發出呼嚕聲，「祢們為什麼全都到了這裡？我雖曾夢過星族戰士，但從數量從沒有這麼多過。」

「星族已經好久沒有像這樣全員到齊了。」守天回應：「這全都是因為你們的關係。妳和族貓們組成一個充滿勇氣與榮譽的部族，任何戰士都以成為其中的一員為榮。現在五個部族全齊聚一堂，為的就是慶祝天族成功存活下來。」

葉星一臉驚奇，不可置信地凝視那些星光閃閃的戰士們。**我們做到了嗎？是我的部族嗎？**

「我們不是每次都能像這樣聚在一起。」守天提醒，似乎是看穿了她的疑惑。「我們的族貓平時各自散落在不同角落，天界也並不總是開放給大家聚會。所以就先讓我們享受一下大家相聚的時光吧。」

「好——喔，當然好！」葉星鬆了一口氣，感覺快樂的情緒在內心漸漸高漲，像葉子傾覆時潑灑出的雨水。她希望自己能永遠站在那裡，陶醉在這一片呢喃貓語、滿布星光的溫暖中。

「我們去狩獵！」一隻貓高喊。

剎那間所有的星族貓全靠攏在一起，魚貫似地湧進森林。祂們肚皮上的毛髮刷過草地，尾巴在身後來回飄動。夾在中間的葉星順著祂們移動，體內流竄著如閃電般的爆發力。

天底下再也沒有比這個更美好的事了！和戰士們一起在樹林奔跑、尋找獵物……

四肢充滿動力的她，沉浸在速度和技巧之中。她已經不見那隻揭示預言的貓和祂族貓的身影，但斑葉短暫跑到她旁邊催促說：「把握現在！」祂帶著熾熱的眼神，告訴葉星這些別具意義的話。「不管妳尋找與否，該來的總是會來。」

葉星頓時放寬了心，現實生活的種種焦慮，像曬了太陽的冰柱在瞬間消融。這些貓咪似乎在告訴她，享受部族現在的樣子。未來是個未知數，他們必須活在當下。

但她還是很希望能和那隻出現在她夢境裡的貓說上話。

守天和斑葉都沒有提到即將來臨的風暴，這是否意味著風暴不會來呢？

葉星雖然不打算就此輕忽那則預言，但今晚這些貓兒的來訪無疑讓她產生安心感。她知道部族唯一能做的就是勤加訓練，做好戰鬥的準備。葉星的四肢在夢幻森林的閃亮草地上飛馳，並暗暗告訴自己不要只顧著找尋隱而不見的未來。

第十七章

葉星被窩室外踩著岩石的腳步聲吵醒。有隻貓咪在門邊往內看。她在陽光下眨眨眼睛，認出比利暴的頭和肩膀，驚覺自己已經睡過頭，不由得開始緊張起來。

「抱歉，葉星！」比利暴大聲喊著，前腳尷尬地抓抓窩室的地。「我不知道妳還在睡覺。」

葉星打了個大呵欠，並喃喃地說：「沒關係啦。」她坐起身，因全身肌肉痠痛而臉部抽蓄了一下。**不知道狀況的貓一定以為我在森林跑了整個晚上咧！**「進來吧。」

她甩掉皮毛上的青苔，趕緊舔舔身體，臉部的表情和比利暴一樣尷尬。「有什麼事嗎？」她問。

「我很擔心史努克掌，」比利暴坐在窩室門口喵聲說：「他還是待在兩腳獸的巢穴裡沒有出來。我想要確定他真的是沒事，而不是被強迫關在家裡。」

葉星豎起根根毛髮，停下梳洗的動作，直視這晨間戰士。「聽起來的確很令人擔心。」她說：「你說得對，無論如何你都應該把事情查個水落石出。」

比利暴低下頭看自己的腳，「其實我是希望請妳跟我去一趟。」

葉星的心開始怦怦亂跳，興奮與焦慮參半。「我不是兩腳獸領土的貓！」

「我會照應妳，」比利暴要她別擔心，「而且路我很熟。」

葉星，別這麼狐狸心腸！葉星告訴自己。昨晚她在夢裡和星族戰士一起狩獵時，全身衝勁十足，一頭栽進當貓咪的樂趣當中。一想到這裡時，她的勇氣全上來了。

「好，」她喵聲說：「我跟你去，我先去知會一下銳爪。」

銳爪正在峽谷下方整理狩獵隊伍。「矮子，你帶斑足、花瓣鼻和鼠尾草掌這一隊。」他命令道：「棍子，你帶另一隊，檀爪、斑掌和櫻桃尾歸你管。」

葉星很明顯地注意到跟在棍子後面的檀爪氣嘟嘟地甩動尾巴；鼠尾草掌走到母親旁邊，在她耳邊嘟噥說：「我才不要聽他的指令！」他瞪了矮子一眼。

星族，請庇祐他們很快習慣這一切。

當葉星說出要跟比利暴一道去兩腳獸的地盤時，銳爪驚訝地眨眨眼。「凡事要小心，」他喵聲說：「對了，關於比利暴——」

「什麼？」葉星急著打岔。

銳爪猶豫了一下，然後甩甩皮毛。「沒事。葉星妳放心，這裡的大小事我會負責打點好。」

　　葉星仍無法忘懷比利暴指控銳爪祕密帶夜間巡邏隊去兩腳獸地盤的事。她仔細觀察他，看他是否會不小心露出馬腳。但副族長除了流露出替她擔心的眼神，並保證在她外出的這段時間，會把部族照顧好之外，沒有其他的異狀。葉星嘆了口氣，把比利暴所通報的事拋到腦後。她認為銳爪不可能會騙她，更不可能把危害部族安全的大事隱瞞起來。

　　雜草被一陣強風颳平在地。葉星回來找比利暴，兩隻貓便一起爬上崖頂。耀眼的陽光從上空射下來，清澈的藍天只有幾縷白雲寥寥點綴。葉星又陷入了夢裡，昨晚那群團團圍住她的貓兒們似乎又回來了，個個星光閃耀，空氣中充滿著祂們永恆的氣味，夢境是如此栩栩如生，當她赫然發現只有比利暴在她身邊奔跑時，不禁愣了一下。

　　當他們來到邊界，一步步朝兩腳獸的地盤靠近時，比利暴放慢腳步。「我們很快就會經過一條轟雷路，」他告訴她：「那裡有時候還滿恐怖的，但現在這個時段應該會很安靜才對。再過去一點會出現一處兩腳獸的巢穴，裡面有一隻很愛亂吠的狗，我每次經過牠都叫個不停。不過，妳不用怕，牠不會衝過來。接下來還會再出現一條轟雷路，走過去之後我們必須鑽過一排密密麻麻的灌木叢——」

　　「沒問題，比利暴。」葉星打斷。

　　但在經過轟雷路時，葉星的自信心漸漸瓦解。一隻怪獸正在幾個狐身距離外的地方打瞌睡，葉星焦慮地頻頻望向牠。她心想，**要是牠醒過來的話該怎麼辦？**她已經打定主意，一旦牠發出吼聲朝她撲過來，她便會馬上拔腿逃跑。

　　比利暴帶她沿著圍籬走。對面飄來一股狗兒的氣味。一聽到狗兒尖銳的吠叫，葉星的心臟開始狂跳。不過比利暴說得沒錯，牠只能貼在圍籬旁狂抓，無法衝過來攻擊他們。他們接著穿過第二條轟雷路，葉星腳下的黑色路面感覺黏呼呼的，那散發出的刺激味道，更是讓她忍不住皺起鼻子。然後她跟著比利暴鑽過圍籬的一個縫隙，來到一處灌木纏結叢生的地方。他們從最低處的樹枝縫擠過去，肚皮刷過柔軟溼潤的泥土。

當他們鑽出灌木叢後，比利暴舉起一隻腳，示意葉星停下來。一片平滑的草地在兩腳獸巢穴的正前方延展開來。遠處有幾隻小兩腳獸正拿著一個圓圓、五彩繽紛的東西互相丟來丟去，跳起來接住它時，還會不時發出高興的尖叫聲。

「牠們在做什麼？」她低聲問。

比利暴聳聳肩說：「牠們叫那東西為球。我猜是用來訓練見習生的東西，有時候我的主人也會丟一顆叫我去追。」

「你有追嗎？」她問。

比利暴尷尬地舔舔胸毛說：「其實還滿好玩的，也可以順便練練狩獵技巧。」

葉星發出呼嚕聲，覺得很有趣。

比利暴帶她沿著灌木叢的陰暗處，迅速穿過草地，閃過小兩腳獸的視線。「我們現在要提高警覺，」他邊提醒葉星，邊朝下一個圍籬走去，「有一隻狗兒會在這裡出沒，兩腳獸常常放牠出來亂跑。」

葉星聽了全身發毛，頸毛也跟著豎了起來。她想要問，**一定要走這一條路嗎？**但她擔心比利暴會把她看成膽小鬼。**我是一族之長！不能被他看扁。**

「好，帶路。」她緊張地喵聲說。

比利暴沿著圍籬爬過去，來到一處木條底部已經腐爛的角落。他接著鑽過去，並轉身把頭探出洞口。「現在可以過來，」他小聲地說：「但切記不要發出聲響。」

葉星擠過縫隙，腐爛的木頭摩擦著她的背。她站起身，發現自己置身在一片更大的灌木叢之間，到處長滿暗色的葉子和一朵朵香氣四溢的巨花。

「這個味道可以掩護我們，不容易被狗發現。」比利暴解釋。

葉星跟著他穿過灌木叢，並不時從樹枝縫偷瞄狗兒的一舉一動：那龐然大物全身頂著蓬亂的黑棕色皮毛，還長了一對軟趴趴的耳朵。牠趴在兩腳獸巢穴附近的石地上，和這兩隻貓只有一片草皮之隔，牠把鼻子擱在腳上，看起來好像是在睡覺的樣子。

當他們開始沿著圍籬的邊側潛行時，葉星已經不再那麼緊張，不過還是不忘小心翼翼地盯著狗兒。花的濃烈香氣搔得她的鼻子奇癢難耐，她和比利暴還沒安全抵達另一側的圍籬前，她就忍不住打了個大噴嚏。

狗兒隨即跳起來衝出草地，一連狂吠了好幾聲。

「快跑！」比利暴大喊，連忙推了前面的葉星一把。

葉星越過灌木叢，想像狗兒很快就會追上來，她可以聽到牠在她後面喘氣的聲音，感覺牠呼出的熱氣灌進她的皮毛，四處瀰漫著牠的臭味，連花的濃郁氣味也被蓋了過去。

比利暴緊跟在葉星後面。葉星一個不留神一頭撞進圍籬底下的兩株灌木植物中間，她趕緊攀上圍籬，比利暴也跟著跳到她旁邊。她蹲踞在那裡，身體不停發抖。在他們下面的狗兒，蹬起後腳，前腳趴在圍籬一半高的位置，不時吐舌吠叫。

「滾開，蝨子皮。」比利暴發出嘶吼，「去追甲蟲吧你。」他看上去沒有絲毫害怕，只是一臉不悅的樣子。他轉身不理會那隻狗，繼續走在圍籬上帶路。葉星跟在他後面，但一聽到附近另一處兩腳獸巢穴又傳來一陣吠叫聲，竟不自覺地僵在原地。

「不用怕。」比利暴回頭喵聲說：「那隻狗平常都被關在屋子裡。」

「『平常』並不表示『百分之百』。」葉星碎碎念，強迫自己再次移動腳步。

他們沿著圍籬爬了好幾個狐身距離後，葉星突然聽到一個嘎嘎的聲響。當她看到兩腳獸大門上的一扇小門瞬間被甩開時，肚子開始急躁不安起來。但是她並沒有看到狗兒的蹤影，從門洞裡跳出來的竟是一隻暗色虎斑公貓。他身上散發出一股熟悉的氣味，豎直的耳朵也有著與眾不同的形狀。

「矮鬚！」葉星驚訝地張大嘴巴，「不——對不起——我是說哈奇。」她跳下圍籬，奔過院子，和暗色虎斑貓互磨鼻子。

比利暴慢慢跟了過去。「你們兩個認識嗎？」他吃驚地問。

「喔，對呀。」葉星回答：「哈奇曾經是天族的一員，這得回溯到早期火星還跟我們在一起的時候。但他後來還是決定當寵物貓比較適合他。」

「戰士生活不是我能過的。」哈奇爽朗地表示，「很高興能再見到妳，葉星。部族一定過得很不錯——妳看起來應該是伙食很不錯，幾乎要和我一樣了。」他停下來，從耳朵到尾梢仔細打量了比利暴一番。「你踏進我的地盤想幹嘛？」

「他是跟我一起的。」葉星喵聲說：「他是我的族貓。」

哈奇露出一臉疑惑的表情，「但是我以前就看過他在這裡遊蕩，他難道不是寵物貓嗎？」

「呃……我兩種都是。」比利暴承認，尷尬地舔了舔胸前的毛。

「兩種都是？你就不能選一種當嗎？」哈奇不屑地哼了一聲。

「現在天族裡有很多和他相同情形的貓。」葉星打岔，「他們來峽谷做訓練和狩獵，晚上回去主人那裡。」她遲疑了一會兒，接著補充說：「你要的話，也可以像這樣，哈奇。你也可以回復矮鬚的身分。」

她一度以為哈奇會同意，不過他卻是搖搖頭說：「很抱歉，葉星。我很滿意現在的生活，不過還是很高興能見到妳。」他接著親切地說：「真高興天族還在。」

「這是一定的。」葉星打包票，暗自希望能如願。

兩腳獸的呼喚聲從巢穴裡傳來，哈奇轉頭看了一下。「我得走了，」他依依不捨地說：「再見，葉星。請幫我問候所有早期的族貓們。」

葉星說：「我會的。」哈奇再次和葉星磨磨鼻子後，轉身穿過院子，跑進兩腳獸的巢穴。

我剛剛是否應該更努力的說服他加入晨間戰士的行列，葉星邊跟著比利暴回到圍籬上，邊在心中納悶。**他的技能是從火星和沙暴身上學到的，和兩腳獸地盤的貓相比，或許鼠尾草掌和檀爪會比較願意聽從他的命令。**

比利暴領著葉星走下圍籬，穿越一條小巷，然後鑽過半敞的籬笆門，進入另一處被圍起來的方形草坪。「史努克掌就住在這裡。」他說。

對葉星來說，這個兩腳獸巢穴看起來和他們剛剛經過的所有巢穴簡直沒什麼兩樣。「你怎麼知道？」她問。

「就是那些藍色花盆啊，」比利暴回答，並用尾巴指了指巢穴門邊一些圓圓亮亮的東西。「還有籬笆旁的草藥味，和草地中央的那棵小樺樹。」

「好，你確定就好。」葉星瞇起眼睛，那棵立在草坪中間的樹又瘦又長，被圍在一圈泥土裡。**森林裡的樹才不會長這樣。**

她嗅聞空氣尋找史努克掌的氣味。但兩腳獸和怪獸的氣味參雜其中，她根本沒辦法辨識出他的味道。**他一定還被關在裡面，很顯然他最近都沒有出來。**

她和比利暴躡手躡腳朝巢穴爬過去，躲到一個長著圓腳的綠色大東西後面。兩腳獸垃圾的臭味不時從那東西裡面飄出來，葉星忍不住皺起鼻子。

「史努克掌！」比利暴低聲呼叫，「史努克掌，我們在這裡！趕快出來呀！」

葉星和他一起喊，但還是不見那見習生的蹤影。她開始慌了起來，**兩腳獸把他帶走了嗎？**

正當她準備放棄之際，突然看到一顆黑白花色的小頭顱從窗戶裡面探出來。

「他在那裡！」比利暴大叫。

兩隻貓倏地往窗戶飛奔，跳到外邊的狹窄窗沿上。史努克掌把鼻子貼在窗戶裡那片閃亮亮的東西上，看起來又瘦又可憐的模樣。

「史努克掌，你還好嗎？」葉星喵聲問。

「我應該很快就會好起來了。」史努克掌回答。因為中間隔著那塊閃亮的東西，所以他的聲音聽起來很模糊。「葉星，我真不敢相信妳會來這裡！」

我自己也不敢相信。

「這樣跟他說話太麻煩了，」比利暴不耐煩地喃喃道：「葉星，妳覺得我們可以從那裡鑽進去嗎？」他彈彈耳朵，指了指大窗戶上面一扇被打開的小窗。

要進去兩腳獸的巢穴？我可沒打算這麼做。「兩腳獸怎麼辦？」她問：「牠們才不會讓陌生的貓進到巢穴。」

史努克掌告訴她：「牠們出去了，」他伸長身體，讓前掌貼在窗戶上。「你們就進來啊，這裡只有我而已。」

葉星還是有點猶豫不決，但又不想在族貓面前洩露出緊張的樣子。「要從那裡鑽進去應該會被卡住吧。」她回答，並充滿疑慮地望著那個縫隙。「不過，我試試看就是了。」

葉星伸出爪子，抓牢窗戶旁一株往上生長的藤蔓，沿著它強韌的莖一路攀上去。最後她後腳用力一頂，身體擠進那條細縫，撲通落到兩腳獸巢穴的地板上。幾個心跳時間後，比利暴也跟著落到她旁邊。

腳下是冷冰冰的地板，一點親切感都沒有。空氣中除了充塞著一堆不尋常的怪味之外，還可依稀聽到一絲絲微弱的嗡嗡聲。一堆巨大閃亮的東西沿著巢穴的牆壁排排站立。葉星心想它們說不定正在微光中盯著她，隨時準備撲過來。

葉星的根根毛髮開始倒豎。眼前一下子出現這麼多奇奇怪怪的東西，讓她實在難以忍受。她全身肌肉賁張，想逃跑的衝動一觸即發，只能深呼吸幾口氣，勉強站立在原地。

「你是怎麼了，史努克掌？」她嘶嘶問道。

史努克掌沒有馬上回答。「來，」他揮揮尾巴，喵聲說：「來這裡比較方便。」

比利暴和葉星壓低身體，躡手躡腳地穿越一扇敞開的門，來到寢室的另一邊。這裡的地板鋪滿了長得像草的東西，但是很短，比草要柔軟許多，而且由很多不同鮮豔的顏色拼湊而成。

「奇怪……」葉星在上面磨磨爪子，並喃喃自語著。

這個區域堆滿一塊塊像岩石、但卻又軟綿綿的東西，而且有著同樣鮮豔的顏色。葉星想起兩腳獸的垃圾堆，認出史努克掌所說的**沙發**。她看到見習生跳上去後坐下來。雖然那東西看起來很舒服，但葉星還是決定不跟過去坐，她寧可站著，一邊留意逃走的路線。

「我們都很想念你，史努克掌。」她喵了一聲。她的聲音在這堆著沙發和毛絨絨地板的密閉空間中顯得有點詭異。「為什麼你沒有回峽谷呢？」

史努克掌低頭舔了腳掌一下，「因為我的胸口出現疼痛，所以主人帶我去看兩腳獸巫醫。他拿了一種奇怪的食物給我吃——一種像白色種籽、難吃到極點的東西。」

「你應該會比較喜歡回颯的草藥吧，」葉星告訴他：「如果你要的話，我下次可以幫你帶一些過來。」

「不用了，謝謝妳，葉星。」史努克掌搖搖頭說：「我已經好多了。今天其實是我第一次被單獨留在這裡。那天我從峽谷回來後，我的主人幾乎時時刻刻陪在我身邊，所以妳下次應該很難再溜進來了。」他嘆了一口氣說：「我真的很想念部族生活。」

他悶悶不樂地望向窗外。葉星順著他的目光看過去，除了一小塊天空和兩腳獸的圍籬外，什麼都看不見。葉星突然很同情他，**他連真正的樹都看不到**。她身體愈來愈燥熱，有種被困住的感覺，想不通為什麼會有貓能忍受整天待在裡面的生活，他們甚至連讓腳感覺泥土的機會都被剝奪了。

葉星和史努克掌說話的同時，比利暴則在窩裡來回走動，伸長鼻子在每個角落聞來聞去。葉星不懂為什麼他能這麼從容不迫。她恨不得蹲在原地，閉起眼睛，把眼前所有令人窒息的景象和味道統統屏除在外。

「這間巢穴還不賴，」比利暴勘查完後，走過來喵聲說：「希望你的主人也有個讓你可以舒服睡覺的地方。」

「我帶你們去看。」史努克掌跳下沙發，邀他們過去。

他領著他們回到他們剛剛一腳踏進的地方，並搖搖尾巴，指了指角落一塊軟綿綿的小岩石。它鮮豔的表面沾滿了史努克掌的毛，而且有著他濃濃的氣味。

「那看起來……挺不錯的。」葉星禮貌地喃喃說道，但心裡還是覺得峽谷裡的青苔和蕨葉睡窩好睡多了。

「那是我吃飯的碗。」史努克掌繼續說，抽動頰鬚，指著一個鮮艷的兩腳獸器具，裡面裝了一粒粒咖啡色的小東西，整整有半碗之多。

「牠們竟然餵你吃兔子大便？」葉星忍不住倒抽一口氣，「難道牠們是想讓你生病？」

「不是啦，那是兩腳獸特別用來給寵物貓吃的食物，」比利暴解釋。他眼底閃著笑意，並用肩膀熱情地頂了葉星一下，「妳嚐一粒看看。」

葉星狐疑地看了他一眼。她死都不要把那乾乾扁扁的咖啡色顆粒放進嘴裡，但一口回絕又似乎顯出自己太過膽小。於是她走到碗邊聞了一下。**噁！**她巧妙地叼起一粒，讓它在舌尖滾動。窩裡充滿各式各樣刺鼻的氣味，因此她沒嚐出任何味道。**幸好，**她心想，**要是它的味道和外表一樣恐怖，那該有多可怕！**

葉星突然聽到一隻怪獸的聲響，聲音一下子變大，然後又忽然靜止。史努克掌驚慌地睜大眼睛，皮毛也跟著豎立起來。

「是我家的兩腳獸！牠們回來了！」

葉星急急忙忙嚥下嘴裡的粒狀東西，還差點噎到。「我們得趕快離開這裡！」她激動地說。

說話的同時，她可以聽見牆壁傳來一聲刺耳的喀嗒聲和腳步聲。心生恐懼的葉星僵在原地好幾個心跳的時間。

「我來拖延牠們！你們趕快爬出去。」史努克掌喵聲說，尾巴一甩，消失在另一扇門的盡頭。

比利暴早已經奔到了窗邊，一個大飛身，躍上了出口。「快點，」他催促葉星，搖晃著身體試著穩住重心，「我拉妳上來。」

葉星繃緊肌肉，奮不顧身跳上去。當感覺前腳一觸到窗緣時，她立刻伸出爪子攀住。比利暴瞬間一口咬住她的頸項。

此刻她聽到史努克掌在某個看不到的角落，大聲喵喵叫嚷著：「喔，我好想你們！你們上哪兒去了？來摸摸我的耳朵！我已經好多了。」

比利暴把葉星拖出窗口。兩隻貓就這樣一身狼狽地跌落到巢穴外的石頭小路上。

最後他們聽到史努克掌從裡面大喊：「快跑！」

葉星根本不需要被提醒。她和比利暴並肩衝出院子，從半敞的門跑出來。

「我們現在就回峽谷去！」她氣喘吁吁地對比利暴說，並在心裡默默念道，**我死都不要再來這裡了！**

第十八章

「葉星，對不起！」比利暴大聲說：「我真不應該讓妳陷入那樣的危險中，我萬萬沒想到事情會變這樣。」

兩隻貓咪已經進入天族領土的邊界，正在穿越峽谷邊緣的一片空曠草地。葉星停下腳步，感謝星族賜給她一個擁有清靜空氣和柔軟泥土的家。

「這不是你的錯，比利暴。」葉星喵了一聲。

薑黃與白色混雜的戰士還是很自責。「都是我的錯，」他堅持，「我應該更小心才對。但我敢說，兩腳獸的地方並不是常常危險重重。」

「這我知道。」葉星邊走邊回應。「我只是不太習慣那個地方。」但其實她的心臟還是怦怦跳個不停，她再也不要去兩腳獸的地盤了。她看到比利暴踩著自信的步伐，沿著崖頂的長草叢移動，他的耳朵高高豎起，鼻孔張得大大的。

他是一名戰士！怎麼有辦法忍受住在那樣的地方？

「你難道不會想要待在外面，在大片的天空底下，享受樹林的氣息和全身皮毛被微風吹拂的感覺嗎？」她忍不住問。

比利暴轉身，一臉困惑地看著她，沉默了好幾個心跳的時間，最後才喵聲說：「是想啊，但是我每天來這裡的時候，就可以享受到這些啦。」他眨眨眼睛，「對我來說待在兩腳獸的巢穴，並不是什麼難以忍受的事。我愛我的主人，牠們也愛我。」

葉星還是覺得難以想像，為什麼會有貓寧可住在一個充滿刺鼻味道、噪音和硬梆梆地面的世界。她不懂比利暴的主人到底有什麼魅力讓比利暴甘願每晚回家。

當他們抵達峽谷時，銳爪正好帶著狩獵隊回來，後面跟著柯拉、矮子、檀爪和斑掌等隊員。

「史努克掌呢？」他問，並把一隻松鼠放到獵物堆上。「我還以為你們是要去救他。」

「他沒有求救的必要。」比利暴回答：「他只是因為生病，主人要他待在裡面，等好一點再出來。」

「兩腳獸懂什麼？」銳爪嗤之以鼻地說：「這裡空氣新鮮，又有回颯幫他調配草藥，史努克掌如果能留在這裡，病會好得快些。」

葉星和他的看法相同。但副族長不以為然的口氣顯然已經激怒了比利暴，葉星認為還是不要再火上加油得好。

「長老的床鋪都檢查過了嗎？」她喵聲說，趁著那兩隻公貓還沒吵起來前趕緊岔開話題。「我可不想再聽到苔毛的抱怨聲。」

「對噢，」銳爪很快點點頭，並喵聲說：「斑掌，這件事就交給妳負責。」

斑掌眨眨眼睛。這時檀爪突然回應，「要她一隻貓去做全部的事？」她的語氣尖銳，「薄荷掌和鼠尾草掌還在執行巡邏。」

「我不介意——」正當斑掌開口說時，柯拉從獵物堆走過來打斷她的話。

「我們可以幫忙。對不對，矮子？我們說過會幫忙做見習生的工作。」

棕色公貓點點頭說：「我們很樂意幫忙，特別是史努克掌不在的這段期間。真可惜他的兩腳獸不讓他出來。」

「希望他趕快好起來。」柯拉補充。

「一定會的，他很快就會歸隊了。」葉星要大家放心。

情緒平復的檀爪退了回去，斑掌也開開心心地和兩名戰士到長老窩去。葉星看著他們離去。柯拉和矮子這麼熱心幫忙，對史努克掌也很關心，讓看在眼裡的葉星很感動。

他們真的開始融入部族了。

「葉星！葉星，趕快！」

葉星被櫻桃尾激動的叫喊聲嚇了一跳，她轉身看到年輕的玳瑁戰士從小徑狂奔而下。她跳下最後幾個尾巴的距離，來到葉星的面前，上氣不接下氣地說：「快跟我來，妳一定得親眼目睹才行。」她沒等葉星回應，倏地轉身奔回小徑。

一頭霧水的葉星和銳爪互看一眼，然後跟上櫻桃尾的腳步來到崖頂。「發生什麼事？」

「我和雀皮、花瓣鼻和鼠尾草掌在巡視時，」櫻桃尾氣喘吁吁地解釋，邊把葉星帶進林子。「又聞到了那隻獨行貓的氣味，就在垃圾堆旁邊。這一次我們跟著氣味越過了邊界——」

「你們做了什麼？」葉星打斷她的話，「竟然沒有事先稟報我或是銳爪？你們不應該這麼做的。」

「對不起嘛，」櫻桃尾喵了一聲，語氣裡聽不出一絲懺悔。「我們走不遠就發現他，不過他還渾然不知！」

葉星愈聽愈困惑。她跟著這隻年輕的貓穿越林地，繞過兩腳獸的垃圾堆。在跨越邊界時，葉星聞到了新鮮氣味，走了幾個狐身的距離後，櫻桃尾做出蹲伏姿勢，悄聲潛進一處濃密的矮樹叢。

花瓣鼻、鼠尾草掌和雀皮則是躲在刺藤叢靜候。

「他還在！」雀皮緊張兮兮地小聲說道，揮動尾巴指向附近的蕨葉叢。

葉星往蕨葉叢仔細一看，果然瞥見一隻瘦瘦的奶油色公貓的身影。她看到他正跳上一株山毛櫸樹，輕易地攀住了最底層的樹枝。他愈爬愈高，在枝幹中不停穿梭，然後跳到下一棵樹，最後躍回地面。葉星研判他沒有在追蹤任何獵物。**他只是在玩！**

「他跟我們一樣！」櫻桃尾靠到葉星旁邊嘶嘶地說：「他一定是古老天族的後代。」

葉星懂櫻桃尾的意思。那隻獨行貓的後腿強而有力，對跳躍和爬樹很在行。他現在走在樹下的一片石礫地上，看起來一副輕鬆自在的模樣，彷彿天生就有結實的腳肉墊，可以讓他行走在崎嶇的地面上。

「我們去跟他說話。」雀皮猴急地說。

「等一下，」葉星舉起尾巴說：「你們看，他正在看一隻鳥。」

奶油色公貓目不轉睛地盯著一隻歌鶇，牠就停在他最初爬上的山毛櫸的樹枝上。他攀上旁邊的一棵樹，儘量不去驚動鳥兒。葉星看著他爬到歌鶇上方的樹枝，然後一聲不響地溜到山毛櫸樹上。她記得上次和柯拉一起去打獵時，柯拉也用了幾乎一模一樣的招式。

獨行貓一飛而下，四平八穩地落在歌鶇棲息的細枝上，大掌一揮，將爪子刺進拚命想脫逃的歌鶇肩膀上，接著一口咬住牠的頸背，讓牠一命嗚呼。「他抓到了！」鼠尾草掌眼睛為之一亮，低聲喃喃道。

「獵得漂亮！」雀皮說。

奶油色獨行貓嘴裡緊咬著獵物從樹上爬下來。葉星一馬當先走出蕨葉叢，巡邏隊隊員也跟著現身。獨行貓一看到他們，立刻掉頭，準備跑走。

「等等！」葉星喵聲說：「我們沒有要搶你獵物的意思。我們只是想跟你說說話。我是——」

她還沒來得及自我介紹，就被公貓一口打斷。「我看過你們。」他放下獵物對她說：「你們是那群住在峽谷裡的貓。」

「你知道我們？」雀皮好奇地問。

「不太多，但我知道你們都成群打獵。」

雀皮憤慨地哼了一聲，「才不只是這樣！」

葉星的尾巴輕碰了一下雀皮的臉頰，要他不要再說。「我是天族族長葉星。」她鞠了一躬說：「很久以前，峽谷裡原本住了其他的貓，祂們是最早期的天族。我們有些貓咪就是那古老部族的後代。」

獨行貓動動頰鬚，葉星看得出來他並不瞭解這和他有何關係。

「我來示範給他看！」櫻桃尾自告奮勇地說。

葉星點頭同意。櫻桃尾二話不說立刻爬上山毛櫸樹上，穩穩地在枝葉間行走，接著跳到隔壁的樹去，身手矯健地落到一根較低的樹枝上，就像獨行貓剛剛做的動作一樣。「看到了嗎？」她捲起尾巴說道。

奶油色的公貓一臉不以為然地說：「她只是在學我而已。」

「我才沒有！」櫻桃尾反駁，全身皮毛蓬了起來。「這招我早就會了，而且我也有在教見習生。」

獨行貓聳聳肩，「好啦，但是我不知道你們幹嘛要跟我說這些。」

他是鼠腦袋嗎？葉星不禁想問，**他難道看不出他自己也是古老天族的後代嗎？**「你想多瞭解我們一些嗎？可以來峽谷參觀一下。」她提出邀請。

公貓看著她說：「為什麼我要去？」

「因為你或許會想加入我們呀！」鼠尾草掌忍不住脫口而出，開始興奮地跳來跳去。

葉星原本打算責備鼠尾草掌，但還是忍住。**我本來是想循序漸進，但現在他一定會以為我**

們在強迫他加入。

獨行貓看著鼠尾草掌，似乎認為那隻見習生瘋了。「不用了，謝謝。我可以自己獵食。」他回答。

櫻桃尾從樹上跳下來，加入其他貓。「可是峽谷裡真的很棒喔，我們會互相照顧——」她堅決地說。

「我們會聚集在懸天岩和星族說話。」雀皮補充。

葉星把臉皺成一團，**這下他一定會覺得我們的腦袋都裝蜜蜂！**

「來嘛，」花瓣鼻說服他，「你會學到各種知識，而且可以結交新朋友。」

獨行貓後退一步，葉星意識到貓咪們的七嘴八舌讓他不知所措。「夠了，」她告訴巡邏隊隊員：「他如果不想來，就不要勉強他。」她接著對公貓說：「保重。」

「離我們的領土遠一點！」雀皮插話，「不要隨便越過邊界氣味線，試你那些花俏的狩獵功夫！」

奶油色獨行貓叼起他的獵物，頭回都不回地往樹林揚長而去。

「我好希望他能留下來。」鼠尾草掌垂下頰鬚，失望地喃喃說道。

「對啊，他的技巧已經和受過訓練的戰士一樣厲害了。」櫻桃尾甩甩尾巴同意，「他根本不知道他那授獵技巧所代表的意義！」

「真希望我也是天族的後代。」花瓣鼻碎碎念道。

「說不定妳就是。」櫻桃尾真誠地喵了一聲。

「可是我不像妳那麼會爬樹。」

「沒關係，我不介意。」鼠尾草掌的鼻子在母親肩上磨蹭著。「妳已經夠完美了！」

太陽已經漸漸下沉，樹木全都伸出長長暗暗的影子，一股冷風輕輕吹過草叢，該是返回峽谷的時候了。葉星揮動尾巴集合巡邏隊，在他們穿越樹林回家的途中，雀皮走到她身邊。

「等下次那隻獨行貓再出現，我一定會想辦法再說服他一次。」他保證。

「不要給他太多壓力，」葉星用尾巴輕拂他的肩膀提醒他，「但也不要急著將他驅逐。天族雖然很歡迎其他貓咪的加入，但只要獨行貓尊重我們的領土，林子裡還是有他們生存的空間。」

我們沒有必要以強迫貓咪加入的方式，來壯大天族的勢力。一切就順其自然吧。

第十九章

棍子走在兩腳獸院子的草地上，前方巢穴的輪廓映襯著豔紅的天色。空氣中瀰漫著一股金屬的刺鼻味，棍子低頭一看，發現他的腳掌全沾滿了血。一隻兩腳獸的兔子橫屍在他腳邊，一撮撮黑白色的毛髮散落了一地。

不是我殺的！棍子心想，露出一臉茫然的表情。

一見到兩腳獸巢穴大門被甩開，一隻巨大的公兩腳獸衝了出來，棍子連忙轉身逃跑。兩腳獸張開嘴巴大吼，但取而代之的卻是一聲貓咪驚恐的尖叫。

棍子頓時驚醒。他睜開眼睛，發現自己身子捲成一團，和小紅、柯拉、矮子一起窩在兩腳獸巢穴牆邊一塊傾斜的木板底下。風在小巷裡呼嘯而過，滴濺下來的雨，像爪子般冷冷地滲進棍子的毛皮。

驚恐的尖叫聲又再度傳來。棍子抬起頭，看到培西在幾個狐身外的地方，豎起全身皮毛，用那隻看得見的眼睛，瘋狂地張望四周。「他們在那裡！」他大叫，「鬥吉和米夏來了！」

棍子僵住身體，柯拉也開始醒來。這時，白雪從垃圾桶後面走出來，把白色尾巴擱在培西的肩膀上。

「你說的貓不會來，」她喵聲安撫他，「你只是做了一個噩夢而已。跟我和煤炭來這裡。」

培西仍然僵在原地一會兒，毛髮漸漸恢復平順，然後跟著白色母貓一起回藏身的地方。

柯拉張大嘴巴打了個呵欠。「培西老是做噩夢。他很怕會再失去另一隻眼睛。」

棍子滿肚子怒火，**我們一定要想辦法解決鬥吉。**

柯拉再度低頭，把身體捲成一團。棍子看看還在睡夢中的小紅和矮子；矮子正微微打著呼，呼氣時頰鬚跟著顫動起來；小紅不時抽動耳朵，似乎是在作夢。

棍子坐下來，閉起眼睛。**我們要睡飽，晚上才有體力抓獵物。**

冷天時獵物本來就稀少，更何況還得和鬥吉還有他的小跟班爭奪每一隻小老鼠、小鳥和瘦巴巴的松鼠。棍子伸出爪子，戳進潮溼的泥土裡，想起鬥吉如何千方百計霸占獵食的時間，根本不管現在天黑得早。

我不想讓他占便宜。但如果我們每次都得打架，要怎麼專心獵食？

小紅緊緊依偎著他，她的皮毛和氣息緩和了棍子的怒火。這隻年輕母貓最近常常不見蹤影，棍子很高興看到她回來。她的毛色光亮，看起來營養很充足。棍子猜想她應該是去了遠處獵食。

只要她落單時不要誤觸危險，被鬥吉和他那群邪惡的朋友攻擊，棍子就放心了。

棍子已經不只一次在心中盤算他們是不是該搬離此地到別處去住。或許小紅打獵的地方是個好選擇。

但是是我們先來這裡的，這裡是我們的家，我不想就此放棄。

正當他昏昏沉沉再次入睡時，小巷角落隱隱約約傳來一個微小的聲音把他給吵醒。他抬起頭，不確定那是什麼聲音。這時，小紅站了起來。

她喵聲說：「我去查看一下。」然後高高翹起尾巴，咚咚跑走。

棍子跳起來，「等等，我跟妳去。」

小紅轉身，開始對他咧嘴咆哮。「你是不相信我是嗎？」她氣沖沖地說：「我已經不再是小貓了！你是覺得我沒有能力照顧自己嗎？」

棍子好不容易從木板後面的小縫隙鑽出來，追在朝小巷子離去的年輕母貓後面。「等等！」他大喊：「我不是這個意思……」

「你就是這個意思！」小紅嘶聲說著，把頭撇開不去看他。

「不是這樣的！」棍子加快腳步，「我只是想幫妳。」

這次小紅身子猛然一轉對著他，綠色眼睛燃著怒火，尾巴大力一甩。「我不需要幫忙。我不是笨蛋。我很清楚怎麼避開鬥吉。要是真碰到他或他的同夥，我的打鬥技巧可不輸你們任何一隻貓。你為什麼就不能認清事實？」

「我**是有**認清事實，但……」棍子一時語塞。他懊惱地吼了一聲，最後只能說：「若是絲絨還在的話，一切就容易多了。」

語畢，他立刻知道自己說錯話了。

「為什麼要責怪我母親！」小紅火冒三丈地說：「我知道錯在哪裡。你希望我寧可不要出生！我顯然是你的一個大累贅。」

她立即轉身飛奔離開，尾巴在她身後飄揚。

「小紅，回來——」

棍子還沒把話說完，突然瞥見小紅飛奔而去的角落閃過一團灰棕色皮毛。**鬥吉的一隻同夥正在埋伏她。**

「小紅！」他大叫。

小紅假裝沒聽見，匆匆繞進角落。另一隻貓也跟著偷偷靠近，但他在陰暗處躲躲藏藏，棍子無法看清楚他的長相。

正當棍子準備跟過去時，一陣恐怖的吵雜聲在他身後爆開來：一連串的吼叫、撞擊聲從巷子的另一端傳來。棍子連忙轉身，皮毛上的每一根毛都立了起來。

一群兩腳獸湧入巷口，手上拿著棍棒，不停在閃亮的銀色網圈和木板上敲敲打打。牠們震耳的吼聲，把一群停在牆邊的麻雀嚇得吱吱飛衝上天。

棍子急奔回巷子內，去找蜷縮在垃圾桶後面、早已嚇得瞪大眼睛的柯拉和矮子。

「快出來！」他狂喊，邊把他們推出來。「快跑！」

離兩腳獸較近的煤炭和白雪拚命想帶培西一起走，但暗灰色公貓搖晃著身軀，很難跟上他們的步伐。他僵住四肢，定住眼睛，一副噩夢成真的模樣。

棍子再也沒有見到小紅或另一隻貓的身影。他內心開始掙扎，不知該留下來幫忙朋友，還是先去追女兒回來。他很快上下瞄了一下巷子，覺得同伴們應該有辦法自行應付，並在必要時互相幫忙。

但小紅形單影隻，後面還有一隻詭異的貓跟蹤她！

於是他轉身，一溜煙轉進角落，試圖找到小紅和另一隻貓的蹤跡。他幾乎一度聞到小紅的氣味，還有那隻他在暗處瞥見的貓咪的氣味也在其中。小紅果然被跟蹤了。乒乒乓乓的敲打撞擊聲不停從他後面傳來，但他實在太擔心小紅了，只能放棄回去查看的念頭。他張開嘴巴，想在混雜的氣味中聞出貓兒的氣味，並豎起耳朵，在兩腳獸喧鬧的攻擊聲中，找出一絲微小的聲音。

他順著這些蛛絲馬跡往巷子下面走，穿越一排後院，來到一處殘破的兩腳獸木造巢穴，裡面的大門已經脫落，牆壁和屋頂滿是裂縫，交纏的刺藤卷鬚爬滿所有牆面，彷彿是要把整個巢穴拖進土裡似的。

棍子的肚子開始翻攪，**那隻貓竟然把小紅引誘到這裡！**

他停下來定神細聽，但沒有聽到任何聲音。他循著氣味，鑽過刺藤縫隙，來到雜物間牆邊的一個裂口。他在黑暗中依稀可以看到兩團黑影靠在一起，體型較大的黑影趴在體型較小的黑影上。

那隻貓已經把她殺了？

棍子狂叫一聲衝進雜物間，將那隻貓從女兒身上用力推開。他和那隻貓扭打成一團，一起滾落在硬梆梆的泥地上。

「你在**做**什麼？」小紅嘶聲說。

棍子在慌亂中爬起來，讓對手翻滾得更遠。那隻強壯的灰棕虎斑公貓，眼裡燃著綠色的烈焰，開始咧嘴咆哮，抽出爪子，蹲低身體，準備撲向棍子。

「哈利，不要！」小紅大喊。

棍子很快轉向女兒。

「我**就知道**你不信任我。」小紅憤怒地瞪著父親說：「你竟然偷偷跟蹤，監視我的一舉一動！」

「我沒有！」棍子低吼，「我以為妳遇上危險了。」

「才不是。」灰棕色公貓哈利走向小紅，緊靠到她身邊，彼此皮毛相貼。「我絕不容許她有什麼閃失。」

棍子說：「我才不信你的鬼話！」雖然公貓已經收起爪子，但棍子還是提高警覺，隨時準備迎戰。「你分明是不安好心。」

「你真的是鼠腦袋嗎？」小紅衝到父親面前，氣急敗壞地抖動頰鬚。「哈利今天到巷子來是來帶我走的，因為他早知道兩腳獸會發動攻擊。」

棍子看著她。假使此刻木頭巢穴在他四周崩落，他也沒心情移動半步。「所以妳**早就知道**

牠們會攻擊？妳都沒想過要警告我們嗎？就這樣狠心丟下我們自己逃走？」

「我有什麼辦法？」小紅理直氣壯地說，一點都沒有悔意。「你們才不可能會相信鬥吉的朋友所提出的警告，我說的對不對？」

棍子無法苟同她的說法。「如果妳連我們的死活都不管了，我就當沒有妳這個女兒。」他憤怒地吼道。

「好啊！」小紅回嗆。

棍子眼裡燃起一團紅色火光。他抽出爪子，高舉一掌，準備朝女兒的臉上刮過去。哈利擋在她前面，猛力甩開棍子的腳掌。棍子搖搖晃晃想穩住腳步，怒火漸漸在他眼前散去，此刻他看到小紅眼裡的恐懼。他渾身僵硬，一時意識到自己差點鑄下大錯。

棍子想跟她說對不起，但偏偏說不出口。他無法直視她的眼睛，更無法和她說上一句話。

「從今以後她是你的。」他對哈利咆哮了一聲，然後憤而離去。

棍子鑽出雜物間牆壁的縫隙，爬出刺藤隧道，穿越一排後院回到巷子。他加快腳步，最後飛馳而過，想要拋開剛剛那些令人震驚與厭惡的畫面。

當棍子來到巷子轉角時，兩腳獸的嘈雜聲已經止息。空氣中瀰漫著一片靜寂，他的耳朵不由得嗡嗡作響。他轉進角落，看到柯拉和矮子迎面走來，他們睜著大大的眼睛，蓬起全身皮毛。

「棍子，你去哪兒了？」柯拉哭嚎，「兩腳獸把培西抓走了！」

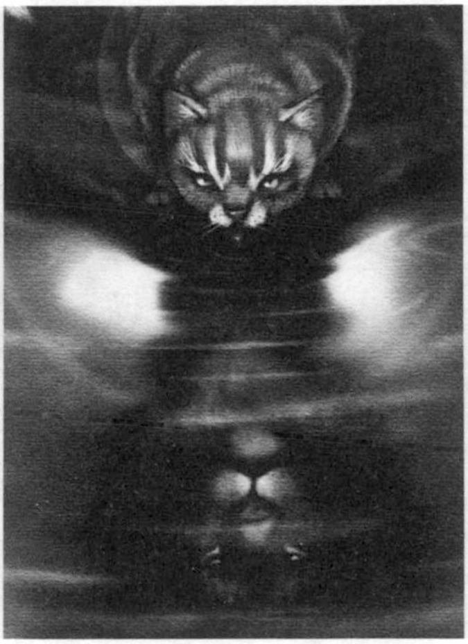

第二十章

「部族有了這麼多新戰士加入，」銳爪喵聲說：「也許我們應該考慮擴大領土範圍。」

太陽漸漸升起，金色的陽光灑進峽谷。但銳爪到族長窩找葉星時，裡面仍舊一片昏暗。他鞠了一躬走進來。

「好主意。」葉星沉思了一下，揮動尾巴請銳爪到她旁邊坐下。

「我建議派出兩支巡邏隊，分別負責一邊的峽谷。」薑黃色公貓繼續說：「他們可以在緊鄰邊界的地方，巡視是否有好的狩獵或青苔區域可以納入我們的版圖。」

「這個方法可行。」她同意，「不過他們也必須勘查裡面是否有潛藏的危險。我可不想把無法防禦的地方也歸進我們的領土。」

銳爪很快向她點了個頭。「我馬上去召集巡邏隊，吩咐棍子和矮子帶隊過去。」

「等等。」葉星叫住準備起身的副族長。

「你上次任命棍子和矮子帶領狩獵隊時，有出現一些爭議。其他的族貓還不習慣由他們帶隊。」

「那麼他們最好趕快習慣。」銳爪不高興地說：「棍子和他的朋友現在已經是天族的全職戰士了。」

葉星嘆了一口氣。「話是這麼說沒錯，但事情並沒有那麼簡單。你無法強迫族貓怎麼想。更何況，你不讓那些已經熟悉領土的貓帶隊，反而把機會讓給新進的貓，這樣妥當嗎？」

「他們已經參與邊界巡邏很多次了。」銳爪彈彈尾巴說道。

「儘管如此，」葉星堅持己見，「但我還是認為每一次都讓新進戰士負責特別職務，刻意忽略在部族長大的貓，不是很妥當的作法。遲早有一天會出問題。」

銳爪不服氣地伸伸爪子，葉星儘量不去想她和副族長之間的緊張氣氛。**我們怎麼了？為什麼銳爪總是想挑戰我的權威？**

「我認為這件事——」銳爪帶著激動的語氣開始說。

他說到一半時，窩室入口突然出現一個影子，接著便看到檀爪探頭進來。「葉星，我可以和妳談談嗎？」

「我們正在忙，」銳爪喵聲說：「妳等一下再來。」

葉星對剛剛的爭論已經很不是滋味了，現在副族長竟還搶著幫她回答，讓她更是火冒三丈。「不用，檀爪，現在進來沒關係。銳爪和我差不多談完了。」她儘量保持冷靜，「棍子和斑足會負責帶隊。」她對銳爪說完後，尾巴一揮請他離開。

「好。」銳爪冷冷地看了族長一眼，憤而走出窩室。

檀爪看著他離開。「很抱歉，我是不是打擾到你們了……」

「不用放在心上。」葉星喵聲說。**我猜檀爪是想跟我抱怨斑掌又去幫回颯的事，真是沒完沒了。**「我會再去跟回颯說清楚——」

「我不是要說這件事。」檀爪回答：「我是想跟妳說，妳最近有沒有注意到鼩鼱齒怪怪的？」

葉星驚訝地眨眨眼睛，她完全沒有注意到那隻黑色的年輕公貓。他除了特別愛緊張之外，總是安安靜靜，不會惹什麼麻煩。也因為這樣，在一堆活潑的族貓裡，很容易就忽略他的存在。

「我很擔心他覺得自己被忽視。」檀爪繼續說：「他從以前就很害羞，但最近幾乎不發一語。上次集會時，他一句話都沒說，也不再主動加入巡邏隊，似乎是覺得沒有貓會想和他一起打獵。」

葉星的頸毛開始不自覺地豎了起來，檀爪似乎是吃飽沒事做。「如果鼩鼱齒有困難，」她喵聲說：「自己應該知道可以隨時來找我談。」

「但如果他**不知道**呢？」檀爪暗示，「妳最近都在忙那些訪客的事。」

一聽到檀爪把新戰士稱為「訪客」，葉星不禁豎起皮毛。檀爪的這一句暗示，讓葉星很不高興。她的言下之意是說葉星為了棍子和他的朋友，而忽略族裡原有的成員。**這是真的嗎？我真的沒有顧慮到鼩鼱齒的感受嗎？**

葉星不得不承認她已經有一段時間沒有跟鼩鼱齒說上話了，她也想不起來有哪一次安排他加入巡邏隊。**他應該有照常執行戰士勤務，要不然銳爪早該告訴我才對啊。**

「任何族貓來找我，我都有時間。」她對檀爪喵了一聲，急著讓她知道一切都在她的掌控中。「我今天會和鼩鼱齒一起去打獵，讓他有私下和我說話的機會。」

檀爪鞠了一躬說：「謝謝妳。」

葉星又豎起皮毛。**我在做族長份內的事，不需要妳來跟我道謝！**她勉強將皮毛再次收平，努力告訴自己不要太過敏感。即使在檀爪離開後，她還是感到心神不寧，於是決定跑去找鼩鼱齒。

黑色公貓獨自蹲在河邊，凝視著水面。當葉星走近時，他嚇得跳起來，腳爪匆匆劃過石頭。「呃……葉星……」他結結巴巴地說。

「嗨，鼩鼱齒。」葉星喵了一聲，儘量把語氣放輕鬆。「我準備去打獵，你想跟我去嗎？」

黑色公貓瞪大眼睛，勉強吐出了幾個字，「好……好啊，當然好。」

「很好，」葉星看他一臉好像被處罰的表情。「也剛好讓我們有機會遠離這裡的吵鬧和喧囂。」

鼩鼱齒一臉害怕地點點頭，露出一副葉星要叫他去跟狐狸搏鬥的模樣。

葉星感覺自己的腳掌突然變大般，笨拙地走在前頭。他們一路穿過岩石堆，沿著小徑往上走到峽谷的另一端。葉星看到這隻年輕公貓臉露驚恐地跟在後頭，好像很怕她的樣子。這讓葉星心中突然泛起一股強烈的罪惡感。

我是他的族長！他應該信任我，而不是一副我要把他的耳朵撕爛的模樣！

來到崖頂時，葉星朝領土邊界的林地挺進。鼩鼱齒走在她後面，矮樹叢裡的的半點騷動都讓他嚇得驚慌失措。一隻烏鶇突然在前方蕨叢飛了出來，他驚跳起來，拱起背，爪子刺進泥土，彷彿如臨大敵。

「只是一隻烏鶇而已。」葉星和顏悅色地喵聲說。

「對不起！我真的很抱歉！」鼩鼱齒露出一臉悽慘的表情，葉星看了恨不得自己剛剛什麼話都沒說。

我只是想安撫他，沒有要責罵他的意思！

「沒關係，」她喃喃說：「我們來打獵吧。」

葉星鑽進蕨叢，嚐嚐空氣，聞到了一隻歌鶇的氣味。她回頭對鼩鼱齒使了個眼色，用耳朵指了指前方的那隻鳥兒，牠正在幾個狐身外的橡樹下埋頭啄小蟲。

鼩鼱齒身子一蹲，立刻擺出狩獵的姿態，開始匍伏前進。葉星滿意地看著他的動作。如果他不這麼緊張兮兮，一定會是個優秀的戰士。

但鼩鼱齒還來不及移動半步，歌鶇就啄起蟲子飛到橡樹的一根矮樹枝上。鼩鼱齒轉向葉星，愁苦地瞪大眼睛，一臉沒抓到獵物準備挨罵的樣子。

「不是你的錯。」葉星低聲說：「反正牠遲早會被我們抓到。你繞過樹，從另一邊爬到歌鶇正上方的樹枝上。」

梣樹上。

鼩鼱齒點點頭，悄聲離開。葉星則很快鑽過蕨叢，往反方向移動，爬到和橡樹枝葉交錯的

歌鶇吞下蟲子，在樹枝上移動腳步。葉星瞥見鼩鼱齒的臉從正上方的枝葉間探出來。葉星小心翼翼地沿著一根枝幹攀爬到鄰近的橡樹，來到歌鶇下方的位置，等到剩下一個尾巴距離時，她倏地站起來，發出震耳欲聾的尖叫聲。

趕快，鼩鼱齒！

黑色戰士早已嚴陣以待。正當歌鶇發出淒厲的叫聲振翅往上飛時，鼩鼱齒立刻大掌一揮，爪子擒住牠的羽毛，雙顎往牠的脖子一咬，接著從樹蔭裡鑽出來，眼裡閃爍著勝利的光芒。

「做得很好！」葉星喵聲說。

她跳到地上，一個心跳的時間後，嘴裡叼著獵物的鼩鼱齒也跟著輕步落到她旁邊。

「真是太棒了！」他把歌鶇放到葉星腳邊，氣喘吁吁地說：「我們可以再來一次嗎？」

現在的他興奮地顫抖著，已看不出害怕。**他完全變成另外一隻貓似的**，葉星心想。「當然好啊，」她回答：「我們先把牠埋起來，然後再去找找看還有什麼獵物可以抓。」

葉星扒了一些土蓋在歌鶇身上後，接著繼續往前走。看到鼩鼱齒在抓到獵物後信心大增，葉星放心了不少。當他們穿過邊界時，她張嘴嚐嚐附近的空氣，但沒有聞到任何獵物的味道。

獵物都跑哪兒去了？她不禁納悶，接著懊惱地彈彈尾巴，繼續往林子深處走去。沿途並沒有聞到獵物的氣味，反而是聞到一股鴉食腐爛的臭味和狗味。她繞過刺藤叢來到一處空地，看到對面立了一排破舊的兩腳獸圍籬，裡面是一間用紅色石塊建成的兩腳獸巢穴，看起來凌亂不

堪。

我認得這個地方！她突然想了起來，嚇得停住腳步。**這是之前兩腳獸囚禁花瓣鼻和她的小貓的地方。**

她聳起背脊的毛，回想起當時火星帶著巡邏隊跑來營救他們的情景：銳爪和斑足故意在院子前假裝大打出手，引誘兩腳獸開門出來，好讓火星、雨毛和她可以趁機溜進巢穴裡，把花瓣鼻和小貓們救出來。

葉星從沒想過會再回到這陰森森、充滿兩腳獸殘酷行徑的地方。「趕快，齙牙齒，」她喵聲說：「我們——」

她話沒講完，回頭看到年輕黑色公貓緊閉眼睛蹲在地上，爪子戳進泥土。「喔，不，不要……」他喃喃自語。

一臉困惑的葉星用尾巴輕觸黑色戰士的肩膀，「齙牙齒，怎麼了？」

年輕公貓抬頭看著她，驚恐的大眼睛像隨時要爆出來一樣。「這是個陷阱……一個陷阱，」他呻吟，「妳把我帶到這裡來……我就知道妳根本不想讓我留在部族！但是我死都不要回去！」他激動地說：「死都不要！」

「齙牙齒，我不知道你在說什麼。」葉星用溫和的語氣說著。她從沒有見過驚嚇成這副德行的貓，甚至連火星帶他們到穀倉和大老鼠對戰都沒這麼可怕。「我當然希望你留在天族，不然我何必封你為戰士？」

齙牙齒眨眨眼，依舊害怕地不停顫抖著身體。「妳說得對……但這個地方……很邪惡……

邪惡……」

葉星猜想鼩鬚齒一定是因為某種原因，而對這間兩腳獸的巢穴產生莫名的恐懼。她覺得現在不管怎麼跟他說這裡沒有危險，他都聽不進去。「沒錯，這是個邪惡的地方，我們不要待在這裡。」她喵聲說：「走，我們去別處打獵。」

她用肘部輕推鼩鬚齒要他站起來，並用尾巴輕拂他的肩膀，一路帶他掉頭繞過蕨叢，穿越林子，最後進到天族的領土。

但鼩鬚齒已經沒有心情抓獵物。他的目光渙散，似乎還在想著那間陰暗的巢穴。他全身不停地發抖，沿途搖搖晃晃地踏過每顆石頭、每根樹枝。葉星意識到她現在唯一能做的就是帶他回營地。

「葉星，發生什麼事了？」回颯從窩裡探出頭來，看到葉星帶著鼩鬚齒來到巫醫的外層洞穴。

年輕的黑色公貓趴在地上，尾巴蓋住鼻子，渾身顫抖個不停。葉星大老遠一路催促著鼩鬚齒回營地，累得在他旁邊坐下來。

「他受傷了嗎？」回颯詢問，走到鼩鬚齒面前嗅聞他。

「沒有，我也不知道他怎麼了。」葉星回答：「我們在外面打獵的時候，經過一間兩腳獸的巢穴——就是花瓣鼻被囚禁起來的那一間——然後鼩鬚齒就變成現在這個樣子，也沒有說是為什麼。」

「鼩鼱齒？」回颯彎身靠到不停顫抖的黑色公貓旁邊，鼻子輕輕磨了一下他的耳朵。「你在這裡很安全，我們可以幫你什麼忙嗎？」

但鼩鼱齒沒有回答，只發出喃喃的呻吟聲。

回颯搖搖頭嘆了一口氣說：「現在也只能給他一些罌粟籽，讓他好好睡個覺。等他醒來的時候，說不定會願意說。」

葉星點點頭，「如果妳覺得這樣做對他最好的話。」

回颯走到貯存草藥的岩石凹槽拿罌粟籽，葉星則跑出巫醫窩。她張望四周，看到薄荷掌嘴裡啣著一隻小老鼠從旁邊經過。

「薄荷掌，請幫我去找花瓣鼻過來一趟，」她喵聲說：「跟她說我有緊急的事找她。」

見習生立刻把獵物往新鮮獵物堆一丟，火速跑開。**說不定花瓣鼻能讓鼩鼱齒說出原因，**葉星邊想邊走回巫醫窩。

她發現回颯已經把鼩鼱齒移到外層洞穴裡專門醫治病患的區域，並且忙著搖晃一顆罌粟球，讓裡面黑色的種子掉到鼩鼱齒的鼻子旁邊。

「把這些舔一舔。」她吩咐。

黑色戰士顫抖著身體，抬起頭照著她的話做，然後嘆了一口氣躺回床上。他的呼吸漸漸平緩，發抖的情況也逐漸消失。葉星心想他應該能好好睡上一覺，這時花瓣鼻也剛好出現在窩室門口。

「薄荷掌說妳有事找我。」灰色母貓喵了一聲，並向一旁的回颯禮貌地點頭。

葉星很快跟她說了他們到那舊兩腳獸巢穴的經過，並描述鼩鼱齒心情如何大受影響。

花瓣鼻的藍色眼睛露出恍然大悟的神情。「妳難道看不出來嗎？」她聽了葉星的描述後，開口說：「兩腳獸一定也把鼩鼱齒關了起來。」

她沒等葉星回應，二話不說走進外層洞穴，在鼩鼱齒旁邊蹲了下來，用尾巴輕輕撫摸他的肩膀。「你也在那間可怕的窩裡，對不對？」她溫柔地喵聲問：「你想跟我們說說嗎？」

「我出生在農場裡，」昏昏沉沉的鼩鼱齒開始娓娓道來。「當我還是小貓時，我母親就死了。之後我就在林子裡流浪。我靠著捕獵小老鼠和鼩鼱，日子還算過得下去，直到有一天那隻卑鄙的老兩腳獸跑來抓我。」

他不由得打了個寒顫。花瓣鼻繼續撫摸他，並喃喃地說：「一切都已經過去了，你現在很安全。」

「牠把我和一窩骯髒的老皮毛關在她的巢穴裡，」鼩鼱齒繼續說，語氣愈來愈微弱，葉星和回颯必須湊得更近才能聽到。「牠什麼都不給我吃……只是偶爾餵我一些鴉食。那個味道我一聞到就想吐。牠的狗總是叫個不停，一直在囚禁我的窩附近嗅來嗅去，我很害怕牠會隨時朝我撲過來。」

「狗兒？」花瓣鼻聽了很震驚，「太可怕了。我在那裡時沒有看到任何狗呀。」

「牠很大隻，很凶狠，有一排大牙齒……」鼩鼱齒忍不住又顫抖了起來。

「牠沒有在這裡，你再也不會看到牠了。」花瓣鼻向他保證。

「要是牠在林子裡閒晃呢？」

葉星不禁開始懷疑這會不會是鼩鼱齒緊張兮兮的原因。**他是不是常常覺得兩腳獸的狗兒會撲向他？**「那隻狗兒不會追到這裡來，」她喵聲說：「要是牠真的來了，我們也有戰士群可以對付牠。」

「你是怎麼逃出來的？」回颯問他。

「我沿著一條通往天上、長長暗暗的隧道，」罌粟籽已經發揮藥效，帶著睡意的鼩鼱齒迷糊糊地說著：「一直往上爬、往上爬，最後跌落到一處刺藤叢。」

「你好勇敢。」花瓣鼻舔舔黑色公貓的耳朵。

「狗兒知道我在那裡，」鼩鼱齒繼續說：「但我在刺藤叢裡，牠無法接近我。等牠走開時，我才跑出來。我帶著一隻扭傷的腳，長途跋涉到懸崖。」

「於是蜂鬚在那裡發現了你，」葉星幫他說完。「很慶幸他發現了你，鼩鼱齒。天族能有你這樣的戰士我感到很驕傲。」

鼩鼱齒搖搖頭，底下的蕨葉窸窣作響。「被兩腳獸囚禁過讓我覺得很丟臉。」他坦承，「這也是為什麼我從不跟任何貓提起我的過去的原因。」

「沒有什麼好丟臉的，」花瓣鼻溫柔地安撫他，「我和孩子也曾被關在那裡過，當時薄荷掌和鼠尾草掌都還是小貓。」

鼩鼱齒眨眨眼睛，目光勉強鎖住淡灰色母貓，「妳也被關過？」

「我也不喜歡提起那段過去。」花瓣鼻繼續說：「當時我是被救出來的。而你卻能靠自己的力量逃出來，你應該感到很驕傲，而不是丟臉。」

鼩鼱齒長嘆了一口氣回應，似乎感到如釋重負。

「他睡著了，」回颯聞聞他，低聲說：「妳們就讓他好好休息一下吧。」

葉星步出巫醫窩，花瓣鼻緊隨在後。葉星感到一肚子的憤怒，但卻又無能為力。「兩腳獸！」她怒沖沖地說，爪子刮過地面。「牠們總是為所欲為！」

「牠**竟敢**那樣對鼩鼱齒！」和她一樣氣憤的花瓣鼻，磨起爪子，甩動尾巴。「我不希望我的悲慘遭遇再發生在更多貓咪身上。葉星，我們必須好好教訓那隻兩腳獸。」

葉星看著她說：「我們只是區區的貓族，又有什麼辦法對抗兩腳獸呢？」

「辦法多的是。」葉星後面傳來一聲憤恨的喵聲，她轉頭看見銳爪迎面走來，綠色的眼睛閃著憤怒的光。他顯然是聽到她們部分的對話，「那隻兩腳獸是天族的敵人，」他信誓旦旦地說，邊在空中揮動前掌，增加講話的氣勢。「我們一定要以牙還牙！」

葉星並不清楚銳爪打算怎麼做，於是把鼩鼱齒的話一五一十地說給他聽。

「所以現在那裡有一隻狗，」銳爪想了一會兒，接著說：「這讓整件事變得更棘手，我們必須**有所行動**……」他陷入沉思。

「等一下，」葉星喵聲說：「我並沒有說我們要有所行動。」

「妳不能再坐視不管了。」花瓣鼻的藍色眼睛燃著熊熊怒火，葉星從沒見過她這麼生氣。

「那隻兩腳獸還要折磨多少貓咪才甘願？」

「我認為我們必須召集部族會議。」銳爪建議：「聽聽其他貓咪的看法。」

葉星考慮了副族長的建議好一會兒，心裡不是很高興。她感覺自己像把一隻腳放進湍急的河水一樣，連同她的族貓們都會被沖走。但銳爪和花瓣鼻說的話又不無道理：那隻殘忍的兩腳獸居住地和他們的邊界靠得這麼近，部族隨時隨地都受到威脅。

「好。」她做好決定，接著走到岩石堆上。

葉星和鼩鼱齒從林子回來時，雲層已經聚成一團。她站在光滑的灰色大圓石上，一陣冷風揪著她的皮毛。她打了個哆嗦後，大聲喊道：「所有能夠自行狩獵的成年貓都到岩石堆下面集合，準備進行部族集會！」

櫻桃尾、石影和蜂鬚從戰士窩出來走下小徑；苔毛和纏亂坐在長老窩的門口；苜蓿尾則是在新產室的外面岩架聆聽；鼠尾草掌加入在巫醫窩附近的薄荷掌；回颯則是坐在門口，就近照顧在睡夢中的鼩鼱齒。

鹿蕨領著孩子們，從育兒室一路沿著小徑而下，費了好大一番功夫才讓那些興奮又蹦蹦跳跳的小貓們安靜坐下來；比利暴、檀爪和斑掌從訓練場的方向走過來，然後並肩坐下來，清理皮毛上的沙子。

葉星環顧四周。新進的戰士們還沒有抵達集會地點，現場也不見哈維月和馬蓋先的蹤影。**他們應該還在執行巡邏勤務**。正當她準備開始說話時，忽然瞥見斑足帶著柯拉、矮子和雀皮走上峽谷。他們一臉驚訝地看到部族會議正在進行，於是急著跑過來聽。

葉星開始說明今天所發生的事，並且把花瓣鼻之前被囚禁的事也敘述一遍，讓後來才加入部族的成員能更瞭解。在說到一半時，棍子的巡邏隊也回來了，後面跟著煤炭、彈火和微雲等隊員。族貓們很快把集會的前半段內容告訴他們，讓他們進入狀況。

葉星一講完齙鬍齒和花瓣鼻的遭遇，便看到戰士們個個皮毛蓬起，爪子怒張，不停甩動尾巴，這讓她不免開始擔憂。

銳爪很容易就能說服他們進行反攻，但我不確定這是否是個聰明之舉，畢竟和以前對抗大老鼠的情況有所不同。

「妳為什麼要告訴我們這些？」櫻桃尾喊道：「我們該怎麼做？」

「用爪子把兩腳獸的耳朵抓下來！」雀皮從貓群中大喊。

「沒錯，還有牠那隻狗！」微雲補上一句。

族貓們紛紛發出窸窸窣窣的贊同聲，但葉星注意到那些新戰士並沒有加入。他們默默地緊偎在一起，用一種不安的眼神互望彼此。

坐在岩石堆底下的銳爪站起身，高舉起尾巴要大家安靜。「沒錯，我們必須採取行動，」他開始說：「但——」

他話沒說完，只見哈維月和馬蓋先快速穿越峽谷邊緣，沿著小徑飛馳而下，在貓群旁連忙剎住腳步。

「對不起！」哈維月喘著氣說：「我們遲到了，都怪馬蓋先的兩腳獸不讓他出來。」

「現在是怎麼一回事？」馬蓋先邊喘邊問。

銳爪繼續發表意見，微雲則是跳到他們面前，興奮地附在他們耳邊把事情的經過再重複一遍。

「那隻兩腳獸是虐貓的危險分子。牠也可能會對我們造成威脅，特別是如果我們決定擴大峽谷另一邊的領土。我們必須想辦法解決才行。」

「我知道！」雀皮跳起來，「我們可以挖個大坑，然後把那隻兩腳獸引誘出來，讓牠跌進去。」

「好主意！」他的手足櫻桃尾附和：「我們可以拿東西丟牠。」

銳爪轉動眼珠說：「最好是啦，等坑挖好都已經是禿葉季了吧。」

族貓紛紛發出竊笑聲。銳爪再次坐下來，轉過頭在背上舔了幾下，盡可能表現出一副不在乎的樣子。

「我想到一個比較好的辦法，」哈維月輕輕跳起來，大聲說：「我去和那隻兩腳獸做朋友，我可以一直發出呼嚕聲，讓牠喜歡上我，然後牠就會把我帶進牠的巢穴裡去——」

「然後就換我們要去救你了，鼠腦袋！」微雲打斷他的話。

「不，聽我說！」哈維月把尾巴蓋在自己寬大的白色背上。「然後我會讓你們有機會溜進來，我們再合力把那隻兩腳獸關在牠自己的巢穴裡！」

族貓們全靜下來考慮這個方法。「我們把兩腳獸關起來之後，接下來要怎麼做？」葉星問：「還有要怎麼對付那隻狗？」

哈維月把頭歪到一邊，露出一臉茫然的表情。

「還有什麼好辦法嗎？」銳爪沒好氣地喵聲問。

哈維月還來不及吐出半句話，就聽到回颯的窩裡傳來很大的哀叫聲。巫醫立刻跑進去，一個心跳的時間後，就看到她和齙牘齒一起現身。她緊隨在齙牘齒的旁邊，一起走過來參加集會。

「他做噩夢了，」她喵了一聲，簡短地解釋：「讓他跟大家在一起，他會比較安心。」

「對不起。」齙牘齒低著頭喃喃地說。

「沒什麼好對不起的，」葉星告訴他：「我們很歡迎你的參與，或許你會有什麼可行的建議也說不定。」

「我們有個辦法，」彈火和石影剛剛一直在交頭接耳，彈火終於站起身說：「我們是天族貓，對吧？所以我們應該擅用天族的本領，去對付那隻兩腳獸。」

石影走到手足旁邊，「其中一批貓可以爬上兩腳獸巢穴附近的樹，然後另一批待在樹底下把牠引出來。」

「接下來，我們就一舉朝牠飛撲而下！」彈火做結語：「就像我們抓獵物一樣。我們何必把兩腳獸看成是與眾不同的敵人？」

「因為牠**就是**與眾不同的敵人啊！」煤炭跳起來。「你們的腦子是全裝了跳蚤嗎？你們根本不懂自己將會陷入什麼樣的險境。」

黑色公貓開口說話時，幾隻貓頓時愣住。葉星掃視那群新族貓，他們很顯然不願意加入突襲兩腳獸的行動。

他們會知道我們所不知道的兩腳獸嗎？

「繼續說，煤炭。」葉星鼓勵他。

結果反而是柯拉開口，「你們為什麼要追捕兩腳獸？」她質問：「這不是貓族該做的事。你們能遠離牠們，在這峽谷住下來已經要謝天謝地了。如果去挑戰兩腳獸，後果將不堪設想。牠們比狗或狐狸還要凶猛多了，這是一場不可能打贏的仗，也不值得去打。」她話一說完，尾巴一掃，再次坐下。

族貓間抗議聲四起。

「妳怎麼知道我們打不贏？」蜂鬚大吼。

「就是說嘛，」比利暴附和：「我們很強壯，打場仗算的了什麼。」

「我看你們是怕了吧！」檀爪瞪著新族貓們喵聲說。

「我敢說一定不是這樣。」葉星豎起尾巴，平息抗議聲浪。「沒有貓會怕兩腳獸。我們只是必須想個方法，制止牠做出傷害貓咪的行為。」

她說完話後，全場一片鴉雀無聲。過了一會兒，棍子終於打破沉默，他站起來，一臉正經地掃視族貓們，讓他們的目光全集中在他身上。

「恐懼是最好的武器，」他冷靜地說：「恐懼會讓人空虛麻痺、無法思考。」他對著在貓群後面顫抖個不停的鼩鼱齒點點頭，「我們傷不了兩腳獸，」棍子繼續說道：「但我們可以使牠害怕。」

葉星望著一身破爛皮毛的棕色公貓，不免好奇那是不是他自己的親身經歷，但她知道現在不是問他的好時機。**更何況他也不會老實跟我說**。

「棍子說得一點都沒錯。」銳爪喵聲說：「我們對兩腳獸要以其人之道還治其人之身，讓牠怕貓就像鼬鼱齒怕牠一樣。」

「所以我們不能直接攻擊兩腳獸囉？」葉星做確認。

銳爪表情堅定，「喔，這是一種攻擊呀——我們會讓牠心裡最大的恐懼成真——那些牠曾經虐待過的貓，現在統統回來復仇。不過我們會小心保持距離，讓牠沒有機會碰我們一根汗毛，這樣我們也比較安全。棍子說得對，貓族不能跟兩腳獸鬥，永遠不能。」他瞥了鼬鼱齒一眼，他似乎瑟縮得更厲害了。「不過還是可以有辦法，在不留下傷疤的情況下，對牠們造成傷害。」

葉星瞇起眼睛。真的有辦法不傷一兵一卒，就能讓兩腳獸嚇到自動遠離貓族嗎？「告訴我們你的計策。」她請銳爪說。

她躍下岩石堆，加入在平坦沙地的副族長。此時吹起一陣風，雲朵在空中疾馳而過。族貓們也圍過來，擠在一堆大圓石底下避風。

銳爪伸出一根爪子，在面前的沙土上畫了起來。「這裡是空地，這是兩腳獸的巢穴。」他邊畫圖邊說：「我們從這裡開始行動……」

第二十一章

一隻腳在葉星身上戳了戳，把她給叫醒。

「葉星！葉星，起床！」

是銳爪的聲音。葉星張開眼睛，朝站在面前的銳爪眨眨眼。他正抬起一隻腳準備再戳一下。

「什麼事？」她從窩裡爬起來，喃喃地說：「我們被攻擊了嗎？」

「沒有，但是我們現在就得出發。」銳爪嘶聲說。看到葉星不解地望著他，他又補充說：「去兩腳獸的巢穴，讓牠嚇到永生難忘。」

「不是吧，」葉星搖搖頭，「我們不是已經說好明天晚上嗎？一旦天氣轉好的話就去。」

「但是雲層已經散了，妳看！」銳爪轉身走到窩室入口，站在外面的小徑上。他的輪廓映著一輪幾近完美的圓月。他揮揮尾巴，指了指滿天的閃亮銀毛星群。「就是今晚，機不可失。」

「可是晨間戰士都已經回家了啊，」葉星

不同意，「他們答應明天晚上會留下來幫忙。上次他們沒參加到鼠戰已經很生氣了，我們這一次絕不能又放他們鴿子。」

銳爪不耐煩地抽動尾巴，「那是他們的問題。今晚是攻擊的大好時機，我們需要有充足的光線才能行動。」

葉星抽抽鼻子，「說得也是。」她不得不承認。

她抖掉身上的青苔，沿著小徑往峽谷下方走，但擺脫不掉內心蠢動的罪惡感。她可以想像晨間戰士在聽到沒有讓他們參加攻擊行動時，臉上所出現的震驚和失望的表情。**我要怎麼跟他們解釋？比利暴會不會認為我在騙他呢？**

銳爪倏地穿過崖壁，跑去窩裡叫醒戰士們，然後帶隊來到河邊。葉星在岩石堆底下和他們會合。月光下的懸崖暗影斑駁，河面閃著粼粼銀光，佇立在淡白光輝下的每顆岩石、每株樹木都鮮明可見。**銳爪說得沒錯，這是個攻擊的好時機。**但她內心深處卻還是覺得不妥。

鼠尾草掌和薄荷掌雖然沒有被叫到，但還是衝出睡窩，往下飛奔加入戰士群。

「你們現在就要出發了嗎？」薄荷掌喘著氣，眼睛閃爍著光芒。「我也要去！」

「我也是。」鼠尾草掌補充：「那隻兩腳獸把我媽害得那麼慘，我非給牠一點教訓不可。」

「薄荷掌，妳可以跟。」葉星回應：「但你的話，我就不確定了，鼠尾草掌。路途遙遠，你的腳撐得住嗎？」

「我的腳已經好了！」見習生很堅持。

巫醫剛好迎面走來，有聽到他們的對話。「回颯，妳覺得呢？」葉星問她。

回颯抽動耳朵。「我很清楚這對鼠尾草掌意義非凡……」她猶豫地說：「是可以讓他去，」她最後喵聲說：「但妳得多注意他一下，葉星。如果他走路開始一拐一拐的，一定要讓他撤出攻擊行動。」

葉星點點頭。「我會的。鼠尾草掌，」她嚴肅地說：「如果我叫你撤退，你一定要照做喔，絕不能有第二句，知道嗎？」

「我也會好好留意他。」花瓣鼻保證。她鑽過群貓，來到孩子們的旁邊。

「妳確定要去嗎？」葉星喵聲問。這隻母貓在經歷長時間的囚禁後，竟然願意回去那個巢穴，這讓葉星感到有點驚訝。

「你們需要我。」花瓣鼻鎮定地說：「我比任何貓都要熟悉那隻兩腳獸還有牠的巢穴。」

「說得也是。」葉星贊同地點點頭。

「我也去。」一聲顫抖的喵聲傳了過來。

葉星趕緊回頭一看，原來是齙牙齒。他在暗夜中成了一團黑影，從回颯背後悄悄走過來，雖然還顫抖著身子，但眼神中卻有一股堅定。

「謝謝你，齙牙齒，但是你不必勉強。」葉星回應。**偉大的星族！要是他突然像今天早上一樣大失控，那該怎麼辦？**

「但我想去，我不想再當膽小鬼了。」

「沒有任何貓會叫你膽小鬼，」葉星要他放心，「我們不需要每一隻貓都去。斑足會負責留守營地，但他還是需要有幫手，以防有大老鼠跑來攻擊苜蓿尾、鹿蕨和小貓們。」

「葉星說得對，」銳爪補充，他對年輕黑色公貓的同情心超乎葉星的想像。「保衛營地是第一重要的工作。我們相信你的能力，鼩鼱齒。」

年輕戰士眨眨眼，稍稍挺直身子說：「好，銳爪。我一定不會讓你失望。」

「我知道。」銳爪告訴他。

葉星給了副族長一個感激的眼神，然後把族貓集合起來，帶隊越過岩石堆，往上朝峽谷遠處的崖頂走去。她注意到加入巡邏隊的四名新戰士雖然已不再反對，但還是縮成一團走在後面。他們豎起皮毛，不停緊張地四下張望。

他們到底藏了什麼祕密？

風已經停了，夜晚變得溫暖且寂靜，只聽見族貓們輕盈的腳步聲和梳理整齊的毛髮刷過蕨叢和草叢的沙沙聲。**今晚用來打獵應該很不錯**，葉星心想，對接下來要做的事顯得意興闌珊。

在天族戰士們悄聲橫越邊界之際，葉星發現花瓣鼻開始顫抖。葉星鑽過蕨叢來到她旁邊，用鼻子短暫地磨磨灰色貓咪的耳朵。「如果妳真的承受不住，可以回去沒關係。」她輕聲說。

花瓣鼻搖搖頭。「我可以的，葉星。」她信誓旦旦地說。

隊伍就這樣一步步朝兩腳獸巢穴邁進，葉星則和花瓣鼻並肩走著，好幫她壯膽。**雷族也曾和兩腳獸對戰過嗎？**她不禁納悶，想知道星光祖靈是否在天上看著他們。**我之前應該問問回颯是否有從星族那裡接到關於此次攻擊行動的預兆**，她憂心忡忡地想著。但回颯若真有發現預兆的話，應該會告訴她。星族之所以沉默，或許是因為祂們很高興天族有能力自己做決定。葉星沮喪地彈彈尾巴。為什麼她一直有種把部族帶進黑暗的感覺?滿天的星星似乎還沒有亮到可以看到未來的路。

銳爪發出一小聲嘶聲,巡邏隊來到空地邊,在兩腳獸巢穴對面的林子停下腳步。巢穴裡面黑漆漆,又一點聲響也沒有,讓葉星一度以為這只是一個廢棄的空巢。**要是這樣的話,一切就容易多了。**

「好,就是這裡。」銳爪悄悄地說:「你們都**知道**該怎麼做,對吧?蜂鬚、矮子、櫻桃尾,趕快去找一些枯枝和刺藤,把它們拖到巢穴門口。千萬不要驚醒狗兒和兩腳獸。」

已經事先演練過的三名戰士,抽動耳朵表示收到命令,一溜煙沒入暗影中。

「柯拉、彈火、石影,」銳爪揮動尾巴,召集下一組貓咪,「你們的腳程最快,所以就由你們負責支開狗兒。現在立刻就定位。」

「務必看清楚逃生動線,」葉星趁三隻貓移動腳步前補充道:「必要時可以爬到樹上。我不希望今晚有任何族貓受傷。」

「這個我們**知道**。」彈火喃喃說著,並將組員帶離。

「我們會小心的,葉星。」柯拉喵聲說,她露出感同身受的眼神,彷彿是瞭解族長的擔憂。

「其餘的成員就散到空地四處,」銳爪繼續說:「待在原地抽動夾鬚,等葉星下指令才能有所行動。」

葉星鑽進兩腳獸院子邊緣的灌木叢。從巢穴飄來的惡臭味,讓她忍不住抖動鼻子。狗的氣味和兩腳獸的垃圾臭味淹蓋了草叢和草藥在夜間所散發出的芬芳。由於接近滿月時分，在一片銀色光輝的籠罩下，利爪弩張的影子紛紛投射在巢穴的牆上。

一連串的沙沙聲在此刻響起。櫻桃尾、蜂鬚和矮子拖著樹枝和刺藤，悄聲穿過空地。葉星的腳掌不由得緊縮，她看著他們在樹林邊來回走了好幾趟，終於在巢穴門口堆了一個密密麻麻的小山，然後又悄悄隱入灌木叢。此刻除了樹葉的婆娑聲和遠方狐狸的嚎叫外，又是一陣寂靜。葉星的戰士們已全就定位。她的肚子像吃了鴉食般突然一陣抽搐。

就是現在了。

「攻擊！」她大喊一聲，繃緊下半身，奮身往前一躍。散落在她四周的天族戰士們隨即衝出灌木叢，朝兩腳獸巢穴齊奔。他們的咆哮聲劃過靜謐的夜晚，鳥兒發出驚慌的尖叫聲，嚇得竄出樹叢。銳爪一馬當先抵達巢穴，跳到牆壁裂口上的狹小支架，腳掌猛力撞擊隔在中間的透明物體。在他後面一個箭步遠的葉星，縱身躍上大門另一邊的裂口，猛力一撞，破舊木框裡的透明物體也跟著震動了起來。

雀皮跳到她旁邊，微雲和花瓣鼻大步橫越刺藤屏障，伸出爪子，在門上留下一道道長長的抓痕，嘰嘰的刮門聲不絕於耳。葉星看到花瓣鼻眼睛射出戰鬥的光芒，這隻灰色母貓收起緊張情緒，準備奮戰。其餘的族貓團團包圍巢穴，爪子刺進泥土，不停甩動尾巴，一起放聲高嚎。葉星又開始擔心起來，全場貓咪似乎一心一意只等著敵人現身的那一刻，準備用爪子和利牙好好對付牠。他們有辦法克制衝動，避免太過接近兩腳獸和牠的狗嗎？

她和銳爪互望一眼，副族長很快地對她點點頭，接著跳到地上加入戰士群。「要記住我們只是要嚇嚇兩腳獸而已，」他高喊：「我不希望有任何貓受傷。」

牆上高處一個裂口突然亮了起來，一道四四方方的黃色光柱往草地投射，打在薄荷掌和鼠尾草掌的身上。這兩名見習生瞬間嚇得肚皮貼地僵在那裡。

「撤退！」銳爪大叫，揮動尾巴催促族貓撤離巢穴。

葉星重複他的指令，「後退！躲起來！」她命令道。

群貓瞬間往巢穴兩邊散開，尋找蔽身之處，門前的空地一下子全部淨空。葉星蹲在蕨叢裡，躲在她旁邊的矮子渾身發抖，大大的眼睛直瞪著兩腳獸巢穴牆上的光。葉星聽到巢穴裡不時傳來碰撞的聲響和兩腳獸的吼聲。大門瞬間被甩了開來，狗兒吐著舌頭站在台階上。葉星忍不住打了個寒噤。狗兒的腿很長，骨頭線條分明，皮毛光滑，肌肉結實發達，一對左顧右盼的小眼睛映射出月光。

窩在兩腳獸巢穴附近的貓兒們一片靜默，只聽見院子遠處傳來一個詭異的嚎叫聲。葉星豎起根根皮毛，**連我都開始害怕，我知道這是誰的聲音！**她把頭探出蕨叢，在院子的角落瞥見彈火、柯拉和石影模糊的黑暗身影。露出閃亮白色尖牙的彈火，連忙啪地閉起嘴巴，停止嚎叫。

「來啊，跳蚤毛皮！」石影對狗兒挑釁，「有本事就來抓我們呀！」

還待在裡面沒有現身的兩腳獸，發出一聲像是命令的吼聲。狗兒即刻躍過刺藤屏障，衝出院子，準備撲向三名戰士。

快跑！現在！葉星默默祈禱。

她變得惶恐，那三隻貓竟然還留在那裡嘶叫挑釁，直到狗兒幾乎要撲上去時，他們才急忙轉身，穿過破舊的圍籬，往森林裡奔跑，讓狗兒緊追在後。

星族，請庇祐他們！葉星祈禱著。他們沿路引誘狗兒進到刺藤叢深處，葉星已不見他們的蹤跡。

狗兒被支開後，其餘的天族戰士又開始群起怒嚎。門口沉沉的腳步聲引起葉星的注意。那隻虐待花瓣鼻和她孩子的老兩腳獸緩緩現身，葉星帶著冷冷的怒火，瞇眼瞪著牠。兩腳獸收攏披在身上的破毛皮，發出暴躁的吼聲，往前踏進刺藤屏障時，被樹枝堆絆住後腿，不小心跌了個狗吃屎。牠尖叫了一聲，前掌愈是掙扎著想站立，後腿愈是被緊緊困在刺藤叢中。

最後牠吃力地站起身，前掌還抓起一根樹枝。牠散發出害怕的氣味，憤怒地環顧空地四周，葉星開始緊張。這時雀皮突然從灌木叢底下悄悄冒出來，兩腳獸搖搖晃晃地走向前，不停揮舞樹枝攻擊他，雀皮輕而易舉地閃到一邊。接著愈來愈多貓咪從躲藏的地方跑出來，貼平耳朵，噘起嘴巴，露出利齒衝過草地。

不要太靠近！小心！

花瓣鼻、薄荷掌和鼠尾草掌拱起背，站在兩腳獸的正前方對牠嘶吼。葉星覺得兩腳獸應該認不出他們就是兩個季節前從牠巢穴逃脫出來、餓得半死的母貓和兩隻飽受驚嚇的小貓。花瓣鼻憤怒到咬牙切齒，在她旁邊的兩名見習生露出一副準備撕爛整群狐狸喉嚨的模樣。蜂鬚站在他們身旁，伸出爪子劃破草皮，不停咧嘴咆哮；棍子和煤炭則是緊緊靠在一起，葉星從他們眼裡看出了遲疑，她猜想他們隨時都有可能轉身逃回林子保命；櫻桃尾和微雲並肩挺進，對揮動樹枝攻擊的兩腳獸發出憎恨的嘶聲。

花瓣鼻從喉嚨發出一聲低沉的咆哮，往前走一步。兩腳獸把樹枝高高舉在空中，停下來看著她。花瓣鼻眼睛眨都不眨一下，往前又跨了一步。這次她緩緩壓低兩隻前掌，讓兩腳獸清楚看到她的長爪。兩腳獸發出一個很像咳嗽的詭異聲音，接著讓樹枝落到地上。

葉星開始尋找銳爪，不久便在巢穴的陰暗處發現他的身影。葉星捲起尾巴發出指令。**我們現在必須停止，否則可能會有貓咪因此受傷。**

銳爪昂首走進空地，葉星跟著他來到圍成不規則半圓的貓群中央。他們全都安靜下來，目光緊盯著兩腳獸，試圖激牠再拿起樹枝。

「離我們遠一點！」葉星大吼。她知道兩腳獸聽不懂，但起碼族貓們聽得懂，而且她也希望這一聲怒吼能達到警告兩腳獸的效果。「你要是再敢動任何一隻貓的汗毛，我們下次就不只是亮爪子給你看而已。」

老兩腳獸發出刺耳的嗚咽聲，後腿開始顫抖。牠抽動其中一隻後掌，把樹枝猛力往刺藤堆一踢，身上散發出的恐懼氣味和狐狸的惡臭不相上下。葉星一時間竟同情起牠，但她看看花瓣鼻和她的孩子們，想起火星帶隊把他們從兩腳獸的監牢救出來的情景，當時他們病懨懨、虛弱到只剩半條命。她又想到鼩鼱齒回到兩腳獸空地時飽受驚嚇的表情。

這隻老兩腳獸嚇得半死是罪有應得，誰叫牠要折磨這些貓。

葉星揮動尾巴，告訴族貓們攻擊行動已經結束。他們集體轉身奔進樹林。葉星轉頭瞥了一眼踉蹌走回巢穴的兩腳獸，門砰的一聲關了起來，甩門的聲響在夜晚迴盪著。

葉星一路領著族貓穿越森林，內心滿是驕傲。正當他們越過邊界時，她聽到正前方傳來喘氣吠叫的聲音，不久就看到狗兒從小榛樹叢間竄出來，她嚇得僵在那裡。銳爪擠到她旁邊，並抽出爪子。

但狗兒不理會任何一隻貓，也沒有停下來聞他們，立刻夾著尾巴逃回兩腳獸巢穴。在黑暗中，血從牠的鼻子滲出來，滴濺了一地。

太棒了！葉星在心裡想著，再次邁開步伐，行走在樹影斑駁的月光下。

天族贏了！

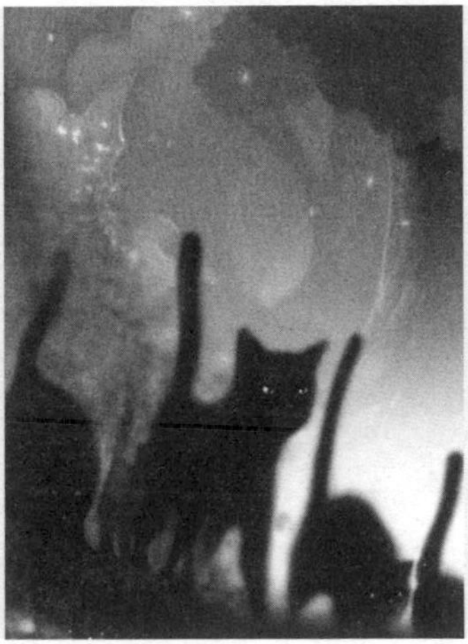

第二十二章

葉星和族貓們趕到崖頂附近，和柯拉、彈火和石影會合，接著整支巡邏隊便跟著她浩浩蕩蕩越過岩石堆湧入營地。

「你們回來了！」斑足從岩石堆附近的暗處走出來，皮毛上的白色斑塊在昏暗的光線下顯得蒼白。「怎麼樣？」

「有貓受傷嗎？」回颯從巫醫窩快跑過來喊道。

銳爪站出來回答：「我們都沒事，而且還把那隻吃鴉食的兩腳獸嚇得半死，讓牠一輩子想忘都忘不了。」

「太好了！」斑足大喊，眼睛閃爍著光芒。「你們都是英雄！」

「那隻狗呢？」鼩鼱齒喵了一聲，從斑足背後探出頭來。

「狗兒不敢再來煩我們了。」葉星告訴他，「我們也教訓了牠一番。」

「我有用爪子抓牠的鼻子。」彈火大聲

說，湊到鼩鼱齒旁邊，親切地頂了他一下。「真希望你能親眼目睹那一幕。」

鼩鼱齒眨眨眼說：「對啊，我超想看的。」

這時，和鹿蕨與小貓們一道走來的苜蓿尾忍不住責備：「你不應該靠那麼近去抓傷牠！」她嘴裡雖這麼說，但還是難掩驕傲地看著兒子，用尾巴拍拍他的肩膀，表示讚許。

「真不敢相信我們辦到了！」櫻桃尾邊喘邊說：「我們竟然可以打敗兩腳獸！」

「如果我們連這個都做得到，就沒有什麼可以難得倒我們的了！」雀皮發出呼嚕聲。

群貓圍在獵物堆旁挑食物吃，留在營地的貓兒們則是簇擁著他們問問題。雖然已經是半夜，但鹿蕨的小貓還是在一旁開心地蹦蹦跳跳，在所有貓的腳邊鑽來鑽去，模擬對戰的情況。正在等著選獵物的葉星，發現四名新進戰士在幾個尾巴外的地方縮成一團，不停交頭接耳。她的腳掌竄起一股不安。**為什麼他們不和我們一起慶祝？這可是全體族貓的勝利。**

葉星挑了一隻肥美的田鼠，試圖拋開內心的焦慮。看到族貓全坐下來，聽著銳爪講述攻擊的整個過程，她帶著新鮮獵物走上小徑，躍過崖縫來到懸天岩。

月亮已經開始下沉，但銀毛星群仍舊在靛藍色天空上大綻光明。一陣瀰漫著新葉季氣息的微風吹過岩石表面。底下的河流像一條銀蛇，蜿蜒穿梭於岩石間。葉星隱隱約約可以看到群貓聚在岩石堆底下的暗影，不知祖靈是否也在俯瞰著他們。希望是。她的戰士讓她感到很驕傲。他們能在不讓自己陷入危險的前提下，執行嚇阻兩腳獸的計畫，還有那一心為鼩鼱齒和花瓣鼻復仇所展現出的勇氣。這是葉星第一次毫無疑問地認為天族正在邁向正確的道路。但攻擊行動已結束，兩腳獸也受到驚嚇，但願牠以後不會再出現虐貓的舉動，葉星不自覺地再次凝望暗處。

她走到岩石最邊緣，把吃了一半的田鼠放在上面。「獻給在天上行走的貓族。」她低語喃喃。**或許我該常常這麼做，**她心想，**也許祖靈不會下來和我們一起享用新鮮獵物，但起碼可以讓祂們知道我們並沒有忘記祂們。我們仍然延續著祂們的狩獵技能生存下去。**

彷彿是聽到她的召喚似的，此時一股貓味和輕盈的腳步聲從她背後傳來。她轉過頭看到守天從空中漫步朝她走來。祂的皮毛映著銀色的光輝，一對眼睛也閃著星光。

「歡迎。」葉星鞠了一躬，並喃喃地說。

守天經過她身邊，聞了聞她擺在岩石上的獵物。「真是一隻肥美的獵物。」祂誇讚著，但沒有吃。

「守天，」葉星支支吾吾地說：「祢……和其他星族戰士有看到我們攻擊兩腳獸的情形嗎？」

守天點點頭沒有回答，祂沒有說出星族的看法，讓葉星感到有點失望。「我們策劃了一切所需的行動，然後把它完成。」她喵了一聲，覺得有必要向這隻星光閃閃的戰士解釋一番。「每隻貓都很勇敢！兩腳獸活該被嚇。祢知道牠對花瓣鼻和她的孩子、還有鼩鼱齒所做的事吧。」

「你們是贏了這場仗，」守天咕噥道：「兩腳獸也的確飽受驚嚇沒錯。」

葉星沮喪地彈彈尾巴。「我們做對了嗎？」她忍不住問。

守天深邃的綠眼睛默默地看著她。

「時間會證明一切。」祂終於開口說：「一般來說，兩腳獸並非部族的敵人。牠們不會竊奪獵物，不會像別的貓一樣威脅邊界，也不會像狐狸或獾殺害小貓。」

「這麼說，我們該不會已經違反了戰士守則吧？」葉星驚慌地低聲問：「我不應該帶隊到兩腳獸巢穴打仗是嗎？」

守天搖搖頭，星光在四周灑落。葉星看了鬆了一口氣。「妳是天族族長，」祂說：「妳對自己所做的事要有信心。如果兩腳獸已經威脅到部族，妳當然有權發動攻擊。」

牠的確是個威脅，不過……「我只是想知道其他部族怎麼做。」她坦白地說。

「但是你們不是其他部族。」守天皮毛上的銀色光輝突然熊熊燃起，隨後開始漸漸消退。「你們必須找到自己的路。」

祂的輪廓愈來愈模糊，慢慢變成一閃小星塵映在岩石上，最後消失不見。

葉星依舊凝視著祂剛剛站的地方，焦慮不安的感覺並沒有就此消失。在沒有明確的選項下，她如何為天族找到正確的路？**但願今晚我做的決定是對的。真希望我能確定……**

⚡⚡⚡

葉星回到峽谷時，族貓還在岩石堆底下吃吃喝喝慶祝與互相分享舌頭。看到四名新戰士已經混在其他族貓當中分享獵物，葉星著實鬆了一口氣。

銳爪走到小徑底找她。「我們今晚做得很好，」他滿意地抽動頰鬚說：「部族變得強大又團結。」

「是啊。」葉星低聲說。

「這次對兩腳獸的攻擊行動，把大家都團結起來了，」副族長繼續說：「妳看，我們根本不需要寵物貓戰士。」

葉星震驚地張嘴看著他，**他真的那麼痛恨晨間戰士嗎？**她和銳爪在攻擊行動中默契十足，相互補強彼此領導的才能，齊心協力讓族貓集中注意力，確保他們的安全。但先前的嫌隙又再度浮現。一時不知如何回答的葉星，選擇轉身忿忿地走回族長窩。

翌日清晨，葉星被外面興高采烈的吆喝聲吵醒。她打著呵欠從床上爬起來，忍不住皺了一下眉頭。攻擊行動加上在森林一路跋涉，讓她全身肌肉僵硬。怎麼感覺沒睡幾個心跳的時間天就亮了。她走到睡窩門口，看見太陽在峽谷上方高高升起，溫暖的陽光斜斜灑在岩石上，河面也被照得閃閃發光。

五隻貓兒急急忙忙越過岩石邊緣，一邊大聲打招呼，一邊衝下小徑。比利暴一看到葉星，立刻停下腳步搖搖尾巴。「我們到了！我們已經做好了突擊的準備！」

葉星頓時感覺心沉到了腳底。**我要怎麼跟他們說？**她開始穿過崖壁，沿著狹窄的小徑小心翼翼地踩著每一個步伐，朝比利暴和其他貓兒走去。但她還沒有走到他們面前，櫻桃尾就從戰士窩探出頭來，和晨間戰士所在的位置僅僅相隔幾個尾巴的距離。

「你們來晚了！」玳瑁母貓嚷道：「我們昨晚已經發動攻擊，而且超成功！」

葉星愣了一下。**換做是我的話，才不會像你講話這麼不經大腦！**

「什麼？」檀爪拱起背，發出氣忿的嘶聲。「你們沒等我們就先去了？」連平時脾氣很好的斑掌都甩動尾巴，露出和導師一樣的憤懣表情。

哈維月和馬蓋先憤慨地互望一眼。「嘿，我已經期待攻擊行動很久了！」哈維月大聲嚷嚷。

「就是說嘛，我還特地想辦法讓我的兩腳獸多給我一點食物，好準備應戰。」馬蓋先附和。

「對不起，」葉星走到比利暴旁邊說：「跟我到河邊去，讓我好好跟你們解釋清楚。」愈來愈多貓咪從睡窩走出來。葉星領著晨間戰士們走到峽谷底部，在水邊找了一塊被太陽曬得暖呼呼的岩石坐下來準備和他們談談。他們個個聳起皮毛，一臉敵意地團團圍住她。看到銳爪走過來幫她助陣，葉星不由得鬆了一口氣，但眼看櫻桃尾、雀皮和蜂鬚也跟在他後面跑來，一屁股坐在他們的旁邊，這讓她又不免擔心起來。

部族已經開始產生嚴重的分裂，我得小心處理！

葉星還沒有機會開口，檀爪就先發飆：「我真不敢相信你們沒有等我們就先出手！我們都已經計畫得很周延了。」

「對呀，為什麼要把我們排除在外？」哈維月質問。

「對不起，」葉星開始說，因為太同情這些寵物貓，而沒辦法說出讓他們信服的話。「攻擊行動必須在晴朗的夜晚進行，昨晚看到雲層都散去之後——」

「沒錯，」銳爪打岔，「我們不確定還會不會有這麼好的機會。」

比利暴彈彈耳朵，望了萬里無雲的藍天一眼，但沒有說什麼。葉星感到一陣尷尬，毛皮也跟著癢起來。今晚的天空似乎會和昨晚一樣澄澈，他們大可等寵物貓來再行動。**但我們怎麼會知道是這樣。**

「寵物貓就是想腳踏兩條船，」雀皮走向前，挑釁地伸長脖子，喵聲說：「你們在部族玩兩下，然後就又滾回兩腳獸巢穴，睡柔軟的床，任兩腳獸撫摸。」

「世上哪有這麼便宜的事。」櫻桃尾附和，「火星還在這裡的時候，他告訴我們必須選一種，所以我們都做了選擇。」

「但火星已經不在這裡了。」哈維月說，把頭甩過去，憤怒地瞪著雀皮和他的姊姊。

「戰士守則還是沒有改變，」雀皮駁斥：「你必須成為一個合格的戰士貓，才有資格參與一切活動。」

檀爪跳起來，「你的意思是我們**不是**合格的部族貓囉？」她甩動尾巴質問。

「你們自己心知肚明，」雀皮咆哮：「合格的部族貓會吃兩腳獸的食物嗎？他們會發出呼嚕聲死纏著兩腳獸摸他們嗎？」

葉星的肚子不停翻攪，她害怕的爭吵終於爆發了。愈來愈多族貓圍過來，愈來愈多雙眼睛怒瞪著晨間戰士。

「這一點都不公平，」比利暴喵聲說。他雖比其他貓看起來冷靜，但免不了仍帶著憤憤不平的語氣。「我們和大家一起訓練、一起打獵，但只要一有重要的活動，你們就把我們丟到一邊。上次的鼠戰你們沒讓我們參加，這次又這樣。」

「不好意思喔。沒有你們，我們一樣可以過得很好。」櫻桃尾回嗆他。

葉星還來不及開口說，就見到銳爪擠到這群充滿敵意的貓中間。

「夠了，」他大吼：「突擊都突擊了，全部都結束，沒什麼好說的。下次我們有任何計畫時，」他補充：「就請你們寵物貓多費點心力想辦法來這裡。」

銳爪得意地眨眨眼，但葉星很驚訝他竟然會說出這麼不公平的話。他似乎故意想讓以峽谷為營的貓起而排擠晨間戰士。

他該不會試圖煽動部族貓把他們驅逐吧？這麼一來，部族很可能會永久分裂！

葉星站起身補充道：「事情演變成這樣，我們感到很抱歉。當時是因為基於種種考量，才會下此決定。現在讓我們拋開這些不愉快，重新開始。」

銳爪怒瞪著正在說話的葉星，彷彿她這麼一道歉等於是在向對方示弱似的。**這是我的部族，我可以全權做主**，她告訴自己。

「早該去調度巡邏隊了。」她沒好氣地提醒銳爪：「還是我們一整天就閒坐在峽谷好了？」

副族長在分配巡邏隊時，族貓們還是不停發著牢騷。葉星心想要平息他們激憤的情緒應該需要一段很長的時間。至少銳爪還知道安排所有晨間戰士加入第一批巡邏勤務，雖然他並沒有讓他們當領隊。

「花瓣鼻，妳和蜂鬚可以帶見習生去做一些狩獵訓練。」他下令，「檀爪和斑掌，妳們和他們一起去。比利暴，你也是。」他停頓半晌，接著問：「史努克掌還是不見蹤影嗎？」

比利暴搖搖頭，「今天早上來這裡的途中，我特別去了他的巢穴一趟。」他回答：「可是所有的門窗緊閉，一點動靜都沒有。」

「他已經缺了很多堂訓練課。」銳爪說。

葉星心想比利暴不知會不會被這句暗諷所激怒，但這隻薑黃白公貓只是點點頭附和，「等他回來的時候，我一定會幫他把課補齊。」

「很好。」銳爪喵聲說。

花瓣鼻帶隊走上通往懸崖的小徑。葉星遲疑了一會兒，最後還是決定跟過去。她已經很久沒有巡視見習生訓練的情形了，但她現在之所以跟過去，其實是想觀察在剛才的爭執過後，部族貓和晨間戰士一起行動的狀況。

葉星來到崖頂，看到花瓣鼻帶隊朝最鄰近的樹叢走去，見習生們的身影幾乎被淹沒在長長的野草裡。當葉星跑過去找他們時，聽到薄荷掌正大聲炫耀著。

「那隻兩腳獸真的被我們嚇得半死！你們非親眼目睹不可。」

「而且要親耳聽到，」鼠尾草掌補充：「我們吼得超大聲，這麼大聲竟然還沒把你們從兩腳獸的巢穴給吵醒，真是太不可思議了！」

葉星愣住。這些見習生竟然白目到在晨間戰士面前吹噓攻擊行動的經過！檀爪的尾梢氣憤地甩來甩去；斑掌板著一張臉；比利暴準備開口，但還是忍了下來。

「你們寵物貓錯過了一次精采出擊！」薄荷掌說個不停。

葉星原本想上前介入，但管教見習生是導師的職責。而花瓣鼻和蜂鬚竟然都沒吭一聲，讓葉星感到很驚訝。**他們或許頗有同感，**她心想，強忍下怒氣。

「這支巡邏隊太龐大，不容易抓到獵物。」她喵聲說，接著走到寵物貓們面前，「比利暴，你跟我一組。檀爪和斑掌也一起來吧。」

「好主意。」比利暴即刻回應，琥珀色的眼睛流露出會意的神情。

他此話一出，葉星看到薄荷掌和鼠尾草掌立刻瞅起眼睛互看了一眼。**他們又有什麼意見了？**她在心裡納悶著，但兩名見習生並沒有說話。

花瓣鼻點頭回應葉星的建議，然後帶著其餘的隊員繼續往樹叢裡去。葉星轉頭往反方向前進，一路沿著崖頂朝兩腳獸地盤方向走去。她可以感覺到跟在後面的晨間戰士情緒漸漸緩和。她不免擔憂起來，不知道哪一天族貓們才能學會和平共事。

「聽好，」當他們來到一整片灌木和矮樹叢生的地方時，她開始說：「今天我要大家發揮團隊合作的精神打獵，團結力量大，我們——」

她話沒說完，突然看到回颯從密密麻麻的蕨叢中冒出來，嘴裡還啣著一捆草藥。巫醫看到葉星的巡邏隊，難掩驚訝地眨了眨眼睛，接著走到族長面前。

「我可以跟妳談談嗎？」她喵一聲，放下嘴裡的藥草。

「當然可以。」葉星看了比利暴一眼，「你先帶其他貓到灌木叢，找找看有什麼獵物可以抓。」

比利暴彈彈耳朵回應，然後帶著檀爪和斑掌消失在矮樹叢中。葉星看到斑掌在沒入蕨叢的前一刻轉頭，依依不捨地看了回颯一眼。

「可以說了。」葉星說，心想回颯一定是又要討論選見習生的事。

「妳確定妳這樣做對嗎？」回颯問。葉星吃驚地眨眨眼睛。「我知道今天早上有發生爭吵，」巫醫繼續說：「但妳這樣把晨間戰士和其他貓咪隔開根本解絕不了問題。」

今天早上在河邊，葉星並沒有在貓群中發現回颯的身影，但顯然她已經知道吵架的事。

「我也是情非得已，」她回辯，「難不成要眼睜睜等著看他們互抓耳朵嗎？」

「真傷腦筋，」回颯承認。「但隔開貓咪並不能降低部族內部的緊張情勢，到頭來恐怕只會更糟。」

葉星雖然不情願，但又不得不承認巫醫是對的。「那該怎麼辦？我不想趕走任何貓，但讓晨間戰士——好吧，寵物貓——留在部族顯然又行不通。」她垂下頭，有種烏雲罩頂、不見天日的感覺。「我有時候會懷疑，火星選我當天族族長是不是錯了。」

「別鼠腦袋了好不好？」回颯很快喵聲說：「是**星族**選妳當我們的族長，不是火星。而且我很清楚族裡沒有任何一隻貓比妳有能力處理這件事。但葉星，妳——」她突然閉上嘴巴。

葉星想知道年輕母貓到底要跟她說什麼。「說啊，」她慫恿她，「有話就直說。」

回颯搖搖頭。「沒什麼……沒什麼，真的。只是——葉星，不要太感情用事，就這樣。」

她叼起草藥，走上小徑，留下族長愣在那裡。

不要太感情用事？她是什麼意思？

第二十三章

「妳說什麼?兩腳獸把培西帶走了?」棍子忿忿地說，爪子刮過兩腳獸巷子裡的硬石。

白雪充滿驚恐與焦慮，耳朵緊貼著頭皮。「他沒辦法跑很快，一下子就讓牠們抓住了！」她哭訴。

「很抱歉！」矮子氣喘吁吁地說，和煤炭一起跑到柯拉和白雪旁邊。「我們沒有能力阻止牠們。」

煤炭豎起頸毛，咧嘴咆哮。「我們要戰到底！」他大聲宣示。

柯拉點點頭。「只有鼠腦袋才會笨到相信能和兩腳獸和平共處，牠們是我們的敵人！」

棍子瞇起眼睛，「不是兩腳獸，」他低吼：「這全是鬥吉的詭計。」

「什麼意思？」矮子喵聲問。

棍子把那天目睹史魁奇和米夏在兩腳獸院子虐待兔子的情形告訴他們。他又想起夢到自已滿腳鮮血和毛髮的畫面，忍不住起雞皮疙瘩。「兩腳獸絕不能忍受牠們的兔子被貓攻擊。我認為鬥吉策劃這一切，好讓兩腳獸把我們趕出去。」

「我們難道不用起而捍衛自己的家園嗎？」煤炭嘶嘶說道，爪子嘰地一聲劃過一排鋪在巷子的光滑灰色石塊。

「當然要。」棍子忿忿地回應：「但對象不是兩腳獸，這筆帳要算在鬥吉和他的跟班頭上。」

「我非剝光他們的皮不可！」煤炭簡直氣炸了，「我要——嘿！」他突然停下來，喵聲說：「小紅呢？她該不會也被兩腳獸抓走了吧？」

「小紅沒事，」棍子低吼：「她逃脫了。」他不讓同伴們有問話的機會，緊接說：「那麼，我們該怎麼對付鬥吉和他的那些跟班？有什麼好辦法嗎？」

大家面面相覷。

「我們要是能知道他們睡哪裡，可能會比較好辦。」矮子說。

「但是我們又不知道。」柯拉喵聲說。

棍子已經見識過鬥吉的狡猾。他搶奪棍子和他同伴們的獵食區，而且對自己的隱私從不洩漏半點口風。這隻吃鴉食的癩痢貓總是老謀深算。「那就把他們找出來！」他氣憤地說。

「我們不用等小紅回來嗎？」柯拉問。

「不用了！」棍子並不確定她會不會回來，「我們不用她幫忙。」

他的同伴不安地互望一眼，然後各自分頭行動。

白雪本想往小紅之前走的方向去，但棍子用肩膀把白色母貓推開，「這邊我去就行了，」他接著命令道：「妳爬到牆上，到兩腳獸巢穴的後面巡看看。」

「是。」白雪雖然一臉驚訝，但並沒有說半句話，立刻躍上牆壁，消失在遠方盡頭。

棍子循著路徑，一步步朝著和小紅當面對質的地方走去，內心充滿愧疚。他無法向同伴開口說出，其實是他的女兒背叛了大家。**一定是她告訴哈利我們睡覺的地方，剛好幫助鬥吉策劃整個兩腳獸的突襲計謀。**

他來到剛剛撞見小紅和哈利所在的雜物間，循著女兒的氣味走進下個轉角。發現她的氣味和哈利的氣味濃濃混在一起，讓棍子不禁覺得一陣噁心。他爬上一片低斜的屋頂，跳進下一個巷子，在來不及嗅聞氣味前，突然聽到腳步聲從後方響起。

棍子愣了一下，一轉身就看到矮子沿著巷子奔來。

「我不能讓你單獨去冒險，」棕色公貓氣喘喘地停在他面前，「這太瘋狂了！」

「我沒事，」棍子發出低吼，「你跑步聲也未免太大了吧，沒長耳朵的狐狸也都會被你嚇跑。」

他轉過去，繼續往巷子另一頭走去，矮子還是緊緊跟著他。「我已經跟你說了我沒事！」

矮子又停了下來，琥珀色的眼珠盯著他。「這麼久的老朋友了，你是什麼德性我還不清楚嗎？」他喵聲說：「到底怎麼了？」

棍子無法直視他。「是小紅，」他把頭別開，咕噥著：「我……我覺得她好像把我們出賣給鬥吉了。」

他雖然沒有正眼看矮子的臉，但還是聽到他震驚得倒抽一口氣的聲音。「不可能！」矮子不信，「小紅絕不會做出這種事。」

「怎麼不可能，她母親也不是很忠心，不是嗎？」

矮子發出憤怒的嘶聲。「你明知道絲絨有她的苦衷。小紅的強烈自尊心和固執不只遺傳到她母親，也遺傳到她父親！」他稍稍緩和脾氣，補充道：「你對小紅有主見的個性一向都很引以為傲的啊。」

「我不確定她這次是不是真的清楚自己在做些什麼，」棍子碎碎念道：「她總是——」

他話沒說完，突然在幾個狐身外一株蔓生的灌木底下察覺到一絲騷動，灌木的樹根直接伸進一塊鋪路石的裂縫。棍子衝過去檢查了一下氣味。**敵人！**他撲進糾結的樹枝，瞄準一隻窩在樹叢和牆壁空隙的銀黑色母貓，一口咬住她的頸項。

「是鬥吉的同夥。」他把母貓拖出來，滿口皮毛地咕噥道。

他鬆開嘴巴，一掌將母貓的脖子牢牢壓在地上。「妳叫什麼名字？」他咆哮。

母貓嚇到無力掙扎。「我——我叫洋蔥。」她結結巴巴地說。

「嘿，不要這麼暴力。」矮子走到他面前規勸他。

棍子沒理他，抽出爪子，爪尖稍稍刮過洋蔥的毛皮。「趕快說鬥吉在哪裡！」

被壓住脖子的洋蔥想開口說，但只能咳出幾聲。當棍子把腳掌鬆開一些時，洋蔥忽然蹬起後腳，試圖將他甩開。棍子撲到她身上，用全身的重量把她壓制住，然後把臉湊過去，看到她滿布驚恐的綠色眼睛，棍子一時興起報復的快感。他舉起一隻腳掌，準備劃破她的脖子。

「棍子，住手！」矮子推開棍子的腳掌，「你在做什麼？你不能殺她！」

「我當然可以殺她！」棍子忿忿地說：「但我今天也可以高抬貴手。癩痢皮，快說鬥吉在哪裡。」

母貓嚇得呼吸開始變得急促，棍子的腳掌可以感覺到她的心臟怦怦狂跳個不停。

「他在兩腳獸巢穴後面的溪邊，」她上氣不接下氣，支支吾吾地說：「睡在一些舊箱子裡面……求求你放了我！」

一團紅色怒氣在棍子腦中盤旋，他抓揉爪子，有股刺進洋蔥肉裡的衝動。

「棍子！」矮子的聲音壓下他的怒火，「她已經說出我們想知道的事，現在可以放她走了。」

矮子說話時的堅定語氣，讓棍子不得不聽。怒氣漸消的他，收起爪子站起身，放開洋蔥。洋蔥馬上一溜煙逃進巷子，尾巴跟著在她背後飄動。棍子在洋蔥離開後，立刻轉身朝溪邊的方向前進。

「棍子，等等！」矮子欄住他的朋友，「你打算怎麼做？光靠你一隻貓根本打不過他們。」

棍子深呼吸一口氣。這隻棕色公貓要是再不走開的話，他可要張出爪子撲向他了。

矮子目光堅定，開始追問：「這是不是已經變成私人恩怨了？」他看棍子沒有回應，繼續說道：「你很清楚鬥吉沒有能力把小紅搶走。小紅絕不是被迫害，她不可能委屈自己去做不情願的事。」

「這我知道。」棍子低吼，**如果她真的加入鬥吉，那全是出自於自願。**

「那麼你要小紅回頭的贏面就不大。」矮子提醒：「我們必須解決目前最急迫的問題：也就是我們的安全和獵食權。」

「你說得對。我們現在就去把其他貓找來，一起去找他們算帳。」

矮子眨眨眼，「什麼？就算我們要和小紅對決也沒關係嗎？」

「也只能這樣了。」棍子冷冷地說。

矮子目瞪口呆地看著他說：「你不是認真的吧？」棍子沒有回答。幾個心跳的時間後，矮子又說：「我覺得你應該去找絲絨談談。她也許知道小紅在想些什麼，說不定能即時改變她的想法。」

棍子瞪著朋友，「絲絨對我來說已經死了。」

「不是，」矮子直視看著他，展現出的十足勇氣出乎棍子的意料。「她在你心中從沒有死，也不會死。你每次看見小紅的時候都在想她。」他往前一步，和棍子鼻碰鼻，「她畢竟是你女兒的母親，棍子。去找她幫忙，她可能是你挽救小紅唯一的希望。」

第二十四章

「史努克掌！」葉星站起身，對著跟在比利暴後面走下小徑的見習生打招呼，「很高興能再見到你。」

自從上次兩腳獸巢穴突襲行動後，又過了一段時日，但葉星還是能很清楚感受到部族內的緊張氣氛。她站在岩石底下，銳爪則是忙著調度巡邏隊，群貓在周圍繞來繞去。河面上晨霧裊裊，照這潮溼的空氣看來，隨時有可能下雨。

「檀爪，今天由妳來帶領狩獵隊，」銳爪喵聲說：「帶斑掌，還有……我看看……彈火和雀皮一起去。」

葉星又驚又喜，銳爪竟然願意讓晨間戰士帶領巡邏隊。然後她不禁開始懷疑副族長是否其實不懷好意。雀皮是部族裡頂尖的獵手，又時常口無遮攔批評寵物貓。**銳爪是不是算準了檀爪會無法勝任，最後不得不讓雀皮接手呢？**

葉星的目光落在副族長身上，看著他那閃亮的薑黃色皮毛和一雙銳利的綠色眼睛。**我知道他是個強勢的副族長——這讓我不免懷疑他是不是試圖挑起紛爭！**

「回來真好，」史努克掌來到小徑底，走到葉星面前喵聲說：「我好想念部族哦。」

葉星點點頭，「我們也很想你，你還好嗎？」

「我很好，我——」史努克掌開始咳嗽，葉星擔心地看著他。「我沒事。」史努克掌喘口氣，要她放心。「我已經等不及要開始上訓練課了，但我不能一整天待在這裡。」他忍住咳嗽，補充說：「要不然我的主人會擔心。」

他的雙眼由衷散發出對兩腳獸的愛和重視。葉星的心突然揪了一下，很難想像和主人生活到底是什麼感覺。部族貓認為晨間戰士是為貪圖舒適的生活而和兩腳獸住在一起，這個指控恐怕是錯的。寵物貓和兩腳獸之間或許真的存有一定的感情。**我們或許不應該期望他們會放棄那樣的生活？**

比利暴正在等著史努克掌，準備交代他功課，於是史努克掌咚咚跑過去找他。在葉星看著巡邏隊開始紛紛移動的同時，突然傳來一陣興奮的尖叫聲，讓她忍不住抽動耳朵。她轉身看到鹿蕨的小貓偷偷摸摸潛到苜蓿尾的旁邊，她正躺在水邊的一塊岩石上，一隻腳小心翼翼地蓋在大腹便便的肚皮上。

「**大**兩腳獸就在那邊！」小蕁麻以高八度的聲音說：「我們必須趁她攻擊營地前把她嚇跑。」

「我當銳爪！」小梅大聲說：「由我來指揮攻擊行動！」

「可是我想當銳爪！」小兔衝向妹妹，在一陣慌亂中把她推倒。「妳是母貓欸，鼠腦袋，妳不可以當銳爪。」

「為什麼不可以。」小梅咕噥，最後改變主意，尾巴一甩說：「好吧，我來當柯拉。」

「那我就是棍子！」小溪大喊：「他是個很厲害的戰士。小蕁麻，你想當誰？」

「我要當比利暴，」小蕁麻喵了一聲，「他知道所有的戰鬥技巧。」

「你不能當比利暴，」小梅不屑地瞪著哥哥，「他又不是真正的戰士。」

「就是說嘛，他是寵物貓。」小兔不以為然地甩動尾巴附和。

「他連突襲行動都沒有參加，」小溪說：「所以你不能當他。」

葉星聽了，開始擔心起來。**這些小貓難道已經忘了比利暴之前是怎麼教他們打鬥動作的嗎？就連小貓也捲入晨間戰士和部族貓的爭執風波嗎？**

「我不管！」小蕁麻堅持己見，「我還是想當比利暴。」

「那你就自己去當他吧，」小梅推了手足一把，接著喵聲說：「如果你想當**寵物貓**，我們就不要跟你玩了。」

她轉身不理小蕁麻，咚咚穿越岩石，跑去找小兔和小溪。兩隻小貓正肚皮貼地，又開始偷偷摸摸地靠近苜蓿尾。

小蕁麻愣了一個心跳的時間，接著彈彈耳朵說：「好啦，那我要當雀皮。」他跑過去加入手足們，蹲在小溪旁邊。

葉星看著看著，突然感覺有一隻貓站在她旁邊，轉身一看，原來是比利暴。她感到一陣尷尬，猜想他一定有聽到小貓們遊戲間的童言童語。「對——對不起……」她開始結巴。

比利暴聳聳肩，「他們沒說錯啊，」他喃喃地說：「我是沒有參加突襲行動。」

葉星被比利暴這番酸溜溜的話激了一下，但不想和他發生爭吵。

薑黃白公貓沒有再提起突襲的事，讓葉星鬆了一口氣。「我要帶一支狩獵隊出發，」他告訴她：「銳爪說不知道妳想不想加入。史努克掌和櫻桃尾也會一起去。」

「當然好。」葉星一想到要和比利暴他們一起去打獵，四肢不由得蠢蠢欲動。**我就是因為待在營地的時間太長**，她心想，**才會看到這麼多問題**。

苜蓿尾被那群小突襲隊一撲，嚇得大叫。鹿蕨連忙跑過去，把室友從那群小貓間拯救出來。葉星跟著比利暴爬上通往樹林的小徑，史努克掌和櫻桃尾走在最後面。

「你不能像獵松鼠一樣獵小鳥，鼠腦袋。」櫻桃尾告訴見習生：「牠們可是多了一雙翅膀！」

「但還不是都一樣躲在樹上，」史努克掌爭辯：「所以跳上去，沿著樹幹跟蹤，應該對兩種動物都有效吧。」

「話是這麼說沒錯……」櫻桃尾心不甘情不願地承認。葉星聽了很欣慰。雖然櫻桃尾對見習生說話還是保持一貫頤指氣使的口氣，但至少她對晨間戰士還算講理。「不過當你撲上牠們時，還是要很小心。」

葉星讓他們在那裡爭論，自己則是加快腳步走到比利暴旁邊。「關於突襲行動的事我感到非常抱歉。」她輕輕喵聲說：「我們應該等你們的。不過我保證，下次一定不會再發生這樣的事。我們以後會——」

比利暴打斷她，「你們這麼做我能諒解，我知道你們沒有惡意。」他停下來嗅聞獵物的氣味，過了一個心跳的時間後，又繼續說：「我知道我們處在一種很尷尬的位置，腳踏兩個世界。或許很快地，我們就必須做出選擇。」

葉星突然心跳加速。**要是他決定回到主人身邊該怎麼辦？**「你會怎麼選擇？」她輕聲問。

「實在很難選。」比利暴嘆了一口氣回答。他凝視著離他鼻子一個老鼠距離外一隻努力爬上葉柄的小甲蟲。「我愛我的主人，牠們真的對我很好。我知道牠們給了我一個比住在部族還要舒適的生活。」他深呼吸一口氣，轉過頭，誠摯的目光投在葉星身上。「可是我不想離開妳。」他用輕柔的聲音說。

葉星的心仍然怦怦跳個不停，周圍的森林瞬間化為一團模糊的綠金色。「我也不要你走。」她低聲說。

她和比利暴磨磨鼻子，彼此的尾巴不自覺地交纏在一起。

「站住！」

聽到櫻桃尾這麼一吼，葉星和比利暴趕緊跳開。比利暴嚇得瞪大眼睛，開始防衛性地豎起皮毛。但葉星看到淹沒在長長草叢之間的櫻桃尾背對著他們，正在和一隻看起來有點面熟的奶油色公貓說話。那是之前被他們撞見在邊界附近打獵的貓！他蹲在一株蔓生的灌木叢暗處，比葉星上次看到他時還接近營地。

「你為什麼闖進我們的地盤？」史努克掌鑽出蕨叢，當面盤問這隻獨行貓。「你難道沒有聞到我們標示的氣味嗎？」

公貓的耳朵緊貼著頭，開始翻白眼。

葉星命令：「後退一點，史努克掌。」她接著對公貓說：「不過，他說得沒錯。之前我們給你加入天族的機會，但你卻一口回絕。所以現在你必須退出我們的地盤。」

獨行貓難為情地低下頭。「我知道，」他喵聲說：「但我改變主意了，我想加入天族，如果你們還願意收留我的話。我叫蛋兒。」

「是什麼讓你改變主意的？」比利暴走到葉星旁邊，琥珀色眼睛閃著懷疑的目光。「未免也太突然了吧？」

蛋兒趕緊眨眨眼，似乎是不知道該怎麼回答比利暴的問題。葉星腳掌微微發顫，希望他不要再盤問下去，她可不想把可能的新戰士嚇跑。況且，她之前見識過這隻貓穿梭樹林的身手，他的確有很好的打獵天分。

「我們還是很歡迎你加入，但你必須證明對天族的忠誠才行。」她告訴他。

「好，當然沒問題。」蛋兒的藍色眼睛閃爍著熱切的光。

葉星轉向比利暴，「我帶蛋兒回營地去，這裡的巡邏隊就交給你了。」

比利暴露出猶豫不決的表情，再次疑心地看了蛋兒一眼。「如果妳要的話，我可以陪妳回去。」

葉星一想到比利暴是想保護她，內心不禁洋溢著溫暖，但她的腳掌還是竄起一股想抗拒的衝動。**我是一族之長，不需要被保護！**

「不用了，」她很快喵了一聲，然後用較溫柔的語調補充說：「待會兒見，或許下次我們可以找個時間再一起打獵，如何？」

當她說話的時候，她發現櫻桃尾和史努克掌紛紛吃驚地瞪大眼睛看她，頓時讓她感到尷尬。她沒有等比利暴回答，立刻尾巴一甩，吩咐蛋兒：「走吧，往這邊走。」

在返回峽谷的途中，葉星發覺他非常神經質，草叢裡一有任何風吹草動都會把他嚇得彈起來，神經兮兮的程度和鼩鼱齒有得比。**他是不是也曾被兩腳獸傷害過呢？**

「為什麼你會改變主意想加入我們？」她和善地問，儘量不要嚇到他。

「嗯……呃……因為這樣比較好。」蛋兒結結巴巴，顯然這個問題還是困擾著他。

他們一到小徑上方，葉星再也沒有機會問他。蛋兒跟著她一路沿著小徑往下走，葉星偶爾回頭看看他，發現他瞪大眼睛興致勃勃地看著營地的活動：苔毛和纏亂在岩石上梳理皮毛。微雲和石影把獵物放到獵物堆。其他貓則是團團圍住銳爪，等著他分配巡邏勤務。

葉星和蛋兒來到峽谷底時，看到銳爪正帶著花瓣鼻、蜂鬚和見習生們朝訓練場走去。銳爪豎起耳朵停下來，看著迎面走來的葉星。

「這是蛋兒，」葉星介紹，「他決定要加入天族。蛋兒，這是副族長銳爪。」

蛋兒很有禮貌地鞠了一躬。

「歡迎你加入！」銳爪閃著綠色眼珠。「我們正準備進行戰鬥訓練，你想參加嗎？」

蛋兒高高翹起尾巴，「好啊！」

「那就走吧。」銳爪帶隊步上峽谷。

正當葉星準備跟過去時，副族長回頭看了一眼，抽動頰鬚，有意打發她。「妳不用麻煩了，我們可以自己來。」

葉星皮毛開始倒豎，生氣地收縮爪子。**到底我是族長，還是銳爪是族長？**然後她心想副族長或許是不想自己管得太緊，況且他絕對有能力把訓練課掌控得很好。

應該讓銳爪來指導蛋兒，她邊想邊走回睡窩，雖然蛋兒已經超過六個月大，但他還是需要經過見習生的訓練，來瞭解部族的生活方式。

在走回睡窩的途中，儘管雨已經啪搭啪搭地落下，但她內心還是感覺到一股溫暖。她很高興部族能有這麼一位有潛力的生力軍加入，他遺傳了古老天族強而有力的腿和狩獵本領。葉星環顧營地四周，瞥見苔毛和纏亂在雨中蓬起皮毛，抓了一塊新鮮獵物，拖著蹣跚的步伐往睡窩去；回颯叼著滿嘴的草藥歸來；鹿蕨忙著把小貓趕回育兒室，小貓們大聲抗議著。

而且比利暴很快就會回來……要是他決定永久住下來，一切就更完美了。

第二十五章

葉星在窩裡打瞌睡，直到日正當中才醒來。此刻陣雨已經停了，天空又是一片晴朗。岩石上的雨水在烈日的照耀下逐漸蒸發。葉星往峽谷下方望去，幾乎所有值勤巡邏的族貓都已經回來。銳爪和蛋兒一起坐在獵物堆旁，一邊吃一邊交頭接耳閒聊。棍子和柯拉也在他們旁邊。

蛋兒似乎適應得不錯，葉星心想。

她踩著輕快的腳步跑下小徑來到峽谷底，接著跳上岩石堆。「所有能夠自行狩獵的成年貓都到岩石堆下面集合，準備進行部族集會。」她喊道。

大部分的族貓都已經在那裡，好奇地抬頭看著立在岩石堆的葉星。纏亂和苔毛頂著睡得亂七八糟的皮毛從窩裡探出來；回颯也從窩室裡走出來聽。

「我們有一位新族貓，」葉星宣布，用耳朵指指在銳爪旁邊的蛋兒。「蛋兒決定加入我們。從今以後他就是見習生了。」她甩甩尾巴，要蛋兒站到岩石堆底下。「從今天起，」她繼續說：「這名見習生就叫蛋掌。銳爪，你是勇敢、戰技高超的戰士，我相信你一定能把這些特質傳授給你的見習生。」

銳爪對於自己成為蛋兒的導師並不感意外。他對葉星鞠躬致意，接著走到蛋兒面前和他磨鼻子。

「蛋掌！蛋掌！」族貓高喊，團團圍住這名新見習生恭賀他。雀皮和石影看起來似乎特別開心。他們擠到他旁邊，伸出鼻頭在他肩上磨蹭。

葉星看到比利暴站在貓群的角落，他雖然也跟著高喊蛋兒的名字歡迎他，但看得出仍存有一絲戒心。葉星告訴自己待會兒有機會一定要去問他在擔心什麼。

等到歡呼聲漸歇，蛋兒抬起頭看著仍站在岩石堆的葉星。「呃……葉星，蛋掌這名字是不錯，但如果妳不介意的話，我還是想保留蛋兒這個名字。棍子說他和他的朋友也是這樣。」

葉星的尾巴尖端微微抽動。棍子和其他新成員不把戰士名當一回事，已經讓她心裡很不是滋味了，這次他們竟然還明目張膽地在族裡散播，這讓葉星更不高興。**名字很重要，它是戰士的一部分。**

全族緊張地靜候族長的決定，而蛋兒只是望著她，高興地眨眨眼睛，一點都沒察覺自己說錯話了。葉星壓下怒氣，沒有必要在見習期剛開始就澆熄蛋兒的熱情。**等他和我們相處一段時間後，或許他會想要戰士名也說不一定。**

「如果你堅持的話，」她冷靜地回答。看到族貓們沒有抗議，讓她鬆了一口氣。但她還是看到史努克掌湊到比利暴的旁邊，窸窸窣窣說著：「有見習生名蛋兒應該要很**驕傲**才對呀！」

葉星的腳掌蠢蠢欲動，她跳下岩石堆，朝銳爪和蛋兒走去，圍在他們四周的群貓讓出一條路。「今天早上我錯過了打獵的工作，」她喵聲說：「你們想和我一起去嗎？檀爪，妳和斑掌也可以加入我們。」

「好主意，」銳爪回答，蛋兒則是在他面前興奮地在地上磨爪子。「順便讓蛋兒看看天族貓怎麼狩獵。」

葉星朝小徑底走去，繞過在岩石堆附近玩摔角的小貓們，走沒幾步路，就聽到回颯喊她，她停住腳步讓巫醫趕上來。

「今天下午可以讓斑掌跟我一起去找草藥嗎？」回颯氣喘喘地說：「巫醫窩現在剛好沒有貓在裡面，我想去採一些苜蓿尾生產時需要的草藥回來存放。」

葉星刻意不理會斑掌渴望的眼神，搖搖頭喵聲說：「回颯，我們不是已經說好了嗎？斑掌是檀爪的見習生，她必須做巡邏隊的勤務。」

「可是我**需要**一名見習生。」回颯抗議，耳朵懊惱地向後彈。

「那就等鹿蕨的小貓長大再說，」葉星建議，「不會太久的。」

「什麼？」小梅突然坐直，尾巴從小兔身上抽離。「我才不要當巫醫！」

「我也不要。」和小溪在土裡翻滾的小蕁麻趕緊爬起來附和，「那種工作又臭又噁心！」

「又**無聊！**」小兔補充。

「我們要當戰士，」小溪爬起來，嘴唇往後縮，大聲吼叫：「我以後要當族長。」

「你休想，我來當才差不多！」小梅撲向哥哥。

小溪及時閃掉跑走，他的手足用高八度音在後面邊追邊叫。葉星嘆了一口氣。**他們全不是當巫醫的料**，她不得不承認。

回颯把爪子刺進土裡，張望著在場的族貓。葉星意識到回颯對於大部分的族貓都聽到她們的爭吵感到很介意，但又得儘量克制怒氣。

「我們等一下再說，」巫醫發出嘶嘶聲，「我不想耽誤你們的狩獵勤務。」

葉星看著回颯漸漸走遠，心都快碎了。**我們曾是那麼地要好。**

巡邏隊步上小徑進入林子途中，斑掌落在後面走著。「我想留下來幫回颯。」她抱怨。

「不行。」檀爪聽起來又氣又無奈，葉星也只能同情她。「妳是我的見習生，必須接受訓練。」檀爪說。

「我才不想要上什麼鬼訓練課咧。」

葉星猜想斑掌其實是在自言自語，並不是有意要讓導師聽到，但黑色母貓的耳朵也太靈了。

「妳以為我愛訓練嗎？」她破口大罵，尾巴用力甩了見習生的耳朵一下。「別再給我發牢騷，專心一點！」

葉星看到銳爪轉動眼珠。「妳們兩個都給我專心點，」他喵聲說：「再這樣下去，這裡到兩腳獸領土之間的獵物全都會被妳們給嚇跑。」

檀爪甩動尾巴，沒再說半句話。看到爭吵平息，葉星鬆了一口氣。她帶著隊伍深入林地，突然聞到濃烈的松鼠味。

銳爪先看到松鼠的蹤影。「在那裡。」他悄悄說著，耳朵指向前方幾個跳躍距離的地方，一隻松鼠正在穿越一處空地。「看我們多幸運，」他斜眼看著檀爪，「竟然還有獵物沒跑走，牠應該是耳朵聾了。蛋兒，你抓得到嗎？」

蛋兒眼睛一亮，「我試試看。」

斑掌不高興地甩了一下皮毛。「他才剛當見習生不久欸！」她咕噥。

蛋兒蹲低身子，開始悄聲往前爬行，利用長長的草叢當掩護。但他忘了查看風向，微風直接竄出他背後飄向松鼠。這隻獵物倏地坐直，一溜煙朝最靠近的樹狂奔，毛茸茸的尾巴在空中晃啊晃。

蛋兒蹦出草叢，懊惱地叫了一聲，趕緊穿過空地，在松鼠後面飛速追趕，但還是差了幾步的距離。松鼠抵達樹旁，開始往上爬。蛋兒展現天族的天賦，大步一躍，跟著攀到樹上。松鼠還來不及逃進樹叢躲藏，就已經被他一口咬住尾巴。蛋兒和松鼠一起掉到地上，松鼠死命掙扎了幾個心跳的時間後，身體開始癱軟下來。

蛋兒叼著獵物站起身。「還可以嗎？」他喘著氣，滿嘴是毛地說。

「獵得漂亮！」銳爪大聲說著，邊跑過去嗅一嗅松鼠。

葉星注意到檀爪點頭附和，連斑掌也忍不住驚嘆地瞪大眼睛，沒有再耍脾氣。

「很好，」葉星喵聲說，跟著他們走去找在樹下的蛋兒。「但下一次要記得先勘查風向。如果你能避免身上的氣味飄向獵物，就不會像剛剛那樣追得這麼辛苦了。」

蛋兒的眼睛依舊閃著勝利的光芒。「我會牢牢記住的。」他保證，接著把獵物放到葉星的腳邊。

「我們會先把抓到的獵物埋起來，」銳爪一邊解釋，一邊忙著用後腳掌扒開樹下鬆軟的泥地。「等我們獵得差不多了再回來拿，然後一起帶回營地。」

銳爪把松鼠丟進洞裡，把泥土蓋回去的同時，斑掌悄悄發出興奮的嘶嘶聲：「我看到一隻鴿子了！可以讓我來抓嗎？」

看到檀爪點頭，這名見習生立刻溜進灌木叢。葉星也看到那隻鴿子：那隻肥嫩的鳥兒正在附近的橡樹樹根縫啄食。斑掌小心翼翼地繞過空地，從右方步步逼近。葉星猜想她是急著想抓一隻獵物，好證明自己和蛋兒一樣棒。

銳爪埋好松鼠，放了一個山毛櫸果殼在上面做記號。葉星看到斑掌躲在橡樹旁的蕨叢裡緊盯著獵物。但鴿子不知道是被什麼驚動，旋即振翅飛上枝頭。

「運氣不好！」檀爪碎碎念道。

但斑掌沒有就此放棄。她從蕨叢出來，繃緊肌肉，奮力躍到樹上，悄悄來到離鴿子不遠的角落。雖然葉星不覺得斑掌會驚動到鳥兒，但她還沒來到可以近身飛撲的距離時，鳥兒就飛到另一棵樹去了。斑掌手腳俐落地從樹梢跳到下一棵樹的枝幹上。

「走，」葉星揮動尾巴召集隊員，「我們跟過去看。」

斑掌正慢慢逼近鴿子。看到見習生穿越樹枝的矯健身手，葉星忍不住興奮地聳起皮毛。檀爪把她教得很好，不過葉星還是不確定斑掌能否獨自完成獵捕的任務。隨著斑掌步步靠近，那隻大鴿子顯得愈來愈惶惶不安，隨時都有飛走的可能。

「往四周散開，」她小聲對著巡邏隊成員說：「爬到樹上把鴿子包圍起來。」銳爪、蛋兒、檀爪各往不同方向跑開。葉星鎖定鴿子最後落腳的枝幹旁的一棵樹，斑掌則是悄聲往距離一個尾巴高的樹枝逼近。葉星才開始爬上樹幹，就聽到一個驚叫聲劃破寧靜的樹林。「小心！別過去！」

鴿子嚇得飛走，消失在遠處的樹叢。「老鼠屎！」斑掌大喊，氣憤地看著獵物遠去的背影。

葉星跳回地上，看到蛋兒飛也似的穿越林地，嘴裡不停鬼吼鬼叫，最後衝到準備跳到一棵傾倒樹幹上的檀爪那裡，一把將她推離。「有狐狸！有狐狸！」他尖叫。

「你壓到我了！」檀爪把蛋兒從身上推開，爬起來，氣急敗壞地說。

葉星停下來聞空氣，在天族邊界氣味線外幾個尾巴遠的地方的確有一股年輕狐狸的濃濃氣味。

「你是怎麼知道的？」她走到蹲在草叢的蛋兒旁邊問。這名新見習生一臉害怕地張望著四周。

蛋兒搖搖晃晃站起來，勉強把豎起的皮毛收平。「直到狐狸來之前，」他解釋：「我的睡窩一直是在那棵樹的另一邊。」

葉星憂心忡忡地點點頭，「謝謝你提醒我們。」她喵聲說：「我們可不想領土內有狐狸出沒。必要的話，我們會派一支巡邏隊去追蹤牠，把牠趕走。」

「不用了，」銳爪走到她旁邊安撫她，「狐狸已經走了。」

「你早就知道嗎？」葉星不解地問：「為什麼你都沒有說？」

銳爪聳聳肩，「沒有必要說，我知道氣味已經遠離我們的地盤。」

「你不是這樣跟我說的！」蛋兒突然脫口而出，頓時讓葉星感到錯愕。他擠到葉星和銳爪的中間，藍色眼睛焦慮地看著導師。「你說狐狸會永遠住下來，為了我的生命安全，最好不要單獨住在這裡。」

葉星開始起疑。「他是什麼時候說的？」她問蛋兒。

「幾天前他來找我，警告我說這裡有狐狸。」蛋兒一臉困惑地回答：「他說得沒錯，不是嗎？我是說，現在我住在部族裡，狐狸不可能會來傷害我了。」

葉星更加確定自己的懷疑。**銳爪沒跟我說實話！他跟蛋兒謊稱狐狸出沒，騙他加入部族。**

她努力把震驚和怒氣隱藏起來，在其他族貓面前給銳爪留點面子。

「狐狸不太可能會攻擊峽谷，」她要蛋兒放心，「即使真的發生了，我們也有反擊的對策。你可以放一百個心。」

「太好了！」蛋兒終於鬆了一口氣。

葉星看看檀爪和斑掌。見習生從樹上爬下來，聞了聞斷木的四周。「狐狸氣味已經很舊了。」她向檀爪回報，露出一臉被搞糊塗的樣子。

她的導師看起來一樣困惑。銳爪就站在旁邊，綠色的眼睛透露著一絲輕蔑，似乎是在挑釁葉星，算準她不敢說出他欺騙的伎倆。

「檀爪，」葉星喵聲說：「妳帶斑掌和蛋兒去找看看還有沒有鴿子。銳爪，」看到副族長也跟著他們準備移動腳步，葉星趕緊把他叫住：「你留下來，我有話跟你說。」

她默默看著其他三隻貓消失在林間。銳爪一臉不在乎地舔舔胸前的毛，等她開口說話。葉星在確定四下無貓後，立刻轉向他，悻悻然說：「你不該用欺騙的手段吸收部族成員！」

銳爪從容不迫地迎向她的目光，「我才沒有欺騙。之前真的有狐狸在這裡出沒，蛋兒和部族在一起會比較安全。妳看他，」他朝那奶油色公貓離去的方向揮揮尾巴。「長長的腳，強而有力的後腿。一看就知道他是天族的後代。」

「是這樣說沒錯。」她抽動耳朵，想知道她的副族長到底還藏了多少祕密。她突然想到比利暴跟她說過銳爪和棍子晚上在兩腳獸地盤閒晃的事，**這有可能是真的嗎？**

葉星感到一陣錯愕，好像掉入冰水一樣。她意識到自己再也無法信任她的副族長。

「還有別的事嗎？」銳爪打斷她的思緒，露出沾沾自喜的表情，似乎很滿意自己能自圓其說。「沒事的話，我要去找其他貓囉。」

他蹦蹦跳跳地跑開。葉星看著他，難過地搖搖頭。**他一點都不覺得自己做錯事了。**她憎惡他的偷偷摸摸和他操弄蛋兒的手段，雖然她不得不承認有這名新見習生的加入，對部族的確大有幫助。他很有天分，學習能力似乎也很強。**或許不應該去計較到底用什麼方法說服蛋兒加入我們，天族很顯然就是他的歸宿。**

巡邏隊一路返回營地。太陽開始下沉，森林被暈染成一片金紅。斑掌搖晃著身體，得意洋洋地走著，很高興自己終於獵到了一隻鴿子；檀爪叼著兩隻小老鼠；蛋兒則是抓到一隻麻雀；銳爪獵到一隻烏鶇。

當抵達峽谷附近時，葉星把抓到的幾隻鼩鼱放到地上。「銳爪，你可以帶這些回去嗎？」她問：「我去把蛋兒的松鼠挖出來再回去。」

銳爪很快點點頭，設法將雙顎張得更開，把這些獵物也一起叼在嘴裡。葉星走進樹叢，來到銳爪用山毛櫸果殼標示的地方，開始挖開被掩埋的松鼠。當她忙著拍掉新鮮獵物上的溼潤泥土時，突然聽到草叢裡傳來沙沙聲，不久就看到回颯啣著一束草藥走出來。她看起來一臉疲憊，全身皮毛凌亂不堪，上面白色的斑塊更是髒兮兮的。

葉星突然很同情她。「我一定會幫妳找個幫手，」她跟回颯打招呼，並保證。「也許鼩鼱齒會想暫停戰士的工作，換點別的事做做。」

回颯鬆開嘴裡的負擔，緊繃著身體，一臉不高興地走向前。「鼩鼱齒從沒有當巫醫的興趣，」她生氣地說：「而斑掌明明就想換見習的內容！」

葉星嘆了一口氣。「我們已經談過了，我們不能讓晨間戰士當巫醫。」

「我們可以有折衷的辦法啊，」回颯爭辯：「我現在又還沒到一把老骨頭的年紀，我還可以活很久欸！」

葉星感覺和巫醫長久的友誼又開始活絡起來，心裡不由得產生一份親切感。「太好了，很高興妳這麼說。」她低聲喃喃，伸長鼻子磨磨回颯的耳朵。

她帶著松鼠，朝營地的方向走去。回颯也叼起草藥，跟在她旁邊走。她們來到一截被太陽照得閃閃發亮的樹幹，四周長滿了野草和蕨叢。

「我們在這裡休息一下吧。」葉星放下松鼠建議。

她在暖呼呼的地上拉長身體，享受草叢的鮮綠氣味。回颯把草藥放在新鮮獵物旁邊，接著一同加入葉星。

「比利暴好嗎？」巫醫問。

聽到好友謹慎的語氣，葉星的腳掌感到一陣惶惶不安。「他很好，為什麼會這樣問？」

回颯避開她的眼神，「我想妳應該心裡有數。」她邊說邊伸長一隻腳，拍弄野草的莖，「大家已經在議論紛紛了。」

「什麼議論紛紛？」

「就妳跟比利暴啊，可以看得出你們……走得非常近。」

「他是一名優秀的戰士！」葉星指出。能和朋友談起比利暴，讓她突然激起一股莫名的興奮。「我們……我們彼此心靈相通，」她坦承：「我們似乎很合得來。當他不在的時候，我會感覺有點……空虛。」

「他的確是個很棒的族貓，」回颯同意，目光仍停留在那株搖晃的莖梗上。「我們很榮幸能有他加入。但……葉星，千萬不要偏袒寵物……晨間戰士。」

「這不是偏袒！」葉星抗議，「我……我想和比利暴結成伴侶。」

當她大聲說出內心最渴望的祕密時，心臟噗通噗通愈跳愈快，但這是她最真實的心聲。

回颯轉向她，驚訝地瞪大眼睛。「妳不能這麼做！尤其現在部族戰士和晨間戰士之間正處於緊張的狀態，妳和比利暴至少要等到情勢緩和再說。」

若真有那麼一天就好了，她心想，**我等不及了，**她在內心繼續嘀咕著，突然意識到自己聽起來像個叛逆的見習生，或沒有耐心的小貓。

「我可以應付得來，」她沒好氣地回答巫醫：「這對我和比利暴應該不會有什麼影響。」

「還有，」回颯似乎沒在聽葉星說什麼，自顧自地說：「如果你們以後有小貓會更麻煩。雖然副族長和巫醫可以幫妳打理部族，但要是有戰爭發生該怎麼辦？」

「誰說我們要有小貓了？」葉星問。「鼠腦袋，妳未免也想得太遠了吧。」

「才不是。」回颯站起身立在葉星面前。「妳不應該一直想著要和比利暴在一起，現在就必須死了這條心！你們是屬於不同世界的貓，尤其妳的命運更是攸關整個部族的未來。」她的語調放軟，深邃的綠色眼眸帶著同情，「這是一條妳必須獨自行走的道路。」

第二十六章

太陽已經沉到峽谷下，長長的影子爬上岩石。葉星經過獵物堆，把松鼠丟到其餘的獵物上面。回颯剛才的一番談話，仍舊讓她一肚子躁鬱不安，她感覺皮膚上的毛髮像根根爪子扎著她，時時刻刻提醒著她族長的責任。

她轉身離開時，正在大快朵頤田鼠的花瓣鼻抬起頭看她。「嗨，葉星，妳想過來和我一起吃嗎？」

「不了，謝謝。」葉星喵聲說：「我不餓。」

她察覺到花瓣鼻露出驚訝的眼神。「妳還好吧？」灰色母貓問。

葉星沒有心情理會族貓的關心。「好的很，」她不耐煩地說：「怎麼會不好？」

她氣嘟嘟地朝通往睡窩的小徑走去，發現比利暴不在營地裡，心裡鬆了一口氣。**希望他已經和史努克掌回去主人那兒了。**

但當她開始爬上小徑時，突然聽到了薑黃

白公貓的聲音。「史努克掌，你在跳躍時如果能像這樣扭動身體，就可以把對手撞得東倒西歪。」

葉星往下一看，比利暴就在峽谷上方幾個狐身距離外的地方，向史努克掌和微雲示範決鬥動作。

「這一招很厲害，」白色母貓喵聲說：「可以讓我試試看嗎？」

葉星沒有繼續停下來看，反而是趕快往上一躍，匆匆跑進窩室。終於可以獨處，她感覺如釋重負。一些負面的想法在她的腦中盤旋不去。她雖然在生回颯的氣，但最令她害怕的莫過於被巫醫說中。**我真的不該當比利暴的伴侶嗎？**

葉星望向外邊漸暗的天色，幾顆星族戰士開始在樹林上方閃爍著。她想起火星當時跟她說明祖靈選她當新部族族長的情景。

「你是跟我說了很多關於星族的事，」她輕吼了一聲，「但從沒有跟我說過這件事。」怒火中燒的她伸出爪子刮過窩室的地板，要是火星真的站在那裡，她恐怕就會毫不客氣地往他那火燄色的皮毛劃過去。「**為什麼**你沒有告訴我凡事都必須以部族為重，其次才能考慮找伴侶或生小貓？你有沙暴陪伴。難道對母貓來說就如此困難嗎？為什麼你要找我當族長？」

雖然她嘴裡這麼說，但內心知道自己不應該怪罪他。選她當族長的是星族，是祂們向回颯昭顯斑駁的葉影。**祂們相信我會是個好族長**，她心想。怒氣漸消的她嘆了一口氣，**我不能讓祂們失望。**

葉星蜷縮在青苔床上，心神不寧地進入睡夢中。她發現自己蹣跚走在岩石上，兩側盡是令人膽顫心驚的黑石懸崖，四周迷霧繚繞。她很清楚這只是一場夢，但儘管再怎麼努力叫自己不要慌，還是甩不開一種被困在陌生之地的恐懼感。

「有貓在嗎？」她大聲喊道。

沒有任何回應，只有從岩石滴下的水聲迴盪在四周。

「葉星！妳還好吧？」

說話聲打斷了葉星的夢境。她掙扎著醒來，睜開眼看到比利暴出現在窩室門口，身影映著天空朦朧的暮色。

我應該只是睡了幾個心跳的時間，卻感覺像是好幾個季節。

「我很好。」葉星回答，昏頭昏腦地站起身走向他。

「我想問妳今晚要不要跟我一起去兩腳獸的地方。我們可以去看看銳爪和棍子有沒有帶巡邏隊在那裡走動。」看葉星沒有馬上回答，他繼續補充：「而且可以離開部族一會兒，順便到外面散散心也不錯。」

喔，對，散散心……葉星好想答應，渴望和比利暴在兩腳獸的神秘小徑上並肩奔跑，而且還可以查一下銳爪是不是真的在要什麼花樣。

但不行，我是一族之長，我不能這麼做。

「不行，」葉星回答，口氣比原本還凶，「我不能在兩腳獸的地方跑來跑去，族貓們需要我。」

儘管光線昏暗，她還是可以看出比利暴受傷的眼神。「我也是妳的族貓。」他說。

「但是你有主人。」字字句句都像針一樣刺著她的喉嚨。「很抱歉，比利暴，你回去吧。」

比利暴繃著臉，露出困惑的表情。「但是葉星——」他欲言又止。「那銳爪和棍子的事怎麼辦？」他問。

「你為什麼非要栽贓他們不可？」葉星質疑，「你不太信任副族長，對不對？從沒有其他貓跟我提過銳爪和棍子晚上離開峽谷的事。我不相信銳爪會不事先跟我商量就擅自差遣巡邏隊。」

她話一說完，比利暴退了一步，並露出冷冷的眼神。「我以為我在妳心中占了個特別的位置，而不只是普通的族貓而已，」他喵聲說：「但妳不願跟我親近，因為妳認為我是寵物貓，對不對？」

聽到這段指控，葉星震驚到啞口無言。

「妳跟銳爪和棍子都一樣，」比利暴氣憤地豎起背脊上的毛，「他們瞧不起我們，因為我們對主人和對部族同樣忠誠。我以為妳不一樣，葉星。算我錯看妳了。」

葉星錯愕地看著他，她才沒有那樣想！**但如果比利暴那麼容易誤解我，還是趁早跟他分開比較好！**

她憤而轉身背對他。「有些事你是不會明白的，比利暴。」

現場沉默了一個心跳的時間，然後她聽到比利暴踱步離開。他爬上小徑，腳步聲漸行漸遠。她想要追過去把他叫回來，但最後還是拖著沉重的腳步回到青苔床上。

她一閉上眼睛，就發現自己又置身在一團迷霧中，在兩側閃耀的黑色懸崖間疾馳。但這次她卻在峽谷前方聽到許多貓咪的聲音。她往前走，繞過石脊，來到一群貓咪的邊緣。

葉星的心臟愈跳愈快。她繃緊肌肉，抽出爪子，以防被攻擊，但那些陌生貓咪們連看都沒看她一眼，似乎沒有察覺到她的存在。

一隻灰色皮毛上帶白色斑塊的公貓，就站在群貓中間的一塊岩石上。葉星漸漸認出那是雲星，腳掌不由得顫抖了一下。雲星是天族被逐出森林、搬進峽谷時的族長。但她眼前的並非皮毛星光閃閃的星族戰士，而是一隻骨瘦如柴、疲憊不堪的貓，帶著絕望的眼神看著他的族貓。

「我們根本沒辦法在這裡找到棲身之所，」一隻貓咪對他喊道：「我們應該留在森林，設法讓其他部族分我們一些領土。」

「你明明知道他們不會同意。」雲星駁斥，「他們要我們**離開**。即使我們在這裡餓死了，他們也不會在乎。」

「我們總得想個辦法。」灰色母貓激動地說，坐在她旁邊的葉星看到她肚子雖然隆起來，但皮毛上的根根肋骨清楚可見。「我的孩子隨時都會出生。他們需要一間育兒室，而我也需要新鮮獵物，不然恐怕沒有奶水可以餵他們。」她高聲哀訴：「我的孩子會因此死掉！」

「放心，」一隻淡棕色虎斑母貓躍上岩石來到雲星旁邊，原來是部族的巫醫鹿步。「即使是在這裡，我們的戰士祖靈也會在天上庇祐我們。」

她的說話聲漸漸消失，葉星也在此刻睜開眼睛。她眨眨眼睛，發現微光已經悄悄爬進她的睡窩，又是新的一天的開始。她夢到那些被迫離開森林的古老天族貓為了找尋新家而煩惱。

「祂們來到這裡，」她喃喃自語：「但最後又被趕走。」

她再次想起夢境中那隻淡棕色公貓在最後離開峽谷時所說的話：「現在是部族的禿葉季，雖然綠葉季終究會再次到來，同時也勢必會帶來更大的風暴。天族若要生存下去，就必須要有更深的根基。」

我一定要當其中的一個根基，葉星下定決心，**我一定要好好守住天族的家園。**

她伸伸懶腰打了一個呵欠，想起和斑葉和其他星族貓一起奔跑的夢境。「把握現在！」斑葉是這樣跟她說的。

就是現在，葉星下定決心，**我不能和比利暴在一起。為了部族好，我必須和他保持距離。**

⚡⚡⚡

接下來的幾天，葉星設法閃躲比利暴。有一次她看到比利暴和史努克掌一起往訓練場走去，訓練完後加入銳爪、棍子和蛋兒的狩獵隊。當族貓坐在獵物堆旁吃東西時，葉星為了避免和比利暴說話，還刻意把獵物拿回睡窩裡吃。

在他們吵架後的第三個日出，葉星從睡窩走下來，看到銳爪正在岩石堆底下整理清晨巡邏隊，棍子就站在他旁邊。比利暴從群貓間鑽到副族長面前。

「我今天可以加入你的巡邏隊嗎？」葉星聽到他問：「或許我們可以到兩腳獸的地方，看看能不能說服更多貓加入部族。」

他真的想這麼做嗎？葉星不禁納悶，**還是他其實是想暗中監視銳爪，試圖查出他在兩腳獸

地盤所做的勾當呢？

但是銳爪搖搖頭。「我們今天要去狩獵。兩腳獸的地方應該找不到幾隻松鼠吧，況且我們不需要更多貓的加入，部族已經夠強大了。」

你在說服蛋兒加入時，可不是這麼說的，葉星在心裡嘀咕著。她對銳爪再度起了疑心，很希望能和比利暴討論這個問題。然後她突然瞭解自己不但失去了一位可能的伴侶，更失去了一位可以提供意見、值得信賴的朋友。

「你去負責訓練隊。」銳爪繼續對比利暴說：「帶檀爪和斑掌一起去，斑足也一起跟去。你們去鼠堆附近找看看有沒有獵物，已經有好一陣子沒有任何貓去那裡打獵了。」

比利暴勉為其難地點頭答應。

銳爪出乎意料地轉身問葉星：「妳想加入比利暴的隊伍嗎？」

葉星不敢看比利暴的眼睛。「呃……應該不會吧。」她結結巴巴，「昨天櫻桃尾從邊界另一端帶回一隻超肥的松鼠，我在想是不是要帶一支狩獵隊到那裡，看看還有沒有獵物。」

銳爪露出驚訝的眼神。葉星渾身開始發熱，感覺很不自在，心想銳爪是不是已經看穿她其實是在找藉口。

「好，」他最後喵聲說：「妳想帶哪些貓去？」

葉星想到比利暴曾控訴她對晨間戰士不公，心裡很不是滋味。**才不是那樣，我現在就證明給你看！**

「我帶哈維月和馬蓋先去，」她回答：「可以讓我把蛋兒一起帶去嗎？我想看看他進步的情形。」

「好啊。」副族長回答，接著轉身去叫雀皮和彈火。

比利暴集合完隊員後，沿著小徑，往上方的崖頂出發；葉星則是去找哈維月和馬蓋先。知道被族長選中加入巡邏隊，讓他們又驚又喜。

如果我多關心他們一些，說不定他們就不會那麼愛惹麻煩了。

葉星帶隊走到岩石堆，準備往峽谷另一邊出發。晨間戰士緊跟在後，蛋兒則是興奮地走在最後頭。在快到岩石堆時，葉星看到回颯急急忙忙揮動著尾巴，於是停下腳步，等巫醫過來。

「你們要到另一邊的林子去嗎？」回颯喊道，並把帶來的一些枯萎的葉子放到地上。她看到葉星點點頭，於是接著說：「你們到那裡的時候，可以順便幫我找看看有沒有琉璃苣嗎？等苜蓿尾生產後，我需要一些琉璃苣幫助她分泌乳汁。」

「好啊。」葉星回答。

回颯拍拍葉片。「這是琉璃苣，我就只剩下這些乾枯的葉子了。」

葉星仔細聞聞這些草藥，好好觀察了一番，並叫隊員也做一次。「要記住葉子的形狀和氣味，」她吩咐他們，接著對回颯說：「妳放心，我們一定會滿載而歸。」

回颯趁著其他隊員忙著聞葉片的時候，偷偷湊到族長耳邊。「妳不和比利暴在一起是對的，」她偷偷說：「我知道這很不容易，但星族一定會感激妳，願意把部族放在第一位。」

葉星的毛髮忍不住開始直豎，但在巫醫面前卻又極力想隱藏這股激動。**她根本不懂和比利暴爭鋒相對有多痛苦！**「你們都好了吧？」她詢問隊員，揮動尾巴要他們出發。

「謝謝妳願意幫忙找琉璃苣。」回颯喵聲說，接著把聲音一低，「有哈維月和馬蓋先這樣的隊員，我只能說祝妳好運，說不定他們這次真的能獵到東西。」

這次葉星再也壓不住怒氣。「他們當然會抓到獵物！」她悻悻然地說。

看到回颯吃驚地眨眨眼，葉星突然感到一絲罪惡感，不過她沒有再說什麼，只是默默地帶隊離開。

在返回營地的途中，葉星不得不承認回颯對晨間戰士的評價果然沒錯。哈維月和馬蓋先總共只抓到了一隻小麻雀。他們還因閒混，眼睜睜讓一隻肥兔給逃走。而蛋兒就不一樣了，他表現得很出色，共獵得兩隻松鼠和一隻幼鴿。

「你真的把天族的狩獵技巧完全吸收了，」葉星告訴他。她嘴裡啣著所獵來的烏鶇，勉強開口說話。「對部族的生活還滿意嗎？」

蛋兒猛點頭。「帶獵物回去新鮮獵物堆存放是一件很棒的事。」滿嘴塞羽毛的他，口齒不清地說道：「銳爪是個很棒的導師，我學會了好多格鬥動作！狐狸要是敢回來，最好給我小心點！」

「很高興聽到你這麼說，」葉星回答：「但千萬不要和狐狸單挑。」

狩獵隊回來時已經是日正當中了。葉星穿越岩石堆，發現幾乎所有族貓都跑出來，焦慮不安地圍在岩石堆底下。

她把獵物放到獵物堆上，然後問：「發生什麼事了？」

鹿蕨擠上前，小貓們跟在她腳邊，這一次他們一反常態，竟然沒有跑來跑去阻礙其他貓的去路。「小蕁麻和小梅最先聽到一個怪聲，」她解釋，「現在我們全都聽到了。」

「真的很奇怪！」小梅好奇地瞪大眼睛，喵喵說著。

葉星的腳掌開始顫抖。「銳爪在哪裡？」

「他帶巡邏隊還沒有回來。」櫻桃尾回答。

「妳覺得那會是什麼聲音？」苜蓿尾開始煩惱，「會是狐狸嗎？」

纏亂不以為然地彈彈耳朵，「我這輩子從沒聽過狐狸會發出那種聲音。」

「搞不好是某種鳥的叫聲。」蜂鬚猜測。

「會不會是兩腳獸的狗？」鼩鼱齒的黑色皮毛聳立，害怕地睜大眼睛。

「不可能啦。」比利暴把尾巴擱在這隻年輕貓咪的肩上。

「那就是大老鼠囉！」微雲甩動尾巴，「我們還杵在這裡幹什麽?趕快去收拾牠們呀！」

「大家都安靜！」葉星揮揮尾巴，叫族貓不要胡亂猜測。「我先去聽看看是什麼聲音。」

大家漸漸停止議論，全場安靜了下來。此刻葉星聽到一連串詭異的哭嚎聲從峽谷上方遮蔽訓練場的石脊遠處傳來。

全體族貓愣在那裡，聽著一陣陣的哭聲不停響起。聲音漸歇的同時，一陣慌亂的腳步聲傳來，不久就看到銳爪、棍子和雀皮歸來。

「那是什麼聲音？」他追問，目光掃視著所有族貓。

「我們也正在找答案，」葉星解釋，「不知道什麼動物會發出這樣的聲音。」

銳爪把頭歪到一邊，「聽起來像是兩腳獸的聲音。」

「是那隻可怕的兩腳獸！」小兔尖叫。

「沒錯，她要來報復我們了！」小梅既害怕又興奮地跳來跳去。

鼩鼱齒驚恐地看著小貓們，把毛髮聳得更高，乍看之下體型瞬間變成了兩倍大。

「胡說，」苜蓿尾以嚴肅的口氣對小貓們喵聲說：「別把大家給嚇壞了。若真的是兩腳獸，照這聲音聽起來，應該也是隻遇上麻煩的小兩腳獸。」

「我們必須去查看一下。」葉星決定，「苜蓿尾、鹿蕨留下來照顧小貓。柯拉、鼩鼱齒和檀爪留守營地。剩下的貓都跟我走，儘量不要出聲音。」

天族貓就在葉星的帶領下悄聲攀上峽谷，經過訓練場，接著繞進轉角。哭聲再次響起。隨著他們愈來愈接近，聲音也愈來愈清楚。

葉星在一塊巨石四周瞄了一眼後，發現聲音的來源。一隻母的小兩腳獸正趴在石堆中。牠很小，體型大概只有成年兩腳獸的一半。牠頭上長著棕色的毛髮，全身也蓋滿鮮豔的皮毛，只有牠那光滑的粉紅色前掌和臉露出來。葉星走過去，看到小兩腳獸溼溼的臉上沾滿了泥巴，身上的皮毛也都沾著髒兮兮的泥土，上層的岩石表面還留有一條條長長的摩擦痕跡。更糟的是，牠的一隻後腿還以不自然的姿勢外張。這隻小兩腳獸全身肌肉僵硬，顯然很痛苦的樣子。

「牠跌到峽谷了，」葉星喃喃地說，舉起尾巴示意跟在後面的族貓停下來。「可憐的小兩腳獸，牠傷得不輕。」

她在幾個尾巴遠的地方停下來。雖然相隔了一段距離，她還是可以聞到小兩腳獸因痛苦害怕而散發出的濃烈氣味。「不要太靠近，」葉星提醒族貓，「牠現在很驚恐，隨時都有可能會攻擊我們。回颯，跟我來。」

「等一下。」雀皮從群貓中鑽出來，「我覺得我們不應該貿然行動，這可能是個陷阱。」

「對啊，」矮子喵了一聲，「較大隻的兩腳獸可能就藏在後面，等著我們中計。」

「牠們常做這種事。」柯拉應和。

花瓣鼻跟著點點頭，其他的貓也是一臉遲疑。**或許他們說得對**，葉星心想。她豎起耳朵，嗅嗅空氣。但小兩腳獸的氣味和所發出的哭聲蓋過了周遭的一切。

「不可能。」回颯彈彈尾巴走向前，「這隻小兩腳獸都已經傷成這樣了。看看牠的腿！兩腳獸才不會讓自己的同類吃這麼大的苦頭，就只為了騙我們上當。」

她沒等葉星下指令，立刻朝小兩腳獸走去。葉星聽到她大聲發出呼嚕聲，她的尾巴高高翹起來，蓬起一襲柔軟漂亮的皮毛。**她以前一定是隻人見人愛的寵物貓！**葉星心想。

回颯走向前，伸出一隻腳掌，以一副嬌柔的姿態，開始撫摸小兩腳獸。看到小兩腳獸已經停止哭泣，回颯呼嚕得更大聲，頭不停在牠身上磨蹭。「我不想嚇到牠。」她回頭看了葉星一眼，一臉歉疚地喵聲說。

葉星揮動尾巴，要其他族貓先退到岩石空隙躲起來。她小心翼翼地走上前，感覺一雙雙閃亮的眼睛從後面望過來。**在族貓們眾目睽睽下，我卻必須裝出寵物貓的樣子**，她心想，**這下可有八卦了。**

她不太知道該怎麼當一隻寵物貓，只能試著模仿回颯的動作。回颯不斷用身體磨蹭小兩腳獸，而且不時發出熱情的顫動聲。小兩腳獸開始伸出腳掌觸碰葉星，葉星先是愣了一下，等到小兩腳獸順著她的背部撫摸時，葉星不自覺地從喉嚨發出呼嚕聲，**感覺還……不賴嘛**。

回颯趁著小兩腳獸撫摸葉星的時候，仔細聞了聞牠受傷的腿。「牠的腿斷了，」巫醫報告著，「但牠的腿太大，我沒辦法用木條幫牠固定。我也不確定部族的藥對兩腳獸是不是有效。」

「如果我們幫不了牠，就不要再浪費時間了。」葉星被雀皮的聲音嚇了一跳，一轉頭便看到那隻棕色虎斑公貓已經不知不覺地走了過來。「我們還有巡邏隊的工作要做。」他提醒她們。

一想到要把小兩腳獸丟在這裡，葉星雖然覺得有點不安，但又想不出什麼法子可以幫牠。看到葉星退離身邊，小兩腳獸馬上又哇哇哭了出來，粉紅色腳掌不停在石礫上動來動去。

「我們得想想辦法！」回颯反對。

「有什麼辦法好想？」銳爪低吼，接著從岩石後面冒出來，走到雀皮旁邊。他的語氣既冷酷又無情。

回颯聽到副族長的口氣，不由得豎起頸毛。「我們必須找到牠的家人，」她堅持，「我們幫不了牠，但可以找兩腳獸來幫牠。」

銳爪把頭歪到一邊，炯炯有神的綠色目光鎖住葉星，他雖然表面上等著她下命令，但很明顯是要她開口支持他。

葉星有點不知所措。她想幫小兩腳獸，但又不確定部族貓是否該淌這渾水。**我們有必要幫兩腳獸嗎？**她無法想像火星會插手管這件事。並不是說雷族族長不關心兩腳獸的死活，而是他的生活和兩腳獸完全八竿子打不著。

但我不是火星，這也不是他的部族。

葉星突然感覺斑葉就出現在她身旁，她隱隱約約可以聽到玳瑁母貓說：**把握現在！**葉星感覺斑葉似乎是在告訴她，現在可能是天族未來成敗的重要關鍵。

「回颯說得沒錯，」她大聲說著：「天族必須幫助這隻受傷的小兩腳獸。」

第二十七章

「好啊，我們要怎麼查出小兩腳獸從哪裡來呢？」銳爪質疑。

葉星鬆了一口氣。副族長雖然不贊同她的決定，但態度似乎已經軟化。「史努克掌、比利暴，你們過來這裡。」她招招尾巴命令。「你們很熟悉兩腳獸的地盤，以前有見過這隻小兩腳獸嗎？」

當比利暴走過來時，葉星僵了一下，但薑黃白公貓只是若無其事地走過去，連瞧都沒瞧她一眼。他和他的見習生低頭，端詳了小兩腳獸的臉好一會兒。

「很抱歉，」比利暴喵聲說：「我沒看過牠耶。」

我最好還是派貓咪回去把在營地的檀爪找來。葉星心想。**問哈維月和馬蓋先應該沒什麼用，他們跟比利暴住得很近。這隻小兩腳獸也許是從不同的兩腳獸地盤來的。**

但她還來不及下令，轉身離開小兩腳獸的

史努克掌突然又回過頭來，認真地聞了她一遍。「這個味道我認得！」他興奮地尖叫一聲，「就是那個外面充滿濃烈花香的兩腳獸巢穴，牠皮毛上有著一樣的味道。」他再次仔細觀察小兩腳獸，接著補充說：「我曾經看過這皮毛掛在兩腳獸尖尖的銀樹上。」

「很好，史努克掌，」葉星喵聲說話的同時，比利暴驕傲地對自己的見習生眨眨眼睛。「你可以帶我們去那裡嗎？」

「應該可以吧，」史努克掌挺直身子，一本正經地說：「我試試看。」

「那麼我們回營地去組織一支巡邏隊。」

葉星召集族貓，準備往下返回峽谷。此刻回颯走向她。「讓我留下來，」她喵聲說：「我或許能幫點什麼忙。有我們在這裡陪伴，小兩腳獸似乎也比較鎮靜。」

葉星點點頭。「好主意。我會派一隻貓來幫妳。」

櫻桃尾和雀皮一馬當先衝回營地。等到葉星抵達時，所有留守的貓已經都知道這個消息。小蕁麻撲到葉星面前，尖聲說：「我們要去！」

「對呀，我們想去看兩腳獸的地方。」小梅補充，跟在哥哥後面跑來。

「不行。」鹿蕨跟上去，把四隻小貓叫過來。「你們現在連見習生都不是，還不能出任務。」

「不公平，」小兔甩動小小的尾巴發起牢騷，「有什麼好玩的我們都不能參加。」

族貓們興奮地圍住葉星，讓她一時之間不知道該選誰。

「妳應該帶所有的寵物貓一起去！」馬蓋先建議：「我們對兩腳獸的地方超熟。」

銳爪狠狠瞪著黑白公貓，「葉星想帶誰去就帶誰去。」

葉星朝銳爪甩動耳朵。「我要你跟我一起去，銳爪。」她喵聲說：「當然還有史努克掌，因為你知道路。還有比利暴也一起來。」

葉星在說出薑黃白公貓的名字時，聲音忍不住顫抖。這是他們吵架後首次一起出任務。**雖然現在和他一隊會有些不便，但他畢竟是史努克掌的導師。**

「柯拉、櫻桃尾，」她很快說完：「還有斑足，我們不在的這段期間，就由你們負責營地的一切。派一些貓站哨，確保營地的安全。苜蓿尾，我有個工作給妳。」

淡棕色母貓不敢置信地抽動耳朵，挺著懷孕的大肚子，搖搖晃晃地走到葉星面前。

「妳到峽谷上方找回颯。」葉星吩咐，並揮動尾巴，朝受傷的兩腳獸方向指了指。「她可能需要妳幫忙。」

「我？」苜蓿尾露出更驚訝的口氣，「我根本不懂巫醫的工作。」

「妳不需要懂。回颯需要另一隻貓陪她一起安撫小兩腳獸。妳就假裝她是妳的小貓，緊緊靠著她，發出幾聲呼嚕聲就行了。」

「緊緊靠著？呼嚕聲？」苜蓿尾半信半疑地看著葉星。「好吧，葉星，既然妳都這麼說了。」她搖搖頭，邁著沉重的步伐走上峽谷。

葉星看著她離去的背影，不禁覺得有些好笑。然後她尾巴一甩，開始召集巡邏隊，「我們走吧。」

巡邏隊在兩腳獸領土的邊緣停下腳步，葉星仰望著兩腳獸的巢穴。一排排的紅色石壁擋在這些貓兒們面前，遮住了部分的天空。一堆雜七雜八的味道和聲音刺激著她的感官：怪獸、狗兒、陌生貓咪以及兩腳獸食物的怪味。

為什麼寵物貓能每天忍受這一切？

「好，史努克掌，」她喵聲說：「現在由你來帶路，我們該往哪裡走？」

史努克掌露出擔憂的表情，對自己一肩扛起找尋小兩腳獸巢穴的任務，似乎頗有壓力。

「慢慢來，」比利暴輕聲說：「你一定行的。」

史努克掌充滿感激地看了導師一眼，接著說：「應該是往這邊。」

他走進小巷，每走幾步就停下來嗅聞空氣。葉星帶著其他隊員跟在後面。幾個心跳的時間過後，銳爪超越她，快步跑到史努克掌旁邊，踏著堅定的步伐，尾巴高高豎起，彷彿十分適應這陌生環境。

葉星瞇眼看他，憂心忡忡地顫抖著皮毛。難道比利暴說得沒錯，巡邏隊晚間在兩腳獸地盤祕密行動是真的嗎？她試著對薑黃白公貓使眼色，但偏偏比利暴就是刻意不看她。

葉星突然覺得好難過，心就像被針扎過一樣。她多希望在此刻忘掉對部族的責任，請求比利暴的原諒。**但我不能這麼做，**她心想，接著又嘆了一口氣，試圖拋開悲傷的情緒。**我們現在必須將全部的心力放在救小兩腳獸上。**

史努克掌帶著巡邏隊繞過轉角，來到一條小轟雷路的邊緣。「我們要從這裡穿過去。」他喵聲說。

「好，」銳爪立刻帶頭說：「大家準備好，等我說『衝』，你們就開始衝！」

一股刺鼻味從硬硬的黑色路面上飄，和族貓們一起站在轟雷路旁的葉星忍不住皺起鼻子。一聽到怪獸的聲音，她立刻豎起耳朵，機警地和銳爪互看一眼。隨著聲音愈來愈大，貓咪們肚皮趕緊貼地，讓帶著圓圓黑色腳掌的怪獸怒吼而過。當牠在他們面前幾個尾巴外急馳而過時，一陣風突然刮了起來，橫掃過他們的皮毛。

噪音漸漸消失。櫻桃尾悄聲說：「牠沒有看到我們。」

葉星上下張望了轟雷路一會兒，怪獸所經之處無不瀰漫著一股惡臭，她伸出舌頭抹了抹嘴唇幾遍，設法把味道弄掉。

「衝！」銳爪大吼。

六隻貓全都奮力往前衝。葉星感覺自己的腳飛馳過堅硬的路面，然後安全抵達另一邊，接著她回頭看看其他隊員是否也成功穿越。

「真的沒什麼好怕的。」銳爪漫不經心地喵了一聲。

噢，是嗎？葉星在心裡嘀咕，**你怎麼對兩腳獸的地盤這麼熟呢？**

史努克掌再次走在前頭，帶隊穿過籬笆走進一處院子。一隻陌生的寵物貓從灌木叢底下瞧著他們，但沒有一絲接近的意圖。

「如果我沒記錯的話，下個巢穴就是我們要找的地方了。」他告訴葉星。

他跑向籬笆，伸出爪子開始攀爬，在上面穩住重心後不久，突然看到一隻狗在籬笆另一端開始大聲吠叫，害他嚇得豎起皮毛，身體也跟著搖晃起來。

「搞什麼？」銳爪咕噥：「他從沒說會有狗在這裡。」

籬笆的另一側被猛力一撞，開始搖搖晃動，吠叫聲愈來愈大聲。史努克掌連滾帶爬摔下來，踉踉蹌蹌跑去找在一旁等候的巡邏隊員。

「對——對不起，」他結結巴巴地說，「走錯院子了。」

「謝天謝地！」櫻桃尾大喊，邊看了一眼仍在另一邊不斷衝撞籬笆的狗兒。

「現在是要怎樣？」銳爪問，尾梢不耐煩地彈了一下。「我們該不會是迷路了吧？」

「真的很對不起……」史努克掌又道歉了一次。

「放輕鬆。」比利暴的尾巴攬在見習生的肩上。「你仔細想想，這一路上你最確定我們沒走錯的地方。」

「轟雷路肯定沒錯。」史努克掌鬆了一口氣地回答。

「那我們就再回去那裡。」葉星喵聲說。

她帶隊走在前頭，一路上提高警覺，以防更多狗兒或怪獸跑出來攻擊。最後巡邏隊又再次回到轟雷路的邊緣。「我們還需要再穿越一次嗎？」她問史努克掌。

見習生搖搖頭，喵聲說：「應該是要往這邊走才對。」他豎起耳朵，帶隊順著轟雷路直走，一路沿著牆面垂掛而下的灌木叢陰暗處潛行。他迅速轉入下一個街角，接著快馬加鞭，一副就快到達目的地的樣子，最後在一個死巷停了下來。一座用兩腳獸巢穴的紅石頭砌成的高牆就擋在前方。

「我完全不記得有這個。」他悶悶不樂地咕噥道。

聽到柯拉的爪子不耐煩地刮過地面，葉星立刻瞥了黑色母貓一眼。柯拉的眼神帶著怒氣，但並沒有口出惡言。

銳爪的尾梢來回甩動著，「史努克掌──」

「你確定我們剛剛轉彎的街角是對的嗎？」比利暴插嘴，走到見習生面前，「試著想想看你上次來這裡時是長怎樣。」

史努克掌閉上眼睛，高高皺起鼻子，很用力地想。「這裡有一棵冬青樹，」他開始說：「這我很確定……」他遲疑了一個心跳的時間，然後大叫：「但那棵樹高大很多！我知道我們現在在哪裡了！」

信心大增的他衝回剛才的街角，巡邏隊緊跟在後。他一路沿著剛剛穿越的轟雷路跑，直到抵達下一個轉角，蒼白木籬笆後面的一棵巨大冬青樹立刻進入眼簾。轉角附近有一條窄巷，兩側各立著幾間兩腳獸巢穴，路和巢穴之間用矮石牆隔開。

「就是這裡！」史努克掌興奮地高喊：「我已經可以聞到花的氣味了。」

葉星跟著他走進巷子，一路上不停聽到兩腳獸的吆喝聲，而且聲音愈來愈大。他們走到巷子一半的地方，史努克掌往牆上一躍，葉星也跟著跳上去。

一大片方形的草地在他們眼前延伸開來，兩腳獸的巢穴就在對面。一隻公兩腳獸正在院子裡，時而查看灌木叢底下，時而在一間木板做成的小窩裡尋找，一邊找還一邊嚎叫。過了一會兒，一隻母兩腳獸從巢穴裡走出來，也跟著伴侶一起嚎叫。雖然葉星不知道牠們在說什麼，但還是可以聞到牠們散發出的驚恐氣味，牠們顯然很焦慮。這些舉動讓葉星感到很熟悉，讓她想起鼠尾草掌在訓練場附近的大岩石堆中走丟的情景。當時苜蓿尾拚了命地找他，就像找一隻天下最珍貴的獵物一樣。

「牠們應該是在找小兩腳獸，」她喵聲說：「做得很好，史努克掌。你帶我們找對了地方。」

「沒錯，你做得很好。」比利暴附和，跳到牆上的另一端，中間隔著史努克掌，和葉星遙遙相望。

史努克掌對導師眨了一下眼睛，然後發出呼嚕聲。「我從沒想到我真的做得到。」他承認。

「我們現在要怎麼辦？」銳爪直問，接著一躍而上，凝望著院子。「我們要怎麼告訴兩腳獸牠們孩子的去處？」

「我會想辦法讓牠們跟我走。」史努克掌喵聲說完，立刻跳到草地上，葉星根本來不及阻止。

銳爪聳聳肩。「他是寵物貓，搞不好知道怎麼跟兩腳獸說話。」

史努克掌奔過院子，跑向母兩腳獸纏在她腳邊，母兩腳獸立刻尖叫一聲。公兩腳獸轉過身，將目光落在史努克掌身上，並發出一聲低吼。牠朝那隻見習生逼近，不時揮舞雙臂，發出嘶嘶聲。

史努克掌不解地往後退。「我知道你們的小兩腳獸在哪裡！」他大聲喵叫：「現在就跟我走！」

兩腳獸顯然沒聽懂。母獸擺動雙手，不停對史努克掌尖叫。史努克掌只能愈退愈遠。

「回來，鼠腦袋！」銳爪斥喝。

公兩腳獸一聽到聲音，立刻轉身往牆上一看，發現上面竟然站了好幾隻貓。牠大吼一聲，衝去找一個圓形的兩腳獸器具，像是用築巢穴的紅色石塊做成的東西。

「噢喔……」銳爪咕噥，飛快轉身跳進巷子。

此刻，兩腳獸把那紅色物體丟了出去。史努克掌拔腿衝過草地，撲身跳到牆上，比利暴連忙跳下往巷子裡跑，葉星也跟著他往下跳。紅色的東西不偏不倚砸在他們剛剛站立的牆壁，當場碎成好幾片。

「好險。」銳爪咕噥。

原本站在巷子裡觀看的柯拉和櫻桃尾，在石地上磨起爪子。

「我們走吧，」柯拉嘶聲說：「兩腳獸不希望我們在這裡。」

「我真搞不懂！」史努克掌蓬起皮毛，不敢置信地瞪大眼珠。「牠們為什麼要這麼做？我們只是想幫忙而已。」

「兩腳獸就是笨嘛，」銳爪聳聳肩說：「我們已經盡力了，」他看了葉星一眼，補充說：「趁還沒有惹上麻煩前，我看我們還是回營地為妙。」

回峽谷的路上，葉星每走一步，心情就愈不安。她不像柯拉和銳爪，那麼容易就向失敗妥協。**一定還有什麼我們可以做的！**她好希望問問比利暴的意見，但偏偏話就是哽在喉嚨出不來。

當她帶領巡邏隊走下小徑進入峽谷時，其餘族貓都迫不及待想要知道一切的經過。

「你們有找到牠的家人嗎？」苔毛用粗啞的嗓子問，抬起一隻後腿搔搔耳朵後面。「一想到有隻小兩腳獸在峽谷裡，我心裡就毛毛的。」

「至少哭聲已經停止了。」纏亂嘀咕。

葉星還來不及回應，銳爪已經搶先報告：「我們有找到牠們。祂們在院子裡找小兩腳獸。史努克掌已經告訴牠們在哪裡，但牠們就是不聽。」

「牠們還拿了一個花盆丟我們！」史努克掌大聲訴說，又氣又失望地張大眼睛。「我從沒想到兩腳獸會這樣。」

「你總算上了一課，**寵物貓**。」銳爪偷偷自言自語。

「史努克掌，你不用想太多。」比利暴告訴他的見習生，友善地用尾巴輕彈他的耳朵。「有些兩腳獸就是不喜歡陌生的貓進入牠們的院子。」

「沒錯，」檀爪附和：「如果牠們在找東西，可能會覺得你在那裡礙手礙腳。」

史努克掌垂下尾巴，一副悶悶不樂的樣子。「牠們也用不著發那麼大的脾氣吧。」

「看來我們還是不要管最好。」花瓣鼻喵了一聲，低頭舔了幾下胸前的毛。「兩腳獸竟然還拿東西丟我們，幫牠們太不值得了。」

蜂鬚點點頭，「反正我們也幫不上什麼忙。」

葉星不這麼認為，她的腳掌激起一股信念，堅持部族一定要幫到底。聽到哭聲停止的事，讓她更加擔憂。峽谷裡平時的聲響——從岩石流出的汩汩水聲、樹叢搖曳的沙沙聲、走在石頭上的腳步聲——一切聲音都變得微弱，並帶著一種不祥的預感。

「我去看看回颯那邊的情形。」她說。

她步上峽谷，好幾隻族貓也跟在她後面。她繞過石脊，來到小兩腳獸躺臥的地方。回颯看到她迎面走來，立刻上前招呼。巫醫身上強烈的紫草味，讓葉星忍不住抽抽鼻子。

「你們有找到牠的爸媽嗎？」回颯問，焦急地睜大深邃的綠色眼睛。「牠們會來嗎？」

「我們是找到牠們了，但牠們不會來。」葉星很快跟回颯說了一遍去兩腳獸地盤時所發生的經過。「小兩腳獸還好嗎？」

「不太好。」回颯搖搖頭，把葉星帶到小兩腳獸的旁邊。「你們離開後不久，牠開始閉上眼睛，然後就不動了。我覺得牠應該很難醒來了，除非我們能幫牠找到救兵。」

兩腳獸一動也不動地躺在那裡，腿還是不自然地彎曲著。牠的眼睛緊緊閉上，臉看起來比之前還蒼白，如果不是胸前還微微起伏著，葉星很可能就認為牠已經死了。苜蓿尾蜷縮在牠的臂彎中睡覺，小兩腳獸的一隻前掌輕輕圍住她的背。

「我試著將紫草泥敷在牠腿上。」回颯邊解釋，邊指了指一坨坨鋪在小兩腳獸皮膚上嚼碎的草藥。「但是因為牠沒有毛，所以沒辦法黏住藥泥。」

葉星默默地看著小兩腳獸幾個心跳的時間。**要是我有小貓，然後其中一隻走丟或是受傷了該怎麼辦？**她問自己，暫時拋開因為身負部族責任而不能生育小貓的沮喪事實。**我一定會急瘋！**

「我們絕不輕言放棄，」她宣布，「必須再試試看。」

銳爪問：「但我們還能做什麼？」他懊惱地甩動尾巴，「連接近兩腳獸都接近不了了，我不覺得還有什麼可以做的。」

「沒錯，」雀皮同意，「我們不可能知道兩腳獸在想什麼，牠們好像很難懂。」

葉星的腳掌蠢蠢欲動，腦袋裡突然閃過一個念頭。「如果不懂兩腳獸在想什麼，」她沉思著，「我們只好用貓的邏輯去想。兩腳獸們正在找牠們的孩子，我們只要盡力幫助牠們就行了。」

第二十八章

「如果我們要追蹤獵物，通常是循著氣味走。」葉星嗅嗅那孩子強烈的兩腳獸味道，並若有所思地說：「有什麼辦法可以擺一隻獵物，讓兩腳獸也循著氣味過來嗎？」

「這沒辦法，」哈維月說：「兩腳獸的鼻子雖然很大，但牠們的嗅覺非常不靈光，一個老鼠尾巴距離外的氣味就聞不到了。要不然牠們早就知道我們在哪兒了！」

葉星不得不承認晨間戰士說得有道理。「那麼我們怎麼讓牠們找到牠們走失的小兩腳獸呢？」

她並不指望會有任何回應，但不久便聽到崖底傳來斑掌興奮的呼喊聲。她匆匆忙忙爬過岩石，來找他們。「看我找到什麼了！」

苜蓿尾被她的叫聲給吵醒後，眨眨眼睛，打了一個超級大的呵欠。「好久沒睡得這麼熟了，」她喵聲說：「葉星，發生什麼事了？小兩腳獸的父母來了嗎？」

麼。

葉星解釋了去兩腳獸地盤所發生的情形，然後走向斑掌，看看這隻見習生到底發現了什麼。

苜蓿尾小心翼翼地從兩腳獸的懷抱抽離，準備跟過去，並失落地抽動頰鬚。「可憐的小兩腳獸。」她喃喃地說：「我們得想想辦法才行。」

看到兩隻母貓迎面走過來，斑掌又重複說著：「妳們看。」她用尾巴指指兩個岩石之間一個亮藍色的東西。

「那是什麼？」葉星問，伸出一隻腳掌，猶豫地在那東西上戳了一下。「這東西看起來像是用兩腳獸的皮毛做的。」

斑掌告訴葉星：「那個是小兩腳獸的背包啦，」她的眼睛充滿了驕傲，很高興自己能幫得上忙。「兩腳獸用它來裝東西。」

葉星點點頭。「原來如此，看起來就像是把一片超大的葉子捲起來。」

她叼起背包的邊邊，把它丟到最靠近的岩石上。好幾樣小東西從裡面掉了出來，散落在群貓的腳邊。

愈來愈多族貓開始聚過來，看著斑掌發現的玩意兒，開始交頭接耳起來。幾個見習生擠到前面去，臉上充滿了好奇。

「兩腳獸好奇怪哦，」薄荷掌喵聲說，低頭嗅聞一小塊白色的皮毛。「為什麼牠們要帶這個東西到處跑？這到底是什麼玩意兒？」

「這是小手帕。」斑掌鄭重其事地告訴她：「是兩腳獸用來擦鼻子的東西。」

「擦……？」薄荷掌瞪大眼睛倒退了一步，「妳是說牠們不直接用舔的嗎？噁心死了！」

「這又是什麼？」鼠尾草掌在一個綠色圓圓的東西面前嗅來嗅去，那玩意兒看起來有點像背包，但體積小多了。當他移動它時，裡面還有東西發出鏗鏘的聲響。

「很抱歉，這我就不清楚了。」斑掌回答的瞬間威風全失。「不過這個是髮帶。」她補充，用爪子摳住一個粉紅色長長的東西，把它高舉在空中。「母兩腳獸用這個來綁住頭上的毛髮。」

蛋兒神經兮兮地聞了一下髮帶，薄荷掌則是和弟弟互看一眼。

「嘿，妳應該試試，」鼠尾草掌建議，並用腳肘輕輕頂了她一下。「在妳頭毛上纏個小旋花來看看。」

「我的頭毛好得很，謝謝你的雞婆。」她沒好氣地說。

史努克掌走過來，嘴裡咬著一個又長又閃亮的東西。「這是牠的項鍊，」他口齒不清地喃喃說道：「應該是牠跌倒時掉的。」

「**那東西**是做什麼用的？」薄荷掌尖聲問。

史努克掌聳聳肩。「不知道耶。我家的母兩腳獸也會把這東西戴在脖子上，我猜是為了不讓頭掉下來吧。」

「應該不是吧，」鼠尾草掌困惑地喃喃說道：「這隻兩腳獸的頭也沒有掉下來啊——」

「好了啦，」苜蓿尾打斷他們的對話，並朝葉星轉動眼珠。葉星一時覺得好笑，忍不住發出喵嗚聲。**見習生們講到這個可就沒完沒了了！**「但是我們該怎麼處理這些東西？這些東西有用嗎？」苜蓿尾問。

「其實是有用的，」葉星慢條斯理地回答：「兩腳獸沒有追蹤氣味的能力，但牠們的視力沒問題，對吧？我們可以利用這些東西，把牠們從兩腳獸的地方引到這裡來，這樣一來牠們就可以找到牠們的孩子了。」

「就只能寄望牠們還有一些追蹤技能囉。」銳爪說。

「說真的，我不敢相信妳竟然要這麼大費周章。」花瓣鼻喵聲說，不屑地看著散落一地的兩腳獸物品。

「我也這麼覺得，」銳爪附和：「這又不關我們的事，幹嘛要管兩腳獸有沒有找到牠們的孩子？」

苜蓿尾瞪大眼睛，「我真不敢相信你們會說出這種話！」

銳爪聳聳肩，「我只是覺得幹嘛這麼麻煩。我們這樣冒險是為了什麼？」

「不會呀，我倒覺得這樣很好！」櫻桃尾瞪著弟弟，「我們走還是不走？」

葉星抬頭看了天空一眼，太陽已經開始下沉，很快就會天黑了。如果他們要去引兩腳獸到峽谷來，所剩的時間已經不多了。「我們現在就出發，」她打定主意，「我將帶同一批隊員一起去。我們現在都知道路怎麼走了。你們各選一樣東西跟我走。」

「如果可以的話，我想留下來。」銳爪喵聲說：「為了因應兩腳獸進入峽谷，我想到了幾個有用的對策。」

葉星想知道副族長到底在耍什麼花樣，但又堅決告訴自己不能一直懷疑他的動機，否則什麼事都做不成了。「好吧，」她爽快地喵聲說：「我們待會兒見。」

葉星皺著臉，忍受兩腳獸濃烈的氣味，接著叼起那個鏗鏘作響的綠色東西，其他隊員也在一旁挑東西。比利暴把背包咬起來，背包在他前腳之間晃動著，乍看之下像極了某種奇怪的新鮮獵物。

因為這裡沒有明顯的小徑，葉星只好帶隊沿著懸崖的岩石爬上去。在半路上，她看到一個用兩腳獸皮毛物所做成的圓形物品，另一邊還突出了一塊半月形的硬物。整個東西看起來有兩腳獸的頭那麼大。

這應該是用來蓋住牠們的頭毛的，她心想，很滿意自己猜測的答案。她把它叼起來一起帶走。

當他們來到崖頂附近時，看到一株亂根盤結岩石的刺叢。「把背包放在這裡，」葉星揮動尾巴，指指一截突出的樹枝，並指示比利暴。「這東西大又鮮豔。兩腳獸應該在很遠的地方就可以看得見。」

比利暴點點頭，默默照著她的指令做，沒跟她說半句話。葉星的心又開始痛了起來。**要是我們還是朋友，這個任務肯定會有趣刺激很多！**

葉星和隊員們趁著經過峽谷和兩腳獸之間的空曠地區時，一一把東西擺在顯眼的位置：樹墩上、平坦的岩石上、陡坡頂端等等。葉星每次都會小心翼翼地回頭確認東西是否都放妥後，才會往下個地方擺下一個物品。

最後，他們來到空曠地區邊緣的一條轟雷路旁，櫻桃尾爬到路旁的一株栗子樹上，把髮帶放到一根垂掛而下的樹枝上。「然後呢？」她跳下來，喘著氣說。

現在只剩下葉星身上那個用來罩住頭毛的東西。葉星快受不了了，這東西又重又大，害她一直跌倒。她把它放下來，稍稍離開那刺鼻濃烈的氣味，暫時喘口氣。

「我要帶著它到兩腳獸的巢穴，」她喵聲說：「幸運的話，應該會被認出來。」

「小心點，」柯拉提醒她，「牠們說不定又會對妳丟東西。」

葉星點點頭，**我也只好冒險一下了。**

她再次叼起那個遮蓋物，朝巢穴前進，巡邏隊員戰戰兢兢地跟在後面。太陽已經悄悄落到兩腳獸巢穴的屋頂底下。她跳到牆上，眺望那一片鮮綠草皮，忍不住打了個寒顫。

她一開始以為沒有人在，雖然兩腳獸的門依然敞開著。然後她看到公兩腳獸在對面的灌木叢暗處走來走去。過了一會兒，母兩腳獸走出來，不知道在對公兩腳獸喊什麼。葉星擔心牠們會一起走進巢穴，於是跳下來，一路叼著頭毛遮蓋物穿越院子，朝母兩腳獸走去。母兩腳獸感覺自己腳邊又被毛茸茸的東西纏住，生氣地發出嘶吼。

母兩腳獸一看到她，立刻尖叫，再次揮舞手臂，想把她趕走。

好啦，我已經見識過這招了，有點被激怒的葉星心想，**麻煩妳看一眼我帶來的東西，好不好？**

她閃過母獸的揮掌攻擊，拚命克制逃回巷子的衝動，回頭瞥見柯拉和櫻桃尾肩並肩站在牆上，一臉驚恐地觀看。

接著公兩腳獸嚎叫一聲，衝到院子，抓住母兩腳獸的前腳，阻止牠攻擊葉星，並急忙指著那個頭毛遮蓋物。

終於！

公兩腳獸蹲下來，朝葉星伸出一隻粉紅色腳掌，輕聲細語地跟她說話。母兩腳獸停止尖叫，也跟著瞪大眼睛看看葉星。葉星原本想放下遮蓋物就跑，但心裡又很清楚這麼做根本於事無補。她慢慢後退，試著將皮毛收平，儘量不要讓兩腳獸誤以為她有攻擊的意圖。她拖著頭毛遮蓋物往後退，像拖著一塊美味的新鮮獵物般，一步步引誘兩腳獸走向前。葉星來到牆邊，轉身跳上去。看到其他隊員已經消失，讓她鬆了一口氣。要不然一群陌生貓出現可能又會嚇到兩腳獸。

她往下朝巷子一躍，回頭看了公兩腳獸一眼。公獸隔著牆望著她好幾個心跳的時間，然後打開大門，跟著她走出去。

很好，繼續跟上就對了……

葉星來到轟雷路附近，放下頭毛遮蓋物後，衝上櫻桃尾放置髮帶的栗子樹。她停下來回頭一望，看到公兩腳獸已經撿起遮蓋物，放在掌間撥弄著，然後牠抬頭看著葉星。她雖然看不太懂兩腳獸的表情，但感覺牠似乎一臉困惑。

過了一會兒，母兩腳獸也跟著加入伴侶。公獸把遮蓋物交給牠，換牠細細檢查。葉星不耐煩地抽動尾巴。**拜託！這很難嗎？**

看到公獸忽然轉身走回巷口，葉星沮喪地張大嘴巴。

「不！」葉星發出絕望的叫聲，「往這邊才對！」

母獸停下來，然後沿著轟雷路，朝葉星走去。牠的伴侶跟過去，嘴裡念念有詞，但母兩腳獸沒有理牠。葉星雖然有股穿越轟雷路、奔回峽谷的衝動，但她還是強迫自己慢慢後退，讓兩腳獸有機會跟上來。

母兩腳獸走近栗子樹時，突然大叫一聲，開始衝過去。在經過葉星身邊時，葉星趕緊跳開，讓牠把櫻桃尾掛在低樹枝上的髮帶抓下來。

「感謝星族！」葉星發出呼嚕聲，「牠們找到追蹤的路線了。」

公兩腳獸趕到伴侶身邊，指了指空地另一端，就在兩腳獸巢穴聚落正前方的平坦岩石擺上史努克掌放的小手帕。兩腳獸應該能順利找到去峽谷的路了。葉星揮動尾巴召集巡邏隊。隊員們從躲藏的暗處和灌木叢底下走出來，團團圍住葉星。

「我們辦到了！」櫻桃尾興奮地跳起來大叫。

「我們回營地吧，」葉星喵聲說：「我們必須趕在兩腳獸抵達前回去。」

他們衝回懸崖，避開兩腳獸找尋東西的路徑。在昏暗中，葉星依稀可以聽到二隻兩腳獸每發現一件新東西時所發出的驚呼聲。在意識到任務成功時，她的心情變得很激昂。巡邏隊沿著通往營地的小徑一路往下，最後她急急煞住腳步，驚訝地張望四周。峽谷從沒有這麼忙碌過。花瓣鼻、蜂鬚和鼩鼱齒正忙著把樹枝和蕨葉拖到睡窩入口；檀爪從旁監督著剩下的三名見習生，讓他們把獵物堆從岩石堆移到對面河岸的岩縫中；纏亂和苔毛則是在河邊，不停用尾巴拍除腳印。

他們正忙著把營地藏起來！

「牠們來了嗎?」銳爪跑到葉星面前詢問。

「牠們已經在路上,」葉星告訴他:「你做得很好。」她很欣慰副族長腦筋動得這麼快,接著繼續說:「現在這裡簡直看不出有貓住過的痕跡。」

銳爪略略點個頭。「我寧可兩腳獸不要踏進峽谷一步,」他喵聲說:「但妳說得沒錯,那隻受傷的小兩腳獸不能待在這裡。我們做好讓兩腳獸進來的準備,總比在毫不知情的情況下讓牠們大舉入侵好。」

葉星讓巡邏隊員下去協助隱藏營地的工作,自己則步上峽谷去找回颯。巫醫和苜蓿尾坐在受了傷仍一動也不動的小兩腳獸旁邊。牠小小的粉紅色腳掌攤在身旁的石頭上,上面到處是擦傷和一堆乾掉的血漬。葉星眨眨眼睛,**喔,可憐的小兩腳獸**。

「有成功嗎?」回颯看到葉星從石脊繞進來,立刻跳起來找她。

葉星還沒開口回答,大伙兒突然聽到頭頂上的懸崖傳來巨大的腳步聲和兩腳獸的喊叫聲。

「感謝星族!」苜蓿尾低聲說:「牠們在呼喊小兩腳獸。」

「可是小兩腳獸沒辦法回答。」回颯焦急地喵聲說。

「那麼我們就必須幫牠回答。」葉星跳上附近的岩石,發出震耳的叫聲。

看到兩腳獸起初似乎沒有反應,葉星接著深呼吸,發出一聲迴盪岩石間的震憾長嚎。幾個心跳的時間過後,她看到公兩腳獸和伴侶紛紛從崖頂往下望。牠們邊發出嚎叫回應,邊指著一動也不動的小兩腳獸。

回颯跳到葉星旁邊,興奮地搖擺著尾巴。「牠們看到牠了!」

「牠們要來帶牠了，」葉星喵了一聲，停止嚎叫。「到時候我不希望峽谷有任何天族的痕跡。我們趕快回營地去。」

葉星和兩隻母貓回到營地時，銳爪正在岩石堆等候著。所有的族貓都已經待在自己的睡窩裡面。葉星瞥見他們從堆在入口的蕨葉和樹枝探頭張望。

「怎麼樣了？」他緊張地問葉星。

「兩腳獸到了，」葉星報告，「牠們——」

她被懸崖裡突如其來的狂喜聲給打斷。

「我就知道我們可以辦得到！」哈維月大喊，從戰士窩的屏障堆中鑽出來。

「安靜！」銳爪斥喝：「給我回去，你是想讓兩腳獸來找到我們嗎？」

哈維月一溜煙躲進去，雖然如此，葉星還是可以聽到窩室裡面傳來興奮的喵聲和尖叫聲。鹿蕨的小貓在育兒室外的樹枝堆裡爬來爬去。苜蓿尾拖著身子走上小徑，幫鹿蕨把這些小傢伙圈住，送回室內。

「我想知道兩腳獸在做什麼，」銳爪對葉星說：「但我不放心營地，所有族貓像是腦袋都長了蜜蜂一樣。」

葉星能瞭解族貓們歡欣鼓舞的心情。過了一會兒，眼見鼓噪聲漸漸停止，讓葉星也跟著鬆了口氣。她選擇銳爪、櫻桃尾、回颯、比利暴和史努克掌，組成一支小巡邏隊，一起攀上峽谷，躲在岩石後面觀看救援小兩腳獸的情形。

當他們抵達時，現場已經有愈來愈多兩腳獸加入。牠們穿著亮黃色的皮毛，沿著從崖頂垂掛而下的藤蔓長鬚滑進峽谷。

「看吧，兩腳獸並不都是壞人！」史努克掌輕彈起來，悄悄說道。

「也許吧。」銳爪的綠眼睛露出戒備的神情，「但我不喜歡讓這麼多兩腳獸進入我們的領土。牠們要是再跑回來該怎麼辦？」

葉星看到兩腳獸把一個扁平的龐然大物往下運到峽谷，接著把小兩腳獸輕輕抬放到上面。

「我真搞不懂牠們為什麼這麼做。」她喃喃自語。

「牠們一定知道我們在這裡，」櫻桃尾碎碎念道，口氣聽起來異常擔心。「畢竟是我們把牠們帶到這裡來的。」

「牠們也因此找到小兩腳獸了啊。」葉星安撫她。

兩腳獸把小兩腳獸緊緊綁在龐然大物上，開始利用藤蔓長鬚把牠拖上懸崖。雖然葉星嘴裡要族貓放心，但心裡還是難免有所顧忌。**部族貓和兩腳獸分屬不同世界，她心想，我今天這麼做不知是否已經超出彼此之間的界線？**

回颯磨蹭她的肩膀。「妳做得很對。」她堅決地說，似乎看穿族長的心事。

但葉星可以看出巫醫的眼神背後蒙上和她一樣的擔憂。

我這樣做對嗎？她問自己，**接下來又會發生什麼事呢？**

第二十九章

隔天一大早，葉星急著走上峽谷，到小兩腳獸先前躺臥的地點察看。昨晚下了一場雨，從岩石滴落的水珠被升起的太陽照得閃閃發光，她瞇起眼睛，踏著水窪行走。一陣強風吹起，一朵朵小白雲在天際急馳著。

葉星謹慎地從石脊後面望了一下，接著走向前，微張雙顎嗅聞空氣。雖然還是可以聞到許多兩腳獸混雜而成的氣味，但味道已經愈來愈淡，多虧昨晚的雨水把氣味給沖淡了。雖然現場仍留有兩腳獸笨重的腳步痕跡，但葉星猜想這應該會隨著時間慢慢消失。

或許一切已經結束，我們安全了。

葉星一回到營地，便看到銳爪在整理晨間巡邏的隊伍。她立刻可以感覺出戰士們的不安，他們心神不寧地在岩石堆踱來踱去，根本沒有專心在聽銳爪叫他們的名字。

「如果兩腳獸回來了，我們要怎麼辦？」花瓣鼻苦惱地問。「也許我們應該離開，到別的地方去住。」

「我哪兒也不去，」苜蓿尾抗議道，「要走的話，也得等到我的孩子出生，適合遷徙再說吧。」

「我們當然沒有搬遷的必要。」斑足磨蹭苜蓿尾的身體側邊安撫她，「兩腳獸有什麼好怕的？」

鼩鼱齒開始發抖，沒有說半句話。

葉星環顧四周，看到棍子和其他來自兩腳獸地盤的貓縮成一團，在底下窸窸窣窣。她很想知道他們在說些什麼。**他們該不會是打算離開吧？**或許他們不喜歡待在一個和兩腳獸有太多牽扯的部族。

河岸邊突然傳來一個高八度的叫嚷聲，葉星連忙轉頭一望，看到小梅四腳朝天躺在那裡。

「我是受傷的小兩腳獸！」她大叫：「救救我！」

她的哥哥們在她旁邊蹦蹦跳跳，趕緊衝向她，接著戳戳她的身體。

「我們得去找牠的兩腳獸家人！」小兔大聲說。

葉星喵嗚一聲，忍不住笑了出來。至少鹿蕨的孩子並不擔心兩腳獸可能的威脅。她好希望其他的族貓也可以有同樣的心情。不過，就連見習生都一臉悶悶不樂，她看到微雲和彈火豎起皮毛互望著對方，緊張的氣氛似乎一觸即發。

「情況不妙，」葉星咕噥，「我得想想辦法才行。」

一陣洪亮的打招呼聲從崖頂響起，葉星抬頭看到所有的晨間戰士一起到來。哈維月和馬蓋先一馬當先，後面跟著比利暴、檀爪和他們的見習生。

對了！葉星心想，**我想到一個能讓族貓振作、心情變好的辦法。**

葉星跳上岩石堆，高喊：「所有能夠自行狩獵的成年貓都到岩石堆下面集合，準備進行部族集會。」

所有貓咪的目光全移到葉星身上。她等著晨間戰士抵達峽谷底、回颯從巫醫窩出來，連纏亂和苔毛也來到河岸附近，在太陽底下伸起懶腰。

等所有貓兒都全神貫注時，葉星開始說：「天族貓們，冊封新戰士是所有部族最重要的儀式之一。這也是我今天召集各位的原因。」

見習生們眼睛為之一亮，興奮地看著對方，不知道族長會點到誰。

「昨天史努克掌幫助部族找到受傷的兩腳獸的巢穴，」葉星繼續說：「要是沒有他，小兩腳獸或許仍躺在峽谷裡，也有可能因此死亡。史努克掌，你展現了戰士的擔當，因此值得被授予戰士名。」

史努克掌張口結舌，「但……但是葉星，」他推辭，「我什麼也沒做！」

「你做了其他族貓做不到的事，」葉星很肯定地對他說。「比利暴，你的見習生，史努克掌，已經學會所有戰士的技能嗎？」

比利暴的琥珀色眼睛閃爍著驕傲的光芒，「是的。」

一想到比利暴不是因為她而露出溫暖的神情，葉星的心揪了一下。「他已瞭解戰士守則的意義嗎？」

「瞭解。」

葉星從岩石堆一躍而下，來到史努克掌面前。他仍一臉看起來被貓拿死鴿子砸到頭的樣子。

「我，葉星，懇請戰士祖靈俯視這名見習生。」她宣布：「他在嚴格的訓練下，學會了您崇高的守則。我在此鄭重推薦他成為戰士。史努克掌，你願意遵守戰士守則、誓死保衛部族嗎？」

史努克掌邊發抖邊回答：「我願意。」

「那麼在星族的見證下，我要授予你戰士名。史努克掌，從現在起，你的名字將是史努克刺。星族將以你的勇氣和智慧為榮，歡迎你成為天族的全能戰士。」

她將鼻頭擱在史努克刺的頭上，這隻年輕公貓舔舔她的肩膀，然後退後一步，站到比利暴旁邊。

「史努克刺！史努克刺！」

天族貓擠成一團，歡迎這名新出爐的戰士。葉星看到他們閃亮的眼睛和熱情的聲音，大大鬆了一口氣。**這招果然有效！現在他們已經不再擔憂兩腳獸的事，史努克刺也將成為部族重要的一員。**

歡呼聲漸歇，族貓們紛紛退回原位。此刻，史努克刺轉身，用困擾的眼神看著葉星。

「真的很抱歉，葉星。」他喵聲說：「我不能留在這裡。」

族貓們聽了一陣震驚，開始議論紛紛。微雲發出咆哮聲抗議，雀皮和石影跟著附和。

「什麼？」葉星困惑地看著這名新戰士，並舉起尾巴要大家安靜。「為什麼不能？」

史努克刺局促不安地搖搖頭，「我——我不能忍受昨天兩腳獸邊吼邊把我們趕走的樣子。我們想幫牠們，但牠們卻把我們當成敵人看待。」

「那是因為牠們不瞭解——」葉星開口說。

「我知道，但這完全沒辦法改變事實。」史努克刺哀怨地繼續說：「我很享受當部族貓的時刻，但我不想成為兩腳獸的敵人，所以我不能留下來。」

「等一下，」銳爪從貓群中鑽出來，「你剛剛才保證過要保衛部族，你難道是在說謊嗎？」

「不是……」史努克刺反駁，「我沒有那個意思……」他陷入沉默，尾巴垂到地上。

「你最好想清楚自己到底是什麼意思。」銳爪眼睛閃著怒火斥喝。

史努克刺不發一語地低下頭。族貓間的竊竊私語讓葉星愈聽愈火大，聽到彈火嘶吼著「叛徒！」時，葉星立刻怒瞪他，直到他把眼神移開為止。

葉星還來不及開口說話，就看到比利暴走向前，用鼻子磨磨史努克刺的耳朵。「我很瞭解腳踏兩種生活的難處。」

史努克刺抬起臉，點了點頭，眼神裡充滿痛苦與沮喪。「我以為自己可以做得到，但還是失敗了。」他坦承，「當部族貓讓我變得凶猛、充滿野性，但是也會被兩腳獸討厭，我不喜歡這樣。妳能肯定我具備戰士的資格，我感到很光榮，但這再也不是我想要的了。」

比利暴的頭歪到一邊，「這只是和兩腳獸之間的一次誤會，」他喵聲說：「你的主人絕不會那樣對你。」

「真的嗎？」史努克刺反駁。現在的他看起來變得高大強壯，比較符合葉星想像的戰士模樣。「你不懂。我之前掉到河裡時，牠們擔心得要死。我每次戰鬥、打獵所受的大大小小傷，還有在這裡跑來跑去，腳被岩石磨破皮的傷，牠們都得幫我醫治。我不停在冒險，對牠們很不公平。」

雀皮哼了一聲，「如果你不夠**勇敢**的話……」他嘶聲說。

史努克刺猛然轉身，正對著他。「我有真實面對自己的勇氣，」他淡淡說：「我是寵物貓，兩腳獸不是我的敵人，我再也不想看到牠們眼裡的凶惡神情。」他轉向前導師，「比利暴，你教了我很多東西，我一輩子都會感激在心。但我再也不能腳踏兩個世界。」

葉星長嘆一口氣。她很佩服這名戰士的決心，很可惜他沒有選擇天族，要不然他肯定會是值得讓她引以為傲的族貓。「很遺憾我們無法留住你，史努克刺。我們會想念你的。」

她瞪著準備開口說話的銳爪。**要是他敢說部族沒有史努克刺反而更好的話，我一定會立刻扯掉他的耳朵！**銳爪顯然是已會意到，馬上閉嘴沒有說話。

「我也會想念你們的，」史努克刺回答，眼睛環顧族貓們。「我永遠不會忘記所有天族的朋友。」他低頭補充：「感謝妳給我的一切，葉星。」

他轉身昂首走到小徑底。葉星看著他離去的背影，心不由得揪成一團。**我們失去了一位好戰士。**

「再見，史努克刺。」她在他背後大喊；一些族貓也跟著一起說再見，但聲音稀稀落落，其餘的貓則是轉身就走。史努克刺沒有再回頭看一眼。

峽谷籠罩在一片微光中，葉星嘴裡咬著一隻肥松鼠，正從巡邏任務歸來。櫻桃尾、微雲和石影各自帶著獵物跟在她後面。狩獵隊今天大豐收。

葉星經過岩石堆，看到銳爪坐在池邊。深藍色的水從他腳邊迴漩而過，接著流到下游。他抬頭望著她，一想到有可能看到他沾沾自喜的嘴臉，葉星的腳不由得開始不安。

葉星把松鼠放到獵物堆上，立刻走去和副族長說話。「很可惜我們再也看不到史努克刺了。」她試著以平常心說。

銳爪站起身，禮貌地對著迎面而來的族長點頭致意。「我也覺得很可惜。」他同意。至少他沒有說「我就說吧」。

「我覺得我們從現在起必須對晨間戰士的忠誠度嚴格把關。」銳爪繼續說：「包括比利暴在內。」他意有所指地補充。

葉星愈聽愈生氣，所燃起的熊熊怒火有如落葉季的洪水般猛烈。她很努力才克制住撲向副族長、抓花他皮毛的衝動。「你是在質疑比利暴的忠誠度嗎？」她質問，極力想緩和自己激動失控的聲音。

銳爪露出驚訝的眼神，退後一步。「不是。」他用溫和的語氣說：「我是懷疑一般寵物貓的忠心，並不是只有針對他。對他們來說，夾在兩種生活中一定很掙扎。」他舔舔一隻腳掌，然後若有所思地用腳掌刷過耳朵。「等到天氣變冷，也許會有愈來愈多寵物貓選擇待在主人身邊。」

葉星已經受夠了他那些藐視晨間戰士的話。「你聽起來似乎對戰士守則很沒信心。」她冷淡地喵聲說：「你想族貓會這麼容易就背棄它嗎？」

她沒等他回答，立刻轉身，憤而離去。她很氣銳爪不斷質疑她所重視的貓咪們，更氣自己把對話搞砸，以吵架收場。

為什麼史努克刺要離開我們？我們真的就這麼不如兩腳獸嗎？

在走回睡窩的途中，她看到比利暴開始爬上通往崖頂的小徑。**他正準備回去兩腳獸的地方**。她一時心生害怕，趕緊跟過去，慌慌張張地爬上小徑，直到趕上他為止。

「你要走了嗎？」她脫口問。

比利暴回頭看到是她，驚訝地瞪大眼睛。「明天我會再來。」他喵聲說。葉星雖然鬆了一口氣，但卻極力掩藏。他繼續說：「我會去看看史努克刺，但是我可能沒有能力動搖他的決定。」

我才不是要跟你說這個，葉星心慌意亂，**我是想告訴你我有多麼希望你留在天族**。

「沒關係，」她冷靜地說：「我只是想確定史努克刺沒事。他隨時隨地都可以回來，這點你應該很清楚。」

比利暴抽動耳朵，有點懷疑。「真的嗎？族貓們也會歡迎他回來嗎？」

葉星想起當史努克刺宣布離開的打算時，所引起的反彈聲浪。不可否認地，勢必會有些族貓對這隻年輕貓不信守承諾的行為感到反感。「我很歡迎他回來，部族的事我說了算。」

比利暴點點頭轉身離去，在走了幾步後，又回眸看了一眼。「凡事要小心，葉星。」他喃喃說道：「妳無法強迫所有貓對妳或對戰士守則忠心。」

葉星站在小徑上，望著薑黃白公貓爬上崖頂，最後消失在一片漆黑中。寂寞突然襲上她的皮毛，然後她提醒自己，族長可以代表部族做決定。和其他貓咪相比，我們必須更相信自己的直覺。

當她再次走回睡窩途中，忽然瞥見幾個小小的身影在岩石堆上跳來跳去，她一眼認出了鹿蕨的孩子。**都這麼晚了，他們還在那裡做什麼？他們應該在育兒室乖乖睡覺才對呀**。她因為好奇加上不放心，於是又走下峽谷。

「那麼在星族的見證下，我要授予你戰士名。」她聽到小梅尖聲說著，「蕁麻掌，從現在起，你的名字將會是蕁麻鬚。星族將以你的……你的戰技和勇氣為榮，歡迎你成為天族的全能戰士。」

他們在玩戰士命名儀式！葉星覺得很好笑，灰暗的心情頓時一掃而空。她想說小蕁麻應該會低頭，讓手足將鼻子擱在他頭上。

但是他卻抽出爪子，一掌把小梅推開。「不要！」他大叫：「我不要當戰士！蕁麻鬚這名字太蠢了！」

「什麼？」小梅震驚地瞪大眼睛，雖然葉星看得出來她並不是真的很吃驚，這只是他們遊戲的一部分。「那你要什麼？」她問。

「我要和兩腳獸一起住，」小蕁麻大聲說：「這樣我就不用再獵食，或是睡在發霉的青苔上——更不用忍受吃到**妳的**臭腳！」他咧開雙唇，對著妹妹發出小小的咆哮，「妳總是占去大半的床位！」

葉星後面傳來啪搭腳步聲，鹿蕨走過來，生氣地豎起皮毛，站在岩石堆底下命令道：「**馬上**給我下來！」她尷尬地看了葉星一眼，對她說：「對不起。」

「沒關係啦，」葉星回應。小貓們趕緊從大岩石堆上跑下來。葉星知道自己不能對剛剛所目睹的一切發脾氣，**他們只是在玩，沒有什麼惡意**。「如果你們不想當見習生也沒關係，」她聳聳肩，裝作一臉不在乎地告訴他們，「如果你們不想學打獵、爬樹和巡邏邊界的話……」

「要！要！」小兔跳上跳下尖聲說：「我們什麼都想學。」

「拜託啦，」小蕁麻哀求，「我們剛剛只是在玩。」

小梅和小溪只是呆站在那裡，錯愕地睜大眼睛。

「放心，孩子們。」葉星喵聲說，用尾巴輕輕刷過他們的頭。「我相信你們將來一定可以學得很好。跟母親回去吧。」

葉星走回睡窩，試著不去理會翻攪不停的肚子。但還沒走到小徑底前，她就又看到銳爪和棍子、雀皮和煤炭一起蹲在一塊大岩石下。當她經過時，他們突然停止交頭接耳，然後全轉頭看她。

他們到底在討論什麼不可告人的事情？

她聳起皮毛，想停下來問個清楚。但她又想，他們絕對不可能跟她說實話，所以只好點點頭繼續往前走。

「訓練的時候，我肯定是第一名！」她聽到小兔在她後面吹噓著，此刻的鹿蕨正忙著把吵吵鬧鬧的小貓們趕回育兒室。

「不可能，我才是第一名！」小梅和他吵起來，「我一定會非常勇敢和忠心……」

沒錯，他們一定會。一旦下次有新的冒險出現，今天的遊戲很快就會被他們忘光光了。

葉星跑上小徑回到睡窩，心情頓時不再那麼沉重。她緊緊窩在混著青苔與蕨葉的床上，閉起眼睛，但並沒有立刻入睡。她試著想像比利暴現在所在的地方，不知道他的兩腳獸巢穴長什麼樣子。會和史努克剌的巢穴一樣，到處都是硬梆梆、遮蔽了天空的建築嗎？

睡意漸漸襲來，她想像自己在一處兩腳獸巢穴潛行，邊哭喊邊試圖進入比利暴的窩。她聽到貓兒們輕步走路、低聲耳語的聲音，想像附近的寵物貓正漸漸逼近，把她團團包圍住，因為她的闖入而大發脾氣。

葉星立刻張開眼睛，看到窩室裡熟悉的弧形牆壁，鬆了一口氣。此刻，月光從入口洩進來，把牆壁染成了銀色。雖然沒有看到充滿敵意的寵物貓，但她還是可以聽到夢裡那低聲喃喃的聲音。她站起身，甩掉身上的青苔，悄聲走到窩室門口，探出頭，順著岩壁，遙望通往崖頂的小徑。

銳爪正步上那狹窄的小路，他的深薑黃色皮毛在冷光中幾乎變成了黑色。棍子、柯拉、矮子跟在他後面，最後面還跟著好幾名部族戰士。他們稍稍停了一下，和在半山腰看守的煤炭說了一下話，接著繼續默默往小徑上走。

這麼多戰士！葉星錯愕地看著他們。**銳爪要帶他們上哪兒去？**

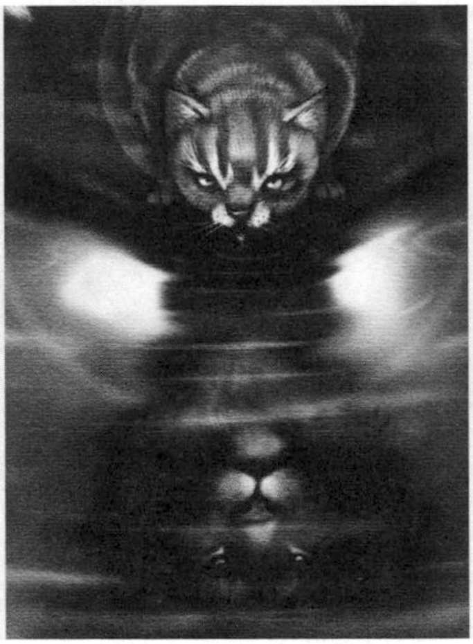

第三十章

葉星蹲在窩室口，愣了好幾個心跳的時間。接著她像是在追蹤松鼠似的，放輕腳步，悄悄朝崖頂出發。她繞過一大段路，成功避開往下俯瞰峽谷的煤炭。今晚的月亮勾了一彎細爪，低掛在天空。在昏暗的月光下，葉星只能隱約辨識出跟在銳爪和兩腳獸地盤貓兒們後面的戰士身影。

石影的黑色皮毛僅剩一個移動的暗影，在崖頂附近興奮跳躍的是櫻桃尾，雀皮的虎斑皮毛上光影斑駁。

葉星爬上平坦的崖頂，停下來看著巡邏隊穿過空曠的平地，進入兩腳獸的地盤。從他們自信滿滿的步伐就可以看出他們已經來過這裡很多次了。

比利暴說得沒錯！

葉星肚皮貼著草地，偷偷摸摸地跟上去。幸好此刻的風是迎面朝她吹來，銳爪不至於會因此聞到她的氣味，而發現她在跟蹤。她躲在兩腳獸領土邊緣的一塊巨石後面，看到棍子示意巡邏隊沿著轟雷路邊緣排成一排。

「入夜後怪獸會比較少，」那隻兩腳獸地盤的貓喵聲說：「不過還是要小心。千萬不要直視牠們的眼睛，否則你們會像一隻驚恐的兔子，被嚇傻在原地。」

是誰派你來的？葉星不禁想問，棍子的話聽起來就像是導師在教導一群見習生的樣子。

一隻怪獸突然逼近，發出的怒吼壓過棍子的說話聲。當牠呼嘯而過時，牠的眼睛直瞪著排成一列的貓兒。葉星眨眨眼睛，那些貓咪在強光的照射下成了一團團黑色的暗影。

等嘈雜聲遠離後，棍子看看轟雷路的兩邊，然後舉起尾巴喊道：「衝！」

巡邏隊立刻飛速越過黑色石路，消失在另一端的暗處。葉星小心翼翼地跟過去，在踏過硬梆梆的轟雷路面時，強迫自己四肢千萬不能發抖。此刻，巡邏隊已經不見蹤跡，幸好他們的氣味還很濃、很新鮮。她循著味道穿越籬笆，進入兩腳獸巢穴後方一處被圈住的地方。在那裡，葉星又瞥見了他們的身影。他們正沿著一片平坦的綠草地，在低垂灌木叢樹枝的遮蔽下鬼鬼祟祟地移動著。

棍子在草地另一端揮動尾巴，嘶聲說道：「這邊！」他帶頭從大門底下鑽過去，進入一條巷子，其餘的貓咪跟上去，矮子則是在隊伍後面壓陣。這隻棕色公貓似乎是在監視四周的狀態。葉星趕緊躲到冬青樹叢的暗處，等他消失在門底下後，她才又出來。

她快步穿越院子，來到門邊，從木板縫觀察他們的一舉一動。巡邏隊窩成一團，站在幾個狐身遠的地方。

「要記住，走在石頭上時，腳步聲會變大。」棍子提醒，「你們要練習到走路完全沒有聲音。」

「而且儘量走在暗處。」柯拉補充。

棍子點點頭。「柯拉說得沒錯。別忘了，在這裡眼睛會更容易反射光線。如果你的眼睛發出光亮，即使你走在暗處，也會被其他貓發現。」

「所以最好用斜眼查看前方的動靜。」矮子建議。

葉星愈聽心裡愈毛。**棍子是準備帶隊攻擊兩腳獸地盤的貓嗎？**她驚恐地站在原地。**他們攻擊的對象該不會是我們的晨間戰士吧？鋭爪不可能會同意的。**但一想到鋭爪總是喜歡批評寵物貓、或是把他們從部族任務中排除的種種舉動，她再也不敢確定他是否真的不會。

一看到巡邏隊再次移動，葉星立刻溜到門底下，跟了過去。她謹記兩腳獸貓咪剛剛所提到的最佳藏身技巧，儘量沿著暗處走，一路側著頭斜看巷子，避免光線照到眼睛上。她很想乾脆衝到前面質問他們，但還是強忍住，告訴自己先靜觀其變。

棍子帶隊轉進角落，停在一座用紅色石塊築成的高牆前面。牆上灑滿了從一株發亮石樹所散發出的橘光。

「如果你們不能一口氣躍到牆上，可以學學攀爬的技巧。」矮子小聲說明：「它不像樹上可以讓你把爪子戳進去。但是看一下石塊疊起來的線條，」他用尾巴指了指，「裡面有一條條小小的縫隙。你們可以用前爪抓住一條縫隙，然後後爪再抓住另一條。這樣就可以慢慢將身體推上去。柯拉，妳示範一次。」

黑色母貓點點頭，先是後退了幾步，接著往牆壁衝刺。葉星不得不佩服她優雅的跳躍動作和平穩的攀爬身段。她短暫掛在光滑牆面上，一步步將身體往上推，最後輕輕落在平坦的牆頂。

「有誰想試試看？」棍子問。

銳爪點頭回應，然後照著柯拉剛剛的動作往牆壁衝刺。他的跳躍動作雖然準確有力，但腳爪不小心在牆面上打滑，四肢狼狽地動了一下才爬到柯拉的旁邊。再來輪到櫻桃尾，她那強勁的天族後腿高高飛撲到牆面，兩三下就躍到了牆上。

「妳比較輕，當然比較容易爬上去。」雀皮發牢騷。

接下來換石影試試攀爬的身手。這隻黑色公貓的爪子沒有抓牢石塊，一不小心摔回了地上，葉星看到他發出懊惱的嘶聲。

「沒關係，」棍子安慰他：「多試幾次就行了。」

「但願如此，」石影嘟噥，「這跟我平常習慣爬的東西很不一樣。」

兩腳獸地盤的貓咪，甚至是前寵物貓都辦得到的事，自己竟然做不來，讓這名年輕戰士覺得很尷尬。葉星也能夠理解他的窘境。**但櫻桃尾和雀皮似乎也不太記得之前身為寵物貓所擁有的本領，**葉星心想，**他們看起來幾乎和在峽谷出生的貓一樣緊張。**

「我們可以從這裡走過去。」棍子喵了一聲，帶著其他的隊員繞過牆邊。往前走了幾個狐身的距離後，棍子鑽進門上木條之間的縫隙，進入一個封閉的空間。站立在牆上的貓兒們，跳下來加入族貓。

棍子帶隊沿著一條光禿禿的泥路走，路旁兩側盡是茂盛的植物。他們接著穿過另一端的籬笆，進入下一個空間。葉星一路跟著他們的腳步走。聽到兩腳獸巢穴裡的狗兒突然大聲吠叫，她不由得豎起皮毛。

「有狗！」石影毛髮倒豎，轉身想拔腿逃跑。

蹲在灌木叢底下的葉星，很擔心黑色戰士就這樣衝進來撞到她，還好棍子及時攔住他。

「別擔心，」棕色公貓喵聲說：「狗兒不會跑出來。」

巡邏隊走過院子的途中，石影依舊不安地朝巢穴左顧右盼。葉星再次沿著暗處跟上前，在不絕於耳的恐怖吠叫聲中強做鎮定。此刻，巢穴的後門瞬間被甩了開來，吠叫聲愈來愈大，只見狗兒瞬間衝進空地：那隻結實、有著細長身體的動物，灰色的皮毛在月光下變成了銀色。

石影驚聲尖叫，「你不是說狗不會出來！」

「有時候也會啦！」棍子大叫回應。

「散開！」矮子指揮，「大家各自在這裡選一個地方躲比較安全。」

狗兒衝向連忙四處逃竄的隊員。只差一個頰鬚的距離，雀皮的尾巴就會被狗兒咬住。葉星逃回剛才經過的地方，伸出爪子順著院子盡頭一間小巢穴的木製牆面，踉踉蹌蹌地爬上平坦的屋頂。她蹲在邊緣看著狗兒張著血盆大口，舌頭一伸一縮，不斷在草地上繞來繞去。

她的後方突然傳來一聲低吼，「妳在這裡做什麼？」

葉星急忙轉身，「比利暴！」

薑黃白公貓露出戒備的眼神打量著她。

「我——我不曉得你會在晚上出來。」她結結巴巴地說。

比利暴聳聳肩，「有時候我會出來晃晃，我家主人的巢穴就在附近。不過妳還沒回答我的問題。」他繼續說著，口氣不是很友善。「之前我跟妳說過銳爪晚上來這裡的事，我以為妳根本不相信。現在妳卻自己參與其中！」

「我才沒有參與其中！」葉星反駁，「我是因為看見他們離開峽谷，所以跟過來看看。」

「所以妳現在是相信我的話囉？」

葉星抽動頰鬚。**我是他的族長，他可沒有訊問我的權利！**「我沒有不相信你，好嗎？現在最重要的是，他們在這裡做什麼？」

「這我就不曉得了，」比利暴聳聳肩回答：「我已經有一陣子沒看到他們出現了，而且銳爪並不總是帶同一批貓出來。上一次是帶斑足、微雲和彈火。」

葉星變得更加擔心，**究竟有多少貓涉入其中？**

「我看到他們在一條條轟雷路穿梭。」比利暴繼續說：「他們走來走去，好像沒有特定要去哪個地方。他們還有學爬牆，但總是在不同的地方練，似乎是沒有特定的攻擊目標。」

我自己也親眼看到一些，葉星恍然大悟，眼神盯著比利暴。「他們在**進行訓練**，對不對？」她低聲喃喃，「但究竟是為了什麼？他們應該不會出手攻擊兩腳獸的地盤呀。」

「妳是不會，」比利暴彈彈耳朵喵聲說：「他們可就不一定了。」

葉星不知道該不該相信他的話。她和銳爪雖然有時會意見不同，但他應該還是值得信賴的吧？她的擔憂愈來愈深。「我要去找銳爪和其他貓，把事情問個清楚。」她下定決心。

比利暴走向她。她蹲在屋頂角落查看下面的情形，試著找出巡邏隊逃離的身影。起碼現在狗兒已經消失，巢穴的門也被關了起來。

「我跟妳一起去。」比利暴告訴她。

「不用了——你留在這裡就好了。」葉星回答。

比利暴看起來很受傷。「好歹我也是妳的族貓，」他無奈地說：「還是出了峽谷就不算？」

我現在沒有時間跟你爭論這些，葉星心想。「這是我和銳爪之間的事，」她試著用冷淡乾脆的口氣告訴比利暴，「我不希望其他貓介入。」

其實她另有苦衷。帶一隻兩腳獸地盤的貓去質問其他貓，她覺得有些不妥。這很可能又會引起天族分裂的爭端，也枉費她盡力修復的苦心。

「我懂了。」比利暴喃喃地說，露出一副太瞭解葉星顧忌的樣子。他抬起頭，高高豎起耳朵，張嘴嚐了嚐空氣。過了一會兒，他用尾巴指示，並喵聲說：「他們到那邊去了。」

「謝謝你。」葉星感激在心，覺得部族裡能有像他一樣熟悉兩腳獸地盤聲音和氣味的族貓，實在是很幸運。她很想跟他說，她其實很希望他陪她去，但這樣做只會惹來更多麻煩。

「我們明天營地見。」

比利暴沒有回應，只是默默看著葉星跳下屋頂。葉星在穿越草地朝他指的方向離去前，回頭望了他一眼，發現他正在看著她。他的雙眼映著籠罩兩腳獸地盤的刺眼橘光。**他真的以為我不需要他嗎？**

葉星努力不去想比利暴的身影，飛奔穿越下個籬笆，一路鑽過濃密的灌木叢，來到鋪滿白色尖石的小徑邊。過了一會兒，突然有一隻灰白色的寵物貓出現，葉星趕緊躲起來。寵物貓沿著路旁，緩緩走進巢穴大門底下的一扇活動入口。

葉星來到下一個封閉的空間，裡面充滿狗兒的濃烈氣味。在無處可躲的情況下，葉星只好墊起腳尖，沿著籬笆底邊偷偷潛行，以避免驚動那隻動物。幸好她及時瞥見大門，一溜煙鑽過去，進入一條巷子。她的心怦怦地跳著，接著停在一個長著黑色圓腳的兩腳獸綠色大器物前躲起來喘口氣。

她突然想到，**史努克刺家的主人也有相同的東西，**不禁厭惡地皺起鼻子，**這臭味跟鴉食有得比。**

「水對你的身體無害。」聽到棍子的聲音從前方某處傳來，葉星頓時愣住。「在裡面滾一滾，可以**去除**身上的氣味。」

「我才不要去除身上的氣味！」石影聽起來很激動，「在森林，天族的氣味是個榮譽的象徵，它是保衛領土的一部分。」

「可是你現在可不是在自己的領土裡。」矮子沉著地說。

葉星在兩腳獸器物後面偷瞄，在巷子和一條小轟雷路的岔口發現巡邏隊的身影。刺眼的橘光從另一株石樹上散射出來，把水漥照得閃閃發亮。一股刺鼻的氣味飄向葉星，甚至蓋過鴉食的氣味。

「趕快滾過去，」銳爪大吼，「大家就等你一個。」

石影壓低身體，啪搭滾過水漥。葉星開始火冒三丈，從躲藏的地方跳了出來，悻悻然走向巡邏隊。

「你們到底在搞什麼鬼？」

隊員們因為過於專注在石影身上，並沒有事先察覺到她的到來。他們慌張地轉身看她，他們身後面的石影爬出水窪，不停甩動身體，試圖把水甩乾。他黑色的皮毛揪在一起，亂成一團，眼裡露出了一絲罪惡感。雀皮和櫻桃尾看起來一樣忐忑不安，但兩腳獸地盤的貓卻顯得處之泰然。

銳爪先開口，「妳覺得咧？」他喵聲說：「我們在勘查兩腳獸的領土，以防戰爭時的不時之需。」

他竟能如此自信滿滿地回答，讓葉星感到不可思議。「為什麼你沒向我稟報。」

「因為妳一直都很忙。」銳爪回答。

葉星盯著他的綠色眼珠，恨不得立刻抽出爪子劃破他的耳朵。她破口大罵，憤怒有如綠葉季的暴風。「戰士們晚上離開峽谷這種大事，即使我再怎麼忙，也都應該跟我說！而且，為什麼需要知道在兩腳獸地盤裡打仗的技巧？你們在打什麼鬼主意？」

和銳爪冷靜的表情相比，讓葉星覺得自己活像是個被刺果黏住皮毛的瘋子長老。「我們沒在打什麼主意，」他喵聲說，露出一副事實就清楚擺在眼前的樣子。「我們只是在**以防萬一**，誰知道以後會發生什麼事。棍子把我們所不知道的知識傳授給我們。我認為，這會讓我們因此更加強大。」

葉星深呼吸，花了很大的力氣才稍稍冷靜下來。銳爪試圖在族貓面前破壞她的威信，增加這些貓咪和晨間戰士之間的嫌隙，但大吼大叫和大打出手並不能解決問題。

「讓我們的族貓整晚在外面活動，把他們操得太累，你不覺得會影響隔天狩獵和巡邏的工作品質嗎？」她心平氣和地問。

「所以我們每次只帶兩三隻出巡。」銳爪解釋，他耐心說話的口氣，像是在教新見習生如何追蹤小鼠似的。

葉星可以看得出銳爪認為她太大驚小怪。她拚命克制脾氣，但每呼吸一口，火氣就更上來。「你是說你經常帶隊來這裡？我不敢相信你竟然會背著我做出這種事！」她發現自己愈吼愈大聲，趕緊壓低音量。「我是天族族長。戰士守則對你難道半點意義都沒有嗎？」

銳爪眨眨眼，「它對我意義重大，所以我才會想把所有的戰鬥技能都學起來，好保護族貓。」

緊繃的氣焰在葉星的皮毛裡燃燒著。她走上前，和副族長面對面站著。「你應該事先告知我，」她嘶聲說：「你不能只讓一半的族貓受訓，而刻意忽略另一半。」

「妳是指寵物貓戰士嗎？誰叫他們晚上都不在。」

「這不是重點，而且你自己也心知肚明！」葉星蹲低身子，甩動尾巴，她的眼前罩著一團紅霧。**我真不敢相信銳爪竟然又挑起這件事！**

正當她準備撲過去之際，柯拉卻心平氣和，對暴怒的葉星說：「葉星，等等。」黑色母貓轉身對棍子說：「棍子，拜託，趕快跟他們說實話。」

長腿的棕色公貓豎起皮毛，瞪著她。「什麼時候該說由我決定。」

矮子走向前，頂了一下他的肩膀。「柯拉說得對。」他喵聲說：「天族有權利知道真相。」

棍子遲疑了一會兒，看了銳爪一眼，然後點點頭。「訓練妳的族貓在兩腳獸地盤內打仗是我的主意，」他告訴葉星，「我們來的目的不是為了加入妳的部族，而是來請求你們的援助。」

第三十一章

棍子跳到牆上，俯瞰兩腳獸的院子。他不安地豎起皮毛。他已經好久沒有踏進來這個原本熟悉的地方，很多景物全變了樣。

那株灌木長得還真快，他心想。隔壁院子突然響起一陣低沉洪亮的狗叫聲，**那隻狗以前還只是隻愛亂叫的小毛頭而已。**

棍子張開雙顎嚐空氣。發現以前在兩腳獸巢穴旁生長的一叢貓薄荷已經消失不見，讓他感到悵然若失。**想當初我是因為被貓薄荷吸引才會到這裡來的**。當時他沿著氣味，從粗糙的石牆跳下來，把鼻子埋在葉叢裡，而那時一個輕細、語帶警戒的聲音正巧從他背後傳來……

「你來這裡做什麼？」此刻出現同樣的聲音，但口氣卻比棍子印象中的冷酷。一身光滑灰色皮毛的母貓從兩腳獸巢穴走出來，直挺挺地立在那裡，抬頭望著他，露出咧嘴咆哮狀，身上的根根毛髮全散發著敵意。

棍子從牆上跳下來和她面對面。「是有關

小紅的事。」

灰色母貓謹慎地看了他一眼說：「她還好吧？」

「她應該很好。」

「什麼叫『應該很好』？」母貓伸出爪子，「你說你會好好照顧她的。」

「絲絨，我不是來找妳吵架的。」棍子厭倦地喵聲說：「我知道妳心意已決，但我們的女兒需要幫助。」

絲絨停頓了一個心跳的時間，然後朝矮木叢揮揮尾巴。「好吧，我們到底下去，我可不想讓我的主人看到你。」

棍子肚皮貼地，跟著絲絨鑽進矮木叢。周圍濃濃的葉香勾起了他以前的回憶。「妳還記得妳第一次在這裡抓到小老鼠的情景嗎?妳說妳從來沒吃過這麼好吃的東西。」

絲絨甩動耳朵說：「那是很久以前的事了。」

「我知道，妳還讓我進去妳的巢穴，嚐妳兩腳獸的食物。看到我一口吐出來的樣子，妳還說很好笑。」棍子幽幽嘆了一口氣，「我們怎麼會變得如此陌生？」

「除了女兒之外，我和你一點關係都沒有。」絲絨冷冷地回應，「你來這裡不是要說她的事嗎？」

「是呀，她出了一點狀況。」棍子儘量長話短說，把關於鬥吉和他跟班的事告訴他的前伴侶，說他們如何搬進他的兩腳獸地盤，恐嚇並剝奪其他貓的狩獵權。他邊講邊注意絲絨，想從她眼底找到一絲同情，但一切只是徒勞無功。

她讓棍子說完，接著說：「是你自己選擇要過著像狐狸一樣爭食的生活。你不能阻止其他貓搬進來。」

「這不是重點！」棍子生氣地說：「若是大家公平競爭食物，我沒話說。但這些貓似乎是想把一切都搶走，包括小紅在內。」

絲絨瞪大眼睛，「他們把她搶走了嗎？」

「也不能這麼說。不過，我覺得小紅……和鬥吉的其中一個跟班……走得很近。」

「你是說小紅愛上了不同派別的貓？」絲絨露出嘲諷的眼神，「你死也沒料到會發生這種事，對吧？」

棍子不禁豎起背脊的毛，「比這更嚴重。我懷疑小紅還幫那群貓策劃讓兩腳獸攻擊我們睡覺的巷子。」

「小紅絕對不會做出這種事！」絲絨斷聲說道。棍子可不這麼確定，他一定是洩露了懷疑的眼神，要不然母貓也不會繼續說：「戀愛並不會讓貓因此改變個性！你該不會只是因為女兒有自己的想法，就不信任她吧？」她補充，語氣也跟著變得較溫柔，「棍子，你和我都勇於忠於自己，不是嗎？我是從沒說過我會為了你而放棄我的家，但這並不表示我不愛你。我不是也把女兒託付給你了嗎？」

棍子低頭望著腳下的泥地，「可是我卻失去她！」

「不，你沒有。」絲絨喵聲說道，伸出尾巴摸摸他的肩膀。「你知道她的去處。去跟她談談，說不定她根本不知道巷子被攻擊的事。」

「喔，她知道。」棍子的爪子刺進泥土，「她就在現場——而且還及時脫身。」絲絨藍色的眼睛一沉。「你太自以為是了。」她遲疑了一會兒，接著說：「你是打算攻擊那些貓，對吧？所以甘願把女兒當作一塊相互爭奪的食物？小紅不會因此感謝你。她有自己的想法。」

妳太瞭解我了，棍子傷心地想著。「那些貓只會惹事生非。」

「不，是你只會惹事生非。」絲絨開始退後，準備鑽出矮木叢。

「等等！」棍子大喊：「我……我還以為妳會去找小紅談。」

「我？」絲絨吃驚地瞪大藍色眼睛。「喔，我不會去。我屬於這裡，我喜歡和我的主人一起生活。小紅知道我在這裡，她如果想找我，隨時可以來。」

「我們的女兒有危險，妳不能只是躲在這裡，過著吃寵物貓蠢食物的日子。」

「為什麼不行？你是想強迫我跟你去嗎？我已經跟你說過，棍子，我們之間是個錯誤。我這輩子都無法理解你的生活方式。」

「可是——可是妳卻把小紅留給我！」他嘶聲說。

「我喜歡這裡的生活，」絲絨回答：「有小貓在身邊可能會妨礙我的生活。你跟我說小紅會很安全，我也很放心。都是因為你的頑固和傲氣才會讓她身處危險。」棍子張嘴想反駁，但絲絨仍咄咄逼人，「你很生氣，因為她做了你不認同的事。放過她吧，要不然她會恨你一輩子。」

她沒等棍子回答，立刻鑽出矮木叢走回巢穴。等棍子爬出來後，她已經消失不見了。

棍子甩掉身上的土渣和腐葉屑，爬到牆上，準備跳進巷子裡去。他一落地，便看到矮子坐在幾個尾巴遠的地方，胖胖短短的尾巴盤在腳邊。

「你竟然跟蹤我！」棍子咬牙切齒地說。

矮子把頭歪到一邊。「棍子，不管你喜不喜歡，我們都在同一艘船上。絲絨說了些什麼？」

棍子沿著巷子，走到好友旁邊坐下來。「她覺得我應該讓小紅自己做決定。」

「但是事情可沒有那麼簡單！」矮子一臉震驚地喵聲說：「我們的貓正處於困境中，而且我們也已經失去了培西，這全都拜鬥吉所賜。」

棍子板著臉說：「我可不想讓絲絨覺得我們很軟弱。」

矮子默默嘆了一口氣，過了一會才又開口說：「走，我找到了一個地方可以暗中監視鬥吉的陣營。」

棍子瞇起眼睛，好奇地問：「哪裡？」

「跟我來。」

兩隻貓長途跋涉，來到兩腳獸地盤的邊境。在那裡，一棵棵瘦長的樹木一路延伸到骯髒的淺溪岸。棍子望著那緩慢流動的黃色水面，溪裡塞滿了兩腳獸的垃圾，飄散而出的臭味讓他忍不住皺起鼻子。一堆兩腳獸的箱子東倒西歪地堆在岸邊，濃濃的貓味就從裡面飄出來。有一些直接傾倒在水裡的箱子，在水波的拍打下，輕薄的材質變得潮溼不堪。

「那就是鬥吉住的地方嗎？」棍子喃喃地說：「果然和他這種痢痢皮很配！」

「趕快到這邊來，」矮子催促他，揮動尾巴，指指離河邊幾個狐身遠的一間木頭巢穴。「千萬不要讓鬥吉發現我們在這裡。」

他沿著牆壁，爬上巢穴上平坦的屋頂。棍子一邊跟著爬，一邊發出厭煩的嘶聲，肚皮上的毛都沾滿了零碎的木屑。來到屋頂後，他趴在矮子的旁邊，一起俯瞰著岸邊。

剛開始並沒有看到任何貓咪的蹤跡。不久後，其中一個箱子的側面開始晃動，米夏和史魁奇隨即現身。一想到米夏朝培西臉上揮爪，劃破他眼睛的那一幕，棍子不由得發出低吼。那兩隻貓往前走到岸邊，來到一個投射出黑沉沉暗影的箱子旁邊。棍子僵住身體，看到箱子有所動靜，一雙眼睛在暗影裡閃爍著。

「鬥吉在那裡！」他嘶聲說。

米夏和史魁奇站在鬥吉面前，棍子可以聽到他們窸窸窣窣的說話聲，但因為距離太遠，沒有辦法聽清楚他們在說什麼。接著他突然瞥見對岸樹叢裡的動靜。一看到小紅叼著一隻癱軟的松鼠和黑棕色公貓哈利一起現身，棍子忍不住繃緊肌肉，狠狠將爪子刺進木頭屋頂。

「冷靜。」矮子低聲說，尾巴拂過棍子的肩膀。

雖然棍子恨不得立刻往下一跳，衝入鬥吉的營地，但最後還是忍下來，默默看著小紅和哈利順著成排的踏腳石橫跨溪流。小紅有些畏畏縮縮，看起來似乎很緊張——**要進入鬥吉的營地，她當然會害怕**——但可以看出哈利在一旁鼓勵著她。

米夏和史魁奇冷淡地對著迎面而來的小紅和哈利點了個頭，他們雖然不是很歡迎小紅，但也沒有趕走她的意思。棍子拉長耳朵，試圖聽清楚他們在說些什麼，最後勉強聽到了幾個字；

哈利正在向他們介紹小紅。

「我們怎麼知道她是不是可以信得過？」史魁奇質疑。

「大家都曉得她的父親是誰！」米夏忿忿地插嘴。

史魁奇還說了一些話，但棍子沒能聽清楚，接著小紅走向前，把松鼠放在兩隻貓的腳邊。

「她抓了一隻松鼠要給我們！」哈利大聲說。

這一瞬間勾起棍子滿滿的回憶，讓他想起以前教女兒在巷子附近抓松鼠的情景。此刻他更是用力把爪子戳進屋頂。**她為什麼要這樣對我？**

米夏和史魁奇蹲下來，開始品嚐松鼠，小紅則是在一旁觀看。此刻，鬥吉站起身，從暗處走出來，緊盯著小紅的薑黃色皮毛看。過了幾個心跳的時間，他對她喵喵說了一些話，小紅點點頭。

「他想從她身上套出我們的事！」棍子氣急敗壞地說：「我們必須去阻止他們！我們去叫其他同伴過來。」他匆匆轉身，跳下巢穴屋頂，朝自己的地盤急奔。

矮子快馬加鞭追上他，「我們沒辦法阻止他們，」他提醒，「靠我們自己的能力是不夠的。」

「我們只能靠自己了。」他激動地說：「看看絲絨就知道，這裡的寵物貓根本幫不上什麼忙。」

「我們不是要找寵物貓幫忙。」矮子回答：「我們可以去找那些經過戰鬥訓練、誓死捍衛家園的貓咪。」

棍子停下腳步。

「你還記得在大水過後來到這裡的貓嗎？」矮子繼續說：「他們從森林下游上來找其他貓，記得嗎？我們要找像他們那樣的貓。」他的聲音充滿了希望，「如果我們可以找到他們，說不定他們會願意幫我們解決鬥吉。」

棍子看著好友。他記得那隻一身火燄色皮毛的公貓，在大水過後前來尋找走失的伴侶。雖然和大水經過一番搏鬥，讓他顯得精疲力竭，但他還是展現了十足的毅力和決心。他皮毛下的肌肉強壯結實，還有他那炯炯發光的眼神更是寵物貓所沒有的。

「你說得對，矮子。」他低吼一聲，「我們一定要找到那些貓。」

第三十二章

葉星坐在岩石堆的陰暗處，聽著棍子述說兩腳獸地盤的爭戰和背叛。銳爪和棍子的朋友們則是圍著葉星蹲在旁邊。葉星已經命令石影、櫻桃尾和雀皮回戰士窩。其餘的貓還在睡夢中，只剩煤炭仍在峽谷半山腰的岩架上看守著。

一陣冷冽的夜風輕輕吹下峽谷。葉星從岩石的上方看到了黎明的第一道微光。月亮已經下沉，星族戰士的身影也漸漸消失。

棍子把故事說完後，接著問：「可以幫幫我們嗎？你們是我們唯一的希望了。」

葉星感覺自己像是一根樹枝，在洞穴湧出的河水中不停地旋轉。在她發現銳爪在晚間祕密訓練族貓後，事情竟急轉直下，這讓她心裡有點不是滋味。

我絕不能馬上一口答應！

「我必須考慮考慮，」她喵聲說：「先回你的睡窩去，等我做決定後再跟你說。」

棍子似乎想試圖爭辯，但柯拉的尾巴拍拍他的肩膀，猛力把頭甩向通往他們睡窩的小徑。棍子終於妥協，與柯拉一起離開。矮子對葉星鞠了一躬，並喃喃地說：「謝謝妳願意聽他說。」接著也跟著回睡窩。

最後只剩下葉星和銳爪在原地，薑黃色公貓焦躁地磨起爪子。

「我真搞不懂這有什麼好考慮的。」他等兩腳獸地盤的貓走遠後，開始對葉星說：「我們有必要幫他們，不是嗎？我們有的是實力和技巧，更何況鬥吉的所作所為是錯的。」

葉星用強硬的眼神看著他。「戰士守則裡面有說我們必須靠著我們的技能去幫助其他貓嗎？我對棍子和其他貓的遭遇感到很同情，但並不覺得天族有義務要幫助他們。」

「什麼？」銳爪的尾巴狠狠甩了一下，「看看棍子和其他貓是怎麼幫我們對抗大老鼠的！他們也幫忙我們打獵和執行平日的勤務。妳難道不覺得天族應該力挺他們嗎？」

「這跟力不力挺無關，」葉星說，努力克制自己的脾氣。「棍子和他的朋友從沒有打算要永久留下來，也就是說他們不能算是和我們一樣的戰士。」

銳爪動了動頰鬚，「他們並不是唯一在峽谷外生活的貓。」

葉星破口大罵：「你為什麼老是要針對晨間戰士？」她吸了好幾口氣，繼續說：「我說我會好好考慮就會好好考慮。一切的決定權在**我身上**，銳爪。」

副族長和她對看了一眼，然後點點頭，朝戰士窩走去。

葉星看著他離開後，接著攀上小徑，回自己的窩去。雖然她很累，但還是在青苔和蕨葉床上翻來覆去睡不著。她的腳掌感到一陣惶惶不安，於是再次走出窩室，在漸亮的天色下，步上峽谷。在繞過訓練場前的石脊時，她瞥見守天坐在環狀沙地的邊緣，那星族戰士抬頭望著她，似乎已經等了她好一會兒了。

「妳好，葉星。」祂喵聲說：「妳有煩惱囉。」

葉星鞠了一躬，「祢好，守天。祢知道會有什麼事情發生嗎？兩腳獸地盤的貓到底要我們做什麼呢？」

「知道啊。」守天甩動星光熠熠的尾巴，召喚她到祂旁邊坐下來。「妳一定有種天族被那些訪客利用的感覺。」

「沒錯！」葉星大喊。祖靈貓的善解人意，讓她備感溫暖。「我就是有這樣的感覺。」

「但他們對收留他們的部族一直都很忠心。」守天繼續說：「他們幫你們打獵和作戰。還記得那群大老鼠和那殘忍的兩腳獸，還有小兩腳獸受傷的事嗎？在緊急的時候，其他部族也都會互相幫助。」

「祢是說那些森林部族嗎？」葉星想確認，「他們終究沒有對天族伸出援手，不是嗎？」守天聳聳肩。「或許這是讓妳展現寬宏大量的好機會，證明天族已經重獲新生，變得更堅強，並且擁有惻隱之心。」

葉星還沒開口回答，忽然瞄到訓練場上方的岩石堆有動靜，一隻黑色公貓匆匆跑了出來。葉星的頸毛開始豎起來，心想一定是哪隻惡棍貓闖進了峽谷，但看到祂腳邊閃爍的星光，才又安下心來。

那隻剛抵達的貓衝向守天，氣到壓平耳朵，眼睛冒著怒火。「絕不能有惻隱之心！」祂氣急敗壞地說：「天族必須靠自己的力量存活下去！如果那些不速之客只是貪圖我們的實力和經驗，利用天族幫助他們作戰，那麼他們就不配當什麼戰士。」祂連忙轉身，雙眼熱切地盯著葉星。「天族不能離開峽谷！」

守天伸出尾巴，要祂冷靜。「燕翔，」祂喵聲說：「祢被以前所受的傷害給絆住了。」

「那是個永遠無法復原的傷痛。」燕翔咬牙切齒地說。

「但是部族已經恢復了。」守天對著葉星點點頭，「祢看，他們在祢們當初發現的峽谷已重返昔日的風光。」

「他們根本不算一個真正的部族！」燕翔怒斥，「裡面有多少不願離開養尊處優的巢穴、貪戀稀爛貓食和兩腳獸甜言蜜語的寵物貓？他們的族長只顧著睡覺，根本不知道半數族貓晚上去了哪裡。」

葉星感到又氣又震驚。「才不是這樣！」她低聲說著，站起身退開。**還是其實是我自己不敢承認呢？**

她看著守天，希望祂能挺她，只見灰色公貓二話不說，直接撲向燕翔，把他撞倒在沙地上。燕翔猛力反擊，後腳掌在守天身上一陣狂抓，試圖狠狠咬住灰色公貓的脖子。

守天發出嚎叫。葉星聽了驚跳起來，發現自己躺在床上，青苔和蕨葉被她抓得亂七八糟。

「原來只是在作夢！」她喘口氣，深呼吸了幾下，緩和劇烈的心跳。

陽光灑進她的睡窩，從外面傳來族貓忙碌的聲音，他們已經紛紛開始了一天的活動。葉星坐起身，梳理皮毛，感覺根根毛髮都像打了結般，又髒又亂。

幾個心跳時間後，突然有個影子蓋住了陽光，只見回颯把頭探進睡窩。「妳還好嗎？」她喵聲說：「已經滿晚了，我想說妳會不會是生病了。」

「沒有啦，我很好。」葉星回答，聲音仍舊顫抖著。

她說謊。那個夢緊緊纏住了她的腦袋，燕翔的指責聲仍然迴盪在四周。究竟還有多少星族戰士瞧不起她族裡的晨間戰士？**我真的是大錯特錯嗎？**

然後她提醒自己，守天不惜為她打架；斑葉、雲星、鳥飛和鹿步也全都鼓勵過她。**說不定那是燕翔自己的問題，我才懶得理祂。**

雖然如此，她對星族貓之間彼此大打出手還是感到很不安。火星曾經告訴她要信賴戰士祖靈的智慧。星族內部爆發如此大的衝突，還是她第一次親眼目睹。兩方之間的衝突，勢必有一方是錯的，不是嗎？那麼，她應該聽哪一方的話呢？

偉大的星族啊，如果我連祢們都不能相信的話，我該怎麼辦？

葉星跟著回颯往下走到河邊。太陽慢慢爬上澄澈的天空，峽谷一片暖烘烘。葉星一路沿著小徑而下，腳下的岩石也都被曬得暖呼呼的。

鹿蕨的小貓在懸崖腳下一個陰涼的地方大字型躺著，鹿蕨就站在他們面前。

「可是我們不想打掃育兒室，」小蕁麻發牢騷，「熱死了。」

「我只想睡覺。」小兔一臉昏昏欲睡，喃喃地說。

「那可不行，」鹿蕨喵聲說，伸出一隻腳掌，戳戳離她最近的小貓。「育兒室不會自己變乾淨。」

「為什麼不叫見習生做？」小梅頂嘴。

鹿蕨瞪大眼睛，發出震驚的嘶聲。「不要懶成這樣！」她罵女兒，「你們現在已經大到可以自己清掃。現在馬上過來，我不想再聽到任何一句抱怨！」

四隻小貓嘴裡念念有詞，勉強站起身，慢吞吞地走上小徑。鹿蕨緊緊跟隨在他們背後。

這是我第一次看到小貓們沒有蹦蹦跳跳，葉星心想，這好笑的畫面暫時驅趕了她的一些煩惱。她瞥見苜蓿尾搖搖晃晃地從新產室走下來找回颯，淡灰色的皮毛亂成一團。

「我感覺肚子快爆炸了！」她跟巫醫抱怨，「遇上大熱天更加難受。」

「對呀，小貓就要出生了，真是辛苦妳了。」回颯安撫她，「到我的窩室外面睡——那邊有塊陰涼的地方。我可以給妳一些琉璃苣，讓妳舒服一點。」

「謝謝妳，回颯。」苜蓿尾喵了一聲，無精打采地跟在巫醫後面，「沒有妳，我們就完了。」

葉星欣慰地眨眨眼睛，轉身走向岩石堆，銳爪正在那裡分配巡邏隊。她的副族長沒有跟她說話，只是謹慎親切地對她點頭致意。葉星也向他點頭回禮，雖然心中對他欺瞞的行徑還是在氣頭上。那四隻兩腳獸地盤的貓縮在一旁，看起來比平常落寞。葉星不禁心想，他們是不是已經放棄了所有希望。一陣罪惡感向她襲來，**但願我能知道什麼才是對的。**

葉星才在納悶晨間戰士是什麼時候出現在峽谷頂的。今天早上並沒有聽到他們抵達時興高采烈的吆喝聲，他們只是默默跟著比利暴走下小徑，大熱天似乎也影響到他們的心情。

薑黃白公貓朝她走來，給了她一個質疑的眼神，接著把頭撇向銳爪。即使是在大太陽底下，葉星還是感覺一股寒意竄上來。比利暴顯然是想知道昨晚她拋下他之後發生了什麼事。對於昨晚的一走了之，葉星覺得自己簡直是個膽小鬼。**但我能跟他說什麼？連我自己都不知道是怎麼一回事。**

「熱死我了！」馬蓋先發牢騷，拖著沉重的腳步走向銳爪。「這種天氣我們還要去打獵嗎？」

「就是說嘛，感覺我的皮毛都要燒起來了。」哈維月幫腔。

銳爪正準備破口大罵，但被葉星搶先一步。多虧有哈維月和馬蓋先，讓她的注意力能夠從比利暴身上轉移開來。她注意到他們的皮毛特別厚，可能比其他族貓還怕熱吧。

「鹿蕨正在清理育兒室，」她喵聲說：「你們要不要去洞穴幫她搬些青苔回來，那裡應該很涼、很舒服。」

「好啊！謝謝妳，葉星。」馬蓋先回應，並對著哈維月招招尾巴，「我們走吧！」

看著他們爬上岩石堆，葉星提醒他們：「要小心走路——那裡很滑！」她接著轉向銳爪，想說他一定會抱怨她在偏袒寵物貓，但副族長一句話也沒有說。

最後幾批巡邏隊正準備出發。鼩鼱齒帶著檀爪和斑掌朝岩石堆走去，葉星悄悄走到他旁邊問：「我可以加入你這一隊嗎？」

鼩鼱齒既驚訝又開心地眨眨眼睛，並喵聲說：「妳能加入真是太好了，葉星。」他鞠了一躬，退到後面去，準備把隊伍讓給她帶。

「不，鼩鼱齒，**你**帶隊。」葉星指示。

她注意到檀爪露出欣喜的表情，想起這隻黑色母貓當時很擔心鼩鼱齒在部族不適應的情況。**他現在好多了**，葉星心想。黑色公貓帶隊穿過岩石堆，走上峽谷的另一邊，小心翼翼地視查每個標記，嗅嗅空氣，留意任何陌生的氣味，並派檀爪到橡樹樹根盤結處的一個洞口查看。

「應該只是泥土砸下來所造成的。」黑色母貓回報。

巡邏隊繼續沿著邊界走著，此刻的葉星也跟著開始放鬆起來。頭頂上的濃密綠葉剛好幫他們擋住了酷暑，森林的泥地陰暗又涼爽，長長的草輕拂過他們的皮毛，感覺一陣清涼。

部族就應該過這樣的生活。

鼩鼱齒忽然豎起耳朵，停下腳步。「我聽到奇怪的聲音！」他說。

葉星張望四周，想找出聲音的來源，最後找到邊界對面一棵空心的樹。一群蜜蜂在上方的一個樹洞飛進飛出，牠們嗡嗡的低鳴聲正是鼩鼱齒所指的怪聲。

「是蜜蜂！」斑掌抖動頰鬚大喊，「蜂蜜對紓緩喉嚨痛很有效，也可以用來固定藥泥。」

葉星忍不住看了檀爪一眼，料想黑色母貓應該會生氣。但斑掌的導師只是無可奈何地轉動眼珠。**或許斑掌終究是注定當巫醫的命。**

「不要過去，斑掌！回來！」

葉星被鼩鼱齒焦急的叱喝聲給嚇了一跳，連忙轉頭看到斑掌雙眼緊盯著上方的樹洞，已經開始爬上樹幹。見習生被鼩鼱齒的警告聲嚇到，一時之間失去平衡，在慌亂中抓住最旁邊的樹枝。

突然啪的一聲，斑掌抓住的樹枝斷裂，只見一團雜棕色皮毛半跌半跳地滾落到地上，蜜蜂的低鳴聲瞬間轉為暴怒的尖銳嗡嗡聲。愈來愈多蜜蜂從洞裡湧出來，像一團不停漲大的烏雲，鋪天蓋地朝貓咪襲來。

「快跑！」葉星大叫。

她推了推前方昏頭的斑掌一把，巡邏隊急忙逃回峽谷。看著那一隻隻黑黃條紋身體在她頭頂不停盤旋，葉星的心不由得怦怦狂跳，她拚命保護自己，避免被牠們凶猛的刺螫到。一大群蜜蜂就這樣一路追著他們，像一團致命的暴風在頭頂上盤旋不去，偶爾突衝下來攻擊。檀爪被一隻蜜蜂叮到耳朵，忍不住發出一聲慘叫，發了慌地甩動尾巴，試圖把牠們趕走。

巡邏隊衝過岩石堆，把原本留在峽谷裡的貓咪們給嚇得跳起來。在回颯窩室外打瞌睡的苜蓿尾被嚇醒，驚恐地放聲尖叫。纏亂和苔毛抽出爪子，一副準備應敵的樣子。回颯衝出窩室，往上方一看，皮毛跟著豎起來。

「跳進水裡！」葉星高喊，「動作快！」

她一腳躍到岩石堆底下，立刻朝纏亂和苔毛撲過去，把他們推進河裡。當苔毛把纏亂的頭壓進水裡時，他發出憤怒的尖叫，四肢不停在水中拍打。回颯趕緊幫著苜蓿尾，而鼩鼱齒、檀爪和斑掌毫不猶豫直奔水邊，一頭栽進水底下。

葉星跟過去，蹲在河岸邊，只露出鼻子和眼睛在水面上。浸在冷水下的她，不禁打了個寒顫，擔心自己一沒站穩，隨時可能被流水沖走。**感謝星族，幸好大部分的族貓都外出巡邏了！**

鹿蕨的小貓在育兒室也很安全！

蜜蜂在上方發了狂地盤旋，葉星想牠們一定覺得很懊惱，竟然讓獵物白白逃脫了。牠們圍在池邊，緊貼著水面徘徊，但就是找不到攻擊的目標。感覺好像過了好幾個月的時間，那一群蜜蜂再次聚攏，然後揚長而去。

葉星爬出水面，渾身皮毛又溼又重，水不斷滴下來，在腳邊積了好幾灘水。其餘的族貓也跟著吃力地爬到岸邊，全身溼漉漉的毛髮緊貼著兩側皮膚，看起來像瘦了一圈。

「妳是想把我淹死是嗎？」纏亂氣嘟嘟地問苔毛。

「下一次我就不管你，讓你被叮死算了。」老母貓咕噥。

回颯望著溼答答的族貓，震驚地說不出話來。葉星不明白是什麼事困擾著她，在面對緊急狀況時，回颯通常反應還蠻快的呀。

「嘿，怎麼了？」

聲音從河流對岸傳來，葉星抬頭看到哈維月和馬蓋先帶著青苔從洞穴走來，一臉驚訝地盯著全身溼透的族貓們。

「還不都是因為被蜜蜂攻擊。」纏亂咕噥。

「被蜜蜂攻擊？」哈維月重複他的話，頭上的兩隻眼暴凸出來，「怎麼會發生這種事？」

「這完全是意外，不過現在已經沒事了。你們把青苔拿去給鹿蕨吧。」葉星告訴晨間戰士，「叫鹿蕨把小貓留在育兒室裡，避免被可能還在外面飛來飛去的蜜蜂螫到。我等一下會過去看看他們。」

等哈維月和馬蓋先跑走後，葉星發現幾乎所有的貓都受傷了。苜蓿尾的眼睛附近被叮了一下，差點就傷到要害，她痛得皺起一張臉，不停用腳去搓揉，傷口很快腫了一個大包。檀爪不斷轉圈圈，試圖去碰屁股上被叮咬的地方。鼩鼱齒則是忙著把前掌的刺咬出來，但怎麼咬也咬不出來。

葉星走到回颯面前。「這些貓應該需要幫忙吧？」她問，用肘部輕輕戳了巫醫的肩膀一下。

回颯跳起來。「對啊，當然。不好意思，葉星。」她走向前，用尾巴召喚族貓。「大家排成一排，我來幫你們把刺拔出來。」她吩咐，「不要抓了，傷口會愈抓愈糟。斑掌，妳有受傷嗎？」

「沒有，我很好。」見習生咚咚地跑過來回答。

「那就請妳去我的窩室拿些黑莓葉來。」

斑掌用力抖動身子，把水甩了滿地，然後跑到回颯的窩去。

看到一切都在控制之中，葉星便走去查看育兒室。「等一下來找我喔！」回颯在後面對她喊道。

葉星搖搖尾巴表示聽到，接著走上小徑。幸好沒有任何一隻蜜蜂闖進育兒室，她鬆了一口氣。

「真不公平！」小梅抱怨，「我們都沒看到蜜蜂。」

「相信我，還是不要看到比較好，」鹿蕨跟她打包票，「我們能安全待在這裡，已經很幸運了。」

當葉星返回谷底時，發現銳爪正巧帶著狩獵隊歸來，鼩鼱齒正在向大家報告斑掌如何激怒蜜蜂的事。

「還好傷害沒有擴大，」銳爪邊說，眼神飄到回颯治療族貓螫傷的地方。「妳覺得我們應該有所行動嗎？」他問迎面而來的葉星。

「我不覺得我們有什麼可以做的。」葉星回答：「把整群蜜蜂移走是不可能的事，所以我們只能閃得遠遠的，重標氣味線，讓所有貓咪遠離那棵樹。」

銳爪發出不開心的嘶聲，「雖是這樣說沒錯——但我不喜歡失去領土。」

「葉星！葉星！」斑掌急急忙忙跑過來，瞪大眼睛，露出一臉不安，皮毛散發著黑莓葉濃烈的味道。「對不起，都是我不好。我不應該笨到去爬那棵樹。」

葉星的尾梢碰碰見習生的肩膀。「妳的舉動雖然不是很明智，但妳說得沒錯，蜂蜜是很有用的東西，很可惜我們不能帶一些回來給回颯。」

「下次記得先想清楚，或是先請教導師後再行動。」銳爪補充。出乎葉星意料的是，他並沒有出現平常對晨間戰士的嚴苛口氣。

斑掌點點頭，「我會的，我保證。」

葉星往回颯的窩望過去，看到她已經治療完受傷的貓：鼩鼱齒一拐一拐地離開，一屁股坐在河邊，開始梳理潮溼的毛髮。

曬曬太陽，我們的身體很快就會乾了，葉星心想。

看到回颯正帶著剩下的黑莓葉走進巫醫室，葉星趕緊跑過去。「妳不是要跟我說話嗎？」她問。

「對呀，我——」回颯突然定住，不停瞧著葉星的肩膀看。「妳那裡有一根刺，」她喃喃地說：「先不要動，我來幫妳把它拔出來。」

「我根本沒有注意到。」葉星喵聲說。回颯撥開葉星的毛髮，很專業地用牙齒把刺叼出來。

巫醫嚼了一些黑莓葉，把葉泥敷在葉星的肩膀上。「這並不只是單純的蜜蜂攻擊，」她邊彎著頭處理傷口，邊告訴葉星。「而是一個預兆。」

葉星眨眨眼睛。「什麼樣的預兆？該不會是要告訴我們不能讓斑掌當巫醫吧？」

回颯搖搖頭。「比這還嚴重。」她遲疑一會兒，眼神凝視峽谷遠方，彷彿在比對面懸崖更遙遠的地方發現了什麼似的。「這肯定是個預兆，」她終於繼續說：「但我不太清楚裡面的意涵，說不定妳知道。」

她看了葉星一眼，似乎是在暗示她們最近並沒有走得很近，葉星或許沒有把所有的事都告訴她。葉星不知道該說什麼，她應該沒有事瞞著回颯吧？

回颯並不知道妳昨晚在兩腳獸地盤看到比利暴的事。

「某個遙遠的地方正在動盪不安。兩派貓之間有著劇烈的衝突，一方堅信自己是對的，另一方則是認為對方大錯特錯。」回颯突然用一種像是來自遠方的聲音說著，「如果我們不有所行動，衝突將會降臨到我們身上。痛苦、暴力與伴隨而來的狂怒將湧至峽谷，一切終將難逃此劫，即使跳進河裡也擋不住。我們將會被衝突緊緊纏住，部族從此萬劫不復。」

葉星從耳朵到尾梢突然竄起寒意，太陽瞬間彷彿被烏雲遮住了。**回颯，不，不要跟我說這些……**

回颯看著族長，美麗的綠色眼睛帶著焦慮。「妳有看出些端倪嗎？」她問，聲音再次回復正常，「我們是否有辦法儘早在別處將紛爭化解，避免它衝擊到我們的營地呢？」

第三十三章

葉星蓬起皮毛抵禦清晨的寒冷。破曉時分，天空雖然染著淡淡的金色，但峽谷內依舊籠罩在一片沉沉的暗影之中。她坐在岩石堆上望過去，看著她的戰士們悄聲步出窩室聚集在池邊。

她和銳爪最先抵達，緊接而來的是四隻兩腳獸地盤的貓，他們正緊緊靠在一起。葉星還記得當她昨晚宣布她的決定時，他們的眼中立刻燃起熊熊希望，但現在他們臉上只剩下焦慮，彼此不停低聲交頭接耳。

雀皮和櫻桃尾肩並肩站著，皮毛相互摩擦；而鼩鼱齒則是在河岸緊張地走來走去。葉星不知道讓這隻年輕黑色公貓參加此次任務是不是對的決定。**但是他好不容易開始有了信心，我想給他一個證明自己的機會。**

石影向微雲和彈火兩隻族貓道別。「我們大概幾天後就會回來了。」他雖然盡力克制，但還是難掩興奮地喵聲說。

「不公平！」微雲嫉妒地大聲說：「為什麼你可以去，偏偏我們就不能？」

鹿蕨的小貓蹦蹦跳跳地跑下小徑，撲向正準備去集合的蜂鬚。

「不要！你不要走！」小梅大叫。

「我們會想念你的。」小蕁麻的頭不停在父親的肩上磨蹭。「你要是永遠都不回來了怎麼辦？」

四隻小貓一起放聲大哭。

「好了，」蜂鬚一一和他們磨磨鼻子，並說：「我當然會回來。我不在的時候，你們要幫我好好照顧母親，一定要乖乖聽她的話。」

「好！」小溪保證。

蜂鬚和迎面走來的鹿蕨四目相望。「要好好照顧自己。」鹿蕨輕輕地說。

「我會的。」兩隻貓的尾巴交纏了一會兒後，蜂鬚便轉身走去加入銳爪和其他貓。

葉星忽然瞥見一個淺色的身影溜進群貓當中，不自覺地抽動頰鬚。**蛋兒在搞什麼鬼？我已經說過見習生不准參加了。**這隻奶油色公貓試圖神不知鬼不覺地混進去，但還是被眼尖的銳爪發現了。

「蛋兒，你在這裡做什麼？你沒聽到葉星說見習生不能參加嗎？」

蛋兒從貓群中鑽出來，對著導師說：「但是銳爪——」

「我可沒有時間跟你耗。」副族長打斷他，快速甩動尾巴要他離開。

「我以前待過兩腳獸的地盤。」蛋兒還是不放棄，說話聲音愈來愈大，連在岩石堆上的葉星都聽得一清二楚。「雖然我還沒完成訓練課程，但我的年紀其實和一些戰士差不多，實力也和他們一樣強。這**你**是知道的，銳爪。上次考試時，你也是這麼說。」

銳爪停下來，目光來回打量著這年輕公貓，一反常態地開始猶豫。「這倒是真的……」

「我真的很想去，」蛋兒在地上磨起爪子，「我想證明對天族的忠心。」

銳爪遲疑了一個心跳的時間，然後轉身抬頭看著葉星。「妳覺得呢？」

葉星望著下面這隻興致勃勃的見習生。他身手的確不凡，自從在部族住下來後，他精瘦的體格變得更壯碩，光滑皮毛下的肌肉也跟著鼓了起來。她也親眼看過他訓練的情形，他打鬥的身手迅速敏捷，程度遠遠超過其他見習生。

「好吧，」她喵聲說：「你可以去。但要記住，銳爪是你的導師，你一定要聽他的話。」

「我會的！」蛋兒露出閃亮亮的眼睛保證，「謝謝，葉星、銳爪。我絕不會讓你們失望。」他向葉星鞠了一躬後，跑去站在石影旁邊。

準備動身離開峽谷的貓咪全聚在池邊，族貓們站在稍遠的地方向他們道別。銳爪走到斑足旁邊。族長和副族長不在的這段期間，營地的事暫時交給他發落。葉星看得出銳爪正在對這黑白公貓交代最後事宜，但因為他們站得太遠，葉星沒能聽清楚他們在說些什麼。

緊繃的氣氛像迷霧般籠罩著峽谷。準備出發的貓兒豎起皮毛，動作僵硬，留下來的貓則是露出鬱鬱寡歡的神情。葉星嘆了長長一口氣，抬頭仰望逐漸消失的星群。「但願我們做的是對的，」她喃喃自語地說：「請讓所有的貓都能平安歸來。」

「不管這一切值不值得，**我**都支持妳。」

葉星一度以為是星族戰士在回應，然後她認出了這聲音。她睜開眼睛，轉身看到比利暴就站在她下方不遠的岩石堆上。看到他那溫暖的眼神正注視著她，讓她感到欣喜若狂。除此之外，他的眼中似乎還帶著一份她前所未見的謹慎。

「這真的對我意義重大，」她勉強回應，對他點頭表示歡迎。「謝謝你。」

比利暴走上去，站到她旁邊的岩石。「我——我想跟妳道歉。」他喵聲說。

葉星驚訝地問：「道歉什麼？」

「我對妳太不公平。」薑黃白公貓回答：「再怎麼說，妳都是天族族長。也就是說，妳是我的族長，我會永遠對妳忠心。」

葉星深呼吸。這是否意味著他已經能夠體諒她必須扛起部族責任身不由己的處境呢？她好渴望能磨蹭比利暴的皮毛，將彼此的尾巴纏在一起，但現在不是時候。她只能頭一低，喃喃地說：「謝謝你。」

「我想跟妳去。」比利暴大聲說。

葉星吃驚地眨眨眼睛。「你沒有必要去冒險。」

「為什麼？」比利暴不服氣地說：「就因為我是半個寵物貓嗎？但我也是半個戰士呀。一到這裡，我就是**全職**的戰士。身為戰士的一分子，我想要盡自己的一份心力幫助這些貓。」

葉星凝視他，突然信心大增，覺得讓比利暴一起出任務或許可行。她之前從沒有想過要把晨間戰士加進來。她並不是刻意要將他們排除在部族活動外，而是因為這次的遠征處處充滿危險，所到之處又是陌生的領土，對寵物貓來說會比其他貓更辛苦。

「你的主人怎麼辦？」

「妳是說如果我回不來了怎麼辦嗎？」比利暴的綠色眼珠熱切地注視著葉星，「我和其他族貓並沒有什麼不同，我們都一樣有著不想失去的寶貴東西，但每次上戰場總免不了有風險。」

葉星把頭別開，無法直視他那熱切的眼神。比利暴以為葉星已經同意，心滿意足地輕輕叫了一聲。

銳爪正在底下召集巡邏隊，準備朝下游出發。回颯從巫醫窩裡跑出來，忙著發草藥給即將出遠門的戰士們，以備途中不時之需。

「該出發了。」葉星喵聲說。

她從岩石堆一躍而下，當比利暴正想跟過去時，突然看到葉星在岩石堆最高處擺了一隻死老鼠。他用尾巴指了指，「妳忘了拿妳的新鮮獵物。」

葉星回頭看了一眼，「這是要給別的貓吃的。」

星族，這些食物請祢們笑納，也請庇祐我們一切順利。

銳爪看到葉星和比利暴一起加入巡邏隊，忍不住彈彈耳朵，很驚訝比利暴也在這裡。葉星點點頭，做好了和副族長爭辯的準備，但他並沒有多說什麼。

「棍子，你帶路。」他對那兩腳獸地盤的貓揮動尾巴命令。

棍子往下游走，來到可以跨越河流的踏腳石前。巡邏隊排成一列跟在後面，柯拉在葉星前面停下腳步。

「謝謝你們的幫忙。」她喵聲說。

「等事成了再謝我們吧。」葉星回應。

正當葉星等著過河時，看到回颯叼著滿嘴旅行用的草藥走過來。她看起來比上次告訴葉星預兆的時候還要焦慮，葉星看得出她的內疚。她一定覺得天族這次會捲入兩腳獸地盤貓咪的紛爭中，她得負全部的責任。

「我知道這是星族要我們做的。」葉星要她放心，希望自己真能像表面上那麼有信心。「祂們會庇祐我們的。」

回颯雖然仍舊帶著擔心的眼神，但還是點點頭。「願星族照亮你們的道路，」她拉長身子，和族長碰碰鼻子，一面低聲說：「我等你們回來。」

葉星鞠了一躬，回頭加入已經大排長龍陸陸續續過河、爬上通往峽谷外部小徑的族貓們。貓兒們還未走到懸崖邊，太陽已經升了起來。灰藍色的天空變得更藍，一朵朵軟綿綿的白雲隨著微風飄移。葉星暗暗感謝星族賜給他們適合長途跋涉的好天氣。

到了日正當中，他們已經離開森林，懸崖群也跟著遠遠沒入地平線。他們沿著河邊一條礫石覆蓋的小徑走著，嘩啦的聲響愈來愈大聲。

「那是什麼？」葉星問。

「是瀑布。」柯拉回答。

葉星開始有些腿軟。「我們要從那裡爬下去嗎？」

黑色母貓搖搖頭。「不用，有別條路可以走。我們來這裡時，可是費了好大一番功夫才找到的。」

她話才說完，巡邏隊已經到了瀑布的頂端。河水平緩彎入瀑布，瞬間傾瀉而下，衝入深潭，翻騰的白沫伴著裊裊水霧，兩側露出鋸齒狀的岩石。河邊便是懸崖峭壁，葉星環顧四周，下面幾乎看不到可以踩腳的地方，只有幾處矮草叢似乎勉強可以踏上去，但因為相隔甚遠，也無法讓他們順利往下爬。

「走這邊。」棍子揮動尾巴喊道。他帶領巡邏隊沿著崖頂緩緩往下走，這邊的地面並非只是覆蓋溼滑青苔的禿石，而是長滿了金雀花叢和一叢叢的石楠。

「我們可以從這裡下去，」棕色公貓說：「跟我走，隨時留意腳踩的地方。」

貓兒們立刻散開排成一列，跟著棍子走下山坡。他們腳下可以說是危機四伏，地上布滿令人意想不到的坑坑洞洞，有些地方更是一腳踏上去就塌陷。葉星吃力地在密密麻麻的石楠枝葉裡穿梭，金雀花叢的針刺更是不停地刮著她的皮毛。等到達谷底回到河邊時，所有貓都已經精疲力竭。

「先休息一下。」銳爪建議：「我們可能要先花點時間抓獵物。」

葉星點點頭，但兩腳獸地盤的貓似乎不是很高興，她猜他們是想盡快趕路，能愈早回他們的家愈好。

但這是行不通的，大家拖著疲憊的身體一路趕到那裡有什麼好處？

當他們繼續往前走，河邊的小徑漸漸變得平緩且鋪滿了細沙，比較容易行走。他們經過一處接骨木叢，在轉彎處看到幾間兩腳獸的巢穴佇立在一彎淺池邊。

「那是你們的兩腳獸地盤嗎？」銳爪問棍子。

「不是，我們的地方要比那裡大多了。」矮子告訴他，並掃興地補充道：「而且我們還有很長的一段路要走。」

棍子將他們帶離河邊，轉了個大彎，繞過兩腳獸的巢穴。當他們來到一條小轟雷路旁時，天色已近昏黃。

「起碼在黑暗中還是可以看到怪獸的眼睛。」蜂鬚喃喃地說。

他們在這一片寂靜的黑暗中順利跨越了轟雷路。

當來到對街時，葉星宣布：「該是找地方過夜的時候了。棍子，你知道有什麼好地方嗎？」

「知道，不過我們必須先遠離這些兩腳獸巢穴。」

棍子帶他們到一處陡峭的河岸，在遮蔭水面的樹叢底下找幾處樹根縫棲身。葉星在潺潺的水流聲中漸漸入眠。

貓兒們在清晨醒來，樹叢裡有很多獵物，他們順利打完獵後，繼續上路。過了中午不久，他們來到一大片原野，一間間兩腳獸的巢穴規規矩矩地排列著。他們沿著河岸茂盛的草地走著，葉星開始放鬆心情，享受這暖洋洋的感覺。

「那是什麼？」齙牙揮動尾巴，指了指幾個狐身外的草地上一群短毛的大型動物，牠們有著一襲黑白色的皮毛，在那裡靜靜地嚼著草，但目光卻不時隨著這些貓移動。

「那是牛，」矮子回答：「不用怕，牠們不會怎樣。」

幾隻野獸走過來，好奇地在葉星和族貓們身上聞了聞。現在甚至連葉星都感到有些不安。牠們的腳又大又硬，像極了黃色岩石！銳爪趕緊下令大家加快腳步。當他們快步跑開時，幸好牛群並沒有跟上來。葉星鬆了一口氣。

巡邏隊溜進一處用閃亮鬚鬚紮起來的木籬笆底下，裡面的空地乍看之下顯得空空蕩蕩，地面往上傾斜，和地平線連成一線，茂密的草叢也變短了，中間偶爾露出幾顆岩石。

「我不喜歡這裡，」石影對蛋兒低聲咕噥：「這裡太安靜了。」

他話才正要說完，立刻傳來狗的叫聲，打破了這片寂靜。貓兒們全都愣住，吠聲一下子變大，狗兒已經衝到坡頂；那一身粗糙薑黃色皮毛的龐然大物，不停甩動尾巴，撕扯嗓門對著這群貓又吼又叫。

「快跑！」鼩鼱齒大叫。

但這空曠的草地完全沒有可以躲藏的地方，方圓百里不見任何籬笆、牆壁，甚至沒有一棵可以讓他們爬到上面的樹。

「冷靜！」葉星命令，意識到巡邏隊隨時會嚇得四散奔逃。「躲到——岸邊去。」大家還搞不清楚狀況時，銳爪二話不說先衝向草木叢生的岸邊。「這裡很安全！」他邊躲邊大喊，「快過來！」

葉星死守在原地，張牙舞爪對付迎面撲來的狗兒。「不要過來喔，跳蚤皮毛！」她忿忿地說。

趁狗兒遲疑的片刻，巡邏隊隊員快跑到岸邊，葉星跟在他們後面奔跑，躍到一處鋪滿石礫的地方，河水在旁邊拍打著。幸虧岸旁有雜草和枝葉的遮蔽，從上面很難看到他們的身影。

隊員窩在一起，眼睛直盯著在他們頭頂上踱來踱去、聞來聞去、不時嗚嗚叫的狗兒。葉星知道牠沒多久就會偵測到他們的氣味，然後朝他們撲來。

我們該怎麼辦？游泳嗎？

幸好此刻突然傳來兩腳獸的吆喝聲，聽起來似乎有些生氣。狗兒嗚嗚找了一會兒後，葉星聽到牠的腳步開始倒退，氣味也跟著逐漸遠離。

「好險！」雀皮喘著氣說。

葉星提醒隊員多等幾個心跳的時間，確定狗兒已經走遠後，再爬回岸邊。蛋兒留在原處，目不轉睛地盯著河水，然後一腳猛戳進水裡，撈起一條魚，魚兒彈到蓋滿石礫的岸邊，不停掙扎。他最後往魚的頸部一咬，讓牠一命嗚呼。

「蛋兒，你太厲害了！」比利暴高呼，「你這招抓魚的功夫是從哪兒學來的？」

年輕公貓謙虛地低下頭，「我以前有時會住在河邊。」

他把抓到的獵物拖到草原上，讓整個巡邏隊圍在一起享用。魚兒夠大，每隻貓都能分到幾口。

「太好吃了。」銳爪喵了一聲，伸出舌頭舔舔嘴巴。「我們果然沒有讓你白來，蛋兒。」

奶油色公貓露出一臉驕傲。**銳爪的確是好眼光，**葉星心想，**天族有蛋兒的加入，果然變得更強。**

巡邏隊用完餐後，太陽已經漸漸下沉，空氣中飄著一股寒意。

「我們最好找個地方過夜。」銳爪喵聲說：「棍子，你知道有哪個不會被狗干擾的安全地方嗎？」

棍子一臉為難。「這條路我們只走過一次，」他提醒副族長，「現在也只能祈求兩腳獸晚上都把狗關在裡面了。」

巡邏隊沿著河岸繼續走，最後來到一處濃密的樹籬。樹籬前方又是一片草原，隔著多刺的樹枝，葉星瞥見一群黑白色乳牛的巨大身影。

「我們就在這裡休息吧，」葉星決定，「再找下去，應該也找不到更好的地方。如果我們睡在樹籬底下，應該可以避免狗兒闖進來。」

「不過還是得有貓咪站哨才行。」銳爪打了個大呵欠，「我先去看守，等一下再把你們其中一個叫起來輪班。」

他坐在樹籬的正前方，放眼掃視草原和河流，葉星站在他旁邊，讓其他巡邏隊員爬到樹枝底下休息。

「噢！」櫻桃尾苦惱地嘶叫一聲，「我踩到一根刺。」

「走路要長眼睛，鼠腦袋。」雀皮咕噥：「妳的尾巴掃到我耳朵了啦。」

葉星等所有戰士都安頓好後，自個兒爬進樹籬底下，在枯葉間築了一個簡單的窩。**今晚一定沒辦法睡個好覺**，她暗暗嘆了一口氣，**感覺渾身皮毛都沾滿了刺。**

樹籬對面傳來一聲哀怨的低鳴音，葉星嚇得跳起來。蜷縮在附近的鼩鼱齒猛然抬起頭，瞪著大眼睛問：「是什麼聲音？」

聲音再度傳來，比利暴從另一邊的樹縫探出頭來。「別擔心，」他回報：「是牛發出的聲音。」

「牠們應該不會叫一整晚吧？」在樹籬最底下的石影沒好氣地說：「我還想補個眠耶。」

葉星閉起眼睛，尾巴蓋在鼻子上。她被牛群的叫聲打擾了好幾個心跳的時間，但最後還是漸漸進入夢鄉。

她的四周突然大霧瀰漫，離鼻頭一個尾巴外的距離就什麼都看不見了。她的皮毛刷過潮溼的草地，河水流過岩石的淙淙聲響聽起來異常大聲。**這裡是哪裡？**她納悶著，知道自己在作夢。**星族，祢是想指點我什麼嗎？**

似乎像是聽到她的疑問，一群貓紛紛從霧裡迎面走過來，與她擦肩而過，繼續往上游走去。葉星可以從皮毛的顏色和祂們古老的野性氣味，勉強辨識出幾隻離她最近的貓，其餘的對她來說只是雲霧裡的模糊輪廓。

「加油！」一堆聲音開始在她四周迴盪，「我們一定能很快找到落腳的地方。」

「我走到腿都軟了。」一隻脾氣暴躁的長老貓說：「我的骨頭從沒有這麼痠痛過。」

「櫸掌！現在不是玩樹葉追逐的時候，馬上給我回來！」

「我們必須繼續趕路，」說話的聲音低沉又緊迫，葉星心想應該是雲星的聲音。「我們很快就會找到新家了。」

群貓從葉星身邊擠過去，彷彿知道那未知的新家一定是在上游。祂們從兩側擠過來，葉星被擠得寸步難行。她被一堆腳和尾巴給絆住，差點跌倒。

祂們是想告訴我，我走錯方向了嗎？

葉星設法鑽到隊伍後面。一隻老貓，一身邋遢的薑黃色皮毛，雙眼流著眼油，跟在最後面。祂的目光落到葉星身上，並停下腳步注視著她，顯然祂是唯一注意到她存在的貓。

葉星顫抖著身體，聽著他朝她說出預言。「現在是部族的禿葉季，雖然綠葉季終究會再次到來，但也勢必會帶來更大的風暴。天族若要生存下去，就必須要有更深的根基。」

葉星突然驚醒，匆匆忙忙爬起來，倒抽一口氣。在她旁邊的鼩鼱齒也跟著驚醒，豎起皮毛，慌張地四處張望。

「沒事，」葉星把尾梢放在他肩上，安撫他說：「我只是做了一個夢。」

年輕的黑色公貓躺回睡覺的地方。「妳還好吧？」他悄悄地問：「星族有給妳什麼指示嗎？」

葉星發現其他的貓也跟著醒來看著她，看守完的銳爪也走過來，綠色的眼眸緊盯著她。

她搖搖頭。「沒事，我只是做了一個噩夢。」

我不能把這個預兆告訴他們。星族是不是要跟我說我做錯了呢？

這個預言一再出現，讓她備感困擾。她為了助遠方來的貓一臂之力，如此千里跋涉，或許對加深部族的根基應該一點幫助也沒有吧？她突然好渴望天族的命運不是這麼模糊不清，而且夾雜著這麼多可能性。**似乎沒有一件事是明確的，我好怕部族會因此式微。**

銳爪繼續看了葉星一會兒，接著拉長前掌，翹高臀部，伸了個懶腰。「大家既然都醒了，」他喵聲說：「不如我們就繼續趕路，如何？應該很快就天亮了。」

「好啊，」蜂鬚附和，「這樹籬的每根刺都刺得我好難受。」

葉星點頭同意，副族長對正在站哨的櫻桃尾喊一聲，然後整個巡邏隊爬出樹籬，走進前方的原野。雲層升起，遮蔽了天空。雖然四下昏暗，但河水的聲音指引著他們的腳步。他們走著走著，結滿露水的草地拂過他們的皮毛，水珠滲進毛髮裡的剎那，葉星忍不住打起哆嗦。

他們繼續走著，她感覺到棍子和其他來自兩腳獸地盤的貓也愈來愈緊張。他們似乎隨時處於警戒狀態，對每個突如其來的聲響都神經兮兮。

「已經快到你們兩腳獸的地方了嗎？」她問棍子。

棕色公貓搖搖頭。「還沒。如果一切順利的話，我們應該今天就可以到達。」

太陽升起時，雲已經消散，草地的晨露也乾了。天氣愈來愈熱，陽光直射在他們背上，他們的步伐愈走愈辛苦。在棍子的催促下，貓兒們繼續往前行。直到中午，他們才停下來獵食。在稍做休息後，又繼續趕路。此刻山坡開始往下傾斜，河水潺潺流過岩石，往下流瀉形成一連串淺瀑布，在低處匯積成潭，水面上冒出許許多多白色泡沫。

「河水看起來很冰涼，」櫻桃尾喃喃地說：「我要去泡一下腳。」她走到岸邊，邊涉水，邊心滿意足地喊道：「好舒服喔！你們快來試試！」

兩腳獸地盤的貓一臉半信半疑，不過所有部族貓還是跟著櫻桃尾走進水裡。葉星很享受腳上清涼的感覺。**走了這麼長一段路，即使是身為天族貓，我們的爪墊也難免會開始痠痛！**

過沒多久，石影高呼：「我不要泡了，水濺到皮上好冷。」

「就是說嘛，**趕快**上來，」棍子在岸邊喊道：「再這樣耗下去，我們永遠也別想到達目的地。」

河流在此處延展開來，兩側有樹蔭遮蔽。在流經嘩啦嘩啦、水花四濺的瀑布後，這裡的水勢趨近和緩，給人一種懶洋洋的感覺。

「這裡就是兩個季節前洪水爆發的地方。」煤炭告訴葉星：「我們之所以會與火星和沙暴相識，是因為當時他們被水沖散，火星來我們兩腳獸的地方尋找沙暴。」

葉星點點頭，火星待在天族那段期間，已經告訴過他們這個故事。一想到一大片洪水轟隆灌進這寧靜河面的情景，她打了個寒顫。**若火星真的淹死，天族也不可能重建了。**

太陽再次開始下沉，河水轉了個大彎，繼續往前流。葉星瞥見遠方出現一處牆面與屋頂林立的兩腳獸聚落。「那是我們要去的地方嗎？」她問走在旁邊的柯拉。

黑色母貓點點頭。此刻，棍子突然離開河岸，帶領巡邏隊穿過一望無際的空地，走進一塊草木稀疏的林地，裡面幾乎全長著瘦瘦小小的榛樹苗。葉星在樹苗叢裡聞到了好幾股淡淡的貓味，試圖查出這是不是棍子與他朋友以前住在這裡時所留下來的氣味。她辨識出了一股熟悉的氣味，雖然是隻母貓的氣味，但又不是柯拉身上的味道。

會是小紅嗎？

棍子帶隊穿過林子，來到對面一條窄小的淺溪旁。一根斷木橫躺在上面，棍子敏捷地跑到對岸，其餘的巡邏隊員也跟了過去。一道道兩腳獸的牆壁就在對面與他們對望著。

「鬥吉就住在那上面。」煤炭告訴巡邏隊，並將耳朵瞄準上游。葉星瞄了一眼他所指的方向，但並沒有看到或聞到任何貓的蹤影和味道；鬥吉的營地應該還有一段距離。

她和她的戰士們跟著棍子走進下方一條巷子，往兩腳獸地盤內部潛行。看到四周層層圍繞的牆壁，葉星忍不住抖動皮毛。這裡和峽谷附近的兩腳獸地盤簡直有天壤之別。她目光所及之處，碎裂的石塊散落滿地，巷子裡到處都是垃圾，從她所吸進的空氣中，依稀可以聞到淡淡的鴉食臭味。

天族緊緊靠在一起，繼續跟著棍子往前走。比利暴和櫻桃尾的皮毛在葉星的左右兩側磨擦著，葉星感到很舒服。他們一路不停轉彎、翻牆、穿越轟雷路底下的隧道，搞得葉星已經失去了方向感。

萬一我們需要緊急逃離的話，希望還能有辦法找到氣味回去。

棍子加快腳步，繼續往兩腳獸地盤前進，最後更是快步跑了起來。柯拉、矮子和煤炭眼睛閃爍著光芒，也跟著愈跑愈快。**他們真的很高興能回到家**，葉星心想，不敢相信會有貓願意住在這個骯髒、充滿兩腳獸氣味的地方。

當他們來到一處灌木雜生的空地時，矮子和柯拉突然從棍子旁邊衝過去，狂奔過散亂的草叢，跑到對面的巷口去。

「白雪！」矮子大喊。

過了半晌，柯拉發出驚嘆。「培西！你回來了！」

棍子和煤炭跟著衝進巷子，葉星和其他部族貓也跟過去。當他們進入一條狹窄的通道時，葉星看到兩腳獸地盤的貓團團圍住一隻暗灰色虎斑公貓，旁邊還站著一隻白色母貓，看到那公貓眼睛四周可怕的粉紅色傷疤，葉星頓時起了一身雞皮疙瘩。**是鬥吉下的毒手。**

「他就這樣莫名奇妙地出現了！」母貓白雪解釋：「是兩腳獸帶他回來的。」

矮子仔細打量好友一番。「你的味道變了。」他大聲說。

培西點點頭，「我也覺得自己變得不一樣了。」

雀皮擠到灰色公貓旁邊，好奇地聞了聞。「你該不會是去了快刀手那兒吧？」他看看四周，發現所有的貓咪都在看他，於是尷尬地舔了幾下胸前的毛。「我之前還住在兩腳獸的地方時，就聽過一些貓去過那裡。」

比利暴點點頭。「公貓有沒有去過那裡，你一眼就可以看出。因為他們一回來，真的會變得非常不一樣。」

「對呀，」雀皮補充，「會變得又胖又懶！」

葉星一邊覺得好笑，一邊又希望雀皮能不要那麼白目。他突然一臉慘綠，似乎是意識到自己說錯話了。

「對不起……呃……培西，」他結結巴巴地說：「我不是故意要……」

「沒關係啦，」柯拉喵了一聲，親切地頂了雀皮一下。「他本來就很懶惰！」

葉星的心情開始放鬆。她原本以為會走進一個氣氛凝重、飽受戰爭威脅的地方，但現在反倒像是分隔許久的族貓大團聚的溫馨場面。

「很高興你們能回來，」白雪發出呼嚕聲，「我還以為再也看不到你們了。」

「而且你們還找來了有戰鬥力的貓，」培西補充，「真是太好了！」

「我們並不只是有戰鬥力的貓，」葉星覺得有必要向他們解釋清楚部族是怎麼一回事。

「我們以戰士守則為規範，訓練見習生，為整個部族獵食，並且保衛邊界。」

白雪和培西互看一眼。「聽起來很不賴。」白雪客氣地喵說道。但葉星看得出來這兩隻兩腳獸地盤的貓根本搞不清楚她所要表達的意思。

「你們現在已經到了這裡，」培西繼續說：「我們很快就能給鬥吉和他的同夥一點顏色瞧瞧。」

「鬥吉還有再惹事生非嗎？」棍子問。

白雪垂下尾巴，臉上歡喜的表情瞬間消失。「好幾隻寵物貓為了保護主人的天竺鼠，還因此受了重傷。」

當棍子和其他兩腳獸地盤的貓垂頭喪氣地彼此互望之際，葉星靠向比利暴。「什麼是天竺鼠？」她偷偷問。

「那是一種長得很像兔子的動物，但體型比較小，耳朵也小小的。」比利暴解釋：「牠們常常發出吱吱的叫聲，腿很短，而且腳趾尖尖的。」

葉星很難想像有這麼一個詭異的生物。「聽起來還滿像獵物的，」她喃喃地說：「為什麼寵物貓需要保護牠？」

比利暴還來不及開口，矮子就搶著說，語氣十分氣憤。「鬥吉一再攻擊住在兩腳獸巢穴的動物，以此為計，好讓兩腳獸把我們都驅逐出去！」

葉星恍然大悟。對這些住在兩腳獸巢穴邊緣的貓咪而言，避免招惹兩腳獸是必備的生存條件。

她陷入沉思，沒有聽清楚其他兩腳獸地盤的貓在說什麼，直到矮子低聲問了一句：「你們有看到小紅嗎？」她才又回過神來。

白雪低頭看自己的腳掌。「有時候會看到，」她坦承，「她旁邊總是跟著一隻棕灰色的公貓。」

「哈利。」棍子咬牙切齒，悻悻然地說出他的名字，「那傢伙叫哈利。他一定是要了什麼詭計，或是採取威脅，迫使小紅繼續跟他在一起。我們非好好教訓他一頓不可！」

葉星和銳爪互看一眼，她可以看出副族長和她有著同樣的想法。棍子因為私人恩怨，才會特別憎恨這隻貓。**儘管如此，這裡的貓似乎都受到了鬥吉和他的同夥不公平的對待。我們一定得想想辦法才行。**

「你們的領土有多大？」她問兩腳獸地盤的貓：「鬥吉闖入的次數有多頻繁？」

培西一臉困惑，「領土？闖入？」

「我們並沒有像天族一樣有邊界的區隔。」煤炭解釋：「這裡的貓咪可以四處自由進出。」

「那獵物要怎麼分？」銳爪抽動尾巴，忍不住問。

「我們抓什麼就吃什麼，」柯拉說：「每隻貓只要能抓一些食物填飽自己的肚子就夠了。」

「如果你們沒有劃出邊界，又怎麼能避開鬥吉的入侵威脅？」葉星喵聲說。

「我們只要能一舉驅逐他，就能永絕後患了。」棍子低吼。

櫻桃尾焦慮地對葉星使了個眼色。「戰士守則沒有提到這一點。」她指出：「我們把貓咪趕出我們的地盤，巡視邊界，讓他們無法再趁虛而入。但究竟要把鬥吉驅趕到多遠的地方，才能確保他不再回來呢？」

好問題，葉星心想。隨著每個心跳時間的流逝，她對這場仗愈來愈沒有信心。**棍子到底要我們打到什麼程度？**

「你們必須和他決鬥，」銳爪對棍子喵聲說：「我們會從旁幫助。你有想到什麼計策嗎？」

「我們等到夜晚再出動，」棍子回答：「到時我會帶你們去看鬥吉的營地。你們可以先在這裡獵食，我們剛剛經過的垃圾場通常會有一些獵物出沒。」

他帶隊回到巷口。葉星張望這塊崎嶇空地的四周，自己獵東西吃，少了團隊行動的感覺有點奇怪。她看到櫻桃尾和雀皮一屁股跳進附近的草叢；銳爪、蛋兒和蜂鬚正朝著對面牆腳的長草區行動。

葉星從眼角餘光瞥見一處矮樹叢裡有動靜，她豎起耳朵，看著葉縫間一隻松鼠的身影若隱若現。她肚皮貼地，匍匐著朝松鼠所在的樹木爬去，沿著樹幹的另一側慢慢逼近。附近沒有緊臨的樹讓松鼠可以有機會逃脫，她很有自信能手到擒來。

但在她爬過沙沙作響的樹蔭時，松鼠立刻有所警覺。牠在樹枝上坐立，接著往地面一躍而下。

「老鼠屎！」葉星咒罵。

然後她突然瞥見比利暴在樹底下的身影。驚慌失措的松鼠幾乎是自投羅網，他俐落地朝牠脖子一咬，結束牠的生命。

「做得好！」葉星大喊，往地面一跳，來到族貓的旁邊。「你獵得很漂亮。」

「這隻獵物是妳先看到的，」他喵聲說：「我們一起吃吧。」

即使在這麼一個奇怪、令人心煩意亂的地方，能坐在比利暴旁邊，和他一起享用松鼠，讓葉星從耳朵到尾梢都洋溢著幸福。

她喃喃地說：「星族，謝謝祢們賜給我們獵物，」然後在心裡嘀咕著：此時此刻不知祢們是否還有在天上庇祐著我們，即使是在這樣的地方？

她咬了一大口獵物，頰鬚拂過比利暴的側臉。「有你在這裡真好。」她發出呼嚕聲。

比利暴對她眨眨眼，綠色眼睛盡是柔情。「我也有同感。」他喵聲說。

第三十四章

葉星被一隻腳戳醒，她睜開眼睛，看到刺眼的橘光斑駁照在熟睡的族貓身上。她一時之間搞不清楚自己身處何處，直到柯拉的臉漸漸清晰。這黑色母貓彎著身站在她面前。

「醒醒啊！」她嘶喊，「棍子說時間到了。」

葉星頓時回想起千里迢迢來到兩腳獸地盤的旅程，同時想到棍子說要帶他們去看鬥吉的營地。她搖搖晃晃地站起身，發現自己和比利暴背貼背睡了一整晚。她挪動身子時，不小心把他給吵醒，兩隻貓尷尬地互望了片刻。

然後比利暴跳起來。「我已經準備好了。」他大聲說道。

由於情勢急迫，葉星已經顧不得懷疑。四肢充滿拚勁的她，跑去叫醒其他族貓，帶著他們到棍子、矮子和柯拉等候的地方。

「我們走吧。」棍子喵聲說。

他轉過身去，帶隊穿過垃圾場，往下進入

另一條巷子。葉星和其他天族貓跟在他後面急馳，穿梭在巷子和小路之中，沿途經過一堆堆被劈開的木材和一隻隻沉睡的怪獸。但他們幾乎看都沒看牠們一眼，沒有心思去確認牠們會不會醒來。他們緊貼著兩腳獸的巢穴走著，葉星的毛刷過粗糙的紅色石磚。

最後棍子帶他們來到一間木造小巢穴的上方。葉星跳上去，看到他蹲在屋頂的另一端，俯視著前方。她穿越屋頂，走到他旁邊蹲下來。在橘光的照耀下，她看到一個個方形的兩腳獸東西，七零八落地堆在岸邊。那正是他們來兩腳獸地盤時沿途經過的淺溪，兩側的岸邊淤泥堆積，一條細細的溪水從底下緩慢流經。

「鬥吉就住在那些箱子裡。」棍子告訴她。

葉星仔細定神一看，可以隱隱約約瞥見在箱子之間鬼祟移動的貓咪身影，偶爾也會捕捉到他們眼睛發出的微光。接著一個體型壯碩的貓咪走出來，開始轉頭呼喊。

一個興高采烈的叫聲回應他，不久便看到一隻纖瘦的母貓從最靠近的箱子鑽出來加入他。雖然在刺眼的光線下，不易辨識他們皮毛的顏色，但葉星猜那應該是棍子的女兒小紅和她的伴侶哈利，她可以感覺棍子全身僵硬，並且聽到他從喉嚨深處發出的一絲咆哮。

小紅很顯然並沒有被囚禁在鬥吉的營地裡；她在那裡看起來很輕鬆愉快。兩隻貓的尾巴緊緊纏在一起，漫步穿過山溝，消失在樹林裡。

棍子把爪子狠狠戳進木板屋頂。因為戳得太深，他必須用力把它們拉出來，才有辦法坐直。他的目光掃視緊隨在後的兩隻貓。「我們現在就發動攻擊。」他大吼。

「等等，」矮子走向前，擔心地抽動耳朵。「煤炭、白雪和培西要怎麼辦？」

「去把他們叫來。」棍子下令，「如果我們等明天晚上再行動，鬥吉一定會察覺有陌生貓在這裡，到時他可能會產生戒心。」

蜂鬚靠過去，附在葉星耳邊偷偷說：「他想趁她女兒不在的時候展開突襲。」

葉星點點頭。她可以理解棍子為什做這樣的決定，但她又不想在沒有準備的情況下，就貿然投入戰場。他們除了從這小巢穴屋頂觀看到的一切之外，對營地的格局一無所知，也不知道有多少貓在箱子裡面。

棍子似乎看穿了她的焦慮，開口喵聲說：「別擔心，我們的貓咪數量比他們多。」

他的眼睛燃燒著冷冷的火燄。葉星想到這些貓並不信戰士守則這一套，頓時感到不寒而慄。**他們為了勝利，一定會不擇手段，哪怕是置對手於死地也在所不惜。**

「我想先近距離瞧瞧營地。」鋭爪大聲宣布，招招尾巴，把蛋兒和雀皮叫過來。「我們不能盲目地打仗，」看到棍子似乎想反駁，鋭爪趕快補充：「我們大可趁矮子去把其他貓叫過來的期間，進行備戰的工作。」

棍子點點頭。葉星不由得豎起皮毛，對鋭爪強出頭的作風很不滿。在帶隊來兩腳獸地盤的途中，他也是不停發號施令。

「好主意，鋭爪。」她喵聲說。**要讓他知道誰才是族長。**

鋭爪彈彈耳朵回應，接著和他指定的兩隻貓一起溜下巢穴，沒入暗影中。

「別擔心，棍子。」櫻桃尾語帶溫柔，一副對族貓胸有成竹的模樣。「他們一定不會被發現的。」

在等待其他貓加入的同時，葉星掃視下方的營地，但裡面幾乎沒什麼動靜，很難看出究竟有多少貓在那裡，也無法偵測到裡面的活動情形。她可以聽到在她身後的齙牙齒咯咯顫抖的聲響。正當她轉頭，想說些提振士氣的話激勵他時，她卻看到他眼裡的堅決態度。

「不要小看齙牙齒的膽識。」比利暴小聲告訴她：「在一次邊界巡邏任務裡，當大家都還困在刺藤叢裡頭時，我親眼看到齙牙齒單獨把一隻狐狸給趕跑。」

「真的嗎？」葉星的腳掌興起一股興奮。**齙牙齒雖然身世淒涼，但說不定以後會成為屬一屬二優秀的戰士。**

巢穴牆壁傳來攀爬的聲音，顯然銳爪已帶著蛋兒和雀皮歸來。「每一個窩幾乎都有貓住在裡面，」他稟報葉星，「但很難數得出到底有多少。我們——」

「我不是已經說了，他們的貓咪數量比我們少。」棍子插話，「等我們所有成員統統到這裡集合時，就更沒問題了。」

葉星和銳爪擔憂地交換一下眼神。棍子意圖攻擊的心意已決，擋都擋不住。他只告訴他們自己想聽的。

「我們必須採取三面進攻，」銳爪繼續說：「包抄山溝兩端和從這裡正面攻擊。」

棍子和柯拉專注聆聽副族長的攻略。葉星心頭一震，有如被一陣禿葉季的冷風刮過。她突然意識到自己這麼做，無疑是正中他們的下懷：他們請這群訓練有術、戰技高超的戰士投入戰局，或許只是為了展開私人的復仇行動。

她彈彈尾巴，把族貓們招過來。「要記住，打仗時一定要遵守戰士守則！」她低聲說：

「不能只為了得勝，就輕取敵人的性命。要不就團結作戰，要不就不要打。」

棍子豎起耳朵聽她說話，然後突然轉身面向她。「若志不在得勝，打仗又有什麼意義？戰鬥不就是要贏嗎？」

葉星沒有回應，只是掃視她的戰士們，確定他們都會遵守她的命令。幸好棍子已經靜下來，聽銳爪描述山溝沿岸的地勢。等他快要說完的時候，矮子正好帶著白雪、煤炭和培西抵達。

「太好了，」棍子咆哮：「鬥吉滾蛋的時候到了。他從我們身上搶走了太多東西！」他二話不說，從巢穴頂端狂躍而下，越過空地，朝箱子堆飛衝。葉星舉起尾巴，制止其他貓一窩蜂跟過去。

「蜂鬚、櫻桃尾、蛋兒，你們從山溝後方攻擊。」她揮揮尾巴，趕緊喵聲說：「比利暴、雀皮、鼩鼱齒，你們從另一端包夾。靜候我的指示再行動。」

這些部族貓迅速移動。比利暴在爬下屋頂之前回頭看了一眼。「小心。」他跟葉星說。

葉星點頭回應。

石影、銳爪和兩腳獸的貓咪們跟她一起留在屋頂上。白雪蹲在角落，望著底下成堆的箱子。

「我——我做不到。」她抬頭看著葉星，語帶沙啞低聲說著。「我親眼目睹過他們是怎麼對培西下毒手的……」

葉星用尾梢摸摸她的肩膀。「好，那妳回窩裡去。」

正當白色母貓站起來，準備轉身離去時，煤炭走到前面擋住她的去路。「我們必須一起戰到底。」他咆哮。

「她很害怕，不要強迫她。」葉星走到他面前，高高抬起頭，擺出毫不退讓的姿態。「讓她走。」

煤炭聳起皮毛，甩動尾梢，遲疑了幾個心跳時間，然後退開。白雪滿懷感激地看了葉星一眼，接著消失在屋頂的另一端。

葉星再次掃視營地，看到棍子在雜亂的箱子堆邊緣按兵不動。他焦躁地甩動尾巴，回頭看了其他貓咪一眼，示意他們過來。

「大家排好隊伍，」葉星嘶聲說：「要隨時留意身旁的搭檔。」

她的腦袋亂成一團，像片片落葉隨風飄蕩。**這是我負責族長任內，第一次帶隊攻擊敵方的貓。我根本沒有機會好好計劃這場戰鬥，我要昏了……**

「銳爪，你必須在我旁邊，」她對副族長喵聲說：「你是唯一清楚作戰佈局的貓。」

銳爪點點頭。「放心，我會緊跟在妳的尾巴後面。」他保證，「萬一我們——」

「**衝啊！**」煤炭高喊一聲。

黑色公貓突然下令，讓葉星有點措手不及。雖然她很生氣，但也只能乖乖就範。兩腳獸地盤的貓已經開始跳下屋頂。葉星尾巴一揮，族貓們立刻一窩蜂湧到巢穴邊。天族貓俐落地跳到地上，朝鬥吉的營地疾馳。反觀兩腳獸地盤的貓，葉星看到柯拉跌了一下，但很快又爬了起來。矮子笨手笨腳地摔倒在地，葉星停下來攙扶他，一邊跑一邊將他往前推。

葉星慢慢逼近營地的同時，一心希望能感應到星族貓與她並肩奔跑、陪她作戰的感覺。火星曾告訴她，當他和血族對戰時，可以感覺星族就陪在他身邊。但此刻葉星眼前沒有一點星光，也沒有皮毛摩擦的虛幻感，更沒有夜空的冰寒氣味。只有活生生的貓咪們，散發出恐懼與憤怒的味道。

她的肚子深處彷彿被壓了一塊冰石。**是不是因為我們多管閒事加入別人的戰局，所以祖靈已棄我們而去了呢？**

營地的另一端傳來嚎叫聲，葉星才又重新燃起一絲自信。想必是負責山溝的隊員已經抵達了。

一隻薑黃白公貓衝出營地，埋頭撲向攻擊者。棍子跳到他身上，把他撞倒在地後，轉頭看看四周，眼裡燃著肅殺的火燄大喊：「柯拉！」

黑色母貓一個箭步趕來，棍子把公貓交給她後，繼續往前衝，嘴裡叫著：「我去找鬥吉！」

不是，葉星心想，**你是要去找你女兒吧。**

矮子加入柯拉，和薑黃白公貓扭打成一團。

葉星從他們身邊疾馳而過，衝進凌亂的巢穴堆。濃烈的貓味竄進她的喉嚨；薄薄的紙牆團團圍住她，四下一片黑暗，讓人喘不過氣來。

其中一個巢穴突然被撕開，一隻虎背熊腰的公貓一身蓬亂的灰色皮毛，從裡面跳出來，露出齜牙咧嘴的凶樣。葉星不小心側滑了一下，正當她試著穩住重心時，銳爪突然衝到她和對手的中間，一陣亂咬狂抓，把灰色公貓節節擊退。兩隻貓瞬間消失在黑暗的窩巢裡，牆壁被他們打鬥的力道震得不停上下搖晃。

一個兩腳獸的東西瞬間啪的落下來，砸到葉星身上。她忍住驚恐，牙齒爪子並用，試圖擺脫那東西。當她忙著甩掉皮毛上最後幾片碎屑時，頓時驚見窩裡有三隻小貓在鋪滿雜草和樹葉的床上喵喵玩著扭打遊戲。他們的母親，一隻年輕的玳瑁色混白色的貓后，拱起背，伸出爪子，不停朝葉星嘶吼。

葉星秉持著不攻擊小貓的原則，準備掉頭離開之際，突然看到另一個窩室深處發出眼睛閃爍的幽光，頃刻間，更前面的窩室倒塌，裡面出現櫻桃尾和一隻銀黑色的母貓，在被壓扁的牆壁上滾來滾去，四肢和尾巴纏鬥成一團，嘶叫聲此起彼落。在她們前方的蛋兒，撲到一隻虎斑公貓的背上，朝他耳朵附近猛抓。

葉星往前挺進，看到蜂鬚和雀皮踩破腳下的巢穴，襲擊前方的鬥吉同夥，逼著對手轉身逃之夭夭。看到她的戰士如此合作無間，葉星感到既激動又欣慰。

「我來跟妳搭檔，葉星。」石影喘著氣從她背後喊道：「搞什麼——」

一隻貓跳出來，從石影臀部抓下去。石影發出驚聲尖叫。葉星急忙轉身，撲向敵方的貓，伸出爪子，往他側邊猛力一劃。貓咪立刻放開石影，轉身對付葉星。但黑色公貓還來不及爬起來，忽然一隻奶油色的母貓又撲過來。她咧嘴咆哮，狠狠咬住石影的脖子。年輕的黑色戰士痛得哇哇大叫。

葉星賞了第一隻貓好幾個耳光，把他趕跑後，緊接著轉身對付奶油色的母貓。她把她從石影身上推開，試圖將她壓制在地上，但母貓像魚一樣從底下掙脫出來。

「瘌痢皮！」她咧開嘴巴，對葉星咆哮。

葉星冷不防朝她飛撲，但被母貓及時閃過，並逮到機會偷襲葉星的頭。葉星設法絆倒她，兩隻貓就這樣在面目全非的巢穴裡纏鬥，母貓的後腳猛踹葉星的肚子。葉星突然有些佩服起她來：**她真是個狠角色，打鬥技巧和戰士一樣高超。**

接著石影朝母貓的肩膀衝過去，把她撞得東倒西歪。葉星趁機爬起來，和石影並肩站在敵方面前。頑強的母貓發出嘶吼，奮力飛躍他們的頭頂，跳進成堆的巢穴裡。

葉星一股作氣，準備追趕過去。但在她移動前，附近的一個睡窩突然爆開，一隻暗棕色的虎斑公貓怒不可遏地走出來，急甩尾巴，皮毛倒豎，發出震天的怒吼。頃刻間，棍子也從兩間巢穴中間的縫隙現身，和他正面對峙。

「膽小鬼！」虎斑貓怒罵說：「你們這群賊頭鼠腦的傢伙，有種就不要鬼鬼祟祟地潛進我的營地——」

「起碼我是靠自己的本事進來，」棍子四肢僵硬，氣沖沖地踱到仇人面前，「不像你還得利用兩腳獸做起卑鄙的勾當。」

所以他就是鬥吉囉，葉星心想。

鬥吉和棍子一個勁兒朝對方猛撲，在半空中相撞後落地，兩團毛球瞬間陷入激戰，而且差點撞到正在一旁和黑白母貓廝殺的蛋兒。蛋兒見苗頭不對，跳到其中一個較堅固的窩室，及時閃開。鼩鼱齒也一同跳到他旁邊，兩名戰士就這樣搖擺著身子，花了幾個心跳的時間，才站穩腳步。櫻桃尾從附近的窩室走出來，停下來稍稍舔舐腰腹的傷口。忽然之間，鼩鼱齒瞄到一隻薑黃色公貓正企圖偷襲櫻桃尾。他發出一聲嘶叫，接著和蛋兒一起撲到薑黃色公貓的身上。族貓很有團隊默契，葉星想著，在戰爭的陰霾下，心中湧起一股小小的暖意。

四周尖叫嘶吼聲此起彼落，到處散發著貓味和濃濃的血腥味。棍子和鬥吉仍張牙舞爪地纏鬥在一起。葉星將目光從他們身上移開，瞥見銳爪正使出天族的戰鬥絕技，輕輕鬆鬆單挑兩隻公貓。接著兩個窩室之間突然裂開一道縫。葉星目睹奶油色母貓和比利暴扭打成一團。母貓把他壓在地上，抽出爪子，狠狠抓下他肚皮上的一撮毛。葉星看到這一幕，不禁嚇得倒抽一口涼氣。

正當她奔上前搭救族貓時，育兒室忽然傳來一聲尖叫。「拜託，不要傷害我的孩子！」葉星一回頭，便見到煤炭和矮子正步步往巢穴逼近。玳瑁色與白色混雜的母貓連忙後退，擋在小貓的前面。她頸毛背毛齊豎，惶恐地瞪大眼睛，伸出一隻前掌，爪子怒張，目光不停在這兩名攻擊者的身上來回游移。

葉星趕到窩室，衝到母貓和兩名兩腳獸地盤的貓中間。「住手！」她大聲疾呼，「你們不能對小貓下手。他們是無辜的。」

矮子和煤炭先是不解地交換一下眼神，接著瞇起眼睛瞪著葉星，開始質疑她。「妳是想臨陣倒戈嗎？」煤炭大吼。

葉星突然覺得進退兩難。**我不能和煤炭、矮子反目成仇！但我必須保護這些小貓！**

此刻，石影衝到她旁邊。他頂著一身亂糟糟的黑色皮毛，雖然血不停從額頭上的傷口滲出來，但他的眼神堅定，透露出十足的勇氣。

「我們必須把小貓送到安全的地方。」葉星告訴他。

「住手！」玳瑁色母貓大聲嚷嚷，「你們休想動我的孩子一根汗毛！」

葉星轉向她，刻意將聲音壓低，語帶安撫地說：「請相信我們。如果把他們留在這裡，他們遲早會受傷——也有可能會被殺害。」

年輕母貓不可置信地睜大眼睛，「但你們是敵方的陣營！」

石影走向前，「小貓沒有陣營之別，」他喵聲說：「他們是我們所有貓咪的共同責任。」

葉星突然為這隻年輕的族貓感到驕傲。她心懷感激地看了他一眼，然後走進窩裡，向小貓的母親鞠躬致意後，便叼起一隻小黑貓的頸背，小貓發出尖細的喵喵聲，腳掌在半空中晃動著。石影跟在她後面，拎起另一隻小貓，孩子的母親則是把第三隻叼在嘴邊。煤炭和矮子不得不退開，讓他們離開窩室。

「我們請你們來，可不是要你們來做這個的！」煤炭對著從身邊經過的葉星嘶聲說道。

「我們會來這裡，可不是讓你們隨意使喚的。」滿嘴貓毛的葉星回應，努力把話說清楚。

信心大增的葉星，領著石影和玳瑁母貓穿梭混戰的群貓，朝山溝前行。

這才是部族貓該有的戰鬥風範。我們不殺害對手，不與老弱婦孺為敵。

接著山溝出現在她眼前。對岸的林子顯得一片靜寂。正當葉星準備躍過去時，突然看到奶油色母貓掙開比利暴的糾纏，一個勁兒地朝她猛衝而來。比利暴見狀，也跟著在後面拚命追趕，身上的薑黃白皮毛血跡斑駁。

天族族長葉星還來不及保護自己或身上的小貓，奶油色母貓已經撲到她身上，利牙狠狠咬住她的脖子。

比利暴發出一聲驚駭的尖叫，在葉星四周迴盪著。接著葉星渾身被疼痛吞沒，整個世界頓時陷入一片黑暗。

第三十五章

葉星感覺四周籠罩著一片銀亮亮的光，驅使她張開眼睛。她發現自己坐在林子邊緣，沐浴在溫暖的朝陽下。鬥吉的營地仍在進行混戰。在山溝的遠處，則是有一群貓團團圍住蜷縮在地上的一個東西——葉星沒辦法看得很清楚那是什麼東西。她看到比利暴、櫻桃尾和石影在那裡，銳爪正匆匆跑過去。

她努力想聽清楚他們的對話，但聲音出奇地小聲，儘管她再怎麼拉長耳朵，都無法聽出他們在說些什麼。他們看起來似乎極度悲傷。比利暴蹲在地上，仰天發出無聲的長嚎。

當群貓移動時，葉星不由得倒抽一口氣，驚見自己的屍體就癱在山溝旁的泥地上。奶油色母貓則是得意洋洋地站在她面前。

不！

葉星感覺突然有根尾巴拂過自己的腰腹，不禁嚇了一跳。她轉頭看到一隻玳瑁母貓就坐在她旁邊，美麗的綠色眼睛充滿了憐惜之意。

「斑葉？」她尖聲說。

「不要怕，親愛的。」斑葉安撫她，「妳失去了一條命，但妳很快就能回到他們身邊了。」

葉星發現自己的另一邊還坐了另外一隻貓。她眼睛一掃，瞥見雲星灰白相間的皮毛。天族前族長像對待一個不安的小貓似的，舔了舔她的頭頂。

「我們在這裡，」他喃喃說道：「負責確保妳的安全。」

「我是不是不應該帶族貓到這裡來？」葉星問，「這畢竟是個與他們無關的戰爭！」

「但你們是利用本身的技能，幫助那些貓從此過著平靜的生活。」斑葉告訴她。

「而且妳和銳爪合作無間，展現了族長和副族長間應有的氣度。」雲星補充，淡色的眼睛閃爍著智慧的光芒。「不要動不動就懷疑他，葉星。他對妳和天族可說是赤膽忠心，無可挑剔。」

葉星很想把祂們的話聽進去，但過去一個月的種種焦慮，像片片困在冰上的禿葉季落葉，深深陷入她的腦袋裡。「這一路走來真是困難重重！」她低聲說：「我不知道我們的使命在哪裡！」

雲星低下頭對著她，「使命就掌握在你們的手裡，葉星。」

斑葉濃烈的香甜氣味環繞著她，淹蓋了血腥與憤怒之氣。「我已經賜予妳一條療癒創傷的命，讓妳有能力撫平因口角與紛爭所產生的裂痕。」她喃喃地說：「現在就去好好善用它吧，葉星。」

她的聲音漸漸消逝。兩隻星族貓的身影開始在林子間隱沒，逐漸縮小成一點寒光，最後消失不見。

葉星睜開眼睛，看到族貓們個個愁雲慘霧地低頭看著她。

「喔，感謝星族！」石影突然大叫。

「我們剛剛一直祈禱，希望妳只是失去一條命而已，」櫻桃尾喵聲說：「幸好只是虛驚一場！」

葉星伸展四肢，試圖坐立。「小貓沒事吧？」她用低啞的聲音說。

「沒事，」玳瑁貓后回應：「我的小貓已經安全抵達山溝的對岸。」

葉星欣慰地點點頭，掃視四周，最後迎向比利暴的目光。這隻天族戰士的眼裡愛與痛交織，過了幾個心跳的時間後，他把頭別開，在地上磨起爪子。

我待會兒一定會和你談談，葉星默默對他承諾。

她開始意識到山溝另一邊傳來的打鬥嘶叫聲，於是勉強站起身。「我們必須幫助他們。」她氣若游絲地說。

銳爪走到她面前，讓她靠在他身上。「等妳元氣恢復了再說。」他喵聲道。

葉星還來不及開口，便看到山溝另一端的樹林沙沙晃動起來。小紅和哈利從茂密的刺藤叢後面走出來。小紅停住腳步，驚慌地瞪大眼睛看著打鬥的場面和慘不忍睹的營地。

「怎麼會這樣？」她驚駭地倒抽一口氣。

葉星轉身望向山溝另一端，試圖揣摩小紅目睹這一幕的心境。營地已面目全非，輕薄易碎的窩室牆面場的場、裂的裂，遍布斑斑的血跡。在斷垣殘壁之中，棍子和鬥吉仍舊繼續纏鬥，不停發出充滿敵意的怒吼，爪子凝著彼此的鮮血。這兩隻公貓顯然一心想置對方於死地。

小紅幾乎沒瞧部族貓一眼，直接躍過山溝，衝向她父親。哈利緊追在後。葉星尾巴一揮召集族貓，踉踉蹌蹌地跟在他們後面跑。

「你在做什麼？」小紅站在父親面前大叫道。

棍子抬起頭，完全沒有鬆開鬥吉的意思，過了一會兒，才回過神來注視著女兒。「我是來救妳出來的！」他咆哮著說。

「我又沒有被囚禁起來！」

他們周圍的貓咪瞬間全都停止打鬥，彷彿意識到他們才是這場仗的主角。棍子和鬥吉放開對方，棍子站起身，和女兒面對面；鬥吉則是坐直身體，開始舔舐傷口，並惡狠狠地瞪著這群襲擊營地的貓兒們。

「你到底想怎樣？」小紅質問父親。

「這些貓從一開始來這裡，就成天無所事事，盡做些偷搶的勾當。」棍子氣沖沖地回她：「這裡原本是我們的家！他們奪走我們的獵物、我們的巢穴，現在連妳都搶了過去！」

小紅開口想回應，但哈利走到她旁邊，搶先一步說話。

「沒有任何貓有辦法搶走小紅，」灰黑色公貓大吼：「你也太低估小紅了吧，她是自願來這裡的。」

「不，」小紅轉頭看著哈利，喵聲說：「我之所以來這裡全是為了你——因為我愛你。沒有任何貓可以逼走我。」

棍子氣得兩眼發黑。「那不是愛！是你存心誘拐她！」他大聲咆哮，爪子怒張，朝哈利飛身猛撲。

小紅身手像蛇一樣敏捷，一下子擋住棍子的去路。他的爪子就這樣硬生生刺進她的咽喉，他一度試圖縮回來，但一切為時已晚。小紅癱倒在他腳邊，血不斷從被他劃開的傷口涔涔湧出。

棍子不敢置信地低頭，驚瞪著自己爪子上的鮮血，以及女兒喉嚨上那長長的傷口。

「不……不……」他喃喃自語。

葉星嚇得楞在原地好一會兒，衝到小紅旁邊蹲下來。「趕快，拿蜘蛛網過來！」她命令道。

她話一出口，櫻桃尾立刻拿了一團趕過來。葉星緊急把它拍在小紅的傷口上。過了一會兒，鼩鼱齒也從山溝拔了幾把黏黏的牛筋草，跑過來交給葉星。

「用這個試試看。」他建議。

葉星接過這些莖梗，設法將它們纏繞在蜘蛛網上面。但小紅的血不斷冒出來，底下的毛髮瞬間被染成有如夕陽的猩紅血色，彷彿她的生命正一點一滴消失在天際。

「小紅——妳要和我在一起呀。」哈利蹲在她旁邊，不停狂舔她的耳朵。「還記得我們要一起生小孩——生一堆和妳一樣堅強的薑黃色小母貓嗎？還記得我們所計劃的生活嗎？」

「你想得美。」棍子咆哮。

鬥吉跳起來，「你敢動哈利一根汗毛，休怪我對你不客氣。」

棍子轉身怒瞪他，「那我就先殺了你再說。」

當他壓低身子，準備撲過去時，銳爪朝他攔腰一撞，將他撞得東倒西歪，在淤泥裡掙扎。「夠了！」天族副族長嘶聲斥喝，「現場已經流夠多血了！你是請我們來幫忙驅逐這些貓的，不是要殺死他們。」

棍子狼狽地站起來，瞇眼瞪著這隻薑黃色公貓。「不殺掉他們就等於是懦夫。」他不屑地說。

葉星從小紅旁邊站起身，走到副族長身旁，對棍子喵聲說：「那麼你完全沒學到戰士守則的精神。」她環顧四周，看到鬥吉的貓幫已被她的戰士們擊敗。「這場仗就此結束，」她繼續說：「鬥吉，不准你再找這些貓的麻煩，否則我們會再回來找你算帳。棍子，好好捍衛你的狩獵之地——學習天族保護獵物和巢穴的技能。利用相關的戰士守則，幫助你們過安定的生活，避免流血衝突。」

棍子一語不發，大口喘著氣，一臉抗拒地瞪著葉星。但葉星卻看到他背後的矮子和柯拉不時交換眼神，頻頻點頭。**他們有從中學到東西，而且一定會好好善用所學，讓生活過得更好。**

「開什麼玩笑？」鬥吉逞凶鬥狠地走上前。「我才不會讓你這麼好過！」他對棍子咆哮。

葉星轉身，用尾巴指了指小紅的軀體。這隻垂死的母貓凝望著哈利，過了幾個心跳的時間，她的身體輕輕顫抖了一下，四肢和尾巴癱軟了下來，接著就一動也不動了。哈利從喉嚨深處發出嗚咽，整張臉埋進她的毛髮裡。

「你覺得還會有什麼比這個更讓棍子痛苦的嗎？」葉星輕聲問鬥吉，「如果你們能公平劃分這個地方，所有貓都會有生存空間。不停械鬥，打得你死我活，只會淪落到失去摯愛的下場。」

葉星尾梢一揮，召集所有族貓。雖然各個遍體鱗傷，但看到他們全員到齊站在那裡，著實讓葉星大大鬆了一口氣。

銳爪走到她旁邊，和她交換眼神好一會兒後，一本正經地點點頭。

「走吧，我們該回家了。」她喵聲說。她看了鬥吉和棍子最後一眼，便帶領族貓步出被摧毀殆盡的營地，穿越山溝，進入林子。

當他們還走在林間時，柯拉衝過去追上他們。

黑色母貓走到葉星旁邊，氣喘吁吁地說：「謝謝你們為我們所做的一切。」

葉星點點頭，「這是我們的使命。」

看著柯拉跑回兩腳獸地盤的背影，葉星心裡徒增一股遺憾。**如果事情的演變不是這樣，我們或許可以變成好朋友**。但她知道柯拉有不同的道路要走，她必須幫助朋友在戰爭的摧殘過後重建新生活。**那是她的使命，而我們有我們的使命**。

天族貓當天緩步跋涉。每隻貓都受了傷：櫻桃尾最嚴重，除了兩側腰腹都有抓傷外，脖子上還有個傷口不斷流出血來；鼩鼱齒因為一根爪子被拔了出來，走路一跛一跛的，但他還是驕傲地昂著頭；蛋兒的耳朵被抓得面目全非；雀皮身上被抓了幾塊毛髮下來。

葉星趁早在樹根下簡便築了個棲身之處，她和受傷最輕的銳爪和蜂鬚一起打獵給族貓吃，並找到蜘蛛網敷在櫻桃尾脖子的傷口上。

「我們會盡快送妳回家，請回颯幫妳療傷。」她保證。

玳瑁母貓彈彈尾巴，「不用擔心我，葉星。我沒什麼大礙。」

隔日一早天氣極佳，慵懶的暖風騷動草叢，拂過貓兒們的皮毛。大伙兒再次動身出發，葉星欣然張望四周。在飽食和充足的休息下，族貓已經開始恢復體力。她雖然歸心似箭，但為了他們的傷勢起見，還是儘量放緩腳步。

日正當中，溽暑難耐，他們來到河邊休息。水岸邊長滿了金盞花，葉星幫櫻桃尾嚼了一些葉泥，其他族貓也互相幫忙，處理彼此的抓傷和瘀傷。蛋兒抓了一隻魚分大家享用，並且教石影如何獵魚，親密的友誼似乎在這兩隻年輕公貓中漸漸萌芽。

在共同經歷了這麼多風波之後，天族一定會更強壯，葉星欣慰地想著。

旅途的最後一天，葉星意識到銳爪走在她旁邊。她一直在等這一刻。他熬這麼久才做出這樣的舉動，讓葉星感到有點驚訝。**他是不是又要來挑戰我族長的地位呢？**

「我要讓你知道，我會不惜用盡九條命來捍衛我族長的地位。」她不給銳爪有任何先發制人的機會，立刻冷冷地宣誓。「並不是我特別貪戀這個位子，而是因為我忠於部族、忠於戰士守則和所有的一切。」

銳爪瞪大眼睛。葉星愈說愈激動，「守則說身為族長，我的話就是紀律。族貓必須對我效忠。若有誰做不到，就沒有資格成為天族的一分子。」

銳爪只是點點頭。「關於這一點，我至始至終都深信不疑。」他喵聲說。

「什麼？」葉星惱怒起來，「那你為什麼每次都要和我唱反調？為什麼你還要背著我，帶巡邏隊潛進兩腳獸地盤？為什麼——」

「但我從沒有質疑過妳當族長的資格。」銳爪打斷她，「打從火星帶妳去懸天岩接受九條命的那一刻起，我就相信妳會是個好族長。我是常和妳唱反調沒錯，那是因為我想測試妳的決心。」他的綠色眼珠閃爍著光芒，「天族需要的就是一位自信滿滿的族長，唯有如此，才能讓族貓對她有信心。」

葉星目瞪口呆地看著他。**我之前竟誤會他是個叛徒！但他無非是一心想鞏固部族罷了！**

「那你必須敞開心胸接受晨間戰士。」她告訴他，匆匆把內心的想法說出來。「他們和所有貓一樣，都是我們的族貓，有權利參與所有事務。」她突然意識到自己對此事有多麼地的堅持，於是補充道：「所以我將讓斑掌如願的成為回颯的見習生。我們將開放夜間訓練給所有的貓參加，而不是只局限於那些住在峽谷的貓。」

「也包括那些住在兩腳獸地盤的貓嗎？」銳爪眼睛一亮地問。

葉星豎起頸毛，但內心其實很開心她和銳爪似乎展開了全新的溝通關係。**或許是因為我之前不夠尊重他，所以他才會沒把我放在眼裡。**「關於這一點，我需要一點時間考慮。但你必須尊重晨間戰士，讓他們參與部族的所有活動。他們畢竟對天族也是有所貢獻。」

銳爪翻了個白眼，帶著尖酸的語氣，碎碎念道：「這是我們的使命，對不對？」

葉星停下來，和他面對面，其他貓經過時，忍不住好奇地看了他們一眼。

「天族的使命是，我們不能將自己孤立起來，把其他貓屏除在外。」她喵聲說：「我們和森林裡的部族不同，不能完全切斷和寵物貓、惡棍貓的關聯。所有訪客我們都應該竭誠歡迎。」

「就這樣嗎？」銳爪詢問。

葉星想起棍子和他的朋友所帶來的浩劫，差點讓天族付出慘痛的代價。「不，其中要有先決條件。」為了符合天族的生存條件，她不知不覺開始增列戰士守則。一想到這裡，她的腳底不由得竄起一股興奮。**這會是預言所說的「更深的根基」嗎？**

「來參訪的貓必須每天進行狩獵，」她繼續說：「要等到他們在部族待上一個月後，才有資格接受戰鬥的訓練。如果他們把危險帶進峽谷，就必須馬上離開。天族不會隨隨便便就出賣自己的戰力。」她抬起頭，「我們是一支有規範、有尊嚴、懂得自重的獨立部族。」

銳爪輕嘆了一聲，然後點點頭，將鼻頭抵在葉星的頭上，喃喃地說：「我以身為妳的副族長為榮。」他目光灼灼注視著葉星好一會兒，然後轉身，跟在族貓後面離開。

葉星停在原地，看著他離去。她知道銳爪不可能會百依百順、盲從聽命於她。他永遠會是隻頑固、愛質疑她的貓，為了自己的主見，不惜爭辯到底。**我敢說，我們之間勢必還會出現許多爭吵，**她心想，**但這應該是件好事吧。**

葉星瞇起眼睛，看著在河岸來來往往、與她擦肩而過的族貓。**我還有一個使命必須掌握。**她的四肢頓時充滿活力，快步往前衝，直到追上比利暴才停下來。

薑黃白公貓轉身看她，眼神洋溢著暖暖的喜悅。葉星沉浸在與他靠近的親密感裡。戰場上的他是多麼地強壯、勇敢和忠心……他明明愛著她，卻無怨無悔，坦然接受她身負天族族長的使命。儘管如此，他仍願意和她肩並肩赴戰場，而且努力開創一條讓其他晨間戰士追隨的道路。這一切葉星都看在眼裡。

但她要的不只是這些。如果她能選擇部族的使命，當然也能為自己做抉擇。在接下來的八條命裡，她有值得信賴的巫醫和副族長輔佐。哪怕是將來她為了照顧自己的一窩小貓，必須卸下原有的職務。部族裡的戰士守則，完全沒有限制族長不能有伴侶，或不能選擇自己的命運。

「你願意陪我散散步嗎？」她問他，「我們需要談一談……」

國家圖書館出版品預編目資料

天族的命運 / 艾琳・杭特（Erin Hunter）著 ； 羅金純
譯. -- 初版. -- 台中市 ; 晨星 2011. 08
面 ;公分. --（貓戰士外傳 ； 3）（貓戰士 ；
27）

譯自 ： SkyClan's Destiny
ISBN 978-986-177-506-7（平裝）

874.59 100011141

貓戰士外傳之III Warriors Super Edition

天族的命運 SkyClan's Destiny

作者	艾琳・杭特（Erin Hunter）
譯者	羅金純
責任編輯	郭玫君
校對	許芝翊、李雅玲
封面插圖	萬伯
封面設計	許芷婷
創辦人	陳銘民
發行所	晨星出版有限公司 407台中市西屯區工業區30路1號1樓 TEL：04-23595820 FAX：04-23550581 行政院新聞局局版台業字第2500號
法律顧問	陳思成律師
初版	西元2011年08月15日
再版	西元2022年08月29日（十二刷）
讀者訂購專線	TEL：（02）23672044 /（04）23595819#212
讀者傳真專線	FAX：（02）23635741 /（04）23595493
讀者專用信箱	service@morningstar.com.tw
網路書店	http://www.morningstar.com.tw
郵政劃撥	15060393（知己圖書股份有限公司）
印刷	上好印刷股份有限公司

定價399元

（缺頁或破損的書，請寄回更換）

ISBN 978-986-177-506-7

☐ 我已經是會員，卡號 ____________________

☐ 我不是會員，我要加入貓戰士會員

姓　名：________________ 性　別：________ 生　日：________________

e-mail：____

地　址：☐☐☐ ______ 縣／市 ______ 鄉／鎮／市／區 ______ 路／街

______ 段 ______ 巷 ______ 弄 ______ 號 ______ 樓／室

電　話：____

☐ 我要收到貓戰士最新消息

貓戰士鐵製鉛筆盒抽獎活動

將兩個貓爪和一顆蘋果一起貼在本回函並寄回，就可以獲得晨星出版獨家設計「貓戰士鐵製鉛筆盒」乙個！

貓爪在貓戰士書籍的書腰上，本書也有喔！蘋果則是在晨星出版蘋果文庫的書籍書腰上！

哪些書有蘋果？科學怪人、簡愛、法布爾昆蟲記、成語四格漫畫...更多請洽少年晨星官方Line ID：@api6044d

點數黏貼處

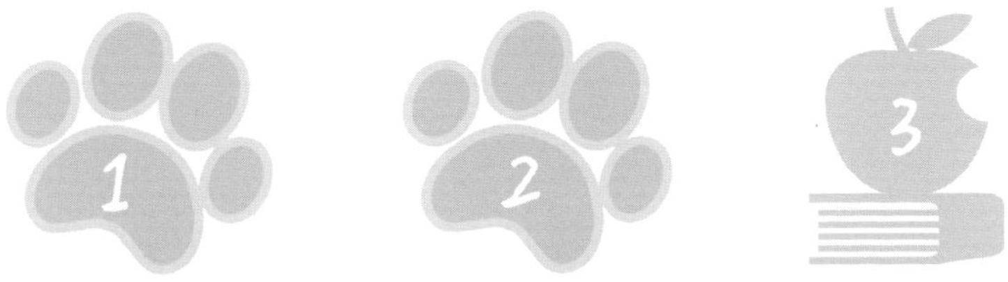

請填妥後對折裝訂，再貼妥郵票寄出

請黏貼
8 元郵票

407

台中市工業區30路1號

晨星出版有限公司

TEL：（04）23595820　FAX：（04）23550581

e-mail：service@morningstar.com.tw

http://www.morningstar.com.tw

請沿虛線摺下裝訂，謝謝！

加入貓戰士俱樂部

【貓戰士會員優惠】

憑卡號在晨星出版社購書可享優惠、擁有限定商品、還能獲得最新消息等會員福利。

【三方法擇一，加入貓戰士會員】

1. 填妥本張回函，並寄回此回函。
2. 拍照本回函資料，加入官方Line@，再以Line傳送。
3. 掃描後方「線上填寫」QR Code，立即填寫會員資料。

Line ID：
api6044d

「線上填寫」
QR Code

★寄回回函後，因郵寄與處理時間，需2～3週。